Antonia C. Wesseling

Die Maske der Vergangenheit

Eisermann Verlag

Die Maske der Vergangenheit

Taschenbuchausgabe 1. Auflage 05/2017

Printed in Poland 2017
Umschlaggestaltung: Cover & Books – Buchcoverdesign
Satz: André Piotrowski
Lektorat: Sabrina Schumacher
Korrektur: Klaudia Szabo

http://www.Eisermann-Verlag.de
ISBN: 978-3-96173-000-1

Prolog

⇤ 1949 ⇥

Der junge Mann stand auf der Straße und hielt die Hände gen Himmel, als wolle er den Schlafenden dort oben um Hilfe anflehen. Der Regen tropfte auf den Asphalt, aber es schien ihm nichts auszumachen, dass er ihn bis auf die Haut durchnässte.

Viel mehr sah es so aus, als hätte er von all dem noch gar nichts mitbekommen, als wäre noch so versunken in seine eigene Welt.

»Wieso?«, drang es plötzlich aus seinem Mund. »Wieso sie?«

Der Himmel öffnete sich und ein Blitz jagte herab. Er erleuchtete die Nacht für wenige Sekunden und betonte das Bild des verzweifelten Mannes.

Beim Näherkommen sah man, dass seine Augen mit Tränen gefüllt waren und seine Haut so weiß wie frischer Schnee.

»Sie darf nicht gehen. Du …« Er blickte noch einmal hoch zum Himmel. »Du darfst sie nicht zu dir holen, Herr.«

1. Kapitel

MEINE Mutter starb zwei Tage nach meinem vierten Geburtstag. Ich erinnerte mich noch daran, dass sie mir ihre Kette, an deren Anhänger eine spiegelnde Perle hing, geschenkt hatte. Als hätte sie geahnt, dass sie sie selber nicht mehr tragen konnte.

»Damit du immer siehst, wie wunderschön du bist, meine kleine Prinzessin«, hatte sie gesagt. »Die Welt liegt dir zu Füßen. Das Einzige, was du tun musst, ist, dich danach zu bücken.«

Zu diesem Zeitpunkt hatte ich noch nicht geahnt, dass meine Mutter mich schon so früh verlassen würde.

Auch zwölf Jahre später vermisste ich sie noch immer so sehr, dass es wehtat, an sie zu denken.

Vor zwei Jahren hatte ich mich deshalb auf dem Dach eines Hochhauses wiedergefunden. Völlig verzweifelt, einsam und mit dem Gedanken daran, dem Ganzen ein Ende zu setzen. Als sei das Leben ein Spiel, das man in den Schrank bringen und wieder herausholen konnte, wann immer man Lust darauf hatte.

Noch heute brauchte ich nicht einmal die Augen zu schließen, um mich an das Bild zu erinnern, das sich mir beim Blick in die Tiefe geboten hatte. Niemand hatte mich bemerkt, die Menschen waren fröhlich an dem Haus vorbeigegangen. Einige waren langsam gelaufen, andere schnell, um noch etwas zu besorgen, ehe die Geschäfte schlossen.

Vor dem alles entscheidenden Schritt hatte mich mein Vater gefunden. Weil ich auf keinen seiner Anrufe reagiert hatte, war er auf die Suche nach mir gegangen.

Zwei Tage nach dem Vorfall auf dem Hochhaus hatte ich mich

dann auf einem Stuhl gegenüber einer Psychologin wiedergefunden. Ich hatte ihr lang und breit erklärt, dass ich nichts über meine Mutter erzählen wollte, dass sie tot war und dass ich deshalb, selbst wenn ich es wollte, nicht darüber sprechen konnte.

»Aber Luzie, fangen wir doch noch einmal von vorne an ...« Die Psychologin hatte ihren Stift abgesetzt und auf ein Formular geschrieben: *Patientin Luzie Wagner, 14 Jahre alt.* Was sie danach notierte, hatte ich nicht mehr lesen können, aber es sah nicht gut für mich aus. Noch heute ging ich regelmäßig zu Irina Talenhof. Ob sie mir helfen konnte? Ich wusste es nicht.

Manchmal lag ich abends immer noch im Bett und konnte nicht einschlafen, weil meine Gedanken Achterbahn fuhren. An diesem Abend war allerdings Jonas daran schuld. Jonas, der Junge, der mir schon seit Nächten den Schlaf raubte. Sobald ich meine Augen schloss, sah ich sein Lächeln vor mir. Der Liebeskummer sollte verdammt noch mal aufhören. Ich konnte nicht einfach Bindungen eingehen. Nicht mit 16 Jahren. Nicht jetzt. Genau das hatte ich Jonas auch gesagt. Ich brauchte Zeit.

Ich setzte mich auf die Fensterbank, blickte gedankenversunken in die Nacht und versuchte, den Gedankenstrom abzuschalten und einfach nur dazusitzen.

Aber das war nicht möglich. An diesem Abend hatte ich eine Last auf dem Herzen, die einfach nicht verschwinden wollte. Ich schluckte, versuchte, tief ein- und aus zu atmen, und überlegte für einen Augenblick, einfach zurück ins Bett zu gehen, das Kissen auf den Kopf zu drücken und mich in den Schlaf zu zwingen. Aber genau das war der Punkt, an dem ich jedes Mal scheiterte: mich in den Schlaf zu zwingen. Das war schlicht unmöglich.

Ich presste Hinterkopf und Rücken gegen die kalte Fensterscheibe. Es tat gut. Wie in einem Rausch schob ich den Kopf zur Seite, sodass schließlich meine Stirn das kühle Glas berührte. Mit den Augen suchte ich den Himmel nach dem Mond ab, aber er war gut verborgen. Tatsächlich schien das einzige Licht von den grellen Straßenlaternen zu kommen, denn selbst die Sterne hingen blass am Himmel, als wäre auch ihnen die Freude am Strahlen vergangen. So wie mir. Auch mir war oft alles zu viel.

Meine Füße klebten an dem Parkettboden, als ich durch mein Zimmer lief, den Blick stets auf das Fenster gerichtet. Was wäre, wenn ein Stern vom Himmel fallen würde? In diesem Augenblick hatte ich tatsächlich das Gefühl, einer der Funken am Himmel würde kurz aufleuchten. Zufall?

Ich biss mir auf die Lippe und beobachtete durch die bodentiefen Fenster eine weiße Katze, die blitzschnell unter einem parkenden Auto Unterschlupf suchte. Wie gerne ich doch manchmal eine Katze wäre. Elegant, schnell und unnahbar. Eine Katze zeigte selten Gefühle. Sie war Herr über ihre Emotionen, wusste oft, was gut für sie war.

Aber ich war keine Katze. Ich war ein Mensch. Wahrscheinlich fiel es mir deshalb so verdammt schwer, meine Gefühle zu ordnen. Tausend Stimmen schallten in meinem Ohr, keine davon ließ sich verdrängen. Natürlich wusste ich tief im Inneren, dass sie nur in meinem Kopf waren, aber das machte es kein bisschen besser.

Leise schlich ich zurück zu meinem Bett, setzte mich auf die hölzerne Kante und stützte den Kopf auf die Arme. Erwachsenwerden war schwierig, verdammt schwierig. Es gehörte mehr dazu, als zu wachsen, breitere Hüften zu bekommen oder auch die erste Brustwölbung.

Erwachsenwerden war ein Kampf. Ein Kampf gegen sich selbst. Und das Schreckliche daran war, dass es keinen Sieger geben würde, denn letztendlich konnte man nicht gegen sich selbst gewinnen. Es ging also nicht ums Gewinnen oder Verlieren. Es ging um unsere Seele, um das, was wir fühlten, um das, was wir werden wollten. Ich wusste noch nicht, was mich in Zukunft erwartete, hatte noch keinen Plan davon, wie mein Leben aussehen sollte. Für mich war nur ausschlaggebend, wie glücklich ich war.

Hatte ich etwa zu viel verlangt, als ich Jonas gesagt hatte, ich könne nicht mit ihm zusammen sein, wenn er mir nicht die Zeit gab, die ich brauchte, um mich zu entscheiden?

Es gab einfach zu viele Momente in meinem Leben, in denen ich vergessen hatte, wer ich eigentlich war: Luzie. 16 Jahre alt, Tochter eines Architekten, der zurzeit mit den Umbauarbeiten des eigenen

Hauses zu tun hatte. Jedoch waren diese oberflächlichen Dinge wie Name, Alter und Herkunft gar nicht mein Problem. Es waren vielmehr die Fragen: *Weshalb bin ich? Wer werde ich sein? Und wie werde ich zu diesem Menschen werden?*

Tausend philosophische Gedanken schwirrten durch mein Gehirn. Ich war mir sicher, dass mein Inneres für das Nachdenken über den Sinn des eigenen Lebens nicht der richtige Schauplatz war. Ich war ein Teenager. In meinem Alter beschäftigte man sich mit der ersten Liebe und war froh, wenn der attraktivste Junge der Schule Interesse an einem zeigte. Man schimpfte über nervige Lehrer, tauschte sich über Kleidung oder andere Trends aus und fand Schule doof. Irgendetwas war wirklich bei mir schiefgelaufen, dass ich über den Sinn des Lebens nachdachte. Es war, als trällerte jemand einen Song aus den Charts und seine Bühne wäre mein Kopf. So fühlte es sich für mich an.

»Ruhe«, murmelte ich leise, um die Stimme zum Schweigen zu bringen.

Vielleicht musste ich endlich akzeptieren, dass ich diese Antworten erst viele Jahre später bekommen würde. Ich war noch zu jung.

Der Tag war es jedoch nicht mehr. Die Wanduhr zeigte kurz vor Mitternacht, als ich mich rücklings ins Bett fallen ließ, die Decke über meinen Körper zog, mich schließlich doch freistrampelte und eine undefinierbare Ewigkeit später in den Schlaf sank.

Am nächsten Morgen stellte ich fest, dass ich lange nicht mehr einen so erholsamen Schlaf gehabt hatte wie in der vergangenen Nacht. Mein Kopf hatte sich anscheinend von den vielen Gedanken lösen können, und als ich die Augen aufschlug, stellte ich fest, dass ich sogar gute Laune hatte. Wahrscheinlich lag es daran, dass nun Sommerferien waren, dass ich somit sechs wunderbare Wochen vor mir hatte, in denen mich nichts, aber auch gar nichts davon abhalten würde, mich mit einem guten Buch auf die Gartenliege zu legen und an überhaupt nichts zu denken. Zumindest hatte ich mir genau das vorgenommen. Auch wenn gerade das für mich eine irre Herausforderung sein würde.

Ja, vielleicht würde ich mich hin und wieder ins Freibad bewegen und so tun, als sei es das Einfachste der Welt, gelassen zu sein. Und vielleicht würde Jonas endlich merken, dass er mich nicht in eine Beziehung treiben konnte. Ich hatte doch gesehen, wie weit Liebe einen bringen konnte. Mein Vater war am Tod meiner Mutter zerbrochen. So etwas würde mir niemals passieren. Schlicht und ergreifend, weil ich nicht zulassen würde, dass ich jemanden so ins Herz schloss.

Ich rieb mir die Müdigkeit aus den Augen, schlug die Bettdecke nach hinten und setzte mich auf. Gähnend blickte ich durch mein Zimmer. Die Sonne erfüllte es schon am frühen Morgen mit Tageslicht und draußen hörte ich in der Ferne Vögel zwitschern. Nacheinander setzte ich meine nackten Füße auf den dunklen Holzboden, lief zum Fenster und öffnete es.

Die frische Luft strömte über mein Gesicht und tat einerseits unglaublich gut, fühlte sich so beflügelnd an. Anderseits belastete sie mich auch. Der klare Zug der Luft erinnerte mich an das Leben, an meine Ängste. So als wäre der letzte Rest von oberflächlichen Gedanken aus meinem Gehirn gerissen worden und übrig blieben nur die tiefgründigen Gefühle, die wie Klebstoff an meinem Hirn hingen.

Abrupt machte ich das Fenster zu, drehte mich um und schloss die Augen. Verdammt, das musste endlich aufhören.

Ich konnte meinen Vater noch nicht hören. Entweder er verhielt sich absichtlich leise, damit ich nicht aufwachte, oder er schlief selbst noch. Auf Zehenspitzen schlich ich durch den Flur, stieg die Treppe nach unten und warf einen Blick zur Haustür. Draußen sah es verlockend warm aus. Ich holte die Zeitung aus dem Briefkasten und suchte nach der Wettervorhersage. Achtundzwanzig Grad Höchsttemperatur. Eigentlich war das ja das ideale Wetter fürs Freibad, aber meine gute Stimmung hatte sich schon wieder verabschiedet. Außerdem waren meine zwei Freundinnen verreist und allein hatte ich keine Motivation, mich aufzumachen

Also nahm ich Plan B in Angriff und ging in Richtung Garten. Da nahm ich meinen Vater wahr, der mit einem Nachbarn über den Gartenzaun hinweg sprach.

»Guten Morgen«, begrüßte er mich munter und auch Herr Wiegand von nebenan – ich kannte ihn kaum – warf mir ein freundliches Lächeln zu. Ich versuchte es zu erwidern, aber so richtig gelang es mir nicht.

Erst als mein Vater auf mich zukam und mir über den Kopf wuschelte, verstand ich, dass es ungerecht war, meine miese Laune an anderen auszulassen. Mein Vater konnte nichts dafür, dass ich 16 war. Na ja, zumindest nicht richtig.

Ich drückte ihm einen Kuss auf die Wange. »Dein Bart kratzt«, schimpfte ich und warf ihm einen gespielt wütenden Blick zu.

»Unsinn!« Er lachte und fuhr sich durchs Gesicht.

»Hast du Hunger?«, fragte ich und deutete nach drinnen in die Küche. Mein Vater nickte. »Pancakes, Rührei, Toast?«

Ich hatte vor Jahren angefangen, die Rolle der Hausfrau zu übernehmen. Es war schließlich nur fair. Mein Vater verdiente das Geld, und ich kümmerte mich um den Rest. Seit meine Mutter tot war, musste jemand diese Dinge erledigen, und nachdem wir eine Haushälterin nach der anderen hatten entlassen müssen, weil sie meinem Vater nicht guttaten, blieb diese Arbeit an mir hängen.

Für jeden anderen mochte es vielleicht eigenartig klingen, aber mein Vater ertrug keine fremden Frauen im Haus. Meine Mutter war die einzige Frau gewesen, die seiner Meinung nach hierher gehörte. Die einzige, die er je geliebt hatte. Zumindest behauptete er das. Meine Großmutter hatte sich irgendwann während seiner Kindheit aus dem Staub gemacht, und so war auch er bei seinem Vater aufgewachsen.

Während ich den Teig für die Pfannkuchen rührte, hörte ich Radio. Dann goss ich die Masse in die Pfanne und sah zu, wie sie eine Form annahm. Wie ein Rohdiamant, in dessen Kern etwas Besonderes lag. Schmunzelnd stellte ich fest, dass der Teig die Form eines Herzens angenommen hatte. Ich legte den fertigen Pancake auf einen Teller, den ich meinem Vater vorsetzte.

Er lächelte mich an und seufzte. »Wenn du dort so stehst, erinnerst du mich noch mehr an deine Mutter.«

Es war ein innerer Zwiespalt, wenn ich so etwas hörte. Natürlich hatten es schon viele Menschen zu mir gesagt, denn es wäre gelogen, wenn man behauptet hätte, dass die junge Frau mit dem blonden geflochtenen Haar, der zierlichen Gestalt, der hellen Haut und den leuchtend blauen Augen keine Ähnlichkeiten mit mir gehabt hätte. Aber andererseits wollte ich das nicht hören, nicht wissen. Ich wollte nicht, dass meine Mutter in den Erinnerungen der anderen war, während ich sie nur verschwommen vor mir sah. Sie war *meine* Mutter. Eine Art von Eifersucht erfüllte mich in solchen Augenblicken. Dabei war es falsch. Zumindest meinem Vater gegenüber. Es war egoistisch zu denken, dass sie nur zu mir gehört hatte, denn mein Vater hatte sie ebenfalls sehr geliebt.

»Erinnere ich dich auch an sie, wenn mir das Ei verbrennt?« Ich lächelte und deutete auf das Rührei, das in der Pfanne vor sich hin brutzelte.

»Auch dann.« Er schenkte mir sein schönstes Lachen. Dabei glitzerten seine Augen, als befände sich in ihnen die Sonne, die jedoch draußen am Himmel stand und die Welt mit ihrem Strahlen erfüllte.

Kaum dass ich mir mein Frühstück geholt hatte, setzte ich mich neben meinen Vater und stützte den Kopf auf meine Handfläche. Dabei stach ich mit der Gabel in das Rührei und steckte es mir in den Mund. Allerdings schmeckte ich nicht wirklich viel, so als hätten meine Gedanken meine Geschmacksnerven betäubt.

»Können wir nicht mal wieder in den Urlaub fahren?«, sagte ich, selber verwirrt darüber, dass ich diesen Wunsch laut aussprach.

»Du meinst, wir beide?«

Ich blickte mich um, um ihm zu symbolisieren, dass es außer ihm und mir hier niemanden gab.

»Warum nicht?«, erwiderte ich. Die Vorstellung, irgendwo an die See zu reisen und mich dort am Strand zu bräunen, gefiel mir. »Wir sind ewig nicht mehr verreist.«

Das letzte Mal war kurz nach Beginn der Therapie gewesen. Und das auch nur, weil Irina Talenhof es meinem Vater ans Herz gelegt hatte. Von wegen »das Kind braucht einen Raumwechsel«.

Dieser Urlaub in Italien war jedoch noch immer klar in meiner Erinnerung. Die trüben Augen meines Vaters, seine zurückgezogene Art und jener Abend, an dem ich zum Meer gelaufen war.

Nur um alleine zu sein, nur um den Wind zu spüren, die salzige Luft zu schmecken. Unter mir hatte der Sand gewirkt, als sei ich eine unheimliche Last. Dabei hatte ich die Tage zuvor kaum etwas herunterbekommen.

Doch dann war mein Vater aufgetaucht, im Bademantel, und wir hatten eine gefühlte wunderschöne Ewigkeit damit verbracht, zusammenzusitzen, zu reden und gemeinsam zu schweigen.

»Wir könnten etwas unternehmen.« Zögerlich sah er mich an.

»Ja«, sagte ich. »Könnten wir.«

Nein, er wollte nicht mit mir wegfahren, wollte nicht, dass wir ohne sie waren. Hier in unserem Zuhause war alles wie früher, wie mit ihr. An einem anderen Ort würde es sich anfühlen, als sei sie daheim geblieben.

Aber genau das wünschte ich mir manchmal: dieses Gefühl, sie sei einfach nur zu Hause und würde bei unserer Rückkehr auf uns warten. Aber das tat sie nicht und daran wurde ich in unserem Haus jeden verdammten Tag erinnert.

»Es tut mir leid, mein Schatz«, flüsterte mein Vater und strich mir über den Arm. »Ich mache es wieder gut.«

Ich wollte nicht, dass er sich schuldig fühlte, wollte nicht, dass es ihm noch schlechter ging. Trotzdem reagierte ich nicht und legte die Gabel langsam auf den Teller. Mein Vater zuckte leicht zusammen, als das Besteck klirrte.

»Du musst endlich aufhören. Ich weiß, dass du sie vermisst, und das tue ich auch, aber du musst damit abschließen.«

Manchmal fand ich es komisch, die Worte aus meinem eigenen Mund zu hören. Sie gehörten viel mehr zu einem tröstenden Erwachsenen, aber nicht zu einem – seine verstorbene Mutter liebenden – Mädchen.

»So wie mit Großmutter«, flüsterte ich und beobachtete ihn. Er atmete schwerfällig. Ich hatte verdammt große Angst um ihn. Angst davor, dass er vor Kummer zerbrechen würde. Angst davor, ihn auch noch zu verlieren. Er hatte das alles nicht verdient. Erst seine Mutter, die die Familie so früh verlassen hatte, und dann der viel zu frühe Tod seiner Frau. Er hatte sie gebraucht, geliebt und dann ihren Verlust schmerzhaft zu spüren bekommen.

Ich stand auf, legte meine Hände auf seinen Rücken und massierte seinen Nacken. »Du musst nicht immer stark sein. Du kannst auch zu deinen Gefühlen stehen«, flüsterte ich ihm ins Ohr. »Ich bin für dich da.« Als seien unsere Rollen vertauscht, legte ich meinen Kopf auf sein Haar und summte leise eine Melodie.

»Du hältst mich, Luzie.« Er seufzte. »Ich bin so verdammt stolz auf dich.«

Ebenso war ich war stolz auf ihn und war mir sicher, dass wir immer zusammenhalten würden. Denn nicht einmal die Zeit würde uns trennen können.

2. Kapitel

Nachdem wir noch ein bisschen zusammengesessen hatten, räumte ich den Tisch ab und begab mich an die Hausarbeit. Zuerst musste ich die untere Etage wischen, dann das Badezimmer putzen und schließlich auch ein paar Körbe Bügelwäsche bewältigen. Aber auch das war für mich mittlerweile kein Problem mehr.

Manchmal hatte ich das Gefühl, dass die kalte Kellerluft mir sogar guttat. Vor allem jetzt im Sommer. Während ich ein Hemd meines Vaters über das Bügelbrett legte, dachte ich erneut an den Urlaub. Nicht, dass ich mich über die freie Zeit beklagen würde, aber oft verbrachte ich stille Momente dann mit nachdenken.

Mein Handy vibrierte. Ich warf rasch einen Blick auf das Display und musste unweigerlich seufzen. Eine neue Nachricht von Jonas. Er bat mich, ihn zurückzurufen, aber mir war nicht danach. Ich verstand nicht, wieso es für ihn nicht zu begreifen war, was ich fühlte. Als junger Mensch hatte man noch so viel Zeit vor sich. Warum dann etwas überstürzen?

Ich räumte die Wäsche zur Seite und stöhnte auf. Doch, ja, Urlaub würde mir wirklich mehr als guttun. Einmal hier raus. Einmal weg von all dem Kummer und der Stille. Weg von Jonas und meinen Gedanken an ihn.

Nach dem Duschen frisierte ich mich und trug sogar eine Schicht Make-up auf. Dann ging ich zu meinem Kleiderschrank. Die Auswahl hielt sich in Grenzen, denn die meisten Sachen hatten meinen letzten Wachstumsschub nicht überstanden. Dennoch hatte ich eine Shoppingtour zeitlich noch nicht einplanen können. Ich beschloss, die Ferien dafür zu nutzen und die alten Kleider auszusortieren.

Letztendlich entschied ich mich für blaue Shorts und ein weißes Spitzentop. Dann prüfte ich mein Outfit noch mal im Spiegel. Unzufrieden griff ich mit beiden Händen in meine Haare und versuchte, sie mit einer Spange hochzustecken. Diese Frisur machte mich etwas älter, was mir gefiel. Vielleicht weil ich meiner Mutter so noch ähnlicher sah und den Eindruck bekam, ein Teil von ihr wäre noch da. In mir.

Nachdenklich hockte ich mich auf meinen Schreibtischstuhl und sah aus dem Fenster. Der Himmel war strahlend blau und die einzelnen Wolken, die sich dorthin verirrt hatten, sahen wie für ein Kinderbuch gezeichnet aus. Auf dem Bürgersteig ging ein Pärchen spazieren, es sah glücklich aus. Die Frau schob einen Kinderwagen. Eine richtige Familie. Vater, Mutter, Kind. Dass wir damals genauso ausgesehen hatten, konnte ich mir nicht vorstellen. Der Tod hatte uns viel zu früh auseinandergerissen.

An meiner Zimmertür klopfte es.

»Luzie?« Mein Vater tauchte im Türrahmen auf. »Hast du Lust, mit mir draußen eine kleine Runde zu gehen?«

Im Grunde war ich nicht sonderlich motiviert, aber ich fand es auch unglaublich lieb von ihm, dass er mich aus meinem Zimmer holen wollte. Trotzdem schüttelte ich den Kopf.

»Ich habe keine Lust«, erklärte ich.

»Dann setz dich doch wenigstens ein bisschen in den Garten. Das Wetter ist so schön.«

Andere Kinder hätten wahrscheinlich genervt die Augen verdreht, wenn die Eltern versuchten, sie an die frische Luft zu schicken. Aber ich wusste, dass er es einfach nur gut meinte und sich Sorgen machte, dass ich mich zu viel mit meinen düsteren Gedanken beschäftigte.

»Ich kann dich doch nicht auch noch verlieren«, hatte er vor einigen Wochen gesagt.

Da hatte ich ihn verwirrt angesehen. »Ach, Papa. Ich lebe doch.«

Er hatte nur den Kopf geschüttelt. »Das meine ich nicht, Luzie. Ich verliere dich an dein Zimmer.«

Mit dem Gedanken an diese Sätze nickte ich und stand auf. Mit einem Taschenbuch bewaffnet folgte ich meinem Vater nach unten und legte mich auf die Liege.

»Alles klar bei dir?«, fragte Papa. »Ich habe dich letztens mit diesem Jungen vor der Schule gesehen. John heißt er, glaube ich.«

Ich hielt die Luft an. »Jonas.« Hoffentlich würde er nicht weiter drauf eingehen.

»Magst du ihn?«

Ich verdrehte die Augen. »Darüber will ich mit dir nicht sprechen, Papa. Mach dir keinen Kopf! Ich bin schon ein großes Mädchen.«

Mein Vater runzelte die Stirn. »Ich will nur dein Bestes, mein Schatz.« Als ich nichts erwiderte, fragte er schließlich: »Hast du die Zeitung schon aus dem Briefkasten geholt?«

Ich war froh, dass das Thema Jungs so schnell vorüber war. Rasch deutete ich nach drinnen, bevor ich mich auf die Seite drehte. Meine Gedanken kreisten, und auch wenn ich einen tiefen Schlaf gehabt hatte, wurde ich unglaublich müde. Ich ließ meinen Kopf auf die Schulter sinken, sodass mein Gesicht gen Himmel zeigte. Ein bisschen Farbe um die Nasenspitze würde mir sicherlich guttun.

Ich hörte Blätter rascheln. Vielleicht war es ein Eichhörnchen, ein Vogel oder das Geräusch stammte einfach nur aus meinen Vorstellungen. Die Sonne kitzelte auf meiner Nase, aber ich rührte mich nicht, sondern versuchte mir vorzustellen, dass ich selbst ein Vogel war, die Arme ausbreitete und durch die Lüfte glitt.

Dieser Gedanke betäubte meine Sinne und ich schlief tatsächlich wieder ein.

Als ich die Augen aufschlug, hatte ich den Eindruck, der Schlaf hätte mich noch müder gemacht, als ich zuvor gewesen war. Nachdenken kostete mich unheimlich viel Kraft. Drinnen hörte ich meinen Vater mit Geschirr klappern und in mir regte sich die Befürchtung, dass er etwas kochen wollte. Deshalb setzte ich mich auf und ging in die Küche.

»Was machst du denn da?«, fragte ich verwirrt und musterte den Topf, den er in den Händen hielt. Dann betrachtete ich meinen

Vater genauer. Seine Haare standen wild in alle Richtungen, als wäre er sich mit der Hand mehrfach hindurchgefahren. Auf seiner Stirn hatte sich eine Falte gebildet und er war kalkweiß im Gesicht. Das letzte Mal hatte er so ausgesehen, als ich auf dem Hochhaus gestanden hatte. Voller Angst. Ich erinnerte mich noch genau an seinen Blick.

Die Liebe, die ihm in die Augen geschrieben war, die Panik vor dem, was gekommen wäre, und die Endgültigkeit, die auf das Ganze gefolgt hätte. Endgültigkeit konnte etwas Schmerzhaftes sein. Es hieß schließlich, dass sich etwas ins Unendliche zog. Aber die Ewigkeit wurde in jedermanns Gedanken anders definiert. Für einige Menschen war es nur eine Minute, in der sie ungeduldig warteten, für manche ein Tag, an dem nicht alles nach ihnen ging, und für manche eine Woche, in der ärgerliche Dinge geschahen. Aber im Grunde war die Ewigkeit für immer.

»Ich wollte Spaghetti kochen. Du hast so friedlich geschlafen und ich dachte, du hättest danach bestimmt Hunger.«

Ich nickte nur, obwohl ich absolut nichts essen wollte. Die Hitze hatte mir jeden Appetit genommen und in meinem Kopf dröhnte es.

»Dann setz dich schon mal«, meinte mein Vater und wandte sich der Schublade mit den Nudeln zu. Mit einer Bewegung war ich zu ihm gesprungen und hatte ihm den Kochtopf aus der Hand genommen.

»Falsch. Du setzt dich und ich koche«, erklärte ich. Ohne zu widersprechen, nahm er seinen Platz ein. »Alles okay bei dir?«, fragte ich, weil er auf mich irgendwie seltsam wirkte.

Er zuckte mit den Schultern. »Wir haben einen Brief bekommen.«

Ich griff nach der Tüte Spaghetti und biss sie mit den Zähnen auf. Auf einmal rutschte sie mir aus der Hand und platzte auf.

»Mist«, jammerte ich und bückte mich, um die Nudeln mit den Händen aufzufegen. »Einen Brief?«, hörte ich mich selbst fragen, war aber mit den Gedanken bei dem Chaos, das ich gerade angerichtet hatte.

»Der Brief ist von meiner Mutter.«

Erst ein paar Sekunden, nachdem die Worte verklungen waren, verstand ich, was mein Vater da gerade gesagt hatte.

»Meine Großmutter hat geschrieben?« Meine Stimme bebte. Er nickte stumm. Ich schluckte, war starr vor Schreck. »Wieso?«, kam es dann aus meinem Mund. »Was will sie denn nach all den Jahren, in denen sie sich nicht für uns interessiert hat?« Ich ließ die Spaghetti auf dem Boden liegen und suchte mit dem Blick den Tisch nach dem Brief ab.

»Er liegt in meinem Arbeitszimmer. Du kannst ihn holen, wenn du willst.«

Das ließ ich mir nicht zweimal sagen. Mit pochendem Herzen lief ich in das Büro meines Vaters.

Dort lag er. So, als würde er nur ein harmloses Schreiben verbergen. Aber es war kein normaler Brief. Es fühlte sich seltsam an, sich dem Umschlag auch nur zu nähern. Es war, als strahlte er eine unglaubliche Macht aus. Meine Finger zitterten. Ich drehte mich um, sah meinen Vater immer noch auf dem Stuhl sitzen. Er starrte einfach nur geradeaus. Mein Herz fuhr Achterbahn, ich hatte unglaubliche Angst.

Als ich das dünne Papier in meiner Hand spürte, merkte ich, wie mir schwindelig wurde. Meine Großmutter hatte die Familie einfach im Stich gelassen. Auch wenn ich diese Frau nicht kannte, fühlte ich eine gewisse Abneigung.

Meine Finger tasteten über die glatte Oberfläche des Umschlags und ich bildete mir ein, mein Herz schneller schlagen zu hören. *Nein*, dachte ich. Ich wollte so nicht fühlen. Ich wollte nicht aufgeregt sein. Aber es ging nicht anders.

Vorsichtig, als würde das Briefpapier bei der kleinsten Bewegung zerreißen, zog ich es heraus und musterte es. Das Papier war beige. Es fühlte sich weich an, aber sehr dünn. Der Geruch von Blumen stieg mir in die Nase. Eigentlich war es ein schöner Duft, aber ich verband damit sofort etwas Fremdes. In meinem Hals bildete sich ein Kloß, der auch durch mehrfaches Schlucken nicht verschwand. Stattdessen musste ich fast würgen. Mit pochendem Herzen las ich die geschriebenen Zeilen.

Mein lieber Stefan, mein liebes Kind,

ich hoffe, Ihr werdet dieses Schreiben lesen. Luzie, Du musst jetzt 16 Jahre alt sein. Diese Auskunft verdanke ich deinem Großvater. Vor seinem Tod konnte er mich ausfindig machen und hat mir Eure Anschrift gegeben. Verzeiht mir, dass ich mich nicht gleich bei Euch gemeldet habe. Vielleicht versteht Ihr, dass ich Angst hatte.

All die Jahre waren meine Gedanken bei Dir, mein Sohn. Auch wenn Du denkst, dass ich dich schnell vergessen habe, ist kein Tag vergangen, an dem ich Dich nicht unendlich vermisst habe. Jedoch gibt es Dinge, die man nicht ändern kann. Auch damals hatte ich große Angst, Angst vor der Zukunft. Angst vor dem Älterwerden. Ich habe einen Fehler gemacht. Es tut mir so leid.

Ihr werdet dieses Schreiben sicherlich nicht ganz verstehen, aber die Zeit wird Euch Antworten schenken, glaubt mir! Erst wenn man alt ist, versteht man, worauf es wirklich ankommt.

Liebe Luzie, lieber Stefan.

Wenn Ihr diesen Brief lest, bin ich hoffentlich schon auf dem Weg zu Euch.

In Liebe,
Helene

Helene. Helene Wagner. Meine Großmutter, deren Nachnamen ich geerbt hatte. Jedoch hoffte ich, dass ich sonst nicht viel Ähnlichkeit mit ihr besaß.

Fassungslos ließ ich das Schreiben sinken und blickte ins Leere. Das gab es doch nicht. Das konnte nur ein Traum sein. Ob ich ihn als Albtraum einstufen würde oder nicht, wusste ich nicht. Früher hatte ich mir das alles hier gewünscht, manchmal abends im Bett gelegen und mir vorgestellt, wie ich mit meiner Mutter und meinen Großeltern im Garten sitzen und Limonade trinken würde. Aber trotzdem fühlte es sich fremd an. Falsch? Jahrelang nichts, absolut nichts, und dann ein Brief. Sie wollte uns besuchen kommen.

Wollte ich das? Wollte mein Vater das?

Hatte er sich nicht all die Jahre geschworen, mit dieser Frau nichts mehr zu tun haben zu wollen?

Ich hatte keine Ahnung. Doch immerhin war sie seine Mutter.

Sie hatte ihn als Erste in den Händen gehalten.

Als Erste seine Nähe gespürt.

Als Erste sein kleines Herz schlagen gehört.

Ich verstand nicht, wie eine Mutter ihr Kind verlassen konnte. Dass sie meinen Großvater nicht mehr geliebt hatte, war eine Sache, aber ihren Sohn, ein wehrloses Kind? Mein Vater hatte mir einst erzählt, er wäre froh gewesen, dass sie weggegangen sei, dass das Leben ohne sie besser wäre. Und trotzdem hatte er sich all die Jahre verraten gefühlt. Verraten von der Frau, die ihn neun Monate in sich getragen und schließlich auf die Welt gebracht hatte. Und nun wollte sie kommen? Sie hatte uns nicht einmal eine Wahl gelassen, sondern einfach selbst entschieden. Sie hätte einen Fehler gemacht. So hatte sie es geschrieben. Einen Fehler! War das das richtige Wort dafür, seine Familie im Stich gelassen zu haben, um mit einem anderen ein neues Leben zu beginnen?

»Was denkst du darüber?«, hörte ich meinen Vater sagen. Plötzlich stand er direkt hinter mir. Ich drehte mich zu ihm um.

»Ich möchte das, was für dich am besten ist«, antwortete ich. Mein Vater reagierte nicht, sondern schluckte nur. Ich lehnte meinen Kopf an seine Brust, sodass ich sein Herz laut schlagen hören konnte.

»Willst du sie kennenlernen?«, fragte ich leise.

»Ich weiß es nicht«, murmelte er.

Tief in meinem Inneren hoffte ich es irgendwie. Nach dem Tod meiner Mutter hatte ich mir nichts sehnlicher gewünscht, als auf einen anderen Verwandten zu treffen. Jemanden, der mich lieben würde. Jemanden, der mir zuhörte und für mich da wäre. Aber ob meine Großmutter die Richtige dafür war?

»Ich habe mich schon oft gefragt, ob sie noch am Leben ist. Seltsam, aber ich habe immer gehofft, dass sie sich nicht mehr meldet.«

Ich sah meinen Vater an. Da verstand ich ihn plötzlich.

»Ich wollte mich dieser Situation nicht stellen, wollte diese Frau aus meinem Leben streichen.«

Er wusste gar nicht, wie sehr ich ihn verstehen konnte. Seine Gedanken, seine Gefühle. Auch ich hatte versucht, meine Mutter zu vergessen, wenigstens nicht ständig an sie zu denken. Aber sie war trotzdem noch ein Teil von mir. Ich wollte endlich, dass alles gut war. Vielleicht wäre mein Vater durch dieses Kennenlernen glücklicher.

Niemand wusste so gut wie ich, wie es sich anfühlte, ohne Mutter zu leben. Ich wollte nicht, dass er weiterhin das Gleiche durchmachen musste wie ich.

»Lass uns sie kennenlernen«, flüsterte ich. »Sie ist deine Mutter.«

Er bewegte sich nicht, dann stöhnte er schließlich auf. »Ich muss darüber nachdenken«, sagte er und strich sich mit der Handfläche über die Stirn und räusperte sich. »Du bist ein Geschenk, Luzie.«

Ich lächelte. Seine Worte erfüllten mich mit Stolz. »Danke.«

Und so vergingen schweigsame Minuten. Minuten des Fühlens, des Denkens und des Empfindens.

Mir schossen viel zu viele Gedanken auf einmal durch den Kopf. Die Entscheidung würde vielleicht mein Leben verändern. Vielleicht würde meine Großmutter hier einziehen, Essen kochen, mich abends ins Bett bringen, bei Regen zur Schule fahren, mit mir über die Liebe sprechen und mir morgens einen heißen Kakao kochen. Vielleicht war sie ja so eine Art von Großmutter.

Aber dann gab es auch diese Großmütter, die einen abends früh ins Bett schickten, sehr streng waren oder vielleicht auch gleichgültig mit ihren Enkeln umgingen.

Ich hoffte, dass Helene anders war. Aber ein Teil von mir hatte große Angst. Konnte sie nach allem, was ich über sie wusste, immer noch warmherzig sein?

Ich starrte einen Punkt an der Decke an und es schien mir, als würde er immer größer werden. Irgendwann verschwamm das Bild vor meinen Augen, mir wurde schwindelig und ich machte die Augen zu. Irgendwo in meinem Kopf hörte ich ein leises Brummen, das ich mir wohl letztendlich nur eingebildet hatte. Aber es machte mich unheimlich nervös. Mein Herz klopfte ungleichmäßig, so als wollte es mich provozieren. Auch meine Gedanken kämpften gegen mich. Die Sorgen, die Ängste und das Unbehagen kamen mir in den Sinn.

Ich kniff die Augen fester zu, als würde das irgendetwas bringen. Als würden die dunklen Vorstellungen dann verschwinden. Ich versuchte, gleichmäßig zu atmen.

»Alles wird gut«, hörte ich meinen Vater murmeln. Blind tastete ich nach seiner Hand, legte meine vorsichtig auf seine. Da erschrak ich. Seine Finger fühlten sich kalt an. So, als hätte auch er unglaubliche Angst.

3. Kapitel

Ich hockte zwischen einem Haufen aus Zeitungen und alten Konserven. Mir war klar, dass die Kombination dieser beiden Dinge etwas eigenartig war, aber mein Vater hatte sich Folgendes in den Kopf gesetzt: Wenn er seine Mutter kennenlernen würde, dann musste es hier sauber sein.

Ich war stolz auf ihn, dass er zu dem Entschluss gekommen war, sie in Empfang zu nehmen. Andererseits tummelten sich in meinem Kopf nun noch mehr Fragen als zuvor.

Wie sah sie aus? Was für eine Stimme hatte sie? Wie würde sie riechen? Seltsame Fragen, aber das passte doch irgendwie. Seltsame Fragen für einen seltsamen Anlass. Welcher Mann lernte nach seinem 50. Lebensjahr noch seine Mutter kennen?

Klar, solche Dinge gab es immer. Aber sie geschahen doch nur in der Zeitung, im Fernsehen, vielleicht noch bei den Nachbarn oder dem Zeitungsboten. Aber nicht bei einem selbst. Schon früher war für mich klar gewesen, dass ich von gefährlichen Situationen nicht betroffen sein würde. Bei einem Sturm würde ich nicht unter einen Baum geraten, nicht vom Blitz getroffen werden. Egal in welchem Moment, für mich stand aus irgendeinem Grund immer fest, dass mir nichts passieren würde. So als hätte das Schicksal mich einfach schon genug bestraft, als könnte es mir mehr als meine Mutter nicht nehmen.

Ich stand auf und stieß mit dem Fuß gegen eine Erbsenkonserve.

»Verdammt«, schimpfte ich und humpelte aus dem Chaos hinaus.

»Wir müssen uns beeilen, Luzie«, mahnte mein Vater und räumte hektisch ein Regal leer, um es im nächsten Moment auszuwischen.

»Wir haben doch keine Ahnung, wann sie kommt«, merkte ich an.

Er hielt kurz inne. Natürlich wusste er, dass ich recht hatte. Wir hatten nur ihren Brief.

»Das Aufräumen ist doch völliger Unsinn. Sie will *uns* kennenlernen und nicht unser …« Ich suchte nach den richtigen Worten. »Haus«, setzte ich nach. »Wenn sie denn überhaupt kommt. Sie müsste doch eigentlich schon längst da sein.«

Aber darauf wusste mein Vater eine Antwort. »Das können wir nicht wissen. Wir haben keine Ahnung, wie weit sie von uns weg wohnt, oder ob sie aufgehalten wurde. Wenn sie nicht planen würde, zu kommen, hätte sie uns doch wohl nicht diesen Brief geschrieben.«

Hoffentlich hatte er recht. Erschöpft ließ ich mich wieder auf den Boden sinken und legte den Kopf schief. Ich wusste nicht mehr, was ich tun konnte. Am liebsten wollte ich einfach stumm sitzen bleiben und warten. Darauf, was passieren würde. Wieder kam mir der Brief in den Sinn.

Ich stand auf, um ihn mir im Wohnzimmer noch einmal genauer anzusehen. Diesmal war ich nicht so aufgeregt wie beim ersten Mal. Schließlich wusste ich, was darin geschrieben stand. Meine Aufmerksamkeit widmete ich stattdessen dem Umschlag.

Helene Wagner, Calle dei Fabbri, 30124 Venezia, Italy.

Mein Herz fing wieder an, schneller zu klopfen. Wie konnten wir das nur vorher übersehen haben? Natürlich hatte meine Großmutter einen Absender angegeben.

»Papa!«, rief ich und hörte, wie meine Stimme durch den Flur hallte. Mit eiligen Schritten rannte ich zur Küche, in der ich meinen Vater vermutete. Wie erwartet stand er noch immer vor dem Regal, das er zuvor ausgewischt hatte. Nun war er dabei, die Pakete mit Mehl, Zucker und Haferflocken einzuräumen.

»Mein Gott, Luzie«, schimpfte er. »Du hast mich total erschreckt.«

»Sorry, Papa«, räumte ich ein. »Ich habe gerade etwas entdeckt.«

Mein Vater wirkte nicht sonderlich interessiert, sondern konzentrierte sich weiterhin auf seine Arbeit.

»Helene wohnt in Venedig«, sagte ich triumphierend.

»In Venedig?« Jetzt sah mein Vater mich an. Ich nickte lächelnd. »Du meine Güte. Da hat sie sich ja ein feines Plätzchen gesucht, nachdem sie aus Frankfurt weggezogen ist.«

Ich zuckte mit den Schultern. Ich kannte Venedig nur aus dem Fernsehen oder aus Büchern. Mein Vater hatte mir vor Jahren versprochen, einmal hinzufahren, aber wir waren nie dazu gekommen.

»Das ist ja der Wahnsinn. Vielleicht können wir sie dann auch mal besuchen. Das wird bestimmt toll. Oder wir ziehen dorthin ... Dann müsste ich die Schule wechseln. Aber das wäre überhaupt nicht schlimm. Nun beginnt vielleicht ein neues Leben, Papa. Ich bin so aufgeregt!« Ich war sofort Feuer und Flamme.

Allerdings war mein Vater nicht so angetan von meinem Vorschlag. »Moment, Moment. Erst mal lernen wir sie in Ruhe kennen«, stoppte er mich.

Aber ich ließ mich nicht davon abhalten, mir im Internet auf meinem Handy Bilder anzusehen. Ich hatte schon mehrfach die tollen Aufnahmen bewundert, und auch wenn ich noch nie dagewesen war, hatte ich mich sofort in die im Wasser liegende Stadt verliebt. Diesmal fühlte es sich aber noch einmal ganz anders an. Es hatte mich auf einen Schlag etwas mit Venedig verbunden: meine Großmutter.

Ich freute mich auf Anhieb noch mehr auf sie. Für einen Moment war die Angst vergessen.

Ich klickte auf das erste Bild und betrachtete es. Zu sehen war ein breiter Kanal, in dem sich eine Mauer aus Häusern spiegelte, die das Wasser umarmte. Die Häuser waren ziemlich alt, wirkten aber sehr romantisch und schafften trotz des ... nein, wahrscheinlich gerade wegen des heruntergekommenen Putzes eine unheimlich schöne Atmosphäre. Die Farben im hinteren Bereich waren leuchtend und klar.

In dem trüben Wasser glitt ein Gondoliere, welcher am Heckschnabel der *Gondola* stand und sein steuerbordseitiges *Remo* elegant durch das Wasser gleiten ließ. Die fachbegrifflichen Bezeichnungen waren neben dem Bild stichpunktartig aufgelistet. Ich musterte die Brücke, die die Menschen über das Wasser führen sollte. Zwischen den Häusern, welche in zarten unterschiedlichen Orang-, Beige- und Gelbtönen gestrichen waren, befanden sich schmale Gassen, die etwas Geheimnisvolles ausstrahlten. An fast jedem Fenster waren lindgrüne Fensterläden befestigt, die der Wirkung des Fotos noch ihren letzten Schliff gaben.

»Warst du schon mal in Venedig?« Ich sah auf und musterte meinen Vater. Er schüttelte den Kopf. Nachdenklich blickte ich wieder auf das Foto. »Diese Stadt ist zum Verlieben schön.«

»Sie wollte dort immer heiraten«, sagte mein Vater plötzlich.

»Wer?« Ich hatte gar nicht richtig zugehört.

»Juliane. Deine Mutter.«

Ich schluckte. »Das hast du noch nie erzählt.«

»Hast du mich denn schon mal danach gefragt?«

Ich verdrehte die Augen.

»Ich glaube, jedes Mädchen oder jede Frau träumt irgendwann mal davon, dorthin zu reisen. Es soll unglaublich romantisch sein.« Er zuckte mit den Schultern.

»Na klar! Sieh dir nur diese Bilder an. Du hast das Gefühl, du wohnst direkt auf dem Wasser. Meinst du, Helene hat ein großes Haus?«

»Ich habe keine Ahnung. Jedenfalls hätte ich nicht gedacht, dass es sie nach Italien zieht. Nach allem, was dein Großvater über sie erzählt hat, war sie eher der Typ für ...« Er suchte nach den richtigen Worten. »Ach, ich weiß es nicht. Vielleicht habe ich das alles auch nur falsch eingeschätzt.«

»Ob sie noch mit diesem Mann zusammenlebt, für den sie Großvater verlassen hat?«, überlegte ich.

Mein Vater schüttelte den Kopf. »Sicherlich nicht. Angeblich war sie nicht gerne in festen Händen.« Er schnaubte. »Hat sie ja auch deutlich gezeigt.«

Ich verdrängte seine Worte. All das, was er erzählte, war nicht gerade positiv. Deshalb wollte ich es nicht hören. Ich wollte, dass sie anders war ...

»Du kannst ihre Adresse ja mal im Internet suchen«, schlug mein Vater vor.

Die Idee fand ich spitze. Weil mein Handyakku gleich den Geist aufgeben würde, lief ich in mein Zimmer und setzte mich an den Schreibtisch. Mein Vater folgte mir. *Aha. Es interessiert ihn also auch,* stellte ich schmunzelnd fest. Ich konnte es gar nicht abwarten, die Buchstaben in die Tastatur zu hämmern, und tippte ungeduldig auf der Maus herum, während die Sanduhr auf dem Desktop anzeigte, dass der Computer noch im Wartemodus war.

Ein paar Sekunden später war ich auf einer Seite mit venezianischen Bildern.

»Wie heißt die Straße noch mal?«, murmelte ich leise und griff nach dem Umschlag. Dann tippte ich den Straßennamen ein. Aufgeregt wartete ich. Aber ich konnte nichts dazu finden, nur ein paar Einträge auf Wikipedia über Venedig selbst, Restaurantempfehlungen und Facebook-Bilder von Besuchern. Auch der Name meiner Großmutter brachte keine Einträge.

Nachdem ich verschiedenste Seiten im Internet durchwühlt und mein Vater mein Zimmer wieder verlassen hatte, stieß ich endlich auf einen Namen. Zwar nicht auf den meiner Großmutter, aber zumindest erfuhr ich den ihrer Nachbarin, die als Architektin im Online-Telefonbuch eingetragen war.

»Hier ist eine Nummer der Nachbarin«, rief ich und notierte die Zahlen auf einen Block. »Vielleicht kannst du ja mal anrufen und fragen ...« Ich lief aus meinem Zimmer in den Flur.

»Fragen?« Verwirrt sah mein Vater mich an.

Ich verdrehte die Augen. »Du weißt schon. Hören, ob Großmutter schon unterwegs ist.«

»Du musst dich doch nur ein bisschen gedulden.«

»Bitte, Papa«, bettelte ich und schwenkte den Zettel mit der Telefonnummer. »Du bist doch bestimmt auch aufgeregt.«

Er gab nach. »Gut. Ich versuche es.« Er nahm das Telefon und tippte die Ziffern ein. Dabei bedeutete er mir, leise zu sein. Ich setzte mich auf den Fußboden und beobachtete, wie er in der Diele hin und her lief. Es war ziemlich lange still am Telefon. Ich hatte schon die Sorge, niemand würde sich melden. Mein Herz fing wieder an, schneller zu schlagen, als das Gesicht meines Vaters sich plötzlich aufhellte. Jemand musste sich gemeldet haben.

»*Ciao, Signora.* Mein Name ist Stefan Wagner. Ich rufe aus Deutschland an«, fing mein Vater an, auf italienisch zu sprechen. Er beherrschte viele Sprachen. Beruflich hatte er oft mit ausländischen Firmen zu tun, und auch ich kannte die Sprache gut. Ich lernte sie seit mehreren Jahren in der Schule und fand den Klang so wunderschön, dass ich auch meine Freizeit dafür opferte.

»Sie wohnen auf der *Calle dei Fabbri*, richtig? Es geht um *Signora* Wagner, meine Mutter. Kennen Sie sie?«

Ich bekam kurze Zeit keine Luft mehr, rang nach Sauerstoff und hörte ein Piepen in meinem Kopf. *Bitte, bitte, bitte*, flehte ich.

Ich wusste genau, was ich hören wollte: Dass meine Großmutter eine tolle Frau war, ein großes Herz besaß und viel über uns erzählt hatte. Und dass sie längst auf dem Weg war.

Ich schloss die Augen und lauschte den Worten meines Vaters.

»Ja, so hieß sie einmal, aber nein, sie hat vor vielen Jahren geheiratet«, erklärte dieser.

Wieder sagte die Person am anderen Ende der Leitung etwas. Ich versuchte, irgendetwas aufzuschnappen, aber die Stimme war zu leise.

»Sind Sie sicher?«, hörte ich ihn dann plötzlich sagen. »Das muss ein Missverständnis sein. Wir haben einen Brief von ihr ...«

Dann wurde es um mich herum still. Stiller als still.

»Vielen Dank, *Signora* Pisano«, sagte er schließlich. Ich riss die Augen auf, starrte ihn an und wartete auf eine Reaktion. Doch er lief schweigend auf mich zu und nahm mich in den Arm. »Es tut mir so leid, Luzie.«

Ich wusste nicht, was ich denken sollte. Mir kamen so viele Dinge in den Sinn, dass ich überfordert war. »Was ist?«, wisperte ich. So leise, dass ich mich selbst kaum hören konnte. So leise, als würde ich mich an dem Klang dieser Frage verbrennen.

»Sie ist tot«, antwortete er.

Es verging eine ziemlich lange Minute. Ich blickte auf die Uhr, die an der Wand hing, und zählte jede Sekunde mit. *Tot, tot, tot,* hallte es in meinem Kopf.

»Nein«, kam es auf einmal aus meinem Mund. »Sie lebt. Sie hat doch den Brief ...«

Mein Vater schüttelte den Kopf. »Sie ist vor zwei Tagen gestorben, Luzie.«

Ich wollte das nicht hören. »Das stimmt nicht. Du lügst!«, schrie ich aufgebracht. »Du willst sie nur nicht kennenlernen.«

Tränen stiegen in seine Augen und obwohl ich tief im Inneren wusste, dass ich unrecht hatte, konnte ich die Worte nicht zurückhalten.

»Vielleicht ist es ein Missverständnis«, behauptete ich. »Vielleicht gibt es zwei Frauen ...«

Er unterbrach mich. »Luzie, Wagner ist ein deutscher Nachname. Eine Verwechslung ist fast ausgeschlossen.«

Aber das durfte nicht sein. Nach all den Jahren hatte sie sich endlich gemeldet. Da konnte sie doch nicht einfach sterben.

»Vielleicht hat sie eine Schwester, oder ...« Ich überlegte. »Das kann doch sein.« Ja, das konnte sein. Aber die Wahrscheinlichkeit ging gegen null. Ich lehnte mich gegen meinen Vater, drückte den Kopf in sein Hemd und schniefte. »Ich habe es so gehofft«, flüsterte ich.

Er nickte. »Ich weiß. Aber vielleicht ist es besser so. Ich meine, so wie es ist.«

Das war so ungerecht. Schon wieder hatte das Schicksal mich ausgewählt.

»Ich habe gehofft, dass nun endlich alles besser wird«, schluchzte ich.

Mein Vater kratzte sich am Kopf. »Wir können abschließen«, sagte er dann.

Aber ich wusste, dass ich dies nicht tun konnte. Noch immer war diese Lücke in meinem Herzen, diese Stelle, die sich nach Leben sehnte. »Ich möchte sie kennenlernen«, sagte ich plötzlich. »Ich möchte endlich wissen, wie sie gelebt hat, wer sie gewesen ist.«

»Ich verstehe dich ja, aber es ist zu spät. Wir müssen es so hinnehmen.«

Ich verstand ihn nicht. Ging es ihm denn gar nicht so wie mir?

»Was ist nur los mit dir? Deine Mutter ist gestorben und du redest vom Akzeptieren und Hinnehmen?« Ich sah ihn vorwurfsvoll an.

»Ich hatte nie eine Mutter.« Seine Stimme klang sachlich, so als würde er über einen Goldfisch sprechen und nicht über die Frau, die ihn zur Welt gebracht hatte.

»Ich möchte nach Venedig fahren, Papa«, rief ich. »Ich möchte das Haus sehen, in dem sie gelebt hat, über die Straße laufen, in der sie morgens ihre Einkäufe erledigt hat, und ich möchte aus dem Fenster sehen. So wie sie es gemacht hat, bevor sie sich ins Bett legte.«

Tränen liefen mir über die Wangen. Ich wusste, dass das Ganze sehr theatralisch klang, aber ich hoffte einfach, dass die Worte Wirkung zeigten. Ich war mir absolut sicher, dass es das Beste für mich sein würde, für eine Weile wegzugehen. Weg von dem ganzen Vertrauten hier, weg von Jonas.

»Das geht nicht. Du kannst nicht alleine nach Italien reisen.«

Ich runzelte die Stirn, wischte mir die Wangen trocken und sah ihn an. »Ich hatte daran gedacht, dass wir gemeinsam fahren.«

Sofort schüttelte mein Vater den Kopf. »Nein, Luzie. Ich werde nicht fahren. Ich habe abgeschlossen. Das Schicksal hat entschieden: Sie ist tot.«

Warum schon wieder wir? Ich spürte ein Stechen in meinem Bauch. Mir wurde furchtbar schlecht und ich wünschte mir, ich könnte mich übergeben.

»Ich muss hier weg«, presste ich hervor. »Bitte, Papa. Lass mich nach Venedig.«

Mein Vater sah verzweifelt aus. »Ich liebe dich mehr als alles andere auf der Welt. Aber ich kann dich unmöglich alleine in ein fremdes Land, eine fremde Stadt ... Nein, Luzie. Beim besten Willen nicht.«

»Ich habe doch gesagt, dass du mitkommen kannst.«

Mein Vater schüttelte sich. »Und ich habe dir gesagt, dass das nicht infrage kommt.«

»Wir haben Ferien. Stell dir einfach vor, ich würde ein Sprachcamp besuchen.«

In einem gleichmäßigen Rhythmus schüttelte er den Kopf. »Das lässt sich nicht vergleichen. Du kennst dich überhaupt nicht aus in Italien.«

Langsam wurde ich sauer. »Du kannst mir nicht alles nehmen.« Die Worte kamen wie automatisch aus meinem Mund.

Er erschrak. »So?« Seine Stimme klang fremd. Als gehörte sie jemand anderem. Jemand Fremdem. Nicht ihm, meinem Vater.

Ich war wie gelähmt, spürte noch immer das Stechen. »Bitte, Papa. Lass mich mit all dem abschließen!« Das war meine letzte Chance, um ihn umzustimmen, die letzte, um nach Venedig zu fahren.

»Und wie willst du dorthin kommen?«, fragte er.

Sofort witterte ich meine Gelegenheit. »Mit dem Zug.«

Er schnaubte. »Mit dem Zug fährst du viele, viele Stunden.«

Ich winkte ab. »Das ist mir egal. Ich kann doch schlafen. Und lernen.«

Mein Vater schüttelte den Kopf. »So eine lange Fahrt ist wahnsinnig anstrengend und mit Umsteigen verbunden.«

Ich blickte auf den Boden, ließ enttäuscht die Schultern hängen und sagte nichts mehr. Ich würde ihn nicht umstimmen können, egal was ich sagte.

Irgendwann beschloss ich, in mein Zimmer zu gehen. Verzweifelt, von der Welt verlassen, stand ich auf. Mein Körper fühlte sich schwer an, vor allem meine Füße schienen Tonnen zu wiegen. Irgendwo in mir keimte die Hoffnung auf, mein Vater würde mich aufhalten, sagen, dass er doch mit mir kommen würde. Langsam drehte ich mich um. Unsere Blicke trafen sich. Aber er blieb einfach stehen.

Feigling, schoss es mir durch den Kopf, obwohl ich wusste, dass das gemein war. Er war kein Feigling, er hatte einfach nur Angst. Und Furcht war keine Untat. Aber das war mir in diesem Augenblick egal. Ich war wütend. Wütend auf meine Großmutter, weil sie alles kaputt gemacht hatte. Damals, als sie einfach weggegangen war, und dann heute, weil sie gestorben war.

Ich war auch wütend auf meinen Vater, weil er sich nicht überwinden konnte. Und wütend auf Jonas, weil er in mir dieses Gefühlschaos verursachte.

Am Schlimmsten war jedoch die Wut auf mich selbst, weil ich mich so schlecht beherrschen konnte, anstatt die Entscheidung endlich zu akzeptieren.

In meinem Zimmer war es viel zu schwül. Ich öffnete das Fenster, aber dadurch kam noch mehr warme Luft herein. Erschöpft ließ ich mich auf mein Bett fallen und atmete tief ein und aus. *Das war alles nur ein böser Traum*, dachte ich immer wieder. *Ein Traum, der bald enden wird.*

Irgendwann hatte ich für diese Gedanken nur noch ein Lachen übrig. Ich schüttelte mich. Unsinn! Es brachte nichts, wenn ich versuchte, mich mit solchen Dingen herumzuschlagen. Das Ganze war die Realität.

Meine Tür wurde geöffnet. Ich sah auf. Mein Vater kam herein. »Du wohnst bei den Schorns. Deine Großmutter hat mit ihnen zusammengelebt. Du meldest dich mindestens einmal am Tag. Und du versprichst mir, gut auf dich aufzupassen.«

Verwirrt sah ich ihn an. »Das meinst du nicht ernst, oder?« Ich fuhr hoch.

»Doch. Ich möchte nicht schuld daran sein, dass meine Tochter unglücklich ist.« Er lächelte schwach.

»Danke, danke, danke!« Ich sprang vom Bett, lief auf ihn zu und drückte mich fest an ihn. »Wann darf ich denn los?«

»Dein Flieger geht morgen früh. Ich habe Kontakt mit einem alten Herrn aufgenommen, der bei den Schorns arbeitet. Dein alter Vater kann sehr überzeugend sein.« Er zwinkerte mir zu.

»Ich darf wirklich bei ihnen wohnen?«

»Sie können wohl nichts dagegen tun. So wie es aussieht, sind wir die Erben.«

Bei diesem Wort kribbelte alles in mir. Eigentlich verhieß das ja immer etwas Positives. Anderseits war es auch mit dem Tod verbunden.

»Das bedeutet mir sehr viel«, sagte ich leise und schob mir eine lästige Haarsträhne aus dem Gesicht.

»Ich weiß«, erwiderte mein Vater. »Ich lasse dich auch nur aus diesem Grund gehen, Luzie.«

Venedig. Der *Canal Grande*, die Lagunen, der Markusplatz, die Gondeln, der Dogenpalast, das Wasser ... All das verband man mit dieser Stadt. Ich hingegen definierte Venedig für mich so: Panik und Anspannung.

Mein Vater erahnte bestimmt meine Gedanken, aber ich versuchte, mir nichts von den Gefühlen anmerken zu lassen, als wir auf den Parkplatz des Frankfurter Flughafens fuhren. Auch er würde mich sicherlich unendlich vermissen. Denn er hatte schließlich recht gehabt. Diese Reise war nicht mit einem Sprachurlaub zu vergleichen. Und wir hatten ja nur uns. Wir mussten zusammenhalten.

Am vergangenen Abend hatte ich meine Sachen zusammengepackt und nun waren wir hier am Flughafen. Es ging alles so rasend schnell.

»Vielleicht ist es ja doch das Beste für dich. Sie werden sicherlich nett zu dir sein. Schreib mir bitte eine Nachricht, wenn du angekommen bist.« Mein Vater strich mir kurz und zärtlich über die Haare. Dann zwang er sich zu einem Lächeln. »Sei aber vorsichtig. Und lass dir nicht alles sagen.«

»Na, hör schon auf, Papa«, warf ich ein. »Gleich fange ich ja an zu weinen, wenn du so was sagst.«

»Du hast ja recht. Da bin ich gerade wohl zu sehr in der Mutterrolle ... aber schließlich muss ich für dich beides sein. Da kann es manchmal schwierig sein zu wissen, welche Rolle gerade passend ist.«

»Sei einfach du selbst«, antwortete ich und lächelte. »Denn das ist immer das Passendste.«

Mein Vater gab mir einen Kuss auf die Wange. Er roch nach Pfefferminz, herrlich frisch und sauber.

»Bist du sicher, dass du nicht doch mitkommen willst?«, fragte ich. Meine Stimme war schwach.

»Ja, mein Schatz, das bin ich. Du schaffst das ohne mich. Wahrscheinlich ist es sogar besser so. Dann hast du deine Freiheiten. Und außerdem muss ich doch das Haus renovieren.«

Ich stöhnte auf. »Als sei das der Grund dafür, dass du hierbleibst.«

Er schwieg. Um die Stimmung zu lockern, lachte ich.

»Du siehst aus wie ein begossener Pudel.« Ich guckte auf die Uhr. »Verflixt. Hier ist ja der Teufel los. Wieso müssen die Leute denn alle in den Urlaub fliegen? An der Nordsee ist es doch auch schön.«

Verzweifelt schlug ich mit der Hand gegen die Fensterscheibe des Wagens.

Mein Vater trat auf das Gaspedal. »Glück gehabt. Da können wir parken«, sagte er, ehe er rechts in eine Lücke direkt vor dem Terminal bog. Ein schwarzer BMW, der ebenfalls einen Blick auf den Parkplatz geworfen hatte, bremste scharf und der Fahrer haute wütend auf die Hupe.

Ich wandte mich um. Am Steuer saß eine Blondine, die sich arrogant durch ihr sorgfältig frisiertes Haar fuhr. Ich musste würgen. Sicherlich gehörte sie zu dieser Sorte Frauen, die das komplette Geld für den Friseurbesuch ausgaben, während ich meine Spitzen alle paar Monate mit einer Nagelschere schnitt.

»Hoher Blutdruck ist ungesund«, stellte mein Vater fest und zog den Autoschlüssel. »Eigentlich könnte man die Fahrt ja schon mit einem kleinen Abenteuerurlaub vergleichen«, sagte er und ließ die Hände auf den Schoß sinken.

Ich verdrehte die Augen und zwickte ihn in die Seite. »Nicht nur eigentlich. Aber ich kriege das hin. Mach dir keine Gedanken. Und wenn es mir nicht gefällt, bin ich im Nullkommanichts wieder da.«

Ich grinste, griff nach meinem Handgepäck. Der Rucksack fiel mir fast aus der Hand, weil ich ihn ziemlich schwer beladen hatte. Bücher, ein Stadtplan, Geld für den Notfall, eine Haarbürste, mein Handy inklusive Ladekabel, eine Wasserflasche für den Flughafenaufenthalt, ein Kissen, Kaugummis, Stifte und ein Block.

»Hast du alles?«, fragte mein Vater, während er die Fahrertür öffnete.

»Ja.«

»Wir sind nun doch ziemlich früh. Wenn du magst, können wir nach dem Einchecken noch etwas essen oder trinken gehen.«

»Ich habe keinen Hunger«, sagte ich nur. Und das stimmte auch. In mir drin fühlte sich alles seltsam und fremd an. Ich würde so viel hinter mir lassen. Für eine unbestimmte Zeit. Papa. Meine Freundinnen aus der Schule und natürlich Jonas. Ich hatte ihm nicht einmal gesagt, was ich vorhatte. Aber vielleicht war es auch besser so. Wenn ich wiederkam, würde vielleicht alles anders sein. Wenn er nur aufhören würde, wie ein hungriger Löwe nach mir zu jagen. Wir hatten noch die ganze Zukunft vor uns. Wenn man jung war, verging die Zeit im Schneckentempo. Ein Tag wurde zu einem Jahr und ein Jahr zur Ewigkeit.

»Zum Glück braucht man zum Trinken keinen Hunger.« Papa legte mir den Arm um die Schulter und ich lehnte mich an ihn. Mein Mund wurde trocken. »Woran denkst du?« Seine Finger strichen liebevoll über meine Schulter.

»An Venedig«, log ich. Am Himmel schien die Sonne. Es wirkte alles ziemlich freundlich, wie Urlaub. Mein Herz schlug hart in meiner Brust.

»Verdammt, der wiegt ja doppelt so viel wie du«, jaulte mein Vater, als er meinen Koffer aus dem Kofferraum hievte.

»Ich bin ein Mädchen«, sagte ich und nahm ihm das Gepäck aus der Hand.

Mühelos rollte ich den Koffer hinter mir her. Vor den Schaltern standen lange Schlangen. Alle wollten einchecken. Genervt stöhnte ich und sah mich um. Ich war ewig nicht mehr am Flughafen gewesen, und dass ich nun alleine fliegen würde, machte es nicht einfacher. Gegenüber war ein Stehimbiss. Ich musterte die Leute, die vor einer Theke standen, um Sandwiches, Donuts, Baguettes, Waffeln und andere Dinge von der Karte zu bestellen. In meinem Magen kribbelte alles. Mein Hals schnürte sich zu. Ein Mann, der genau vor einem Fenster stand, las in einer Zeitschrift und schlürfte ein Heißgetränk. Oben auf einer Anzeige ratterten die Zeiten der Abflüge durch. Bis zum Italien-Abflug blieben mir noch fast zwei Stunden. Als ich meinen Koffer abgegeben hatte, sahen wir uns um.

»Wir könnten uns dahin setzen«, schlug mein Vater vor. Er zeigte auf ein kleines Café.

»Da ist ein kleiner Tisch frei.« Ich deutete auf die Ecke. Wir liefen langsam auf den Platz zu und setzten uns.

»Magst du nun doch etwas haben?«

Ich zuckte mit den Schultern. »Ein Kakao wäre nett. Mit Sahne bitte.« Schon als kleines Kind hatte ich das gerne getrunken. Am liebsten abends im Bett bei der Gute-Nacht-Geschichte. Aber meist hatte mein Vater das verboten.

»Davon kriegst du Karies«, waren seine Worte gewesen. Und so hatten wir uns diplomatisch auf einzelne Tage geeinigt. Geburtstag und Weihnachten.

Mein Blick streifte die Menschenmengen. Mein Vater stand vorne und wartete. Er musterte die Karte und deutete schließlich auf etwas, das ich nicht sehen konnte, da die Bedienung direkt davor stand.

Ich stellte meine Tasche auf den benachbarten Stuhl und nahm einen Schluck aus der Tasse, die Papa mir vor die Nase stellte.

»Du wirst bestimmt auch ohne mich genug zu tun haben. Eine Last weniger tut dir auch mal gut.« Ich nahm seine Hand und strich darüber.

Erschrocken blickte er mich an. »Du bist doch keine Last, Luzie.«

Ich lachte. »Ich meine ja nur. Du hast doch selbst gesagt, dass die Renovierung einiges an Zeit kostet und ohne mich hast du deine Freiheit.«

Er zuckte mit den Schultern. »Du wirst dich sicher gut mit ihnen verstehen, so viele Gedanken, wie du dir um andere machst. Ganz bestimmt.«

Verlegen legte ich den Kopf in den Nacken. *Hoffentlich*, schoss es mir durch den Kopf. *Hoffentlich werden sie nett zu mir sein.*

Eine gute Stunde später standen wir vor der Sicherheitskontrolle. Die lange Menschenschlange davor bewegte sich nur äußerst langsam vorwärts. Irgendwo gab es Komplikationen bei einem ausländischen Mann, der anscheinend weder Deutsch noch Englisch verstand.

»Pass auf dich auf, Liebes«, sagte mein Vater. »Und melde dich, wenn du gelandet bist.«

»Das hast du eben schon gesagt, Papa.«

Er wischte sich übers Auge. »Ach, was mache ich denn nur ohne dich?«

»Du tust ja so, als sei ich ewig weg. Wir telefonieren doch jeden Tag.«

»Das machen wir.«

»Danke, Papa.«

»Wofür?«

»Dass du mich fliegen lässt. Ach, und einfach für alles.« Ich seufzte, ging einen Schritt auf ihn zu und umarmte ihn. Es fühlte sich so vertraut und gut an, dass mir ganz warm ums Herz wurde. Seine Augen schimmerten gefährlich. *Bitte nicht weinen*, flehte ich innerlich. Denn dann konnte ich für nichts garantieren.

»Fassen wir uns kurz«, sagte mein Vater schließlich. »Versprich mir, dass du dich nicht verzaubern lässt, ja?«

»Verzaubern?« Ich lachte. »Wie meinst du das?«

»Na, Venedig soll wunderschön sein. Nicht, dass du gar nicht mehr wiederkommen magst.«

Noch einmal drückte ich mich fest an ihn. »So schön wie bei uns zu Hause kann es nicht sein«, flüsterte ich ihm zu und löste mich aus der Umarmung.

Kurz darauf war ich an der Reihe. Ich zeigte den Pass und meine Bordkarte vor. Anschließend drehte ich mich noch ein letztes Mal um und hob die Hand. Mein Vater winkte. Ich erwiderte dies und kniff die Augen zusammen, um die aufkommenden Tränen zu unterdrücken.

Als ich durch die Kontrolle gegangen war, ging es mir schon etwas besser. Zumindest hatte ich den Abschied hinter mich gebracht. Nun musste ich nur noch warten, bis ich einsteigen konnte.

Ich hatte keine Lust, durch die Duty-free-Geschäfte zu gehen. Erstens stank es dort meistens nach dem Parfüm, mit dem sich die Passagiere eingenebelt hatten, und zweitens waren mir die Sachen auch viel zu teuer. Jedoch schienen die anderen Leute Gefallen daran zu finden. Sie schlängelten sich durch die Meile und begutachteten die Schaufenster. Ich schüttelte verständnislos den Kopf und ging weiter. Meine Tasche war ohnehin viel zu schwer. Ob ich den Schorns ein Geschenk mitbringen musste? Daran hatte ich nicht gedacht. Es war alles so schnell gegangen.

Ich sah mich um und winkte gedanklich ab. Sie würden schon Verständnis haben.

Am Gate angekommen, stellte ich mich hilflos zu den anderen Reisenden und blickte mich um. Ich musste noch ein bisschen warten, jedoch kam die Flugzeit allmählich näher. Somit wuchs auch meine Anspannung.

Schließlich wurden alle zum Boarding aufgerufen. Ich packte meinen Rucksack und atmete tief durch. »Venedig, ich komme«, murmelte ich und lief eilig einer vierköpfigen Familie hinterher.

Das jüngste Mitglied war gerade mal im Kindergartenalter. Das Mädchen weinte laut und klammerte sich an den Arm seiner Mutter.

»Wir müssen jetzt los.« Die Mutter wirkte gestresst, der Vater suchte nach den Flugtickets und der ältere Bruder des Mädchens hatte seinen Kopf in einen Comic gesteckt.

Langsam liefen wir durch die Gangway. Mein Herz schlug immer schneller. Tausend Gedanken schossen mir durch den Kopf. Plötzlich machte ich mir Sorgen. Was war, wenn wir abstürzen würden? Davon hörte man doch immer mal in den Nachrichten. Terroranschläge, ein Fehler im Triebwerk ...

Aber wieso sollte das Flugzeug abstürzen? Die Technik wurde regelmäßig überprüft und die Sicherheitskontrollen waren streng. Nein, ich drehte einfach nur durch.

Ängstlich sah ich mich um. Wie es den anderen Reisenden wohl ging? Hatten sie auch etwas Angst? Jedenfalls ließ es sich niemand anmerken.

Wie paranoid schaute ich mich im Flugzeug um. Ich schluckte, drückte meinen Rucksack eng an meinen Bauch und schlängelte mich die Reihen entlang. Oft waren es doch die unauffälligen Personen, die einen Anschlag ausübten. Ein von der Außenwelt als zurückhaltend beschriebener Mann entführte sein Nachbarskind. Der schüchterne Junge aus der letzten Reihe plante einen Amoklauf. Der Pfleger aus dem Altersheim schmuggelte Medikamente ...

Stopp, Luzie!

Ich schlug mir mit der Faust gegen den Kopf. Ich war verrückt! Ich steigerte mich so in die Situation hinein, dass ich kaum noch Luft bekam.

»Alles in Ordnung?« Eine Stewardess näherte sich mir.

»Ja«, hauchte ich. »Ich habe nur etwas Angst.«

Sie lächelte freundlich. »Keine Sorge, junge Dame. Ich fliege den ganzen Tag. Das Flugzeug ist das sicherste Ver ...«

»... Verkehrsmittel der Welt.« Ich lachte. Bei meinem letzten Flug hatte mein Vater das Gleiche gesagt.

Papa, erinnerte ich mich wieder und merkte, wie ich Sehnsucht nach ihm bekam. *Na super*, überlegte ich. Wenn ich ihn nun schon vermisste, wie würde es dann nach ein paar Tagen aussehen?

Auch die Stewardess lachte. »Man sagt das nicht umsonst.«

»Das hoffe ich.« Unruhig setzte ich mich auf meinen Platz und legte die Arme auf die Lehne. Angespannt schaute ich nach vorne und wartete darauf, dass sich endlich alle hingesetzt hatten und die Maschine starten konnte. Zehn Minuten später hörte ich die Sicherheitsanweisung. Ich klappte den Tisch ein, auf den ich mein Buch gelegt hatte, und lehnte den Kopf gegen die Rücklehne. Am besten würde ich die ganze Zeit schlafen.

Als ich jedoch die Frau mit ihrer Familie hörte, drehte ich mich um. Sie hatte sich an die Stewardess gewandt.

»Können Sie mir sagen, wie lange der Flug dauert?«, fragte sie höflich.

Die Stewardess nickte. »Wir sind anderthalb Stunden in der Luft.«

Nach dieser Information wandte ich mich wieder ab und sank in den Sitz.

Tatsächlich wurde ich erst bei der Landung wieder wach. Erleichtert stellte ich fest, dass wir uns dem Boden schon reichlich genähert hatten. Aufgeregt sah ich aus dem Fenster.

Wahnsinn, schoss es mir durch den Kopf. Das war wirklich der reinste Wahnsinn!

4. Kapitel

VENEDIG war tatsächlich eine wundersame Stadt. Anders als die anderen. So anders, dass man sich von seiner Pracht und Einzigartigkeit kein gutes Bild machen konnte. Dafür reichten keine Karten, keine Bilder, keine Modelle und auch nicht eine detaillierte Erzählung. Man musste es einfach erleben.

Die Lage inmitten einer Lagune verlieh der Stadt den Reiz eines erhobenen Wasserschlosses. Schon alleine das Wort *Venedig* zauberte vielen Menschen romantische Bilder in den Kopf. Das konnte ich in diesem Moment verstehen. Mir klappte die Kinnlade herunter. Ich konnte es gar nicht abwarten, alles aus der Nähe zu betrachten. Aus der Luft hatte es so klein ausgesehen, dass man sich sorgte, die Stadt würde vom Meer verschluckt.

»Sie sind wohl zum ersten Mal hier, junges Fräulein.« Ein älterer Herr sah mich von der Seite an. Ich nickte. »Herrlich. Ich fahre jedes Jahr her und bin immer aufs Neue verliebt. Und was treibt Sie hierher?« Er half mir, den Rucksack aus der Ablage zu holen, die sich über den Flugzeugsitzen befand.

»Meine Großmutter«, antwortete ich automatisch. Sie wohnt hier«, fügte ich hinzu Die Gegenwartsform hatte ich absichtlich verwendet. Ich hatte keine Lust, einem Fremden die ganze Geschichte zu erzählen.

»Früher habe ich auch immer davon geträumt, hierher zu ziehen, aber dann holt es mich nach einiger Zeit Urlaub doch immer zurück in die Heimat.«

Ich hörte gar nicht mehr richtig zu und wandte mich ab. »Danke«, murmelte ich.

Fragend sah er mich an.

Ich deutete mit einem Nicken auf den Rucksack. »Für die Hilfe.«

Er winkte ab. »Dafür nicht.«

Unsicher sah ich nach vorne. Konnte ich jetzt einfach das Flugzeug verlassen und dann meinen Koffer holen? Zwar hatten mein Vater und ich den Ablauf mehrfach besprochen, jedoch kamen mir hier schon die ersten Zweifel. Unschlüssig lief ich den Passagieren hinterher. Ein Steward stand an der Tür und wünschte allen einen angenehmen Aufenthalt. Ich bedankte mich und ging hinaus.

Im Flughafengebäude war es angenehm kühl. Ich genoss es, endlich richtig durchatmen zu können. Die Ungewissheit erfüllte mich mit Aufregung. Mein Vater hatte mir Geld für ein Taxi gegeben, aber zuerst musste ich meinen Koffer holen. Anscheinend hatte ich schon vergessen, wie schwer er war, denn als ich ihn vom Gepäckband heben wollte, kippte ich fast zur Seite. Aber es gelang mir schließlich, ihn nach draußen zu ziehen. Dort sah ich mich nach einem Taxi um. Allerdings traute ich mich nicht, auf einen Wagen zuzugehen. Ich hatte Angst, den Fahrer nicht zu verstehen und es graute mir davor, alleine mit einem Fremden im Auto zu sitzen. Um mich zu orientieren, griff ich in meinen Rucksack. Irgendwo hatte ich einen Stadtplan eingepackt. In einem Seitenfach stieß ich auf mein Handy. Ich hatte drei entgangene Anrufe und zwei Nachrichten. Allesamt von Jonas.

»Luzie, bitte melde dich!« und »Wo bist du? Bitte ruf mich an! Lass uns reden.«

Ich schluckte und kniff die Augen zusammen. Einerseits weil die Sonne so grell schien, anderseits weil ich für einen kurzen Augenblick der Situation entfliehen wollte.

»Kann ich helfen?«

Ich fuhr herum. Ein italienischer Mann mittleren Alters stand vor mir. Er hatte dunkle Haare, einen Schnurrbart und trug ein weißes, hochgekrempeltes Hemd. Zögernd überlegte ich, wie ich die Frage formulieren sollte. »Ähm ... Ich suche ... Ich möchte meine Großmutter besuchen. Sie wohnt in *San Marco.*«

Der Mann lachte. »Du kommst aus *Germania*?«

Ich nickte erstaunt.

»Wir haben dort gerade Urlaub gemacht. Meine Frau und ich.« Er sah zu einer kleinen rundlichen Frau, die strahlend auf uns zulief.

»Wir müssen gehen, Giovanni. Die Kinder warten doch.« Sie sah sehr nett aus, hatte eine freundliche Erscheinung und eine sympathisch klingende Stimme.

»Das ist meine *bella.*« Der Mann, Giovanni, lachte und legte einen Arm um seine Frau. Sofort musste ich an Jonas denken. An seine braunen Augen und das Funkeln darin, wenn er mich ansah. In meiner Brust hämmerte es. *Nein,* sagte ich mir. Ich durfte mir keine Gedanken über ihn machen.

Schnell sah ich wieder zu Giovanni und seiner Frau. Ich wusste nicht, was ich sagen sollte, und lächelte nur. Giovanni schien zu merken, dass ich verlegen war.

»Als du gesagt hast, dass du nach *San Marco* willst, habe ich mir gedacht, dass du noch nie hier gewesen bist.«

»Mein Italienisch ...« Ich strich mir durchs Haar und biss mir auf die Lippe.

Doch Giovanni schüttelte den Kopf. »Unsinn. Deine Aussprache ist wirklich gut. Aber *San Marco* als dein Ziel ...«

Seine Frau schmunzelte amüsiert. »*San Marco* ist das Zentrum Venedigs.«

Nachdenklich sah ich auf den Stadtplan und versuchte, mich schnellstmöglich zu orientieren, ohne dass eine peinliche Stille auftrat. *»Calle dei Fabbri, 30124 Venezia«*, las ich den Zettel vor, den mein Vater mir in den Plan geschoben haben musste.

Giovanni und seine Frau tauschten Blicke. Dann nickten sie. »Weißt du, wenn du magst, dann können wir dich mitnehmen. Wir wohnen nicht weit weg, und bevor ein junges Mädchen wie du hier alleine durch Venedig läuft, setzten wir dich lieber bei deiner *nonna* ab.«

Meine Bedenken gegenüber Fremden waren vergessen. Ich nickte heftig. »Das wäre super nett. *Grazie.*«

Bis dahin hatte ich mir noch keine Gedanken über das Verkehrsmittel gemacht, das uns hinbringen würde. Erst als wir am Wasser standen, wurde mir klar, dass ich in dieser Stadt noch viel zu lernen hatte.

»Das ist unser spezielles Linienboot. Heute ist es aber eine Art *AliLaguna*. Wie sagt man auf Deutsch?« Giovanni blickte zu seiner Frau.

»Wassertaxi!« Sie grinste und stieg in das Boot. »Eigentlich ist es eher für den Privatgebrauch, aber nun bist du schließlich unser Gast.«

Mit einer Handbewegung forderte Giovanni mich auf, Platz zu nehmen. Ich folgte seiner Frau und setzte mich neben sie.

»Das ist ja unglaublich. Fahren hier denn gar keine Autos?« Erstaunt blickte ich mich um.

Giovanni nickte. »Doch. Venedig besteht ja nicht nur aus dieser Insel. Es gibt Stadtteile wie *Mestre*, die zu Venedig gehören, und dort wird ganz normal Auto gefahren. Wenn man in den Lagunenteil, das Herz der Stadt möchte, muss man aber schon am *Piazza Roma* sein Auto parken.«

Ich runzelte die Stirn. »Das ist doch unglaublich lästig.« Ich konnte mir gar nicht vorstellen, immer und überall mit einem Boot hinzufahren.

Giovannis Frau schüttelte den Kopf. »In den Lagunen von Venedig gibt es Wasserbusse, Wassertaxen und Wasserkrankenwagen sowie Polizei. Es ist wie in jeder normalen Stadt, nur spielt sich alles auf dem Wasser ab.«

»Alles?«

»Selbst die Postboten und Leichenbestatter sind dort nur per Boot unterwegs.«

Bei dem Wort *Leichenbestatter* musste ich schlucken. Sofort hatte ich an meine Großmutter gedacht und mir vorgestellt, wie auch ihr Leichnam über die Kanäle Venedigs gebracht worden war.

»Wohnen Sie schon ihr ganzes Leben hier?«, fragte ich, um mich abzulenken.

Giovanni schüttelte den Kopf. »Sara ist hier geboren. Ich komme eigentlich aus Rom. Wir haben uns kennengelernt, als ich zu Besuch hier war. Ich habe mich gleich verliebt. Sowohl in Venedig als auch in meine Sara.«

Die beiden sahen ziemlich glücklich aus.

»Pass auf, dass es dir nicht genauso geht. Sonst willst du nicht mehr fort.«

Diese Worte erinnerten mich sofort an meinen Vater. »Oh nein. Ich muss zurück nach Hause. Mein Vater erwartet mich dort.«

Sara sah mich verständnislos an. »Dein *papà* ist noch in Germania?«

Ich nickte traurig. »Das ist eine lange Geschichte.« Seufzend sah ich auf das unruhige Wasser.

»Wie heißt deine *nonna* denn?«, fragte Giovanni.

»Helene«, antwortete ich sofort. »Helene Wagner. Ich bin übrigens Luzie. Luzie Wagner.«

»Ein deutscher Name kommt hier nicht oft vor. Sagt mir aber nichts. Auf der *Calle dei Fabbri* sagtest du?«

Ich nickte. »Sie wohnt dort mit einer Familie namens Schorn zusammen.«

»Schorn ist ebenfalls ein seltener Name. Kommt bestimmt auch aus Deutschland. Sind sie verwandt?«

Ich zuckte mit den Schultern. Schließlich hatte ich keine Ahnung. »Es ist so: Meine Großmutter ist verstorben. Wir kannten uns nicht. Nun möchte ich aber verstehen ... Ach, das ist sehr kompliziert.« Ich winkte ab. Zum Glück fragten sie nicht weiter nach.

»Es ist nicht leicht, mit dem Tod umzugehen. Wenn wir dir helfen können, rede mit uns.«

Ich fand es sehr einfühlsam von ihnen, dass sie ihre Hilfe anboten, obwohl wir uns gar nicht richtig kannten. Dankend nickte ich. »Und Sie sind sich sicher, dass Sie weder meine Großmutter noch eine Familie Schorn kennen?«

Giovanni pustete sich eine Haarsträhne aus der Stirn. »*No.* Den Namen habe ich noch nie gehört.«

Das machte mich etwas unsicher. Lieber hätte ich natürlich gehabt, dass sie etwas Gutes erzählen konnten. Etwas, das mir die Sorge nehmen würde.

Giovanni musterte mich aufmerksam. Er schien meine Ängste zu verstehen. »Du brauchst dir keine Gedanken machen, *bella ragazza.*«

»Wenn das so einfach wäre«, seufzte ich. »Wie lange fahren wir eigentlich? «

»Insgesamt ungefähr eine halbe Stunde. Jetzt nur noch die Hälfte, schätze ich.«

Interessiert beugte ich mich zum Wasser herunter. Jedoch hielt Sara mich fest.

»Sei vorsichtig. Es ist nicht so freundlich, wie es aussieht.« Sie lachte. »Was hast du eigentlich nun vor in Venedig? Du hast sicherlich Ferien und bleibst eine Weile, oder? «

Daraufhin zuckte ich mit den Schultern. »Zum Vergnügen bin ich ja eigentlich nicht unbedingt hier, aber wenn ich schon einmal in Venedig bin, werde ich mir sicherlich auch etwas angucken.«

Giovanni überlegte. »Das ist eine gute Idee. Du kannst dich einer Reisegruppe anschließen. Pass nur gut auf, dass du dich nicht verläufst.« Er grinste. Die Vorstellung, alleine durch die fremde Stadt zu laufen und mich womöglich noch zu verirren, gefiel mir ebenfalls nicht. »Hier gibt es viele Straßen. Anders als in Deutschland unterscheidet man sie sehr speziell. Es gibt die *Rio Terra*, so heißen alle Straßen, die über einem zugeschütteten Kanal liegen, an deren Pflasterung man manchmal sogar noch alte Gehwege erkennt. Außerdem gibt es eine *Sottoportico.* Das ist eine Passage, die man durch einen Torbogen betritt.« Giovanni schmunzelte, als er mein erstauntes Gesicht sah. »Warte, warte. Es gibt noch mehr. *Ramos* heißen zum Beispiel Seitenstraßen, die zu einem Kanal führen können. Geschäftsstraßen nennen wir hier *Rughetta* und eine *Calle* ist eine sehr schmale, lange Gasse ... Aber selbst das war es noch nicht. Es gibt noch ein paar Differenzierungen.«

»Und ein Venezianer weiß auch immer, auf was für einem Weg er sich gerade befindet?«

Giovanni zuckte mit den Schultern. »Das gibt sich alles mit der Zeit. Aber natürlich sind die Straßen auch ausgeschildert.«

Erleichtert atmete ich aus. »Meine Großmutter wohnte also in einer schmalen, langen Gasse?«, fragte ich. Sara nickte.

Ich versuchte, mir das Haus vorzustellen, in dem sie gelebt hatte. Da erinnerte ich mich wieder an die Bilder aus dem Internet, die ich mir angesehen hatte.

»Ich bin so aufgeregt. Am liebsten würde ich nun alles genau wissen. Über das Leben hier, über die Stadt, einfach alles.«

Die beiden lachten nur. »Venedig ist wunderbar. Dir wird es hier sicherlich gefallen. Auch die Küche in Italien unterscheidet sich in wesentlichen Punkten von anderen Ländern.«

Da musste ich auch lachen. »Pizza.« Ich fuhr mir mit der Zunge über die Lippe.

»Nicht nur die Pizza schmeckt hier besonders gut«, behauptete Sara. »In Italien werden warme Mahlzeiten wie Mittag- und Abendessen besonders genossen. Ein Frühstück wie in Deutschland ist dort unbekannt und wird nur in Hotels angeboten. Ein wahrer Italiener geht morgens vor der Arbeit höchstens in eine Stehbar und trinkt einen Espresso oder isst ein Hörnchen. Umso ausführlicher widmet man sich dagegen dem *Pranzo* und *Cena*, die in der Regel aus mehreren Gängen bestehen.«

»Oh ja!«, rief Giovanni dazwischen. »Sara ist eine vorzügliche Köchin. Der Antipasto folgt ein erster Gang namens *Primo Piatto* in Form von Pasta oder Risotto. Daraufhin kommt das Hauptgericht. Das besteht meist aus Fisch und Fleisch. Als Beilage gibt es oft Salat und frisches Gemüse.«

»Ich mag Fisch nicht besonders«, sagte ich und verzog das Gesicht.

»Oh. Aber die venezianische Küche ist sehr reich an Fischgerichten«, sagte Giovanni, klang dabei leicht enttäuscht. »Doch sind sie inzwischen meist ziemlich teuer auf der Speisekarte, da der Fischreichtum der Lagune ziemlich nachgelassen hat.«

»Es wird sicherlich auch etwas für dich dabei sein«, meinte Sara. Ich nickte und drehte mich erneut um. Man konnte ein prachtvolles Bauwerk mit großen Kuppeln sehen. »Sind wir etwa schon da?«

»Das ist der Markusdom, ein Wahrzeichen von Venedig. Die Kirche stammt aus dem 11. Jahrhundert.« Giovanni richtete sich auf.

»Wow. Eine so schöne Kirche habe ich noch nie gesehen«, staunte ich.

»Man muss sie nicht nur sehen, man muss sie betreten und die Mosaike von innen bestaunen.« In Giovannis Augen glänzte es.

Sara lachte. »Man würde meinen, er wäre zum ersten Mal hier, nicht? Aber glaub mir, die Liebe zu dieser Stadt verschwindet auch nach vielen Jahren nicht.« Sie blickte zu ihrem Mann und gab ihm einen Kuss auf die Wange.

»Wir legen jetzt an«, rief dieser kurz darauf.

Wir hielten wenige Sekunden später an einer Anlegestelle, und ich stieg mit meinem Gepäck aus. Mein Herz klopfte mir bis zum Hals, die Aufregung stieg. Sara stand auf, während Giovanni noch irgendetwas am Boot festmachen musste. Unschlüssig blieb ich am Ufer stehen und sah zu den beiden. Ich wusste nicht, was ich tun sollte. Konnte ich mich jetzt einfach verabschieden und bedanken? Oder musste ich sie vielleicht doch bezahlen?

Als hätte Giovanni meine Gedanken gelesen, blickte er auf. »Schön, dass wir uns begegnet sind. Wir wünschen dir alles Gute.«

»*Mille grazie*«, rief ich und winkte den beiden zu. »Das war wirklich nett von Ihnen.«

»Gerne, Luzie!« Die beiden winkten mir noch einmal zu.

Dann lief ich orientierungslos von der Anlegestelle weg. Ich musste mich durch eine Menschenmasse schlängeln. Venedig schien – wie man sich eigentlich auch hätte denken können – gut besucht zu sein.

Ich blieb an einer Hauswand stehen und verschnaufte. Ich konnte mich gar nicht auf die Eindrücke der Stadt konzentrieren, denn ich musste die ganze Zeit an Jonas' Nachrichten denken. Schnell tippte ich eine Antwort: »Ich bin in Venedig. Lass uns in den nächsten Tagen sprechen. Ich brauche erst mal Zeit für mich.«

Kaum hatte ich das Handy in die Hosentasche gesteckt, wurde mir heiß und kalt zugleich. *Du lieber Himmel*, ging es mir durch den Kopf. Ich hatte keine Ahnung, was ich tun sollte. Hier würde ich mich sicherlich nicht einmal mit meinem Stadtplan zurechtfinden. Trotzdem griff ich in meinen Rucksack und holte das zerknitterte Papier heraus. Hoffnungsvoll faltete ich es auseinander und musterte die eingezeichneten Straßen. Ich kniff die Augen zusammen.

Hilfe! Für einen kurzen Augenblick überlegte ich tatsächlich, meinen Vater anzurufen. Aber dann wurde mir klar, dass das eine schwachsinnige Idee war. Schließlich war ihm diese Stadt genauso fremd wie mir. Außerdem würde ich ihn damit nur noch mehr verängstigen. Der Gedanke, dass seine Tochter mutterseelenallein durch eine ihr unbekannte Stadt in Italien lief, gefiel ihm ohnehin nicht sonderlich.

Denk erwachsen, befahl ich mir. Was würde Papa tun? Ich musste gar nicht lange überlegen.

»Scusi«, sprach ich einen jungen Mann an. Er wirkte auf mich, als sei er einer der wenigen, der nicht nur als Tourist unterwegs war. »Ich bin nur zu Besuch hier. Ich suche eine Adresse. Können Sie mir helfen?« Meine Stimme klang seltsam. Etwas trocken und rau. Wahrscheinlich von der Unruhe.

»Naturalmente.« Der Mann wandte sich mir zu und lächelte. »Wohin möchtest du denn?«

Ich reichte ihm den Zettel mit der Adresse. Er las langsam und hob dann den Kopf. »Das ist nicht weit. Zu Fuß nur ein paar Minuten. Du musst erst nur geradeaus gehen.« Er deutete in eine Richtung. »Einmal rechts und dann bald darauf links. Dort ist auch die *Marco Polo Bar.*«

Ich bedankte mich, der Mann winkte ab und ging weiter. Dann folgte ich seiner Schilderung. Ich musste eine lange Straße entlanglaufen.

Als ich schließlich auf die *Calle dei Fabbri* abbog, merkte ich, wie mir schwindelig wurde. Meine Gedanken fuhren Achterbahn. Es war, als hätte ein fester Aufprall das letzte bisschen Luft aus meiner Lunge gepresst. Ich stand dort und kämpfte verzweifelt darum, einzuatmen, auszuatmen, irgendetwas zu tun. Ich war unfähig zu sprechen, zu denken, zu gehen. Die Straße war wirklich ziemlich schmal.

Ich suchte nach der Hausnummer, bis mir auffiel, dass ich überhaupt keine Nummer hatte. Auf dem Brief hatte keine gestanden. Mein Puls raste, ich hatte den Eindruck, jeden Augenblick umzukippen.

Ich konnte nicht anders, als an einen Tag im Frühsommer mit Jonas zu denken. Wir waren mit den Rädern gemeinsam an einen See gefahren. Auch da war ich völlig am Ende gewesen, wenn auch wegen einer anderen Art von Anstrengung. Die Kraft war nach und nach aus meinen Gliedern gewichen. Kaum dass wir am See angekommen waren, hatte sich auch noch der Himmel über uns ergossen, sodass wir klatschnass geworden waren.

»Luzie«, hatte Jonas gesagt. »Du zitterst total.«

Ich hatte mit dem Kopf geschüttelt, während er seine Jacke über meine Schulter gelegt hatte.

»Ich mag noch nicht gehen«, erinnerte ich mich an meine Worte.

»Müssen wir auch nicht.«

Und dann waren wir einfach sitzen geblieben. Im Regen. Und es hatte sich gut angefühlt.

Jonas, dachte ich. Warum hast du nicht verstehen können? Er hatte mit seiner Ungeduld alles kaputt gemacht. Irgendwann wäre ich schon bereit gewesen. Dann, wenn die Zeit reif war. Wir waren doch jung …

Vor mir tauchte ein Junge auf, der einen Ball über den Asphaltboden kickte.

»Ciao?«, sprach ich ihn an.

Der italienische Junge drehte sich zu mir um. *»Sí?«*

Es war, als hätte ich in diesem Moment alle italienischen Vokabeln vergessen. Hektisch wühlte ich in meinem Kopf nach letzten Erinnerungen. »Ich suche das Haus der Schorns. Kennst du sie?«

Der Junge schüttelte den Kopf. »Ich wohne auf der *Calle Monti*. Die ist da drüben …« Er zuckte mit den Schultern.

»Ich möchte zu dem Haus meiner verstorbenen Großmutter«, erklärte ich zum gefühlt tausendsten Mal. »Es muss in dieser Straße sein.« Ich reichte ihm den Briefumschlag mit der Adresse.

»Die alte Frau ist deine *nonna*?« Erstaunt sah er mich an. »Vor ein paar Tagen waren viele Leute bei ihr.«

»Aber du hast sie nicht gekannt?« Flehend biss ich meine Zähne zusammen.

Der Junge schüttelte den Kopf. »Ich habe gehört, dass sie gestorben ist, aber vorher habe ich sie noch nie gesehen«, erklärte er.

Ich ließ die Schultern hängen. »Aber du weißt, wo sie gewohnt hat?«

Er deutete auf das Ende der Straße. »Dort hinten steht ein sehr großes Haus. Da wohnte sie. Angeblich mit noch einer Familie. Aber man sieht sie nie. Seltsame Leute, wenn du mich fragst.«

Ich nickte ihm wortlos zu und lief schnellen Schrittes zu dem Haus, das der Junge mir beschrieben hatte.

Ich wusste, dass man lange geglaubt hatte, Venedig stehe auf einem Wald aus Baumstämmen. Das stimmte allerdings nur halb: Die Stadt stand nämlich auf dem sandigen und matschigen Untergrund der vielen Inseln. Das hatte ich einmal in einem Buch gelesen. Zum ersten Mal fragte ich mich, wie meine Großmutter auf die Idee gekommen war, Deutschland zu verlassen. War der Mann, den sie kennengelernt hatte, Italiener? Darüber hatten mein Vater und ich nie gesprochen. Wahrscheinlich wusste er es selbst nicht.

Ich merkte, wie meine Schritte langsamer wurden. Ich bekam immer mehr Angst vor dem Näherkommen, Angst vor den Reaktionen im Hause Schorn, Angst vor ihren Gesichtern, Angst vor ihren Stimmen ... Sie schienen wirklich eigenartige Menschen zu sein, wenn weder Giovanni und Sara noch der kleine Junge sie gekannt hatten.

Ach was, beruhigte ich mich. Wahrscheinlich sah ich Gespenster. Die Innenstadt Venedigs hatte fast 60.000 Einwohner. Da war es doch offensichtlich, dass sich nicht jeder kannte. Andererseits wohnte der kleine Junge hier ...

Meine Kopfhaut fing an zu jucken, aber ich konnte mich nicht kratzen. Meine Hände waren vor Anspannung wie gelähmt.

Das Haus war ziemlich hoch. Die untere Etage war von außen weiß gestrichen, jedoch zog sich nach oben hin ein edler Rotton. Als ich davor stand, musste ich schlucken. Es schüchterte mich irgendwie ein. Die Fassade war schon etwas heruntergekommen. Die Fenster waren weißgrau umrahmt und die Tür bestand aus dunklem Holz. Direkt davor befand sich eine anthrazitfarbene Straßenlaterne, die die romantische Erscheinung des Baus noch erhöhte. Meine Finger zitterten, als meine Hand nach dem Klopfer griff, der an der Türmitte hing.

Ich fühlte mich wie auf einem Sprungturm. Man war ganz oben, sah auf das Wasser hinunter ... Die Panik stand einem in die Augen geschrieben, aber alle Blicke hafteten auf dem Springer. Und aus diesem Grund musste man sich in die Tiefe stürzen. Einfach, weil man sonst als Versager gelten würde, als Feigling. Jemand, der die Leiter wieder herunterstieg, hatte nichts zu lachen.

Ich hatte plötzlich ein Stechen im Hals, das es mir nicht erlaubte, durch den Mund Luft zu holen. Meine Knie wurden weich wie Pudding, ich kniff die Augen zusammen, konzentrierte mich auf das Metall des Klopfers an meinen Fingern und …

Ein energischer Schlag gegen das Holz holte mich zurück in die Wirklichkeit. Noch ein paar Sekunden später hörte ich das Geräusch in meinen Ohren. Die Frau, die die Tür öffnete und schließlich heraustrat, war älter als mein Vater, viel älter – ich schätzte sie auf Ende 60, obwohl ich mir bei dem Alter von Erwachsenen nie ganz sicher war. Irgendwie hatte ich mir die Schorns jünger vorgestellt. Das Gesicht der Frau erinnerte mich an einen Raben, aber wahrscheinlich lag das mehr an ihrer Mimik als an ihren Gesichtszügen. Sie trug einen schlichten blauen Rock, der ihr bis zu den Fußknöcheln reichte, eine langärmlige Bluse und eine weiße Perlenkette, bei der ich mir von Anfang an ihrer Echtheit sicher war. Sie passte einfach zu der Erscheinung der vornehmen Dame.

»Ja, bitte?«, brummte sie und warf mir einen unfreundlichen Blick zu.

»Sind Sie *Signora* Schorn?« Ich bemühte mich, nicht eingeschüchtert zu klingen.

Die Frau schüttelte den Kopf. »Ich kenne keine Familie Schorn«, sagte sie und wollte sich schon wieder abwenden, da hielt ich ihr den Zettel mit der Adresse unter die Nase.

»Mein Name ist Luzie Wagner. Meine Großmutter hat mit den Schorns zusammengelebt, bevor sie gestorben ist …«

Bei den Worten änderte sich ihr Ausdruck. »Moment«, murmelte sie.

Anstatt, wie ich erwartet hatte, kurz nachzudenken, schlug sie mir die Tür vor der Nase zu. Verdattert runzelte ich die Stirn. Sollte ich nun wirklich warten oder einfach gehen?

Mir wurde auf einmal furchtbar schlecht. In meinem Magen schaukelte noch immer die heiße Schokolade vom Flughafen und einen Augenblick hatte ich die ernsthafte Sorge, sie erbrechen zu müssen. Doch bevor ich weiter darüber nachdenken konnte, wurde die Tür aufgerissen und die Frau steckte den Kopf erneut heraus. In ihrer rechten Hand hielt sie eine Kiste.

»Du kannst reinkommen.«

Unsicher wagte ich den ersten Schritt, da hielt sie mich an meinem Arm fest. »Hast du ein Handy dabei? Oder eine Uhr?«

Ich nickte verwirrt. »Ja. Meine Armbanduhr und …«

Sie schüttelte den Kopf. »Hier drinnen ist absolutes Handyverbot. Du hast ja keine Ahnung, wie viele Strahlen von so einem Ding ausgehen. Du musst es zuerst ausschalten.«

Widerstandslos gehorchte ich. »Und meine Uhr?«

Die Frau streckte die Hand aus. »Die kannst du mir geben. Du wirst sie später wiederbekommen. Deine Schuhe kannst du rechts in die Ecke stellen.«

Ich traute mich nicht nachzufragen und reichte ihr das Schmuckstück. Dann folgte ich ihr in den Flur. Er war ziemlich dunkel und kalt. Hinter meiner Stirn bildete sich ein Klumpen voller Angst, Unwohlsein und Verwirrtheit. Schweigend trat ich auf die erste der dunklen Holzstufen. Meine Socken klebten am Parkettboden und ich hatte tatsächlich Sorge, ich würde Fußspuren hinterlassen.

»Du bist also Stefans *figlia*«, sagte die Frau plötzlich in einem missbilligenden Ton.

Ich schluckte. »*Sì*. Luzie heiße ich.«

»Luzie, aus dem Lateinischen, die Leuchtende.«

»Das weiß ich nicht.« Beinahe rechtfertigend zuckte ich mit den Schultern.

»Als ich geboren wurde, kannten Kinder noch die Bedeutung ihres Namens.«

In diesem Augenblick schämte ich mich für meine Unwissenheit. »Und wer sind Sie?«, hörte ich mich fragen, biss mir jedoch sogleich auf die Zunge. War es unhöflich, einfach so zu fragen? Da fiel mir auf, dass ich Gespenster sah. Man konnte sehr wohl nach einem Namen fragen. Ich erkundigte mich schließlich nicht nach ihrem Geburtsjahr, ihrer Konfektionsgröße oder ihrem ersten Freund.

»Ich?«, fragte sie sofort.

»Sì?«, murmelte ich und drehte mich um, als stände noch jemand hinter mir.

»Dann hat sie also nichts über uns geschrieben.« Falls sie wütend war, ließ sie es sich nicht anmerken. »Mein Name ist Paola Temperini. Ich ... ich bin die Hausdame.« Kaum hatte sie zu Ende gesprochen, setzte sie sich wieder in Bewegung. »Ich bringe dich nun zu Paul und Giulia Schorn.«

Fest stand eines: Wer auch immer diese Paola war, ich konnte sie nicht leiden. Nicht nur, weil sie mich mit ihrer strengen Art einschüchterte, sondern auch aus einem anderen Grund, den ich nicht klar definieren konnte. Sie war einfach zu unnahbar. Deshalb traute ich mich auch nicht zu fragen, wieso sie mich zuerst angelogen hatte, was die Schorns betraf.

Wir betraten das Wohnzimmer, einen sehr großen Raum mit vielen bodentiefen Fenstern, die jedoch mit einem Vorhang zugezogen waren. Auf dem Holzboden lag ein breiter dunkelroter Teppich mit wildem Muster. Der Raum wirkte, anders als der Flur, warm. In der Mitte stand ein Tisch, dessen geschwungene Beine ihm einen besonderen Ausdruck verliehen. Daneben waren auf beiden Seiten Kerzenleuchter platziert, jedoch waren die Kerzen darin nicht angezündet. Die Sessel, die in der rechten Ecke des Raumes standen, hatten dunkelbraune Stoffbezüge. Daneben befand sich ein Schrank. Dieser stand auf kurzen Beinen, war sehr breit und hatte goldene Griffe.

»Wow«, entfuhr es mir. Hier hatte aber jemand reichlich Geld investiert.

»Ich schicke die beiden nun runter. Du kannst dich auf das *divano* setzten.« Sie deutete auf das Sofa.

Ich nickte und ging darauf zu. Vorsichtig nahm ich Platz und wartete. Einige Minuten später hörte ich jemanden im Flur sprechen. Ich konnte die Wörter *bambina* und *lettera* aufschnappen, ehe eine Frau ins Wohnzimmer kam.

»Sie ist es wirklich, Paul.« Ihre Stimme war hell, wesentlich freundlicher als die der Alten. Außerdem war sie auch deutlich jünger. Wahrscheinlich Mitte dreißig. Ihr folgte ein etwa genauso alter Mann.

»*Ciao*, Luzie«, begrüßte die Frau mich und reichte mir förmlich die Hand. Diese fühlte sich schwach und kalt an. Ich schauderte.

»*Ciao.* Sie müssen *Signora* Schorn sein«, erwiderte ich.

Die Frau nickte. »Mein Name ist Giulia, und das ist mein Ehemann Paul.«

Der Mann streckte mir ebenso seine Hand hin. »Wir haben nicht wirklich mit dir gerechnet«, fing er plötzlich auf Deutsch an.

»Sie sprechen meine Sprache?«, fragte ich erstaunt.

Paul nickte. »Sicher. Ich komme genauso aus Deutschland wie du.«

»Sie sind also nur hierher gezogen?«

Paul bejahte. »Vor vielen Jahren schon.«

Giulia nahm ihn am Arm. »Und du hast ihren Brief erhalten?«

»Besser gesagt mein Vater. Er ist aber zu Hause geblieben.«

Giulia wandte sich an Paul. »Dann hat sie ja bekommen, was sie wollte.«

Paul winkte ab. »Sie wollte Luzie kennenlernen. Das ist ja auch verständlich.« Er lächelte. »Du kannst im *camera degli ospiti* wohnen. Das ist eins unserer Gästezimmer.«

Eins? Wie viele Gästezimmer hatten sie denn? Aber mich wunderte eigentlich gar nichts mehr. Wer so lebte, bezahlte wahrscheinlich auch mit einer goldenen Kreditkarte. Oder gab es die vielleicht sogar in Platin?

Bei der Vorstellung vergaß ich fast zu antworten. »*Grazie*«, sagte ich also schnell und lächelte.

»Paola wird dich nach oben begleiten und dir beim Auspacken helfen«, erklärte Paul, jedoch zupfte Giulia an seinem Ärmel.

»Lass nur, *tesoro.* Paola braucht etwas Ruhe. Ich begleite Luzie gerne.«

Daraufhin zuckte Paul mit den Schultern. Mir war es nur recht.

Ich stand auf. »Mein Koffer steht noch am Eingang. Ich muss ihn schnell holen.«

Paul schüttelte den Kopf. »Das brauchst du nicht. Dafür wird Paola schon gesorgt haben.«

Ehe ich dazu was sagen konnte, hatte Giulia mir schon zugewunken, dass ich ihr folgen sollte. Verwirrt stolperte ich hinter ihr her.

Das Haus war noch größer, als ich erwartet hatte. Giulia führte mich durch lange, mit Teppichboden ausgelegte Flure, an deren Wänden viele Gemälde hingen. Irgendwann – ich war mir sicher, dass ich den Weg niemals alleine zurückfinden würde – standen wir vor der Zimmertür, an der ein Schild mit der Aufschrift Domus, quae hospitem salutat, non moritur hing.

»Das ist Latein, oder?«, fragte ich.

Giulia nickte. »Paul hat eine Schwäche für diese Sprache.« Ihre Augen leuchteten. »Ein Haus, das einen Gast willkommen heißt, stirbt nicht.«

5. Kapitel

Das Erste, was ich sah, war ein übergroßes Bett. Es war aus weißem geschwungenen Holz und schimmerte in dem schwachen Licht, das von der Deckenleuchte strahlte. Der Bettbezug war dunkelrot und ging schon fast ins Violette über. An der linken Seite stand ein breiter, ebenfalls weißer Holzschrank, der das Zimmer durch seine Spiegeltüren optisch vergrößerte. Die Wände waren passend zu dem Bezug in Bordeaux gestrichen und der Boden war, wie auch im Flur, ein dunkler Parkettboden. Ich staunte darüber, dass ich hier wirklich schlafen sollte.

Langsam wagte ich einen Schritt und wandte meinen Kopf zur Seite. Rechts stand ein großflächiger Schreibtisch, aus der gleichen Serie stammend wie Bett und Schrank. Die Schubladen waren mit Gold veredelt und auf der Schreibfläche stand eine Lampe. Mit offenem Mund ging ich darauf zu und fuhr mit der Handfläche über das Holz. Eine dicke Staubschicht blieb an meiner Haut haften. Ich pustete sie weg und beobachtete, wie sie in tausend kleine Teile zerfiel.

»Tut mir leid für den Schmutz.« Plötzlich stand Giulia hinter mir. »Wir hatten lange keinen Besuch mehr.« Ersteres sagte sie so, als hätte sie mich in das letzte Loch abgeschoben und nicht in dieses Zimmer.

Ich erwiderte nichts. Sie brauchten nicht zu wissen, dass ich so einen Standard nicht gewöhnt war.

»Schön ist es hier«, sagte ich nur leise und musterte meinen Koffer, der direkt neben einem großen Sessel stand.

»Dein Badezimmer ist zwei Zimmer weiter. Es tut mir leid, dass wir dir das zum Zimmer dazugehörende Bad nicht anbieten können, aber wir haben zurzeit Probleme mit der Dusche.«

Ich winkte großzügig ab. »Nicht schlimm.« Natürlich war das nicht schlimm. Zu Hause teilte ich mir das Bad mit meinem Vater. Hier hatte ich mein eigenes.

Giulia lächelte. »Ich lasse dich nun alleine. Wenn du was brauchst, melde dich bei uns.«

Ich nickte. Als die Tür hinter mir zufiel, musste ich an mich halten, um nicht laut zu kreischen. Ob meine Großmutter auch so reich gewesen war? Ich hatte meine Großmutter verloren, ehe ich sie je gehabt hatte. Trotzdem überfiel mich ein Glücksgefühl.

Ich war in Italien, in Venedig. Ich war in dem schönsten Haus meiner Träume und außerdem hatte ich das weichste Bett, das man sich hätte vorstellen können. Zumindest stellte ich das fest, als ich mich auf die Matratze fallen ließ und den Kopf in der Decke vergrub.

»Wahnsinn«, hauchte ich. Am liebsten hätte ich in diesem Moment nach meinem Handy gegriffen und meinen Vater angerufen, aber das konnte ich ja vergessen. Ob Jonas sich Sorgen machen würde, wenn er mich nicht erreichen konnte? Bestimmt gab es hier im Haus ein Telefon. So altmodisch konnte niemand sein. Aber schließlich hatte ich im Wohnzimmer auch keinen Fernseher gesehen ...

Jonas, hämmerte es in meiner Brust. Ich musste an die letzten Wochen zu Hause denken. Daran, wie er mich angesehen hatte, bevor wir über unsere Beziehung gesprochen hatten.

»Luzie«, hatte er gesagt. »Ich habe mich in dich verliebt.«

Noch heute kribbelte alles in mir, wenn ich daran dachte. Noch immer fragte ich mich, warum ich weggelaufen war. Warum ich mich nicht einfach fallen gelassen und ihm vertraut hatte.

Gleichgültigkeit erfüllte mich, sodass ich einfach nur die Augen schloss und den Augenblick genoss. Außerdem war ich so froh, dass die Schorns, anders als diese Paola, ein Herz für Kinder hatten.

Mein Blick schweifte über die Zimmerdecke. Der Leuchter funkelte und erfüllte den Raum mit warmen Licht. Jetzt erst bemerkte ich einen Bilderrahmen an der Wand. In ihm befand sich ein schwarzweißes Foto, wahrscheinlich aus den 50er-Jahren. Zumindest trugen die Leute darauf altmodische Kleidung, so wie die auf den Bildern, die mein Großvater mir als Kind immer gezeigt hatte.

Zu sehen waren darauf drei lachende Frauen. Sie hatten Hochsteckfrisuren, wie man sie aus alten Filmen kannte, und steckten in hellen Blusen und dunklen Röcken. Ich blickte mich um. Das war wohl das einzige Bild, das dem Raum einen Charakter von Leben schenkte. Ansonsten war es ziemlich leer, was Dekoration betraf. Aber das störte mich nicht.

Nach dieser Feststellung beschloss ich, meinen Koffer auszupacken. Ich wandte mich dem Gepäckstück zu, legte es auf einen gemusterten Teppich und holte die gefalteten Shirts heraus. Während ich sie in den Schrank räumte, merkte ich, dass es unheimlich still war. Ich summte leise vor mich hin, während ich die Prozedur mit den Kleidern und Hosen wiederholte. Dann stand ich auf, ging zu dem Fenster, das genau wie das im Wohnzimmer hinter Vorhängen versteckt war. Es war ziemlich hoch, sodass ich mich auf mein Bett stellen musste, um hinauszusehen.

Mit der Hand fuhr ich den Fensterkasten ab und suchte nach dem Griff. Aber es gab keinen. Verwirrt schaute ich auf die andere Seite des Fensters, aber auch dort entdeckte ich keinen. *Seltsam*, überlegte ich, sprang vom Bettkasten herunter und machte mich wieder ans Auspacken.

Zwischenzeitlich wurde mir jedoch so heiß, dass ich beschloss, nach einem Glas Wasser zu fragen. Also öffnete ich langsam die Tür und spähte in den Flur. Er war leer. Hoffentlich würde ich den Weg zurück finden.

An der Wand warf ein Kronleuchter Licht auf den Boden, sodass dieser zauberhaft glänzte. Ich blieb stehen und schaute mir das Tischlein an, das an der rechten Wand stand. Darauf waren kleine Gussstatuen platziert.

Ich konnte nicht richtig erkennen, was sie darstellen sollten, aber sie sahen ein wenig aus wie Raben. Gleich darüber hing ein goldener Spiegel, dessen schmuckvoller Rahmen dem Ganzen einen besonderen Schliff verlieh. Vorsichtig fuhr ich mit der Fingerspitze über das Tischchen und musterte danach die Fingerkuppe. Sie war staubfrei. Anscheinend wurde hier gründlicher geputzt. Die Schorns schienen also tatsächlich lange keinen Gast mehr gehabt zu haben.

Ich zuckte mit den Schultern und ging wieder weiter. Da kam ich zu einer Tür, die mir bekannt vorkam. Leise legte ich meine Hand auf die Klinke und drückte sie dann herunter. Mit einem schwachen Knarren öffnete sie sich.

»Hallo?«, fragte ich unsicher und blickte mich um. Der Raum war leer. Zumindest menschenleer. Er war mit Hunderten von Büchern gefüllt. An den Wänden standen meterhohe Regale mit Vitrinen, hinter deren Fenstern sich Prachtexemplare und Sonderausgaben befanden – zumindest sah es auf den ersten Blick so aus.

»Krass«, entfuhr es mir. Bislang hatte ich immer geglaubt, mein Vater würde viele Bücher besitzen, aber gegen das hier war sein Wandregal nichts. Die Regale reichten bis zur Decke und waren oben nur durch eine Leiter zu erreichen. So, wie ich das schon einmal in einem Film gesehen hatte. Aber in echt? Nein, ich hatte immer geglaubt, dass diese Szenen nur inszeniert waren. Mit Pappe oder vielleicht in einer alten Bücherei. Dass es Menschen gab, die diesen Zauber zu Hause erleben konnten, hatte ich mir nicht vorstellen können.

Dann erst fiel mein Blick auf ein Sofa, das genau vor den Regalen stand. Es war dunkelbraun und bestand aus Leder, die Lehnen waren wie ein Schneckenhaus geschwungen. Die Rücklehne hatte leichte Wellen, aber sah eigentlich sehr gemütlich aus. Gegenüber stand ein niedriger Holztisch, auf dem ein Schachbrett und ein aufgeschlagenes Buch lagen. Rechts stand ein schwarzer Flügel. Ich konnte nicht Klavier spielen, aber trotzdem beeindruckte mich die imposante Wirkung, die der Flügel in diesem Raum hatte.

Langsam ging ich auf den Tisch zu und musterte das Buch. Es war schon ziemlich alt. Der Einband war fast auseinandergefallen und die Seiten waren vergilbt. Selbst der Titel war nur noch schwach lesbar. Anscheinend handelte es sich um ein Buch über die Stadt.

Mein Blick streifte die anderen Bücher. Die meisten drehten sich um Kunst, Gesundheit und Geschichte. Allerdings widmete sich ein ganzes Regal nur Bildbänden und Büchern mit Geschichten über

Venedig. Ich staunte. Wieso kaufte man sich solche Bücher, wenn man die Stadt jeden Tag in Wirklichkeit sehen konnte?

Ich drehte mich um. Schließlich wollte ich ja ... Plötzlich hatte ich vollkommen vergessen, warum ich mein Zimmer verlassen hatte. Ich schüttelte mich. Die Umstände brachten mich völlig durcheinander.

Verwirrt kehrte ich auf dem Absatz um und ging zurück in mein Gästezimmer. Erst dort fiel mir dann wieder ein, dass ich ja eigentlich Durst gehabt hatte, sodass ich laut aufstöhnte, aber schließlich doch beschloss, Giulia zu suchen. Hoffentlich begegnete mir nur nicht diese Paola. Sie war so distanziert, dass ich irgendwie Angst vor ihr hatte.

Diesmal lief ich etwas schneller an dem Tisch im Flur vorbei, bis ich erneut die Tür zur Bibliothek erreichte. Ein Poltern war zu vernehmen, direkt hinter dem Holz. Sollte ich hineinsehen? Ich war mir unsicher, ob ich überhaupt einfach in die Räume spazieren durfte.

Neugierig wagte ich einen Blick durch den Türspalt. Zuerst sah ich nichts, aber als ich den Blickwinkel änderte, entdeckte ich Paul. Er stand mir mit dem Rücken zugewandt, sodass ich sein Gesicht nicht erkennen konnte. Ich identifizierte ihn nur an dem karierten Pullover, den er auch bei meiner Ankunft getragen hatte.

Einen Augenblick überlegte ich, ob ich hineingehen sollte, aber irgendetwas in mir hielt mich davon ab. Dennoch blieb ich am Türrahmen stehen, presste das Ohr an die Wand und versuchte zu hören, was Paul sagte. Jedoch redete er wohl nur mit sich selbst. Er war völlig in Gedanken versunken, sodass er mich auch nicht wahrnahm, als ich mit dem Kopf gegen einen Schalter kam, sodass das Licht im Flur erlosch.

Ich versuchte zu erkennen, was Paul tat. Da machte er einen Schritt zur Seite und ich sah, dass er malte. Auf der Leinwand, die sich auf der Staffelei vor ihm befand, war ganz eindeutig Venedig zu erkennen. Ich staunte. Er schien ein begabter Künstler zu sein. Das Bild sollte anscheinend den Markusplatz darstellen, denn über einem Schwarm von Tauben erstreckte sich der erhabene Dom.

»Wahnsinn«, flüsterte ich und schlug mir die Hand vor den Mund. Der Pinsel in Pauls Hand strich so sanft über die Leinwand, dass man hätte meinen können, er würde sie gar nicht berühren. Aber aus den feinen Bewegungen ergaben sich detaillierte Ergebnisse, die das Kunstwerk mit einer Wirkung erfüllten, als stände man direkt davor. Paul musste einen unheimlichen Zugang zur Kunst haben, um solche Strukturen, Farben und Konturen zu erschaffen.

Oder es musste einfach seine Faszination zu dieser Stadt sein, die ihm dieses Talent schenkte. Wahrscheinlich eine Mischung aus beidem, überlegte ich.

Gedankenversunken drehte ich meinen Kopf in Richtung des Tischleins und warf einen Blick in den Spiegel. Mein Gesicht war mir ganz fremd. In meinen Augen lagen Unruhe und eine Spur von Unwohlsein. Ich zuckte zusammen. Mich erschrak mein eigenes Aussehen.

Plötzlich machte sich in mir Panik breit. Ich erkannte mich selbst nicht wieder. Ich hätte auf Papa hören sollen, diese Reise veränderte mich! Vom einen Tag auf den anderen war ich in einem fremden Land, in einer fremden Stadt, in einem fremden Haus, bei einer fremden Familie. Ich schluckte. Aus dem Augenwinkel nahm ich noch immer Paul Schorn wahr, der hochkonzentriert an der Arbeit war. Aufgeregt machte ich einen Schritt zur Seite. Ich wollte zurück in das Gästezimmer, mich auf das Bett werfen und heulen. Eigentlich wusste ich gar nicht so richtig, warum jetzt die ganzen Emotionen aus mir herausschossen, aber fest stand, dass ich Heimweh hatte.

Auf einmal holte mich ein Poltern zurück in die Realität.

Ich war mit dem Ellenbogen gegen die Gussstatuen gestoßen. Eine davon kippte um, fiel zu Boden und ging zu Bruch. Mein Herz stolperte durch meine Brust, in meinem Kopf zitterte alles und jede Faser in meinem Körper verkrampfte sich.

Ich muss hier weg, dachte ich. Jedoch war es mir nicht möglich, mich zu bewegen. Wie angewurzelt blieb ich also vor dem Tischlein stehen und schaute auf den zerbrochenen Raben.

»Hallo?«, hörte ich Pauls Stimme. Ich biss die Zähne zusammen.

»Ja«, krächzte ich schließlich. »Ich bin es. Luzie.« Ich hielt den Atem an.

Aber anstatt zu kommen und zu sehen, was geschehen war, drehte er sich nur zu der Tür um und blickte mich an. »Was ist los?«

Ein Kloß schnürte mir die Kehle zu. In meinen Ohren dröhnte es und ich merkte, wie mir das Blut in den Kopf stieg. »Ich ... Ich bin mit dem Arm gegen ...« Endlich fand ich meine Stimme wieder. Schamerfüllt bückte ich mich und hob die Figur auf. »Sie ist mir versehentlich heruntergefallen.«

Plötzlich verdunkelte sich seine Miene. »Die Taube.«

»Eine Taube?«, fragte ich und machte ein entschuldigendes Gesicht.

Paul ließ den Pinsel sinken und lief auf mich zu. Dann nahm er mir das in zwei Teile gebrochene Stück ab. »Das ist nicht irgendeine Taube. Es ist ... Ach, was verstehst du schon davon?«

Seine Stimme hatte sich verändert. Auf einmal hatte ich Angst vor ihm. Er wirkte unheimlich zornig, und in mir verdoppelte sich das schlechte Gewissen.

»Es tut mir leid. Natürlich werde ich das bezahlen«, presste ich hervor und biss mir auf den Fingernagel des Zeigefingers. Ängstlich ballte ich die Finger der anderen Hand zusammen, sodass die Knöchel weiß hervortraten. Hoffentlich war das Stück nicht zu wertvoll gewesen. Ich wollte mir gar nicht vorstellen, wie ich dafür würde aufkommen müssen. Aber andererseits war es mir auch egal. In diesem Augenblick wollte ich nur im Boden versinken und versuchen, irgendwie den Schaden zu reduzieren.

»Bezahlen, bezahlen!«, fauchte Paul. »Kinder heutzutage meinen immer, alles sei mit Geld wiedergutzumachen. Manche Dinge haben keinen Preis.«

Ich starrte ihn nur verzweifelt an.

»Sie haben einen Wert. Aber das verstehst du sicherlich nicht. Was weißt du schon vom Leben?« Seine Augen wurden zu kleinen Schlitzen und seltsamerweise veränderte sich in diesem Moment sein Gesichtsausdruck. Die Wut wich der Trauer. Jedoch machte es das nicht einfacher für mich.

»Es tut mir furchtbar leid. Kann ich irgendetwas ...« Ich wusste diesen Satz nicht zu beenden.

»Was suchst du überhaupt hier? Hast du denn nichts zu tun?« Seine Stimme wurde leiser.

»Ich hatte Durst«, antwortete ich wahrheitsgetreu, hatte jedoch schon Angst, mir für diese Antwort etwas einzufangen.

»Die Küche ist unten«, sagte er nur. »Ich brauche meine Ruhe.«

»Was malen Sie denn?«, fragte ich, deutete auf die Leinwand und wollte möglichst interessiert klingen. Vielleicht freute ihn das ja. Oder stimmte ihn zumindest versöhnlich.

»Die Stadt.« Seine Antwort fiel knapp aus.

Ich nickte und lächelte vage. »Das sieht toll aus.«

Er zeigte keine Regung.

»Malen Sie viel? Die Pinselbewegungen sahen aus wie von einem Künstler.«

»Du hast mich beobachtet?«

Ich biss mir auf die Zunge. Mist, wieso hatte ich diese Frage gestellt? »Nein ... Ja ... Also, ich bin nur kurz vorbei...«

Er ignorierte meine Rechtfertigung. »Die *Porta della Carta*, die *Ponto die Rialto*, den*Canal Grande*, die *Santa Maria della Salute* ... Um davor zu stehen, brauche ich nur einen Pinsel.« Er lächelte.

Ich erwiderte es. »Ich würde die Stadt gerne auch einmal sehen. Würden Sie mich begleiten? Ich bräuchte einen Reiseführer, der sich gut auskennt.«

Sein Gesicht verfinsterte sich wieder. »Das kommt nicht infrage. Ich bleibe hier.«

Ich bekam erneut einen hochroten Kopf, weil mir meine Frage nun peinlich war. »Es tut mir leid. Ich wollte Sie nicht bedrä...«

»Kindern tut immer alles leid, und dann machen sie es erneut. Geh nun in die Küche und hol dir was zu trinken. Ich möchte nicht mehr gestört werden.«

»Okay, danke«, murmelte ich und drehte mich um. Da fiel mir aber noch etwas ein. »Darf ich mir denn vielleicht ein Buch über die Stadt ausleihen?« Mir war die Frage etwas unangenehm, aber ich wollte unbedingt mehr erfahren.

Paul zuckte die Schultern. »Von mir aus. Aber beeil dich und lass mich danach bitte arbeiten.«

Ich nickte und lief schnell auf eines der Bücherregale zu. Vorsichtig kletterte ich die Leiter empor und musterte die Buchrücken. Wahllos griff ich nach einem und zog es heraus. Das Bild darauf zeigte zwei Gondeln, die auf dem Kanal glitten. Im Hintergrund konnte man den Dogenpalast sehen.

»Danke«, sagte ich und stieg wieder hinunter. »Das ist wirklich sehr freundlich.«

Ich wollte nach meinem letzten Auftritt besonders höflich herüberkommen. Paul grummelte etwas und nahm den Pinsel in die Hand. Leise schloss ich die Tür hinter mir und lief den Flur entlang. Diesmal in Richtung Küche. In meinem Hals kratzte alles. Ich brauchte dringend etwas zu trinken.

Giulia stand am Herd und verrührte etwas im Kochtopf.

»Hallo«, sagte ich, ehe sie sich umdrehen und erschrecken würde.

Sie wandte mir den Kopf zu und lächelte. »Du bist sicherlich hungrig. Ich koche etwas zum Abendessen.«

Ich musste zugeben, dass es herrlich roch. Nach gebratenen Kartoffeln und Fleisch. »Hm«, machte ich. »Was wird das denn?« Neugierig beugte ich mich über den Topf. Jedoch konnte ich im Inneren nur eine Soße sehen.

»Lass dich überraschen«, flötete Giulia.

Ich schmunzelte. »Könnte ich vorher denn etwas trinken?«

Giulia nickte. »Enrico!«, rief sie plötzlich, sodass ich zusammenzuckte. »Huch. Tut mir leid. Ich suche nur ... Ach, da ist er ja.«

Ein Mann, ungefähr Mitte 60, betrat den Raum. Er hatte graues kurzes Haar, gebräunte italienische Haut und ein sympathisches Lächeln. »*Ciao*, Giulia«, begrüßte er die Frau. »Was kann ich für dich tun?« Er sah sie an. Dann entdeckte er mich. »Paola hat mir gesagt, dass sie da ist, aber ich kann es gar nicht glauben.«

Ich hob eine Augenbraue. Wieso hatte niemand mit mir gerechnet? Mein Vater hatte meinen Besuch doch angemeldet.

»Wir haben es alle nicht glauben können, Enrico«, murmelte Giulia und schüttelte den Kopf. »Aber *sie* hatte nun einmal einen Dickkopf und wollte ihren Willen durchsetzen. Koste es, was es wolle.« Sie warf ihm einen bedeutsamen Blick zu. Dann strahlte sie mich an. »Luzie möchte gerne etwas zu trinken haben. Holst du ihr bitte eine Flasche?« Sie deutete zur Treppe, die weiter nach unten führte.

Enrico nickte. »Natürlich«, murmelte er und ging los.

Ich blieb unschlüssig bei Giulia stehen und beobachtete sie dabei, wie sie den Ofen anheizte und schließlich Besteck aus der Schublade holte. Die Teller erinnerten mich ein wenig an früher. Das Porzellan war weiß, jedoch mit kleinen Blumen gemustert. Die Henkel der Teetasse waren leicht geschwungen, sodass sie besonders edel und vornehm wirkten.

»Kann ich helfen?«, fragte ich, weil ich mir ziemlich blöd vorkam, einfach nur rumzustehen.

Giulia lächelte nur. »Ruh dich lieber aus. Du bist sicherlich noch müde von dem Flug.«

Ich zuckte mit den Schultern.

»Enrico bringt dir das Wasser gleich aufs Zimmer und holt dich zum Essen.« Dankend nickte ich. Etwas verwirrt ging ich zurück in mein Zimmer. Wider Erwarten fand ich es recht schnell, denn im Flur auf und ab laufen hatte ich schließlich schon Übung.

Ich packte die letzten Sachen aus dem Koffer und legte mic!h aufs Bett. Sofort bekam ich ein furchtbar schlechtes Gewissen, weil ich meinen Vater noch nicht angerufen hatte. Deshalb beschloss ich, bei nächster Gelegenheit nach einem Telefon zu fragen.

Ich schüttelte den Kopf, als ich an die Geschichte mit den Strahlen dachte. Natürlich kannte ich die vielen Geschichten darüber, aber man konnte sich heutzutage doch nicht vor allem schützen. Ich legte den Kopf auf die Arme, seufzte und fragte mich, was ich mir eigentlich von dieser Reise versprochen hatte. Es war nur ein Gefühl in mir, das da gewesen war. Ich musste einfach wissen, dass ich alles versucht hatte, um meiner Großmutter nah zu sein. Schon alleine der Gedanke, in dem gleichen Haus zu schlafen, in dem sie es getan hatte, beruhigte mich. Ich schloss die Augen und stellte mir vor, wie sie all die Jahre durch denselben Flur gelaufen, durch dieselbe Tür gegangen war. Ich musste lächeln. Es machte mich unglaublich zufrieden.

»Danke«, wisperte ich. An wen dies gerichtet war, wusste ich nicht genau. Vielleicht an den lieben Gott, wenn es ihn denn gab.

Vielleicht aber auch nur an meinen Vater, weil er mich hatte gehen lassen.

Es klopfte an der Tür.

»Sí!«, rief ich.

Es wurde geöffnet und Enrico stand im Rahmen. In der rechten Hand hielt er eine Glasflasche, in der linken ein Glas. »Giulia ruft zum Essen. Wenn du magst, kannst du vorher noch deinen Vater benachrichtigen, dass du gut angekommen bist.«

Ich nickte heftig. »Au ja.«

Enrico deutete mit einer Geste in den Flur. »Dort steht ein Telefon mit Kabelanschluss. Mach aber nicht so lange, wir warten mit dem Essen.«

›Lang‹ war nicht ausreichend definiert worden, denn als ich dann die kalte Drehscheibe unter meinen Fingerspitzen spürte, konnte ich mein Glück nicht fassen. Die Sätze sprudelten wenige Sekunden später nur so aus mir heraus.

»Papa?«, fragte ich, nachdem ich ihm die üblichen Fragen beantwortet hatte. »Hat jemand bei uns angerufen?«

Stille am anderen Ende.

»Jemand?«, wiederholte er.

Ich überlegte und entschied, ihm nicht von Jonas zu erzählen. Ich wollte ihn nicht mit meinem Liebeskummer belasten.

»Ach, vergiss es«, sagte ich und erzählte ihm alles über die Ankunft. Wie der Flug gewesen! und dass ich mit dem Wassertaxi gefahren war. Und natürlich, dass es mir eigentlich ziemlich gut ging – obwohl das nur zum Teil stimmte. Über Paul und die kaputte Statue verlor ich kein Wort. Mir war es etwas unangenehm, dass mir gleich am ersten Tag so ein Missgeschick unterlaufen war, und ich hatte Sorge, mein Vater würde mich für unvorsichtig halten. Außerdem nahm ich Enrico wahr, der am anderen Ende des Korridors auf mich wartete.

»Du, Papa. Ich muss Schluss machen. Es gibt nun *cena* und ich möchte pünktlich sein. Ich hab dich lieb.«

»Ti amo, bella figlia.«

»*Ti amo*, liebster Vater.«

Wir lachten, dann legten wir auf und ich beeilte mich, zu Enrico zu gehen.

»Danke fürs Warten«, rief ich und versuchte, wenigstens bei ihm noch einen guten Eindruck zu hinterlassen.

»Ich hoffe, deinem Vater geht es gut«, sagte er und sah zu Boden.

Ich versuchte seine Worte zu deuten. »Ja«, antwortete ich langsam. »Ich denke schon.«

Enrico nickte. »Sie hätte ihn gerne kennengelernt, weißt du?«

»Meine Großmutter?«

»Deine ... Ach so, ja.«

Ich biss mir auf die Lippe. »Ich sie auch.«

Da wechselte er aber auch schon das Thema. »Du warst bisher noch nie in Venedig?«

»Nein. Wir waren einmal in Florenz. Aber sonst machen wir selten Urlaub.«

»Dann kennst du dich hier sicherlich kaum aus.«

Da hatte er recht. Und nach Pauls Auftritt heute fiel die Idee mit dem Rundgang ja auch aus.

»Wenn du magst, zeige ich dir etwas von der Stadt«, meinte Enrico.

Ich sah ihn verblüfft an. »Wirklich? Das wäre ja toll!« Kurz überlegte ich, von Pauls Korb zu erzählen, aber dann ließ ich es doch. Schließlich wollte ich die Situation selbst möglichst schnell vergessen.

»Natürlich. Ich bin hier geboren. Ich kenne Venedig wie meine Westentasche.«

Ich lächelte. »Ich habe nie gedacht, mal wirklich herzukommen. Vor allem nicht so schnell und spontan. Obwohl ich die Stadt schon immer sehr ansprechend fand.«

Er zuckte mit den Schultern. »So schnell kann es gehen«, sagte er. »Aber vermisst du denn nicht deine Freundinnen, jetzt in den Sommerferien?«

Ich schluckte. »Nein.«

Enrico runzelte die Stirn. Wahrscheinlich verwirrte ihn meine überzeugte Antwort.

»Die, mit denen ich klarkomme, sind alle in den Urlaub gefahren.« Jonas nicht, sagte die Stimme in mir. »Na ja. Fast alle.« Ein trauriges Lächeln huschte über mein Gesicht.

Enrico wurde neugierig. »Fast?«

Ich zuckte mit den Schultern. »Ist nicht so wichtig.« Mir war es unangenehm, mit ihm über meine Beziehung zu Jonas zu sprechen. Schließlich wusste nicht einmal mein Vater, was ich für ihn fühlte. Ich hielt einen Moment inne. Nein, eigentlich wusste ich es ja selbst nicht.

Enrico öffnete die doppelflügelige Tür zum Esszimmer. »Giulia kann sehr gut kochen ... Manchmal frage ich mich, ob sie uns alle dick machen will.«

Ein Blick auf Enrico ließ ich mich schmunzeln. Er war alles andere als dick. Seine Beine waren kurz und dünn und sein Oberkörper war ebenfalls, abgesehen von einem leichten Bauch, ziemlich schmal.

Die anderen saßen schon am Tisch.

»Da seid ihr ja«, begrüßte Giulia uns. Sie hockte gleich neben Paola, die den Blick nur auf Enrico richtete.

»Giulia wartet schon. Das Essen wird doch kalt«, zischte sie ihm zu.

Enrico runzelte die Stirn und warf ihr einen genervten Blick zu.

Oh, dachte ich. Die beiden schienen nicht die größten Freunde zu sein.

Anders jedenfalls als Giulia und Paul. Die beiden saßen sich gegenüber und warfen einander die ganze Zeit liebevolle Blicke zu. Dann stand Giulia jedoch auf und servierte auf einem großen Tablett mein erstes Abendessen in Venedig.

Als Erstes brachte sie uns einen Teller mit Honigmelone. Mein Vater kaufte manchmal welche im Sommer und ich erinnerte mich auch noch daran, dass meine Mutter sie einst vor ihrem Tod gekauft hatte. Wir waren zusammen auf dem Markt gewesen. Aber die Erinnerungen waren nur noch verschwommen.

Ich musterte das Tablett genauer und stellte fest, dass die Melone mit Schinken gereicht wurde. Ich schauderte.

»Das sieht fantastisch aus, Liebste«, staunte Paul, während sich mir der Magen umdrehte.

Kurz überlegte ich, auf vegetarische Kost umzusteigen und das nun zu verkünden, andererseits graute mir der Gedanke, all die Spezialitäten, von denen Giovanni mir berichtet hatte, ab sofort ausschlagen zu müssen.

Giulia legte mir ein großes Stück auf den Teller. »*Prosciutto e melone.* Das ist eine italienische Vorspeise. Hoffentlich schmeckt es euch. *Buon appetito.*«

Alle machten sich über das Essen her, nur ich blieb regungslos sitzen und starrte auf meinen Teller.

»Alles in Ordnung?«, fragte Enrico, der mir gegenüber saß.

Ich erschrak, als er mich ansprach. »Klar. Alles okay«, sagte ich schnell und nahm die Gabel in die Hand. Dann versuchte ich, mir einfach vorzustellen, dass ich etwas ganz Köstliches essen würde.

Innerlich hoffte ich, dass zumindest der Hauptgang etwas mir Vertrautes aufweisen würde. Als ich jedoch den ersten Bissen gewagt hatte, musste ich feststellen, dass es gar nicht so schlecht schmeckte. Die Kombination aus beidem war mir zwar fremd, aber nicht übel.

So konnte ich alles aufessen, beschloss aber, meine Idee mit dem Vegetarierwerden doch noch mal zu überdenken. Das bestätigte auch der Hauptgang.

Es gab Kaninchen. Das stellte sich jedoch erst nach dem Essen heraus. Und so verzog ich mich danach zurück auf mein Zimmer. Ich hatte entsetzliche Magenschmerzen, die wahrscheinlich eher eine Kopfsache waren.

Als mein Magen sich wieder einigermaßen beruhigt hatte, legte ich mich auf den Rücken und schaute zur Decke. Alles drehte sich. Ich wurde langsam müde. Der Tag war anstrengend gewesen, aber auch unheimlich aufregend. Ich griff nach dem Venedigbuch und legte es auf die Matratze. Nachdenklich öffnete ich es und begann zu blättern.

»Venedig befindet sich inmitten einer Lagune in Italien an der Adria. Sie umfasst 118 Inseln, die durch mehr als 400 Brücken verbunden sind. Das Meer an diesem Punkt ist sehr flach«, stand dort geschrieben. Vorsichtig blätterte ich die Seite um. Das Papier war nur hauchdünn. Es roch nach Tabak und die Schrift war schon etwas ausgeblichen.

Wahrscheinlich war es auch schon uralt. Doch gerade solche Bücher mochte ich besonders.

»Alte Bücher erzählen magische Geschichten«, hatte mein Großvater einst zu mir gesagt. Und ich fand, dass er recht hatte: Märchen, Sagen ... All die geheimnisvollen Erzählungen stammten aus der Vergangenheit.

Vielleicht besaß Paul ja auch ein Märchenbuch. Zwar lagen in dem Nachttisch neben mir noch genug Bücher, die ich am Abend eingepackt hatte, jedoch wünschte ich mir, eins aus der Bibliothek ausleihen zu können.

Ich blätterte weiter. Die Seite, die sich mir offenbarte, war mit *»Carnevale«* betitelt. Anscheinend wurde Karneval in Venedig nach der großen Pest im 16. Jahrhundert erstmalig gefeiert und wurde schnell ein Fest ausschweifender Maskenbälle. Das bunte Treiben der Venezianer stellte jedoch bald die Ordnung der Stadt auf den Kopf. Die Feiern wurden immer exzessiver und bald drohten sogar die Herrschaftsverhältnisse unter den Masken zu verschwinden, las ich. Aus Angst vor möglichen Verschwörungen sprach Napoleon ein Verbot des Festes aus. An dieser Stelle hatte jemand mit Bleistift eine Ergänzung vorgenommen: »1980 wurde der Karneval in Venedig schließlich offiziell wieder eingeführt.« Anscheinend hatte sich vor mir ebenfalls jemand mit dem Thema beschäftigt.

Ich ließ meinen Blick etwas tiefer schweifen. Neben dem Bild einer aufwendig erstellten Maske fand ich einen kurzen Text: »Der Venezianische Karneval wird vor allem durch seine fantasievollen Masken charakterisiert. Der *Carnevale di Venecia* dauert 10 Tage und zählt zu den schönsten Karnevalsveranstaltungen weltweit. Die klassischen Masken, *bauta* genannt, die Federmasken und Stabmasken sind oft hochwertig gearbeitete Kunstwerke. Aber auch ganz neue, fantasievolle Masken schmücken in den Karnevalstagen das Bild der Lagunenstadt.«

Karneval, staunte ich. Wäre ich doch bloß früher hier gewesen! Ich seufzte. Die Bilder waren zwar nur schwarzweiß abgedruckt, jedoch verliehen sie dem Buch ein besonderes Etwas. Zu gerne hätte ich dieses Fest hier erlebt.

Als ich mich ein wenig später ins Badezimmer aufmachte, traf ich Enrico.

»Was machst du denn hier?«, fragte er.

»Ich wollte mich waschen und danach schlafen legen.«

Enrico nickte verständnisvoll. »Die Luft hier macht müde.«

Er lachte. »Schlaf gut.«

»*Grazie*, das wünsche ich Ihnen auch, *Signore.*«

»Du brauchst mich nicht zu siezen, Luzie.«

Ich errötete. »Danke.«

Er nickte, bevor er sich abwandte, wohl um mich nicht weiter aufzuhalten.

»Enrico?«, rief ich ihm hinterher.

Sein Kopf drehte sich in meine Richtung. »Ja?«

»Wie ist das hier mit Karneval?«, fragte ich interessiert und hielt die Luft an.

Enrico schüttelte den Kopf. »Ach, Luzie. Diese Tage lassen sich nicht mit Worten beschreiben.«

»Ach, komm schon. Ich wünschte, ich könnte es hier erleben.«

Da lachte Enrico. »Wer möchte das nicht? Du kannst uns ja noch einmal im Frühjahr besuchen kommen.«

Ich nickte zustimmend. »Arbeitest du schon lange hier?«

Wieder lachte er. »Arbeiten. Ja. Also, ich gehe der Familie etwas zur Hand. Sie stehen mir sehr nah.«

Ich zögerte. »Hast du denn keine eigene Familie?« War das zu unverschämt?

Er biss auf seine Unterlippe. »Die habe ich bereits verloren. Vor vielen Jahren.« Nachdenklich sah er zu Boden.

»Das tut mir leid«, flüsterte ich und versuchte, das Thema zu wechseln. »Ich habe die schönen Masken gesehen. In einem Buch. Habt ihr auch alle eine?«

»Natürlich. Ein Venezianer ohne Maske ist wie ein Imbissverkäufer ohne Ketchup.«

»Oder wie Frankreich ohne Crêpes.« Ich grinste.

Enrico auch. »Wenn du magst, dann können wir bald mal in die Stadt gehen. Ich bin dir ja noch einen Rundgang schuldig. Und wenn wir schon dabei sind, könntest du mir bei den Festivalvorbereitungen helfen. Es ist zwar nicht ganz so wie Karneval, aber ein Erlebnis bestimmt.«

»Ein Fest?« Das hörte sich fantastisch an. Ich war an sich eher menschenscheu, doch bei der Vorstellung an ein Fest in Venedig, der Stadt der Masken und Bälle, konnte selbst ich nicht ungerührt bleiben.

Enrico nickte. »Dieses Jahr organisieren wir eins auf dem Markusplatz. Jeder Bürger ist eingeladen und auch die Touristen dürfen kommen.«

Ich freute mich riesig. »Ein Festival in Venedig, und ich kann helfen?«

Er lachte laut. »Nur wenn du magst.«

»Natürlich mag ich«, rief ich.

Und so war es abgemacht. Gleich am nächsten Tag wollten wir gemeinsam auf den Markusplatz gehen und alles planen.

»Danke«, sagte ich, ehe Enrico sich umgedreht hatte und am Ende des Korridors verschwunden war.

Ich wandte mich auch um, ging in Richtung Bad und öffnete die Tür. Innen war es sehr hell. Als ich die Badewanne sah, wusste ich, woher die Redewendung ›in Geld baden‹ kam. Sie stand in der Mitte des Raumes und erfüllte auch diesen mit voller Pracht. Ihre Form glich jedoch eher einer Schale, in die man sich schmiegen wollte, als einer Wanne. Sie stand auf goldenen kurzen Füßen, und die Hähne waren verspielt geschwungen. Ich schluckte. Ob Paola und Enrico auch so ein Bad zur Verfügung hatte? Anscheinend war Geld nicht der Grund gewesen, warum die Schorns mit meiner Großmutter zusammengelebt hatten …

Ich zuckte die Schultern. Dann ließ ich das Badewasser einlaufen. Während dieses scheinbar in Zeitlupe in die Wanne tropfte, putzte ich mir die Zähne. Damit vertrieb ich endlich den unangenehmen Wildgeschmack.

Eine wohlwollende Wärme packte mich schließlich, und ich merkte, wie die Müdigkeit in mir immer stärker wurde. Erschöpft ließ ich mich in die Wanne gleiten, spürte, wie das warme Wasser mich in einen Schwebezustand versetzte. Gleichmäßig atmete ich ein und aus. Mein ganzer Körper war verspannt. Erneut wanderten meine Gedanken zu Jonas. Ich dachte daran, wie egoistisch es gewesen war, einfach so abzuhauen.

Jonas hatte mich aufgefangen, als es mir nicht gut gegangen war. Wir hatten abends auf seinem Sofa gesessen und Händchen gehalten.

Mir wurde heiß und kalt abwechselnd. Der Schaum kitzelte mich an der Bauchdecke, trotzdem empfand ich das Gefühl als angenehm. Ich lag einfach nur dort, drückte die nackten Beine gegen den Porzellanrand und ließ den Kopf auf den Wannenrand sinken. Meine Augen wurden immer schwerer und schwerer, mein Atem immer gleichmäßiger. Meine Augenlider zuckten. Ich stellte mir vor, wie ich mit Jonas langsam durch einen lauwarmen See schwimmen und unter meinen Zehen weiche Pflanzen wahrnehmen würde. Ich konnte förmlich seine Lippen an meinen spüren. Wie sie all die Worte, mein Unbehagen und die Angst gegenüber dem Leben verschlossen und wir uns küssten. Und so ging für mich in einer Badewanne in Venedig, viele Kilometer von Jonas entfernt, ein Tag zu Ende. Denn wenige Sekunden später war ich eingeschlafen.

6. Kapitel

Mein Vater hatte mich als Kind einmal schlafend in der Badewanne aufgefunden. Panisch war er zu mir gestürmt, hatte meinen Kopf zwischen seine kalten Hände gelegt und meinen Namen gerufen. »Ein Bad kann tödlich enden«, waren seine Worte gewesen und ich hatte vor Schreck geweint. Als ich diesmal, mitten in der Nacht, die Augen aufschlug, war ich hellwach. Das Badewasser war entsetzlich abgekühlt, meine Haltung war ganz angespannt und ich spürte ein Ziehen im Nacken. Außerdem zitterte ich entsetzlich. Schnell stützte ich mich am Rand ab und wickelte mich in ein cremefarbenes Handtuch.

Als ich in den Spiegel schaute, erschrak ich. Meine Haut war vollkommen ausgetrocknet und runzelig.

Oh je, dachte ich und schmierte mir etwas Lotion auf die Arme. Ich musste schnell ins Zimmer zurück, ehe ich noch jemandem begegnete. Vorsichtig schlüpfte ich in meinem Pyjama, ging zur Tür und lugte in den finsteren Korridor. Er wirkte gruselig und das Bild der einsamen Dunkelheit brannte sich in meinen Kopf ein. Wie in einem Horrorfilm, stellte ich schaudernd fest. Schnell schlich ich aus dem Badezimmer und sah mich um. Ich konnte doch nicht wirklich die Orientierung verloren haben! Mein Verstand arbeitete fieberhaft. Wo war nur meine Tür? In der Finsternis sah alles so anders aus.

»Wenn ich doch nur eine Taschenlampe hätte«, murmelte ich. Doch ehe ich weiter darüber nachdenken konnte, hörte ich eine Stimme. Dann ertönte ein Geräusch, das wie das Öffnen von Schubladen klang. Ängstlich presste ich mich an die Wand, schloss die

Augen und hielt die Luft an. Mitten in der Nacht sollte hier doch niemand mehr herumlaufen!

Ein Einbrecher, hämmerte es in meinem Kopf. *Nein*, sagte meine Vernunft. Wieso sollte ausgerechnet heute ein Verbrecher hier herumspazieren? Gerade dann, als ich nach Venedig gereist und in der Badewanne eingeschlafen war. Als ich beschlossen hatte, zurück in mein Zimmer zu gehen.

»Nein«, flüsterte ich. Das waren zu viele Zufälle.

Andererseits hatte ich schon genug Dinge erlebt, die mich hätten lehren müssen, dass das Schicksal auf so etwas keine Rücksicht nahm. Ein Schauer lief über meinen Rücken. Das war ja schlimmer als in einem Horrorfilm. Sofort wünschte ich mir, nicht alleine zu sein. Jonas würde mich an die Hand nehmen, mich fest drücken und sagen, dass es nur ein Film war ... Tausend Gedanken jagten durch meinen Kopf.

110! Polizei! 112? Ach, verdammt.

Da stand man einmal im Schlafanzug ohne Handy in einem wildfremden Haus und hatte ein Verbrechen zu stoppen. Da sollte mal einer sagen, Strahlen wären gefährlich.

Ich ärgerte mich darüber, dass ich mein Handy abgegeben hatte. Da fiel mir ein, dass hier im Flur doch irgendwo ein Telefon stand. Wieder hörte ich eine Stimme. Wenn es Einbrecher waren, dann waren sie mindestens zu zweit.

Der Parkettboden knarzte, als ich mich vorsichtig bewegte. Mein Atem stockte. Galt der Notruf eigentlich auch im Ausland? In einer rasanten Geschwindigkeit war ich aus der Ecke gestürzt und in ein Zimmer geflohen. Panisch lehnte ich mich gegen die schwere Tür, nachdem ich sie hinter mir geschlossen hatte, und holte Luft. Mit den Fingen fuhr ich über das Schloss, aber es gab keinen Schlüssel. Verflucht! Waghalsig drückte ich mein Ohr gegen die Tür und horchte.

Plötzlich erklangen Schritte im Flur. Dann wieder diese Stimme. Sie gehörte Paul. Erleichtert atmete ich aus. Hoffentlich hatte er nicht vor, in den Raum zu gehen, in dem ich mich befand. Mein Herz klopfte wieder schneller. Paul sollte auf keinen Fall denken, dass ich hier herumstöberte oder gar meinen Vater benachrichtigen.

Ich sog die Luft durch die Zähne ein. Das wäre mein Ende. Er würde mir nie mehr eine Chance geben. Ich hatte es versaut.

Kraftlos lehnte ich meinen Kopf gegen den Holzrahmen. Ich verdrängte den Gedanken daran, was Paul nur mitten in der Nacht hier machte. Doch dann hörte ich, wie die Schritte an meiner Tür vorbeigingen. Ich lauschte noch einmal.

Ich schaute mich in dem Zimmer um, in dem ich gelandet war. Hier standen ebenfalls deckenhohe Regale, jedoch wesentlich weniger als in Pauls Bücherei. Außerdem waren sie zum Teil mit Fotorahmen, Kisten, Ordnern und CDs gefüllt. Ich näherte mich diesen, aber es war zu dunkel, um irgendetwas zu erkennen. Mutig drückte ich auf den Lichtschalter und musterte dann die Aufschriften. Die meisten Titel waren so alt, dass ich die Sänger nicht einmal kannte. Anders als mein Gästezimmer war dieser Raum außerdem mit vielen persönlichen Dingen gefüllt. Rechts stand ein hohes Bett mit geblümter Baumwollbettwäsche, daneben war ein kleiner Schrank platziert und genau gegenüber ruhte ein alter Sekretär. Ich ging auf ihn zu und musterte die vollgestopften Schubladen, die man wegen all dem Kram nicht schließen konnte.

Erst dann verstand ich auf einmal, dass ich in *ihrem* Zimmer stand. Es musste meine Großmutter gewesen sein, die hier gelebt hatte, denn ich hatte es wiedererkannt: das Briefpapier.

Mit den Fingerspitzen fuhr ich über die dünnen Blätter, die immer noch auf der Arbeitsfläche lagen und darauf warteten, dass jemand seine Worte aufschreiben wollte. Aber es würde noch lange warten, zu lange, bis das passierte.

Ein Kloß in meinem Hals schnürte mir die Luft ab. Ich hatte den Eindruck, jene sei im Zimmer plötzlich dicker geworden, so als würde ich jeden Augenblick ersticken. Meine Augen schlossen sich fast wie automatisch. Ich versuchte mir vorzustellen, wie sie dort gesessen hatte, den Blick auf das alte Papier gerichtet, und wie ihre Hand immer wieder in einem gleichmäßigen Takt darübergestrichen war. Ohne es zu wollen, musste ich lächeln. Die Gedanken an sie waren schön, obwohl sie auch furchtbar schmerzten. Sie war weg, sie war tot. Und der letzte Moment, der uns beiden geblieben wäre, war uns durch eine unsichtbare Kraft – oder sollte ich sagen Gott? – genommen worden. Wut ersetzte mein Lächeln. Das war so gemein.

Ich konnte mich nicht dagegen wehren, dass mir die Tränen aus den Augen schossen und in einer rasanten Geschwindigkeit über meine Wangen strömten. Ich schluchzte. Ob sie vielleicht gespürt hatte, dass ihr Leben ein Ende nehmen würde? Vielleicht hatte sie uns deshalb aufsuchen wollen. Um in Frieden zu gehen. Ich würde es nie erfahren. Nie! Der Tod beendete alles. Diese Endgültigkeit tat weh, sehr weh. Und obwohl mein Verstand mir sagte, dass die Schmerzen nur psychisch bedingt waren, musste ich mich krümmen, als hätte mir jemand ein Messer in die Bauchgegend gejagt. Andererseits war ich unglaublich froh, ihr Zimmer gefunden zu haben. Ich war ihr noch näher, als ich zuvor gedacht hatte.

Unruhig tigerte ich durch den Raum, musterte meine Umgebung und fragte mich, was an dieser Stelle als richtige Entscheidung zählen würde. In mein Zimmer zurückzukehren oder hierzubleiben und mir alles genauer anzusehen? Gehen, bleiben, gehen, bleiben.

Ich taumelte. Mir war plötzlich schwindelig geworden. Verwirrt stützte ich mich an dem Sekretär ab und holte tief Luft. Es war meine einzige Chance, endlich zu erfahren, was sie für ein Mensch gewesen war. Ich hatte ein Recht darauf, sie kennenzulernen, zu wissen, wie sie gelebt hatte. Das war man mir schuldig.

Aufgeregt durchsuchte ich also das Innenleben der Schubladen, kramte in einem Ordner mit Kochrezepten und überflog schließlich sogar die Stromabrechnungen der letzten vier Jahre. Erst dann fiel mein Blick auf eine Kiste. Sie stand genau wie drei weitere im Regal, jedoch leuchtete sie ebenso wie das Briefpapier in einem zartgelben Ton, was sie von den anderen unterschied. Neugierig näherte ich mich ihr, zog sie vorsichtig heraus und stellte sie auf den Sekretär. Langsam hob ich den Deckel an, pustete die dicke Staubschicht weg und beobachtete, wie diese in Zeitlupe auf den Boden glitt. In meiner Nase kitzelte es, jedoch konnte ich ein Niesen unterdrücken.

Ich setzte mich auf den Hocker, griff in die Kiste und hielt plötzlich ein Bündel mit Briefen in der Hand. Sie waren alt. Sehr alt. Und vor allem waren sie ungeöffnet.

Die blaue Tinte war schwach, die Farbe des Papiers ausgeblichen und die Ecken des Umschlags waren geknickt. Ich stutzte. Da erst schaute ich auf den Absender: Emma Franke, darunter eine Adresse, die mir ziemlich bekannt vorkam. Sie lag nicht nur in Italien, nicht nur in Venedig, sondern war identisch mit der dieses Hauses! Ich erstarrte.

Meine Urgroßmutter hatte also ebenfalls hier gewohnt? Ich drehte den Umschlag und suchte nach dem Empfänger. Als ich ihn entdeckt hatte, blieb mir fast das Herz stehen. Der Name lautete: Helene Wagner. Und diese Adresse war nicht in Venedig.

Es war die einer französischen Stadt.

Schließlich konnte ich mich nicht mehr zusammenreißen. Meine Hände rissen wie ferngesteuert den Umschlag auf, sodass ich wenige Sekunden später ein Schreiben in der Hand hielt.

Mein lieber Schatz,

Du gingst weg und ließest mich stehen. Mit vielen Fragen, mit der Angst um dich.

Als Mutter will man sein Kind beschützen. Ich weiß, dass du mittlerweile erwachsen bist und deinen eigenen Weg gehen musst. Trotzdem bitte ich dich, mich nicht auszuschließen. Du bist meine Tochter, ich möchte immer für dich da sein.

Sehnlichst, Mutter

Ich hielt inne. Meine Urgroßmutter hatte meiner Großmutter einen Brief geschrieben, welchen diese ungelesen zurückgeschickt hatte?

So wie ich es verstanden hatte, war Helene damals weggegangen. Ich las den nächsten Brief.

Liebste Lene,

es sind nun viele Jahre vergangen, seit wir uns das letzte Mal gesehen haben. Jedoch verging kein Tag davon, ohne dass ich an dich gedacht und mich gefragt habe, warum meine Tochter, mein liebes Mädchen, mich verlassen hat. Mich quält der Gedanke, dich nie mehr wiederzusehen. Was ist nur geschehen? Ich wünsche mir nur eins: Sag mir, was ich falsch gemacht habe und gib mir eine Chance, um Verzeihung zu bitten.

Ich habe Angst um dich.

In Liebe, Mutter

Die arme Emma, dachte ich. Es musste schlimm für sie gewesen sein, nicht zu wissen, wo ihre Tochter sich aufhielt. Ich zögerte, bevor ich den nächsten Brief in die Hand nahm und weiterlas.

Helene,

Ich habe von deinem Sohn erfahren. Er muss nun 11 Jahre alt sein. Es vergeht kein Tag, an dem ich nicht an euch denke. Ich möchte dich wiedersehen. All die Jahre habe ich mich gefragt, wie es dir geht.

Wie geht es Carl? Wie geht es dem Jungen? Einmal möchte ich meinem Enkel sagen, dass er eine Großmutter hat, eine, die ihn liebt. Einmal möchte ich ihm über die Haare streicheln. Ich weiß nicht einmal, welchen Namen er trägt. Ich bitte dich, melde dich bei mir.

Emma

Mir stockte der Atem. Mein Vater war bereits elf Jahre alt gewesen, als sie diesen Brief verfasst hatte. Das hieß, dass er ungefähr 1975 entstanden sein musste. So alt waren diese Schriften also. Ich staunte.

Ich griff nach dem letzten Umschlag, öffnete ihn und zog das Schreiben heraus.

Helene,

es geht nicht mehr um dich. All die Jahre habe ich mir gewünscht, du würdest mir antworten, einen kurzen Brief zurückschreiben. Du hast es nicht getan. Gewähre mir doch wenigstens eine Bitte: Lass mich meinen Enkel kennenlernen.

Emma

Dieser Brief war wesentlich emotionsloser. Anscheinend waren Emma irgendwann die lieben Worte ausgegangen.

Ich überlegte, ob ich die Briefe einpacken sollte, aber ich hatte Sorge, irgendwer würde danach suchen. Hin- und hergerissen entschied ich mich schließlich fürs Dalassen. Schließlich konnte ich jederzeit wiederkommen. Jedoch pulsierte in meinem Kopf die Frage, wieso meine Großmutter weggegangen war. Und vor allem aber auch die, aus welchem Grund Emma plötzlich aufgegeben hatte.

Auf Letztere bekam ich schnell eine Antwort. Unter dem Briefbündel fand ich nämlich einen Zeitungsartikel aus dem Jahr 1978. Das Datum war mit Bleistift hinzugefügt worden:

15.3.1978
Paris. Ein Passagierzug eines französischen Bahnunternehmens ist entgleist und verunglückt. Der Bürgermeister spricht von einem »katastrophalen Durcheinander«.

Auf dem Weg nach Toulouse ist ein Passagierzug entgleist und hat mindestens zwei Menschen in den Tod gerissen. Dutzende weitere Insassen der Bahn wurden bei dem Unglück am Dienstagabend verletzt.

Einige von ihnen kletterten aus den Fenstern, um sich zu retten. Der Zug mit der Nummer 208 war von Vierzon nach Toulouse unterwegs und ist im Stadtbezirk von Limoges verunglückt.

Plötzlich ging mir alles viel zu schnell.

Gestorben. Es waren zwei Menschen gestorben.

Warum hatte Emma den Artikel aufbewahrt und vor allem, warum in der Kiste mit den Briefen für ihre Tochter?

Ich schluckte.

Mein Herz klopfte immer schneller und schneller.

Dann entdeckte ich sie: die Todesanzeige.

Elle a fait le grand voyage
Helene Wagner
⋆ 16.12.1936
† 15.3.1978

Kein liebes Wort, kein Gruß, kein nichts.

Sie war tot. Nicht erst seit ein paar Tagen, wie ich geglaubt hatte, sondern schon all die Jahre. Sie war vor meiner Geburt gestorben.

»Sie hat ihre letzte Reise angetreten.«

Das war alles. So beendete man doch keine Beziehung zu einem geliebten Menschen.

Und wie hatte sie uns dann einen Brief schreiben können? Nein, besser gesagt: Wer hatte uns den Brief geschrieben? Womöglich die Schorns! Wieso sonst sollten sie einen Brief im Namen meiner Großmutter verfasst haben?

Ich zuckte zusammen. Im Flur tat sich etwas. Jemand lief draußen herum.

Bitte nicht Paul, flehte ich, sprintete zum Lichtschalter und drückte ihn herunter. Schnell suchte ich mir mit dem Haufen Briefe ein Versteck. Ich fand hinter dem Regal eine kleine Nische.

Reflexartig hatte ich gerade den Kopf zurückgezogen, als ich mit dem Fuß gegen einen Ordner stieß und sich wenige Sekunden später die Tür öffnete. Der Korridor war hell erleuchtet. Das konnte ich aus diesem Winkel sehen. Jedoch erlaubte mir meine Sicht nicht, einen Blick auf die Gestalt zu werfen.

Ich hielt die Luft an, hörte, wie mein Herz immer schneller klopfte. *Ich muss hier raus, raus aus diesem Irrenhaus*, dröhnte es in meinem Kopf.

Doch ich war gefangen, gefangen in einer Nische, in einem Zimmer, ohne Kontakt zur Außenwelt.

Der Anruf an meinen Vater, er hatte nur dazu gedient, um diesen zu beruhigen. Damit er nicht so schnell nach mir suchen würde.

Verdammt, ich hätte nicht in diese Falle tappen sollen!

Ich hörte das Atmen im Türrahmen, konnte den Blick auf dem Regal spüren.

Da fiel die Tür plötzlich wieder ins Schloss.

Erleichtert blieb ich einen Moment sitzen, dann stand ich auf und schaltete das Licht wieder an. Mein Fuß schmerzte. Der Ordner war umgekippt und vor mir lag eine lose Blätterwirtschaft. *Hoffentlich war das nicht sortiert*, dachte ich. Aber sicherlich würde es ohnehin niemandem auffallen. Eilig fegte ich die Papiere zusammen, klopfte sie möglichst lautlos auf dem Boden zu einer glatten Unterseite und legte sie zurück in den Ordner. Bevor ich diesen jedoch zurück an seinen Platz stellte, warf ich einen Blick auf die oberste Seite.

Es war ein Stammbaum. Interessiert musterte ich ihn. Ich brauchte ein wenig Zeit, um Orientierung zu gewinnen, doch dann verstand ich: Ganz oben standen die Namen Emma und Paul. Paul Schorn. Sie mussten Geschwister gewesen sein. Erstaunt riss ich die Augen auf. Paul Schorn war mein Urgroßonkel. Nannte man das so?

Ich konnte es gar nicht glauben. Ich war also nicht in Helenes Zimmer, sondern in dem von Emma ... Emma, meiner Urgroßmutter. Emma, meine Urgroßmutter, die schon längst hätte verstorben sein müssen. Oder?

Warum hatte mir niemand gesagt, dass sie noch lebte? Nein! Ich schüttelte mich und überlegte. Sie war nicht mehr am Leben.

Mir war jedoch unbegreiflich, wie Emma dann den Brief hatte schreiben können. Sie musste tot sein.

Ja, ich sah mir ihr Geburtstagjahr an. 1911, das war doch schon eine Ewigkeit her. Sie konnte den Brief nicht verfasst haben. Fassungslos schüttelte ich den Kopf. Irgendetwas lief hier falsch. Ich musste nur noch dahinterkommen, was das war.

Natürlich! Vielleicht hatten gar nicht Emma das Schreiben verfasst, sondern Paul oder Giulia! Allerdings musste doch auch Paul, als ihr Bruder, schon sehr alt sein.

Wer trieb hier ein Spiel mit mir? Hastig stand ich auf, nahm den Stammbaum und steckte ihn wildentschlossen in die Hosentasche meines Pyjamas. Das würde ganz bestimmt nicht auffallen. Und wenn doch, dann würde mir niemand etwas tun. Schließlich waren die Schorns mit mir verwandt.

Wutentbrannt, verzweifelt und um die Wahrheit betrogen, lief ich erneut zum Sekretär, legte den Stammbaum dann doch noch einmal neben das Briefpapier und grübelte. Hier passte eins nicht mit dem anderen zusammen. Jemand wollte mich austricksen. Aber das würde ich nicht mit mir machen lassen. Der Gedanke, dass mein Vater zu Hause immer noch unwissend war, schmerzte mich.

All die Jahre hatten wir geglaubt, sie hätte uns verlassen. Okay, natürlich hatte sie das auch. Zumindest meinen Vater. Aber sie hatte kaum eine Chance gehabt, zurückzukommen. Denn dann war sie verunglückt. Mein Vater war vierzehn Jahre alt gewesen, als seine Mutter gestorben war. Und er hatte es bis heute nicht mal gewusst.

Das war so ungerecht. Ob Großvater es gewusst hatte? Ich schüttelte mich. Sicherlich nicht. Opa Carl war ein liebenswerter Mensch gewesen. Niemals hätte er so etwas vor seinem Sohn und seiner Enkelin verheimlicht. Davon hätte er schließlich auch nichts gehabt.

Erst jetzt wanderte mein Blick zurück zu Pauls und Giulias Namen. Da blieb mein Herz fast stehen. Sie hatten einen Sohn namens Enrico Schorn.

Das konnte doch kein Zufall sein. Geboren 1950! Die Daten passten alle nicht zusammen. Paul Schorn hätte dem Stammbaum nach schon ein Alter von 90 Jahren erreicht. Es musste einen Irrtum auf diesem Dokument geben. Paul Schorn war Mitte dreißig, aber Enrico ...

Ich wusste nicht mehr, was ich denken sollte. Die Müdigkeit von eben war wie weggeblasen. Auch wenn alle mir bekannten

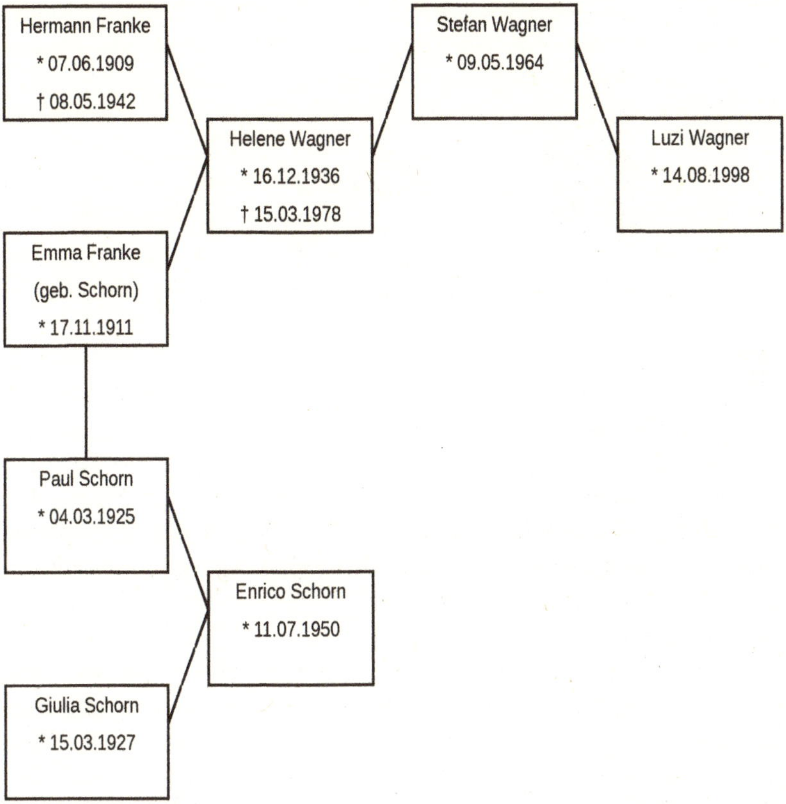

Geburtstage richtig waren, konnten diese Daten nicht stimmen. Der Stammbaum musste falsch sein. Schließlich hatte ich Giulia, Paul und Enrico gesehen. Sie waren quicklebendig: ein junges Ehepaar, ein älterer Mann. Das stand im Gegensatz. Enrico konnte nicht der Sohn der Schorns sein. Es musste ein Missverständnis sein, ein Irrtum, ein Fehler, Defekt, Error … Viele Wörter, eine Bedeutung und Konsequenz.

Trotzdem ließ mir das alles keine Ruhe. Auch nicht, als ich trotz allem beschloss, ins Bett zu gehen. Die Müdigkeit war zurückgekehrt und mir wurde plötzlich auch noch schlecht. Mein Kreislauf versagte, und ich versuchte, mich erneut zu orientieren. Bei klarerem Verstand fand ich schließlich mein Zimmer.

7. Kapitel

ICH wurde durch ein Piepen wach. Meine Finger suchten die Nachttischfläche instinktiv nach meinem nicht vorhandenen Handy ab, sodass ich das Wasserglas umfegte, das ich am Abend dorthin gestellt hatte. Ruckartig war ich aufgesprungen. Das Wasser ergoss sich über den Boden. Dummerweise lag dort auch das Buch über Venedig. Schnell griff ich danach und drückte es fest an meine Brust. Verdammt. Es würde eindeutig einen Wasserschaden bekommen. Das Piepen hatte ich mir dazu wohl auch nur eingebildet.

Mit einem Handtuch, das ich in meinem Koffer gehabt hatte, wischte ich die Pfütze weg und atmete erleichtert auf. Wenigstens hinterließ das Wasser keinen Rand auf dem dunklen Holz. Allerdings war das Buch ruiniert. Erst die Statue, dann das Buch. Ich war wirklich ein Tollpatsch. Wütend trat ich mit dem Fuß gegen den Bettkasten.

Eigentlich hatte ich mir meine Ferien anders vorgestellt. Zwar konnte ich mich über die Reise nicht beklagen, aber weder die Umstände noch die Unterkunft waren richtig entspannend. Wieder kam mir die Entdeckung der Nacht in den Sinn. Aufgeregt durchforstete ich die Taschen meines Schlafanzuges, suchte nach dem Stammbaum. Mist, ich musste ihn vergessen haben mitzunehmen, nachdem ich ihn noch einmal auf dem Sekretär abgelegt hatte.

Unruhig tigerte ich in meinem Zimmer auf und ab und überlegte, ob ich es wagen konnte, noch einmal zurückzugehen. Immerhin war es jetzt Tag … aber ich musste es riskieren.

Mit klopfendem Herzen schob ich die schwere Zimmertür auf und steckte den Kopf in den Gang hinaus. Er war leer.

Auf wackeligen Beinen stolperte ich über den Teppich, der sich auf dem Weg erstreckte, und betrat dann unsicher das Zimmer, das meiner Großmutter – oder sollte ich besser Urgroßmutter sagen? – gehört hatte.

Der Raum wirkte im Tageslicht deutlich größer und freundlicher auf mich. Rasch sah ich mich um und blieb sofort mit dem Blick an der Schreibfläche des Sekretärs hängen. Dort lag er immer noch: der Stammbaum. Hastig griff ich danach, steckte ihn unter mein Oberteil und wollte schnell wieder zur Tür heraus, als mir jemand fast die Klinke in die Magengegend rammte. Im letzten Augenblick sprang ich erschrocken zur Seite.

»Was machst du denn hier?«, fragte Paola, die plötzlich vor mir stand.

Panisch sah ich sie an. Wäre ich doch nur ein paar Minuten eher ... Oh je. Ausgerechnet sie!

»Ich habe mich verirrt«, stotterte ich und schluckte. »Die Türen sehen alle so gleich aus.«

»Will man meinen«, sagte die alte Frau patzig. »Sie sind ja auch in einem Haus.«

Ich zuckte mit den Schultern. »Ich wollte eigentlich wieder in mein Zimmer. Da stand ich plötzlich hier.«

Sie zog eine Augenbraue hoch. »Was hast du denn unter deinem Hemd?«

Ertappt hob ich die Hände, die ich bis eben noch auf meinen Bauch gepresst hatte, und errötete. Dabei streckte ich den Bauch heraus, damit das Papier nicht herunterfliegen würde. »Nichts. Ich habe nur Magenschmerzen. Anscheinend bin ich an das Essen hier nicht gewöhnt.« Um den Worten mehr Glaubwürdigkeit zu schenken, machte ich ein qualvolles Gesicht.

»Soso. Am besten du bleibst also nicht allzu lange hier«, murmelte sie und drängte sich an mir vorbei.

»Und Sie?«, fragte ich und versuchte, selbstsicher zu klingen.

»Ich putze hier, wie dir vielleicht schon aufgefallen ist.« Sie deutete auf den Staubwedel, den sie in der rechten Hand hielt.

»Oh. Ach so«, sagte ich kleinlaut und schob mich aus der Tür. »Dann ... ähm, viel Spaß und Erfolg.« Ich schüttelte mich. Spaß und

Erfolg? Was war nur in mich gefahren? Die Frau wollte lediglich staubwischen. Ich war völlig verrückt geworden. Aber wenigstens hatte ich nun das, was ich brauchte.

Eine halbe Stunde später rief Giulia mich zum Frühstück. Sie hatte extra für mich den Tisch gedeckt, denn sie aßen alle morgens kaum etwas. Ich fand es ausgesprochen lieb von ihr, sodass ich auch ordentlich davon nahm. Irgendwann kam Enrico dann von oben. Er trug eine weiße Hose und ein luftiges Hemd. In seinem Haar steckte eine Sonnenbrille. Ich fand, dass er für sein Alter noch wirklich gut aussah, und lächelte ihn an.

Ich musterte ihn genauer, suchte nach Ähnlichkeiten mit Giulia oder Paul. Die Nase vielleicht? Oder die Augen? Gedankenversunken starrte ich ihn an und schüttete mir fast den Kakao auf das Top.

»Na, *Signorita*? Bereit für eine Tour durch die Stadt der Liebe?«

Ich lachte. »Stadt der Liebe? Ich dachte immer, die wäre Paris.«

Entsetzt schüttelte Enrico den Kopf. »Venedig mit seinen verwinkelten Gassen, dem Plätschern der Gondeln auf dem *Canal Grande* und dem geselligen Treiben auf der *Piazza San Marco* ... Ich sage immer, welches Paar sich hier nicht noch einmal neu ineinander verliebt, ist ein Fall für den Scheidungsanwalt.«

Ich schmunzelte. »Vielleicht sollte ich das nächste Mal meinen Papa mitbringen.« Oder Jonas. Beim Gedanken an ihn vertiefte sich mein Lächeln. Sicher gab es kaum einen schöneren Ort, um mit ihm zusammen zu sein ...

Giulia nickte. »Iss erst einmal auf, bevor du deinen *papà* verkuppelst.«

Ich biss mir auf den Fingernagel und versank erneut in meinen Gedanken. Es musste doch irgendeine Ähnlichkeit zwischen den beiden geben. Irgendetwas. *Obwohl*, dachte ich, *es ist doch ohnehin unmöglich, dass Enrico ihr Sohn ist. Er ist sicherlich 30 Jahre älter.*

»Giulia, wir sollten uns Sorgen machen. Das Kind isst schon seine Fingernägel auf.« Enrico fing an zu lachen, sodass ich erschrocken zusammenzuckte. Da wandte er sich an mich. »Kocht sie denn so miserabel?«

»Oh nein. Das Essen ist toll. Das Rührei und der Pfannkuchen schmecken super.« Um meine Worte zu bekräftigen, nahm ich eine große Gabel Ei und steckte sie in meinen Mund. »Wann wollen wir denn los?«, fragte ich Enrico.

Dieser hob die Schultern. »Dann, wenn du magst.«

Ich nickte begeistert. »Dann so schnell es geht. Am besten gleich nach dem Frühstück.«

Enrico war einverstanden und so machten wir uns eine halbe Stunde später auf den Weg. Im Eifer des Gefechts vergaß ich sogar, mein Handy mitzunehmen, was mir erst auffiel, als wir das Haus bereits hinter uns gelassen hatten. Dabei hatte ich mir vorgenommen, Fotos zu schießen. Aber dafür würde noch genug Zeit bleiben.

Ich war unheimlich aufgeregt. Zwar war ich auf meinem Hinweg schon ein bisschen durch die Stadt gelaufen, jedoch konnte ich es nicht erwarten, dass Enrico mir dazu etwas erklären würde. Sicherlich hatten die Gebäude dann eine ganz andere Wirkung.

»90 Prozent der Touristen besuchen die *Piazza San Marco*«, sagte Enrico und deutete ein paar Minuten später auf den großen Platz, der sich vor uns erstreckte.

»Dort können wir uns von außen den *Campanile*, den Uhrturm, und den Dogenpalast ansehen. Du wirst staunen.«

Mit offenem Mund blieb ich stehen und musterte die vielen Menschen, die gutgelaunt über den Platz schlenderten.

»Für die einen ist ein Besuch hier der Inbegriff von Venedig«, setzte Enrico an.

»Und wieso ausgerechnet dieser Platz und nicht ein anderer?«

Enrico lachte. »Eine andere *Piazza*? «

Ich zuckte mit den Schultern. »Ja. Venedig wird doch noch andere haben.«

Da schüttelte er den Kopf. »Plätze in Venedig heißen *Campo.* Es gibt den *Campo dei Mori, Campo San Bartolomeo, Campo San Stefano.* Sie sind eng, kaum mehr als eine Schlange, die sich durch die Stadt zieht. Es ist gerade mal genug Platz, um ein paar Stühle oder Tische aufzustellen oder einen kleinen Baum zu pflanzen. In Venedig wird jeder Zentimeter ausgenutzt. Platz ist teuer und somit Luxus.«

Ich hob eine Augenbraue. »Wow. Dann stehe ich hier tatsächlich auf der einzigen *Piazza* Venedigs.«

Enrico grinste. »Wie gesagt, für den einen ist dieser Ort bei einer Städtereise ein Muss, für die anderen ist er ein Ort des Schreckens. Schuld daran: die Tauben und Touristen. Wenigen gefällt es, dass aus dieser romantischen Stadt teils ein trauriger Ort geworden ist.«

Ich nickte. »Tatsächlich habe ich mir diesen Ort ästhetischer vorgestellt.« Entsetzt trat ich gegen eine Cola-Büchse.

»Dennoch kann man sich dem Zauber der Stadt letztendlich nicht entziehen und zahlt schließlich hier hohe Preise für eine Tasse Kaffee im *Florian.* Nur der Symbolik wegen.« Trotz der Worte klang Enrico immer noch begeistert von der Stadt.

»Hast du schon einmal überlegt, wegzuziehen? Dorthin, wo sich weniger Bermudashorts tragende Touristen mit schmuddeligen Tauben fotografieren lassen?«

Fassungslos sah er mich an. »Um Himmels willen, nein, Luzie. Diese Stadt ist mein Leben. So wie ich das eben gesagt habe, sehen das nur einige Menschen. Ein Großteil würde dafür sterben, diese Architektur zu sehen.«

Ich ließ meinen Blick über den Platz schweifen und betrachtete die Cafés und Restaurants.

»Goethe, Twain, Hemingway … Sie tranken alle schon hier ihren Kaffee. Dort im *Florian.*«

Ich konnte gar nicht anders, als zu staunen. »Das gibt es schon so lange?«

Enrico nickte. »Seit Anfang des 18. Jahrhunderts. Gen Osten setzte man schon Ende des 15. Jahrhunderts den Uhrturm. Sein Obergeschoss mit den Markuslöwen und dem Mosaikgrund kam erst später. Aber an schönen Tagen drängeln sich heute die Touristen über die Dachterrasse, um den beiden Hirten, die jede Stunde gegen die große Glocke schlagen, zuzuschauen.«

Ich kicherte. »Das klingt ja fast wie in Deutschland beim Kölner Dom.«

Enrico schüttelte sich. »Wenn du mich fragst, ist es viel zu voll, um das Erlebnis zu genießen.«

»Dann bin ich mal gespannt, was hier in ein paar Jahren los ist.«

»In ein paar Jahren?« Enrico seufzte. »Wenn es die Stadt dann noch gibt.«

Verwirrt sah ich ihn an. »Wie meinst du das?«

»Das ist gar nicht so absurd, wie es für dich wahrscheinlich klingt. Du musst die geografische Situation Venedigs berücksichtigen. Die Lagune liegt nördlich der Adria. Zweimal am Tag wird sie von den Meeresgezeiten durchspült. Zwischen den Laguneninseln, die Venedig gegen das Meer halten, sind große Öffnungen zum Meer, an denen riesige Flutwellen eindringen.«

»Und dann wird die Stadt überflutet?« Schockiert starrte ich ihn an.

»Bei dieser Enge der Adria entsteht so ein Wasserdruck, dass sich das Wasser schnell ausdehnen müsste, aber das ist durch die Umweltkatastrophen nicht mehr möglich.«

Das war ja furchtbar. Ungläubig blickte ich mich um und betrachtete noch einmal die vielen Touristen, die sich in den Cafés niederließen.

»Kommt so eine Überschwemmung denn oft vor?« Irgendwie hatte ich plötzlich große Angst, dass der Insel ausgerechnet jetzt eine solche Katastrophe widerfahren würde.

»Mehrmals im Jahr«, bestätigte Enrico, lachte aber, als er mein erschrockenes Gesicht sah. »Aber meist hält es sich in Grenzen. Die letzte Hochwasserkatastrophe war 1966.«

Erleichtert atmete ich auf. »Gott sei Dank ist es schon so lange her.«

Enrico wischte sich mit seinem Arm über die Stirn und seufzte. »Es ist ein Jammer. Die Stadt ist ein Geschenk für die Welt.«

»Kann man denn nichts dagegen machen, dass sie ertrinkt?«

Enrico schüttelte den Kopf. »Es ist nicht nur so, dass sie ertrinkt. Sie versinkt auch. Der größte Teil der Stadt wurde auf matschigem Boden gebaut. Dieser gibt durch die gewaltige Last der immer mehr werdenden Bauwerke nach. Und das sind mehrere Millimeter im Jahr.«

»Wahnsinn. Und irgendwann spricht man dann von Venedig wie von Atlantis?«

Enrico räusperte sich. »Ich hoffe, dass das nicht in absehbarer Zeit geschieht.«

Ich nickte. Es war schon furchtbar, obwohl ich mir nicht vorstellen konnte, dass eine große Stadt wie diese einfach vom Meer verschluckt werden würde.

»Wenn magst, können wir auch nach *Rialto*. Danach kommen wir wieder zurück und lassen uns irgendwo nieder.«

Ich war einverstanden. Schließlich wollte ich möglichst viele Eindrücke aus der Stadt mitnehmen.

Allerdings versuchte ich zwischendurch immer wieder, meine Fragen nach dem Stammbaum loszuwerden. Ich wollte endlich mehr über Emma wissen ... Aber ich konnte ja nicht nach ihr fragen. Deshalb versuchte ich es über Umwege.

»Wie war sie eigentlich, meine Großmutter?«, fragte ich deshalb einfach direkt.

Enrico zuckte wieder nur mit den Schultern. »Nett.«

Ich zögerte, anstatt einfach weiter nachzuhorchen.

»Wir müssen mit einer Gondel rüberfahren«, erklärte Enrico. »Der Weg dauert zu Fuß länger.«

Ich freute mich. Direkt an meinem ersten Tag würde ich mit einer richtigen Gondel fahren.

Schüchtern blieb ich etwas distanziert stehen, während Enrico sich mit einem Gondoliere unterhielt. Sie schienen sich zu kennen.

Unsicher nahm ich Enricos Hand, die er mir höflich reichte, um in das Boot einzusteigen. Es war etwas wacklig auf dem Wasser und ich merkte, wie mein Atem unruhig wurde. »Ich habe den Eindruck, dass ich träume«, murmelte ich und hielt mich am Rand der *Gondola* fest. Im Kunstraum unserer Schule hing ein Bild von Venedig. Als ich es vor einigen Wochen betrachtet hatte, hatte ich mir unweigerlich vorstellen müssen, mit Jonas mal herzukommen. Genau wie Enrico es gesagt hatte: Venedig war die Stadt der Liebe.

Mein Herz klopfte schneller. Am liebsten hätte ich Jonas eine Nachricht geschrieben. Ihm gesagt, dass ich an ihn denken musste, dass er bitte auf mich warten und mir die Zeit geben sollte, die ich brauchte.

Ich deutete auf die Gondel, um mich abzulenken. »Sie ist so lang.«

Der Mann, der am Heckschnabel stand, lachte nur. »Das hier ist nur ein kleines Boot. Eine normale *Gondola* ist zwar sehr schmal, hat aber eine Länge von bis zu elf Metern.«

Ich stellte mir die Länge gedanklich vor und blickte mich auf dem Wasser um. Tatsächlich schien der Mann recht zu haben. Auf dem Kanal fuhren viele Gondeln in unterschiedlichen Größen.

»Claudio fährt schon seit vielen Jahren über den *Canal.* Du musst wissen, es ist ein umworbener Beruf in Venedig«, erklärte Enrico.

Claudio winkte ab. »Ach was. Ich habe einfach Glück gehabt. Mein Vater war ebenfalls Gondoliere.«

»Und alle sind scharf darauf, den ganzen Tag mit einem Boot über den Fluss zu tuckern?« Ich schlug mir mit der Hand vor dem Mund und korrigierte mich: »Also ich meine, ist es nicht auch langweilig?«

Claudio lachte. »Ich habe schon verstanden, *ragazza.* Aber einen Venezianer erfüllt eine solche Tätigkeit mit Stolz. Weißt du, nur ein gebürtiger Venezianer darf diese Aufgabe übernehmen. Außerdem ist die Anzahl der Lizenzen begrenzt.«

»Das heißt, dass ein Venezianer sich darum bewirbt wie um einen Studienplatz?« Ich musste bei der Vorstellung lachen, wie eine Meute junger Italiener am Rande des großen Kanals stand und aufgeregt darauf wartete, endlich dieses Paddel in die Hand zu nehmen.

»Zumindest muss man sich gedulden, bis die Lizenz eines Kollegen aus Alters- oder Krankheitsgründen frei wird. Außerdem muss er sich mit einem schlechteren Standplatz zufriedengeben. Schließlich sind die besten Plätze am Markusplatz den ältesten Gondoliere zugewiesen.«

Das klang ziemlich kompliziert. »Wohin fahren wir denn nun genau?«, fragte ich neugierig.

»Nach San Polo. Ich zeige dir die erste Brücke, die über dem *Canal Grande* gebaut wurde.«

»Die erste Brücke? Weiß man das noch so genau?«

Enrico nickte. »Um 1100 existierte noch keine Brücke über den

Canal Grande, das weiß man aus Erzählungen und Büchern. Im Jahre 1246 errichtete man dann eine Holzbrücke. Erst später baute man die ersten Steinbrücken, weil durch das schnelle Verrotten des Holzes oder durch Brände ziemlich viele Renovierungen vorgenommen werden mussten.«

»Und die erste Brücke, von der du gesprochen hast? Die ist geblieben? Das ist doch total gefährlich. Eine Brücke aus Holz.«

Enrico nickte. »Aber das ist ja auch eine Sache des Geldes.«

Nachdem wir ausgestiegen waren, liefen wir kurz durch eine Gasse, die Enrico als Abkürzung bezeichnete.

»Siehst du dort die Steinbrücke? Sie ist hier meist der Ausgangspunkt eines Bummels.«

Vor uns lag sie: die *Ponte di Rialto.* In einem mächtigen, eleganten Marmorbogen spannte sie sich über den *Canal Grande* und bildete eine Verbindung der beiden Stadthälften über den Kanal.

»Wow«, gab ich von mir.

Enrico lächelte. »Du müsstest sie mal am Abend sehen. Oh, Luzie. Wir werden noch einmal wiederkommen, ja? Dann kann ich dir die beleuchteten Ufer zeigen.«

Begeistert nickte ich. Ich konnte mir die Pracht nur allzu gut vorstellen und konnte es gar nicht mehr abwarten, sie real zu erleben.

»Die Fundamente, die den Brückenbogen tragen, bestehen aus 6000 Eichenpfählen«, erklärte Enrico.

Ich staunte. Er kannte sich wirklich hervorragend hier aus. Wenn ich nur annähernd so viel über Frankfurt wüsste, könnte ich sicherlich eine Tour führen.

»Goethe nannte die Stadt Biberrepublik«, sagte Enrico, woraufhin wir beide lachen mussten.

»Und wer wohnt da?« Zwei große Paläste flankierten die Brücken auf der Nordseite.

»Das waren Lagerhäuser Venedigs. Außerhalb ihres Handelshauses durften die Kaufleute nicht wohnen.«

Wir liefen weiter. Wenige Schritte später standen wir schon von Ständen umgeben auf einem Markt.

»Das ist der Rialto-Markt. Hier kann man frisches Obst kaufen oder Gemüse. Hier ist es ein wahres Fest der Sinne. Seit dem

Mittelalter gehört das bunte Treiben untrennbar zu Venedig. Hier zieren verführerische Meeresfrüchte und fangfrischer Fisch die Marktstände.«

»Und ihr fahrt immer an diesen Ort hier?«

Enrico kratzte sich am Kopf. »Nein, nicht immer. Aber wenn es einen besonderen Anlass gibt. Schon im 11. Jahrhundert wurde hier im Stadtteil San Polo dieser Markt abgehalten. Noch heute werden die frischen Produkte in den frühen Morgenstunden über den großen Kanal zu den Markthallen der Rialto-Märkte transportiert.«

Ich sah mich um. »Hier scheint es wirklich vieles zu geben«, stellte ich fest.

»Was auf den Rialto-Märkten verkauft wird, richtet sich nach den Jahreszeiten. Und viele der frischen Produkte stammen von der Gemüseinsel Sant Erasmo in der nördlichen Lagune von Venedig. Am liebsten kaufen wir hier den Salat, Spargel, Fenchel, die Bohnen und Artischocken. Die gedeihen dort bestens.«

Ich sah Enrico von der Seite an und merkte sofort, dass ich mit den Gedanken wieder abschweifte. Was war nur los mit mir? Da hatte ich ein Stück Papier gefunden und bildete mir tatsächlich ein, dass ich mit Enrico verwandt war?

Das war doch verrückt! Andererseits hielt ich es auch nicht für möglich, dass meine Urgroßmutter den Brief verfasst hatte …

»Ihr erzählt so wenig über meine Großmutter«, sagte ich leise. Enrico starrte mich verwirrt an.

»Wie kommst du denn jetzt darauf?« Es schien ihm nicht recht zu sein, mit mir solche Gespräche zu führen.

»Na ja. Schließlich bin ich wegen ihr hier«, antwortete ich und versuchte, mir nichts anmerken zu lassen.

»Am besten fragst du Giulia oder Paul, Luzie. Ich bin da wirklich nicht der Richtige, um mit dir darüber zu sprechen.«

Ich verzog das Gesicht. »Du hast doch mit ihr zusammengelebt!«, rief ich und tat ebenfalls verwirrt. Dabei war mir klar, dass Enrico die Frage unangenehm war. Allerdings war mir schleierhaft, wieso sie mich im Glauben ließen, Emma sei Helene.

Andererseits musste Emma doch schon längst tot sein. In meinem Kopf schwirrten tausend Gedanken.

Ich hatte die ganze Zeit gedacht, Emma sei tot und Helene am Leben. Nun war es genau andersrum. Ich schüttelte mich. Nein, nun waren sie beide tot. Ehe ich eine von ihn hatte kennenlernen können. Und so wie es aussah, hatte Helene von mir nicht einmal gewusst, schließlich war sie vor meiner Geburt gestorben.

»Ja. Ich habe mit ihr zusammengelebt. Aber bitte, Luzie. Ich mag darüber nicht reden.« Er sah weg.

Ich wurde rot. Eigentlich hatte ich ihn nicht in diese Lage bringen wollen. Ich mochte Enrico schließlich. Mehr als die anderen. Er wirkte als Einziger weitgehend normal, aber nicht weniger geheimnisvoll. Irgendetwas musste damals passiert sein. Es musste doch einen Grund geben, warum niemand über die Vergangenheit sprechen wollte.

»Komm schon, Luzie, wir wollen weiter. Sonst schaffen wir heute gar nichts mehr«, drängelte Enrico, und ich folgte ihm über den Markt.

Letztendlich kauften wir nicht mehr als einen Bund Spargel, aber Enrico schien zufrieden zu sein.

Die Rückfahrt mit der Gondel kam mir wesentlich unspektakulärer vor. Ich war so mit den Dingen in meinem Kopf beschäftigt, dass ich keine Kraft hatte, mich um das treibende Boot auf dem Kanal zu kümmern. Enrico blickte in die Ferne und sagte hin und wieder etwas zu dem *Gondolieri* Claudio, der uns auch wieder abgeholt hatte. Ich war plötzlich ziemlich schlecht gelaunt, weil ich mich von allen so betrogen fühlte.

»Wann gehen wir wieder zurück zum Haus?«

Enrico sah mich enttäuscht an. »Dir gefällt es nicht?«

»Das ist es nicht. Ich habe nur etwas Kopfweh.«

Er verzog das Gesicht. »Oh je, *bella.* Da werden wir wohl etwas gegen unternehmen.« Er zwinkerte mir so freundlich zu, dass ich gar nicht anders konnte, als zu lächeln.

»Wenn das so ist ...« Ich schmunzelte.

»Ich hatte vor, mit dir zurück zum Markusplatz zu gehen. Dort treffen sich gleich einige der Organisatoren für das Sommerfest.«

Ich begann zu strahlen. »Oh ja! Das hätte ich ja fast vergessen.«

Enrico klatschte entzückt in die Hände. Dabei erinnerte er mich ein bisschen an einen kleinen Jungen. »Früher kamen viele im Februar nach Venedig, um die Stille, die Melancholie und den geheimnisvollen entspannten Winterschlaf der Stadt zu genießen.«

Erstaunt sah ich ihn an. »Ich dachte, im Februar ist hier Karneval.« Enttäuscht ließ ich die Schultern hängen. Ruhe, Februar und Venedig? Das waren für mich Dinge, die nicht zusammengehörten.

Enrico schüttelte den Kopf. »Erst einige Jahre später brach der Karneval diese Stimmung. Als Napoleon Venedig erobert hatte, war der Karneval mit der Republik untergegangen.«

»Na, Gott sei Dank gibt es ihn wieder«, rief ich erfreut. »Ich hatte mir das alles schon so schön vorgestellt. Theater, Festivals, Aufführungen und dazu die tollen Masken.« Träumerisch schloss ich die Augen. Die Gondel glitt über den Kanal, und ich hatte für einen Augenblick das Gefühl, schwerelos zu sein.

»Genauso ist es auch. Als sei die Stadt zum Leben erweckt worden. Es gibt Vorstellungen auf dem Markusplatz, im Innenhof des Dogenpalastes und natürlich am Lido, dem Strand.«

»Mit den Masken?« Neugierig beugte ich mich über den Rand der Gondel und betrachtete das schimmernde Wasser.

»Die kamen erst in den Achtzigerjahren dazu. Glaub mir, es gibt kaum eine schönere Kulisse als den Markusplatz mit den Gondelanlegestellen und dem prachtvollen *Campanile.«*

Eine Gänsehaut lief mir über den Rücken. »Und wie stellt ihr euch das Fest nun vor?«

Enrico rieb sich die Hände. »Natürlich wesentlich kleiner. Aber Masken werden trotzdem getragen und auf dem Markusplatz wird es ebenfalls ein paar Vorstellungen geben. Lass dich nur überraschen.« Man konnte ihm die Freude vom Gesicht ablesen.

Aber auch ich war sehr aufgeregt. Vielleicht war ich nicht zur Zeit des Karnevals in Venedig, aber dennoch würde ich mein eigenes Fest haben. Denn auch wenn das Festival unabhängig von meiner Ankunft stattfinden würde, fühlte sich das alles wie ein Geschenk an. Womöglich eine kleine Art der Wiedergutmachung?

Auf dem Markusplatz war es immer noch ziemlich voll. Mittlerweile hatte sich eine weitere Schar von Touristen dort versammelt. Sie alle standen vor dem Dogenpalast, wohl in Erwartung einer Führung durch das Sinnbild Venedigs.

»Früher hat dort der Doge gelebt. Außerdem haben sich hier der Rat und der Senat versammelt.« Enrico deutete auf den Bau.

Ebenso berichtete er, dass der Palast für viele Kunsthistoriker und Architekten eine Faszination in sich tragen würde, da er nicht auf einem festen Fundament stand, sondern auf filigranen Säulen.

»Die Fassaden sollen ein Symbol für Venedig sein. Die Säulen, die du dort siehst, stehen für die Baumstämme, die die Stadt tragen. Die Arkadenreihen deuten auf den Reichtum hin und sind außerdem eine Erinnerung an den Vorgängerbau aus Holz.« Enrico hob die Hand und zeigte in Richtung der Spitze. »Wie eine Wasserburg, nicht wahr?«

Ich nickte zustimmend. »Und wo treffen wir uns mit den anderen?«, fragte ich und sah mich um.

Plötzlich erblickte ich einige Männer, die gesammelt zum Dogenpalast liefen. Kurz davor blieben sie stehen. *»No«*, rief der eine laut und deutete auf das Bauwerk.

»Da sind sie ja«, rief Enrico erfreut und schob mich in Richtung der Menge.

Unsicher blieb ich vor dem Treffpunkt stehen und wartete darauf, dass Enrico irgendetwas sagte. Aber anstatt sich in das Gespräch zu integrieren, musterte er das Gebäude.

Erst kurz danach schüttelte er den Kopf und deutete auf den Osten des Marktplatzes. »Hier ist es viel zu sonnig«, rief er engagiert. »Dort schaut es besser aus.«

Ich nickte zustimmend, denn Enrico hatte recht. Die Sonnenstrahlen schienen direkt auf das Eingangsportal des Dogenpalastes.

»Was ist mit der *Piazzetta*?«, fragte ein Mann und sah nachdenklich in die Runde.

Ein anderer schüttelte den Kopf. »Dort reicht der Platz nicht.«

Enrico stimmte dem zu. Und so liefen wir ein paar Meter weiter.

Auch ich fand, dass es ein wundervoller Platz zum Feiern war. Abgesehen von den vielen Touristen war es ziemlich romantisch und klassisch. Schon alleine die Löwen, die auf dem Eingangsportal eines Bauwerks hockten, machten einen majestätischen Eindruck.

»Wann soll das Festival denn stattfinden?«, flüsterte ich Enrico zu.

»Oh, wir haben es ziemlich eilig. In wenigen Tagen. Wir haben schon Werbung gemacht, waren uns aber immer noch über den genauen Platz hier uneinig.«

Ich lachte. Das konnte auch nur Männern passieren ...

»Wir haben Artisten engagiert, die für Stimmung sorgen werden.« Enrico wackelte mit der Hüfte und deutete einen Tanz an.

Ich musste kichern. »Das üben wir noch ein bisschen«, neckte ich ihn.

Plötzlich fing mein Herz aber wieder an, schneller zu klopfen. Für einen kurzen Augenblick hatte ich die nächtliche Entdeckung verdrängt, doch nun drang sie wieder an die Oberfläche. Ich musste dringend mit Enrico sprechen. Aber das musste warten. Schließlich brauchte ich dafür Ruhe. Ich konnte ihn nicht einfach inmitten der Vorbereitungen mit solchen Fragen überfallen. Wenn ich wirklich etwas erreichen wollte, war Fingerspitzengefühl notwendig.

»Du hast eine junge Dame dabei, Enrico?« Strahlend kam ein älterer Herr auf uns zugelaufen.

Er reichte mir die Hand und stellte sich als Luigi vor. Ich musste gleich an einen Eisverkäufer denken und schmunzelte. Aber Luigi sah anders aus, als ich mir diesen Namensträger vorgestellt hatte. Er war sehr schlank, groß und trug eine Sonnenbrille im leicht silbernen Haar. und die Strähnen schimmerten in der Nachmittagssonne.

»Das ist Luzie. Sie ist die Tochter von ... Von einem Freund der Familie.« Freund der Familie? Ich schluckte. Enrico und ich waren verwandt. Verwandt, verwandt, verwandt. Das Wort schallte in meinem Kopf.

»Hast du gehört, Luzie?«

Ich fuhr herum. »Hm ...?«

Enrico lachte. »Nein. Sie möchte gerne Karneval feiern.«

Verwirrt sah ich von Enrico zu Luigi. Anscheinend hatte Enrico gerade seine Frage an mich beantwortet. Ich wurde rot.

»Karneval.« Luigi pfiff durch die Zähne. »Karneval ist die Lust am Verkleiden. Die Einheimischen arbeiten wochenlang an ihren

Kostümen. Das ist keine künstliche Fröhlichkeit, die man mit Pappnasen und Discounterkleidung zeigt …«

In meinem Kopf entstanden sofort Bilder von aufwendigen Kostümen, Maskenbällen und Musik.

»Und wie soll das Sommerfest nun genau aussehen?«

Luigi zwinkerte mir zu. »Wenn du dir einen Karneval wünschst, dann sei er dir gegeben, *bella ragazza.*« Er verbeugte sich tief und lachte.

Gespielt hochnäsig hob ich die Nase in die Höhe und kicherte. »So sei es.«

Dann liefen wir den Platz noch einmal ab. Luigi war sehr pingelig, wenn es um die Dekoration ging.

»Hier draußen könnten wir doch Musik anmachen«, schlug ich vor. In meinen Gedanken sah das alles so wahnsinnig schön aus.

»Das ist eine gute Idee. Dazu können die Leute dann tanzen.«

»Aber sie müssen Masken tragen.«

»Sowieso.«

Ich freute mich riesig. »Ich brauche auch noch eine Maske, Enrico«, erklärte ich.

Dieser nickte. »Die kriegt man hier überall. Aber wenn du magst, frage ich Giulia. Sie hat eine besonders schöne.«

Verwirrt sah ich ihn an. »Aber die wird sie sicherlich selbst tragen wollen.«

Enrico schüttelte den Kopf. »Paul und Giulia werden nicht kommen. Sie sind eher die häuslichen Typen.«

Innerlich musste ich lachen. Von wegen häuslich. Das bestätigte nur die Aussage des kleinen Jungens. Auch er hatte behauptet, die Bewohner des Hauses würden nie vor die Tür gehen. Nur Enrico passte da nicht rein.

Er wohnte doch schließlich auch dort, genau wie Paola …

»Na dann«, murmelte ich und schob mir eine lästige Haarsträhne aus dem Gesicht. »Und was ist mit der Kleidung? Werden alle Kostüme tragen?«

Luigi sah mich entsetzt an. »*Bella,* wir haben fast dreißig Grad. Glaub mir, kein Mensch lässt sich bei dieser Hitze in ein Kostüm stecken.«

Stimmt, dachte ich. Auch mir graute es der bei der Vorstellung, in einem bodenlangen Kleid, so wie es zum Beispiel in Pauls Buch auf einem Bild abgebildet war, über den Markusplatz zu laufen.

»Aber normale Sachen wären furchtbar langweilig. Dann passen doch auch die Masken überhaupt nicht mehr. Wie wäre es denn mit kurzen Röcken für die Frauen?«, schlug ich vor.

Die Männer sahen sich an und nickten. »Die Männer dürfen dann leichte Stoffhosen tragen.«

»Schade eigentlich.« Ich seufzte. »Es wäre so schön, wenn wir einen zweiten Karneval in die Stadt holen könnten.«

Aber Enrico zögerte. »Weißt du, Luzie, manche Dinge sind fantastisch. Am liebsten würde man sie immer wieder erleben. Aber es geht einfach nicht. Stell dir mal vor, du hättest jeden Tag Geburtstag.«

Ich verzog das Gesicht. »Du hast recht. Wahrscheinlich macht genau die Einmaligkeit das Festival im Februar zu etwas Unglaublichem.«

Aber gegen ein Sommerfest hatte niemand etwas. Wir einigten uns also auf die Röcke und Hosen.

»Wie spät ist es?« Luigi sah an sein Handgelenk und seufzte. »Ich vergesse seit Neustem immer meine Uhr. Ach, ich werde auch alt.«

Enrico zuckte mit den Schultern. »Da fragst du den Falschen. So etwas wie eine Uhr besitze ich nicht.«

Luigi verdrehte die Augen. »Du bist ja auch immer zu spät.« Die beiden Männer feixten. Es schlug sechzehnmal.

Beim ersten Schlag fuhr ich herum.

Enrico grinste nur. »Du brauchst dich nicht zu erschrecken. Das war nur der Uhrturm. Er schlägt für jede Stunde einmal. Anders als in Deutschland.«

»Wie meinst du das?«, fragte ich.

»Na, er schlägt zum Beispiel sechzehnmal am Nachmittag und am Morgen nur viermal.«

Darüber hatte ich gar nicht nachgedacht. Allerdings fand ich es erschreckend, wie schnell die Zeit vergangen war.

»Wir müssen noch einiges besprechen«, sagte Luigi und kratzte sich am Kopf. »Eingeladen ist die ganze Stadt, oder?«

Enrico nickte. »Es soll doch ein großes Fest werden. Nur so haben wir auch Stimmung.«

Die anderen Männer gesellten sich zu uns. Sie diskutierten über die Vorstellungen, die Verpflegung und schließlich auch darüber, ob es Eintrittspreise geben sollte.

Ich war dagegen. »Man könnte doch Spendenaufrufe machen. Oder jeder bringt etwas zu essen mit und es ist eine Art Stadtfest. Das lockt doch sicherlich auch noch Touristen an.«

Spottend sah mich ein Mann an. »Touristen? Nein, danke.« Er brummte noch etwas und verzog dann das Gesicht.

Ich wandte mich ab. »Na ja, aber Eintritt macht das Ganze auch unheimlich steif, finde ich. Dann müsste man ja auch Kontrollen machen.«

Enrico war da meiner Meinung. Und so konnte ich den Vorschlag mit dem *Jeder-bringt-etwas-mit* durchsetzen. Enrico schlug vor, in den Cafés nach Spenden zu fragen, aber die Idee verschoben wir auf später.

»Ich kann es gar nicht mehr abwarten«, freute ich mich.

»Wir brauchen noch Zeit«, erklärte Enrico. »So etwas organisiert sich nicht von selbst.«

Da hatte er recht. Denn selbst an diesem Tag konnten wir nicht alles besprechen. Wir setzten uns auf die Stufen vor einem Restaurant und tranken Limonade.

Ich war unheimlich müde und erschöpft. In meinem Kopf flogen immer noch diese Gedanken umher, die sich um den Stammbaum drehten. Ich musste Enrico dringend in Ruhe sprechen. Aber jedes Mal wenn ich mich ihm näherte, war ein anderer dabei, sodass ich nach einer Weile aufgab. Es kamen sogar noch einige Männer dazu, und als Enrico anfing, über technische Dinge wie Musikanlagen zu sprechen, verkroch ich mich. Müde lehnte ich mich gegen die Mauer des Uhrturms und beobachtete die Touristen, die aufgeregt in einer Schlange standen und Tickets kaufen wollten.

Was für ein anstrengender Tag.

8. Kapitel

Erst eine Stunde später beschloss Enrico, mit mir in einem Café ein Stück Kuchen essen zu gehen. Ich hatte einen Bärenhunger, und auch wenn ich Pizza vorgezogen hätte, willigte ich ein, mit ihm ins *Caffè Florian* zu gehen.

Meine Füße taten weh und in meinem Gehirn tummelten sich die verwirrendsten Gedanken. Dennoch bat ich Enrico, kaum dass ich meinen Himbeersaft und meinen Schokokuchen serviert bekam, von sich aus etwas zu erzählen. Viel war es nicht, was ich zu hören bekam, verglichen mit seinem langen Leben.

Er erzählte wieder etwas von der Stadt. Kurz ließ ich mich gedanklich durch die Gassen treiben. Doch eigentlich war ich ja an etwas anderem interessiert. Ich musste endlich wissen, was es mit Helenes Tod, mit Emmas Brief und den ganzen seltsamen Umständen auf sich hatte. Ohne die Gewissheit über das alles würde ich bald heimfahren. Da war ich mir sicher. So konnte es jedenfalls nicht weitergehen.

Ich lud mir das erste Stück des Kuchens auf die Gabel. Der Teig war noch herrlich warm und fluffig. Er duftete nach Schokolade, sodass ich die Augen schloss.

»Oh, Mann«, murmelte ich. »Der sieht ja köstlich aus.«

Auch Enrico hatte inzwischen seinen Apfelkuchen bekommen, der unheimlich lecker aussah. Dazu trank er ein kühles Bier. Ich musterte ihn nachdenklich und fragte mich, was wohl gerade in seinem Kopf vorging. Wie sollte ich das Gespräch nur am Besten in die richtige Richtung lenken? Gedankenverloren kaute ich auf meiner Unterlippe herum. Noch immer hing mein Blick an Enricos Gesicht.

»Du siehst mich an, als stamme ich von einem anderen Planeten«, stellte dieser fest. Ertappt zuckte ich zusammen.

»Ich habe gerade nur ein bisschen nachgedacht.« Ich lächelte vage.

»Und worüber?« Enrico fuhr mit der Gabel über den Teller und schob ein Stück Apfel auf die Zacken.

»Über meine Großmutter. Ich frage mich einfach, wie sie gewesen ist.« Das war nicht mal so richtig gelogen. Tatsächlich schwirrten in meinem Kopf tausend Gedanken darüber herum. »Wenn meine Großmutter nicht gestorben wäre, wären das die schönsten Ferien meines Lebens«, sagte ich und wartete seine Reaktion ab.

Aber er nickte nur. »Hier ist es ja auch traumhaft. Genieß die Zeit!«

Ich nickte. »Das werde ich, ganz sicher. Ich muss nur immer an sie denken.« Ich kniff die Augen zusammen. Meine Lider brannten, als müsste ich jeden Moment anfangen zu weinen.

Aufhören!, befahl ich meinem Inneren. Ich musste die Kontrolle bewahren.

Ich steckte mir ein Stück Kuchen in den Mund, aber ich konnte nichts schmecken. Es war, als hätte mir jemand Pappe auf die Zunge gelegt. Als ich den schweren Teig herunterschluckte, merkte ich, wie er langsam durch meine Speiseröhre rutschte. Ich musste husten. Hastig trank ich meinen Saft aus. Enrico sprang auf und klopfte mir auf den Rücken. »Na, nicht dass du mir noch erstickst.«

»Alles okay«, beruhigte ich ihn. »Zumindest, was den Kuchen angeht.«

Enrico setzte sich wieder auf seinen Platz und seufzte. »Sie hätte dich sicherlich gemocht.«

Ich sah ihn an. In mir stieg ein Hauch von Wut auf. Woher wollte er das wissen, wenn er sie selbst kaum, oder sogar gar nicht, gekannt hatte?

»Und ihre Mutter?« Ich blieb hart. Bloß keine Emotionen zeigen. Gefühle machten einen schwach. Schwach gegenüber einem anderen. Und das wollte ich nicht. Ich musste stark bleiben. Angespannt wischte ich die feuchten Finger an meiner Hose ab und biss die Zähne zusammen.

»Emma?« Enrico hustete.

»Ach«, schauspielerte ich. »Du kennst sie?«

Enrico wurde rot und suchte eilig nach den richtigen Worten. »Sie kam einmal zu Besuch.«

Ich lächelte künstlich. »Also ein richtiges Familientreffen bei euch …« Meine Stimme zitterte. Die Gabel hatte ich längst auf den Teller gelegt und mich zurückgelehnt. Meine Körperhaltung sagte wahrscheinlich alles.

Er lachte unsicher. Womöglich war er verwirrt über meinen plötzlichen Sinneswandel.

»Nur wir durften nicht dabei sein, Papa und ich.« Meine Hände wurden kalt, in meinem Kopf vibrierte alles.

Enrico hustete erneut. Er hatte sich fast an einem Krümel verschluckt. »Ich wünschte, es wäre anders gewesen.«

Ich sagte nichts. Er sollte verdammt noch mal aufhören zu lügen. Von wegen, er wünschte, es wäre anders. Ich war ihm total egal.

»Ich habe keinen Hunger mehr«, sagte ich kühl. »Können wir gehen?«

Enrico zuckte zusammen. »Was ist denn los, Luzie?«

Eigentlich hatte ich beschlossen, erst zu reagieren, wenn er die Wahrheit sagen würde, aber ich konnte nicht anders. Tränen kullerten mir über die Wange, mein Hals schmerzte. »Wieso habt ihr mir nie gesagt, dass Helene tot ist?«

»Aber das haben wir doch. Sie lag vor dem Haus.« Enrico mied meinen Blick.

»Hör auf, mich für doof zu verkaufen, Enrico!«, schrie ich aufgebracht und sprang auf. Die ersten Leute drehten sich nach mir um, aber das war mir egal.

»Luzie!«, murmelte Enrico. »Setz dich bitte wieder hin!«

Eigenartigerweise gehorchte ich. Langsam ließ ich mich auf meinen Stuhl sinken und starrte ihn an. »Sag mir einfach die Wahrheit!«

Sein Gesicht wurde kalkweiß, als sei sämtliches Blut aus seinen Adern geflossen. »Bitte nicht«, flehte er.

Plötzlich wirkte er alt. Schwach. Er war nicht mehr derselbe.

Mein Herz klopfte wahnsinnig schnell, mein Puls raste, mir wurde übel. »Ich muss es wissen, Enrico.« Die Worte drangen aus meinem Mund, ehe ich die Signale an mein Gehirn geschickt hatte.

»Verdammt, Luzie. Das sind Geschichten, die du nicht verstehen kannst.«

Oh, Mann. Wie ich so etwas hasste. Ja, ich war erst 16. Für viele Erwachsene sicherlich noch ein Kind. Aber das war ungerecht. Natürlich wusste ich, wie man als Älterer dachte. Ich selbst kannte die Gedanken gegenüber einem kleinen Kind nur zu gut. Man dachte immer, dass die Jüngeren keine Ahnung hätten, noch nicht richtig *da waren*. Aber das war falsch. Jeder Mensch hatte seine eigenen Gefühle, seine eigenen Wahrnehmungen. Und mit 16 war man lange kein kleines Kind mehr. Ich war reif. Reif für die Wahrheit. Reif für das echte Leben.

Enrico verstand. Er sah sich im Café um, um herauszufinden, ob uns jemand beobachtete.

»Ich muss es wissen, Enrico.« Meine Stimme hatte etwas Eindringliches. »Ich kann so nicht weitermachen.«

Enrico atmete tief ein und aus. »Das, was ich dir jetzt erzähle, wirst du womöglich nicht glauben, aber ...« Er schluckte. »Aber du musst es für dich behalten. Das ist verdammt gefährlich.«

Ich biss mir auf die Zähne. Plötzlich war ich mir nicht mehr sicher, ob ich das wirklich hören wollte. Ein Teil von mir hatte Angst und wünschte sich, sich weiter vor der Wahrheit zu drücken. Aber dennoch hatte ich diesen innigen Wunsch, endlich Bescheid zu wissen. Nur so würde ich irgendwann mit alldem abschließen können.

»Es geschah vor fünfzig Jahren.« Er sah auf seinen Teller, schob die übrig gebliebenen Apfelstückchen von rechts nach links und zerdrückte die Streusel, sodass nur noch eine weiche Pampe zu sehen war. »Giulia war schwer krank. Unheilbar krank. Die Ärzte gaben ihr nicht mehr als drei Monate.«

Entsetzt schlug ich mir die Hand vor den Mund. Giulia hatte nur noch kurze Zeit zu leben? Aber Moment ...

»Paul konnte das genauso wenig glauben wie du, Luzie. Er hat alles versucht. Er ist durch die Welt gereist, hat mit Ärzten gesprochen. Sie verloren nicht nur Geld, sondern auch Kraft und

Hoffnung. Trotzdem gaben sie alles. Dennoch wurde Giulia immer schwächer.«

»Aber das kann doch nicht sein. Giulia ist doch nicht krank.«

»Doch, ist sie, Luzie. Noch immer und für immer. Giulia wäre gestorben ... «

»Wäre? Aber sie ist nicht gestorben!«

Enrico nickte. »Paul las in einem Buch davon. Er fand damals einen Weg. Und dieser Weg ist geheim. Er darf niemals an die Öffentlichkeit dringen. Ich selbst weiß auch nicht viel darüber.«

»Aber ...«, setzte ich an und schluckte. »Wenn Paul die Krankheit stoppen kann, wieso hilft er dann nicht den anderen Kranken?«

Enrico zögerte. »Luzie, das ist nicht so einfach. Paul konnte Giulia nicht heilen. Sie ist immer noch krank, aber sie wird nicht sterben.«
»Aber wie ist das möglich?« Ich verstand es immer noch nicht.

»Er konnte die Zeit nur hinauszögern.«

»Wie meinst du das?«

Wieder sah er sich um. »Paul gelang es auf eine magische Art und Weise, die Zeit in unserem Haus stillstehen zu lassen.«

Bestimmt hatte ich mich verhört. »Stillstehen zu lassen? Wie meinst du das?«

Wieder zögerte er. Dann wurde seine Stimme noch leiser. »So genau weiß ich das selbst nicht. Wir haben damals keine Fragen gestellt. Du musst verstehen ... Luzie, sie ist meine Mutter.«

Mir wurde ganz schwindlig. Ich vergaß für einen kurzen Augenblick zu atmen, bis Enrico mir mit der Hand über die Schulter fuhr.

»Aber wenn Paul und Giulia nicht gealtert sind, was ist dann mit dir?« Verwirrt blickte ich ihn an. Meine Kopfhaut kribbelte, als würden tausend Flöhe zwischen meinen Haaren ein Nest bauen.

»Ich ... Ich verließ das Haus täglich.« Als sei das Ganze vollkommen normal, zuckte er mit den Schultern.

»Nur damit ich das jetzt richtig verstanden habe ... Paul hat vor vielen Jahren die Zeit manipuliert. Du bist zwischendurch immer mal rausgegangen und bist deshalb nicht in diesem Bann geblieben?«

Enrico nickte.

Ich lachte. »Du musst zugeben, dass das sehr unglaubwürdig klingt.«

Enrico nickte erneut.

»Und du hast keine Ahnung, wie Paul das gelungen ist? Ich meine, ist er irgendwie ein Zauberer?« Bei dem Gedanken wurde mir ganz anders. Fest stand, ich musste vor ihm auf der Hut sein. Allerdings war ich auch ... beeindruckt. Er hatte so viel geopfert für Giulia. Und das alles aus ... aus Liebe. Schon wieder bahnte sich mein schlechtes Gewissen seinen Weg. Ich hatte meine Angst gegenüber dieser Bindung nicht aufgegeben, obwohl Jonas der tollste Junge war, den ich je kennengelernt hatte.

»Nein. Zauberer gibt es nicht.« Enrico lächelte unsicher.

»Ach so. Zauberer gibt es nicht, aber Menschen, die die Zeit stillstehen lassen können, schon?«

Enrico erkannte wohl, dass seine Aussage ziemlich unpassend war, und schwieg.

Plötzlich wurde mir eiskalt. Ein Schauer lief mir über den Rücken. War ich in diesem Haus noch sicher? War es womöglich noch von anderen Bannen belegt? Einem Fluch? Prophezeiungen? Verdammter Mist.

Das durfte nicht wahr sein. Ich wollte nach Hause, weg von diesem Ort, an dem sich alles in Widersprüchen und Lügen verlief.

»Ich habe Angst, Enrico«, flüsterte ich.

Er lehnte sich über den Tisch und griff nach meiner Hand, die von dem Schock eiskalt geworden war. »Das brauchst du nicht. Paul und Giulia mögen dich. Sie sind gute Menschen.«

Ich versuchte zu lächeln. »Was ist mit meiner Großmutter passiert?«

Enrico schloss kurz die Augen. »Emma hat nicht gerne darüber geredet. Helene starb wohl vor vielen Jahren, schon lange vor deiner Geburt bei einem Zugunglück. Emmas großer Traum war es, dich und deinen Vater kennenzulernen.«

»Und Helene hat es ihr verboten?«

»Sozusagen. Helene ist einfach durchgebrannt und hat ihrer Mutter sämtlichen Kontakt zu deinem Vater untersagt. Sie kannte zuerst nicht mal seinen Namen.«

Wie konnte Helene ihr das nur angetan haben? »Und dann?«

»Irgendwann hat Emma euch ausfindig gemacht. Dein Großvater hat ihr eure Adresse gegeben, bevor er starb. Emma brauchte einige Jahre, bis sie den Entschluss fasste, das Haus zu verlassen.«

Ich sah auf den Teller und biss mir auf die Lippe. »Und das kostete sie ihr Leben?«

»Genau. Sobald man das Haus verlässt, ist man der Zeit ausgesetzt.«

»Und wieso hat sie uns dann diesen Brief in Helenes Namen geschrieben?«

Enrico strich sich über die Wange. »Hättest du ihr geglaubt, wenn du einen Brief deiner längst totgeglaubten Urgroßmutter bekommen hättest?«

Nein, dachte ich. Das war gegen die Natur, gegen all das, woran ich geglaubt hatte.

»Danke«, murmelte ich.

»Wofür?«

»Für die Wahrheit«, antwortete ich. In meinem Hals hatte sich ein Kloß gebildet. Und auch wenn die Wahrheit schmerzte, war ich froh, dass er mir alles erzählt hatte. »Ich hätte sie gerne kennengelernt«, sagte ich und dachte an Emma.

»Sie dich auch.« Enrico lächelte. »Sie hat es bis zuletzt gehofft.«

»Was?«

»Dass sie es schafft. Dass sie überlebt.«

Ich musste auch lächeln. »Wie durch ein Wunder?«

Er zuckte mit den Schultern. »Wieso nicht? Hier ist doch sonst auch alles anders als …« Er musste nach dem richtigen Wort suchen. »… normal.«

Da musste ich ihm zustimmen.

»Wollen wir zurückgehen?«, fragte ich erschöpft.

Enrico sah auf seinen Teller. Ich folgte seinem Blick. Beim Anblick der Pampe, die von seinem Kuchen übrig geblieben war, mussten wir beide lachen. Wir sahen uns an, und er lächelte. Ich erwiderte es.

»Alles wird gut«, sagte er und strich sich durchs Haar.

»Hast du Angst vor dem Tod?« Die Frage war mir einfach rausgerutscht.

»Ich?«

Ich sah mich um und grinste. »Wer sonst?«

»Nein.« Er sah entschlossen aus. »Der Tod schließt den Kreislauf des Lebens. Er gehört dazu. Wir brauchen uns nicht davor zu fürchten. Der Tod bedeutet nicht das Ende. Er bedeutet den Anfang von etwas Neuem.«

»Das hast du schön gesagt«, flüsterte ich.

»Wenn du nach diesem Motto lebst, verlierst du die Angst.«

Das konnte ich nicht so recht glauben. Ich wollte nicht sterben. Noch immer suchte ich nach dem Sinn des Lebens. Manchmal dachte ich lange darüber nach, was aus mir werden sollte. Diese Entscheidung und die Planung meiner Zukunft waren nicht leicht, aber ich freute mich auf das, was kommen würde. Ich hatte noch so viel vor.

»Und du hast dich bewusst dafür entschieden?«, wollte ich von Enrico wissen.

»Das Haus zu verlassen?«

Ich nickte.

»Kennst du den Spruch ›Es geht nicht darum, dem Leben mehr Tage zu geben, sondern den Tagen mehr Leben‹?«

Ich verstand sofort, was er damit sagen wollte. »Du hast recht. Es bringt nichts, sich das ganze Leben lang zu verkriechen. Dann lieber kürzer, aber lebenswerter.«

Enrico nickte. »Eben.« Er stand auf, um zu bezahlen. Dann verließen wir das Café.

Die Sonne strahlte scheinheilig am Himmel, so als sei nichts passiert. Als hätte Enrico mir nicht von einem geheimnisvollen Bann erzählt, der dem Haus die Zeit genommen hatte.

»Ich kann mir das gar nicht vorstellen«, sagte ich und ging in meinem Kopf die letzten Stunden durch, überlegte, ob mir schon etwas hätte auffallen können.

»Es ist verrückt, ja! Sie schlafen nicht, sie erleben nichts mehr. Es ist, als würde die ganze Welt stillstehen, ja, ihr ganzes Leben.«

»Wahnsinn. Ich kann das gar nicht glauben.«

Verständnisvoll nickte er. »So ging es mir auch, Luzie. Aber es musste so passieren. Nur so hat Giulia überlebt.«

»Und jetzt? Was ist mit jetzt?«

»Du meinst, sie könnten das Ganze nun rückgängig machen, weil sie nun alt wären und das Leben vorbei?«

Ich nickte.

Enrico lachte laut. »Ach, Luzie. Würdest du dich für den Tod entscheiden können? Giulia und Paul wissen, dass sie sterben, wenn sie das Haus verlassen. Das ist wie eine Entscheidung gegen das Leben. Sowas tut weh.«

Er hatte natürlich wieder einmal recht. »Und so können sie wirklich ewig leben?«

Enrico zuckte mit den Schultern. »Ich denke schon.«

Das war doch verrückt! So etwas gab es nicht. Hier mussten irgendwo die versteckten Kameras auf mich warten.

Wir liefen wieder über den Markusplatz, vorbei an dem Uhrturm, vorbei an dem Dogenpalast. Diesmal sah ich nur ganz kurz auf. Die Welt wirkte verschwommen, die Sonne strahlte am Himmel und ich hatte unheimliche Kopfschmerzen.

Eine Entscheidung gegen das Leben, gegen das Leben ... Die Worte dröhnten in meinem Kopf.

Wie würde ich handeln? Eigentlich konnte ich die beiden zu gut verstehen, um zu verurteilen, dass sie in das Schicksal eingegriffen hatten. Giulia war noch so jung gewesen, zu jung, um zu sterben. Sofort musste ich an meine Mutter denken. Wenn sie doch auch überlebt hätte ... *Ich hätte sie retten können*, hämmerte es in meinem Kopf.

Paul hatte Giulia gerettet und meine Mutter war gestorben. Sie hatte mich auf dieser Welt alleine gelassen. Auf einer Welt, wo man sich bekriegte, wo man sich hasste und wo jeder sein eigenes Ding durchzog. So wie Paul. Er hatte auch sein eigenes Ding durchgezogen. Er hätte Mama retten können.

Mir wurde schlecht. Das tat so unheimlich weh. All die Jahre hatte ich geglaubt, dass es eine höhere Macht war, die sie ihr Leben gekostet hatte, dass man nichts daran hätte ändern können. Aber das war falsch. Wir hatten sie aufgegeben.

»Sie ist tot«, murmelte ich und sah gen Himmel.

»Du sprichst über deine Mutter?«

Ich nickte gedankenversunken.

»So früh sollte kein Kind seine Mutter verlieren. Das ist einfach falsch«, schimpfte Enrico.

Ich ließ ihn einfach reden. Was wusste er schon davon? Seine Mutter lebte. Meine war tot!

Enrico sah mich erschrocken an. »Alles okay bei dir? «

Ich zuckte schwach mit den Schultern. »Ich will das nicht.« Die Worte flogen schneller über meine Zunge, als ich sie steuern konnte.

»Was meinst du?«

Ich wusste selbst nicht so recht, was ich antworten wollte. »Ohne sie sein. Ja, sie ist schon viele Jahre tot. Aber es vergeht kein Tag, an dem ich nicht voller Schmerz an sie denke.«

»Es tut mir so leid, Luzie«, sagte Enrico. »Wir sollten wirklich langsam nach Hause gehen.«

Ich schwieg. Nach Hause, das sagte er so einfach. Als sei irgendetwas in diesem Haus, das mich damit verband.

Plötzlich wollte ich unheimlich gerne zurück in mein richtiges Zuhause, nach Frankfurt, zu meinem Vater. Verdammt, ich musste ihn dringend noch einmal anrufen, ihm alles erzählen und sagen, dass ich bald wieder zu ihm kommen würde. Bald, wenn hier alles geregelt war. Geregelt. Ich lachte traurig auf. Was sollte das schon bedeuten?

Manchmal war das Leben so schwierig. Eine richtige Last auf meinen Schultern. Und das nicht nur, weil man das mal so sagte, sondern wirklich. Ich konnte das Gewicht förmlich spüren. Man lebte längst nicht mehr für sich, man lebte für andere, auch wenn viele das sofort verneinen würden. Zumindest galt das für mich. Ich wusste nicht, wie es um mich stehen würde, wenn es meinen Vater nicht gäbe. Diese Gedanken taten mir weh, sehr weh.

Ich wollte zu ihr, meiner Mutter, wollte sie endlich in die Arme schließen, sie drücken und hören, dass alles gut war. Aber es war nicht alles gut. Mein Leben war ein reinstes Durcheinander. Das tägliche Ringen um Wissen, um Verstehen, um das Akzeptieren.

Tränen kullerten aus meinen Augen. »Wieso ich?«, murmelte ich und sah zu Enrico.

Er sah hilflos aus, scheinbar konnte er mit solchen Situationen nicht umgehen. Aber das war mir egal. Es musste endlich raus, die ganzen traurigen Gefühle, die ganzen Ängste und ganzen Gedanken.

»Glaubst du, es war Zufall?«, fragte ich ihn. »Oder glaubst du, irgendwer hat mich ausgewählt, sodass gerade mir all das passiert?«

Vielleicht war ich unfair. Sicherlich gab es Kinder, denen es viel schlechter ging als mir. Aber ich konnte nicht anders fühlen oder denken.

»Luzie, ich weiß es nicht. Das Leben ist nicht immer gerecht.«

Das sagte gerade er.

Aber wahrscheinlich war es für ihn auch nicht leicht, mit alldem umzugehen. Sicherlich hatte auch er sich all die Jahre gewünscht, mit seinen Eltern durch die Stadt zu gehen, in den Himmel zu schauen und einfach nur die Luft zu fühlen.

Auf einmal ging ein Ruck durch meinen Körper. Ich ging auf Enrico zu, lehnte meinen Kopf gegen seine Brust und drückte das Gesicht gegen seinen warmen Körper. Meine Arme um ihn gelegt, fing ich an zu weinen. Enrico erwiderte die Umarmung.

Es fühlte sich gut an, mich einfach so hängen zu lassen. Ich fühlte mich fast schon befreit. Jemand war bei mir. Ich war nicht alleine. Enrico wollte mir helfen. Er war irgendwie schon mein Freund, so seltsam das auch klingen mochte.

Ich konnte nicht immer gut mit Menschen umgehen. Es war schwer zu verstehen, was die anderen über mich dachten. Oft versank ich in meiner ganz eigenen Welt. Dann konnte ich gar nicht mehr klar denken, war beeinflusst von den Gefühlen anderer. Nicht selten stellte ich mir dir Frage nach dem Wieso.

Wer war ich? War ich verrückt?

Sagte ich Dinge, die ein anderer nicht verstehen konnte?

Tief in meinem Inneren sah es jedoch anders aus: Ich wusste, was ich wollte, ich wusste, was ich fühlte, und ich wusste auch, warum das alles für mich keinen Sinn machte. Es war nicht meinetwegen, es war einfach, weil ich nicht vergessen konnte, was die anderen dachten.

Ich war nicht die, die ich sein mochte. Ich war die, die die anderen in mir sahen.

Mir flüsterte eine Stimme zu, was ich zu tun hatte, was ich von mir preisgeben durfte. Aber eigentlich wünschte ich mir nur, dass ich ich selbst sein konnte. Ich hatte Angst. Nicht selten. Angst vor mir.

»Hast du manchmal Angst um Giulia und Paul?«, fragte ich, um den drängenden Fragen zu entkommen.

»Aber warum denn?«. entgegnete Enrico. »Sie werden sterben, eines Tages. Wenn sie bereit dafür sind.«

»Ist man irgendwann bereit zu sterben?« Die Frage war eigentlich rhetorisch gemeint, aber Enrico überlegte.

»Wenn man alt ist, dann will man manchmal nicht mehr. Leben ist anstrengend.«

»Aber sie werden nicht alt. Das hast du doch selbst gesagt!«

Enrico nickte. »Körperlich nicht, aber ich bin mir nicht sicher, ob irgendwann die Magie, die das Leben mit sich bringt, verschwunden ist. Ob man nicht irgendwann genug davon hat, zu existieren.«

Ich schüttelte den Kopf. »Ich glaube nicht, dass ein junger Mensch einfach so sterben will. Man hat doch immer noch etwas vor.«

»Genau deshalb.« Er runzelte die Stirn. »Sie haben aber nichts mehr zu erleben.«

Nichts mehr zu erleben, dachte ich. »Glaubst du nicht, dass es einem Menschen in erster Linie wichtig ist, dass er da ist?«

Enrico sah zu Boden. Die Sonne brannte über unseren Köpfen, sodass mir etwas schwindlig wurde.

»Ich weiß es nicht«, antwortete er wenige Sekunden später.

Und ich wusste es auch nicht. Würde es mir genügen, einfach in die Unendlichkeit hinein zu existieren, mit dem Preis, eingesperrt im eigenen Leben zu sein? Ich konnte mir das so nicht vorstellen. Reisen, spazieren gehen ... Alles unmöglich.

Das Leben hatte doch mehr zu bieten. Die Welt stand einem offen. Man konnte noch viel erleben. Ich wollte eines Tages einfach nur glücklich sein. Egal, wie. Egal, wo. Egal, mit wem. Glück bedeutete alles.

»Vielleicht ist es mit Tod auch nicht vorbei«, meinte ich. »Manchmal denke ich, meine Mutter guckt von oben auf mich herunter und lächelt.«

»Weil sie stolz auf dich ist?«

Ich zuckte mit den Schultern. »Ich hoffe es.«

Enrico nickte. »Eine Mutter ist immer stolz auf ihr Kind. Elternliebe ist etwas ganz Besonderes. Das ist nahezu magisch.«

Ich wünschte mir so sehr, dass er recht hatte.

»Aber du hast doch keine Kinder«, stellte ich fest.

Enrico lachte. »Nein. Ich habe keine Kinder, das stimmt, aber ich habe Lebenserfahrung.«

Wir überquerten eine Straße und unterhielten uns noch eine Weile, bis wir plötzlich wieder vor dem Haus standen.

Ich erinnerte mich noch daran, dass es auf mich so stark gewirkt hatte, unheimlich groß und schön. Mittlerweile empfand ich das Gebäude als gruselig. *Ein Bann liegt darüber*, pochte es in meinem Hinterkopf. Ich wurde die Befürchtung nicht los, dass dieser Bann gefährlicher war, als wir alle dachten.

»Keine Wirkung ohne Nebenwirkung.« Das hatte Papa mir schon als kleines Mädchen eingebläut, während ich ihn beim Wadenwickeln um eine Tablette gebeten hatte. Und er hatte sicherlich recht. Ich schluckte. Nein, ich wollte nicht zurück in dieses Haus. Ich hatte Angst. Angst vor dieser Macht. Ich näherte mich der Hauswand und legte angespannt die Finger auf den Stein. Wie von einem Elektroschlag getroffen, wich ich zurück.

Erschrocken sah Enrico mich an. »Luzie, was ist?«

Mir wurde ganz heiß. Doch wahrscheinlich hatte ich mir den Blitz in meinen Fingern nur eingebildet, denn Enrico schien nichts gesehen zu haben.

»Ich habe Angst«, flüsterte ich leise. In meinem Hals bildete sich ein dicker Kloß, der sich auch nicht durch Würgen entfernen ließ.

»Alles ist gut«, versuchte Enrico, mich zu beruhigen.

Aber es gelang ihm nicht. Die Panik hatte sich wie ein ehrgeiziger Feind in meinem Hirn festgebrannt.

»Ich mache keinen Schritt mehr in dieses Haus«, sagte ich trocken.

Enrico fuhr sich hilflos durchs Haar. »Ich verspreche dir, Luzie: Es ist alles gut. Ich wohne seit Jahren hier.«

Ja, dachte ich. *Aber was, wenn ausgerechnet jetzt …?* Ich wollte nicht sterben …

Sterben, wie kam ich nur auf sterben? Angeblich verlängerte der Bann ja das Leben, aber so kam es mir gerade nicht vor.

Mir wurde schwindelig. »Es geht nicht. Es ist wie eine Wand, die mich abhält.« Ich konnte mich nicht mehr bewegen. Schon mein ganzes Leben lang hatte ich riesige Angst vor dem Sterben gehabt. Der Tod war endgültig, für immer.

»Ich gehe langsam hinein, dann gibst du mir deine Hand und folgst mir«, wies Enrico mich an.

Ich rührte mich nicht. Trotzdem machte Enrico einen Schritt auf mich zu und griff nach meinem Arm. »Wir gehen nun gemeinsam rein.«

Ich war zu schwach, um etwas zu erwidern, wusste aber auch, dass ich gar keine andere Wahl hatte. Ich war auf die Schorns angewiesen. Jedoch graute es mir vor der Vorstellung, dass ich Paul Schorn wiedersehen würde. Er musste eine magische Fähigkeit besitzen. Ansonsten hätte er die Zeit einfach nicht anhalten können.

Ach was, hörte ich meinen Verstand protestieren.

Zauberer gab es nicht!

Klar, jeder Mensch war anders. Aber wir waren alle keine übermenschlichen Gestalten. So etwas gab es nur in Büchern. In Fantasiegeschichten, ja, in Dystopien oder Science-Fiction-Romanen.

»Okay«, sagte ich und drückte seine Hand fester. »Ich komme mit.«

Wir betraten das Haus. Es roch anders als das erste Mal, als ich den Eingangsbereich betreten hatte. Ich nahm den Geruch von Rosmarin wahr. Eigentlich ein sehr schöner Duft, wie ich fand. Aber trotzdem empfand ich Unbehagen.

Ich erinnerte mich an den vergangenen Abend. Paul hatte abgelehnt, als ich ihn nach einer Führung durch die Stadt gefragt hatte. Jetzt war mir natürlich auch klar, weshalb.

Er konnte nicht raus. Er saß hier fest.

Meine Beine zitterten, mein Herz schlug schneller und ich merkte, wie meine Hände ganz schwitzig wurden.

»Enrico, bitte bleib bei mir«, flehte ich. Diesmal griff ich nach seinem Arm.

»Luzie, du musst mir etwas versprechen«, entgegnete er.

Ich sah ihn an. »Ja?«

Er hielt die Luft an. »Du ... du darfst nicht darüber reden.«

»Du meinst ...«

»Ja, genau, das meine ich«, unterbrach er mich.

Ich konnte kaum glauben, was ich da hörte. »Enrico, ich verstehe nicht. Ich muss doch wissen, was hier abgeht.«

Er schüttelte den Kopf. »Ich habe dir vertraut, Luzie. Nun musst du mir vertrauen.«

Ich sagte nichts. Natürlich, er hatte mir vertraut. Aber deshalb stand ich doch nicht in seiner Schuld. Er hatte mir die Wahrheit erzählen müssen!

Ich wollte die komplette Geschichte hören, mit Paul und Giulia über meine Urgroßmutter sprechen. Und auch über Helene. Nur die beiden wussten mehr über das Verschwinden und über ihren Tod.

»Ich kann nicht.« Meine Stimme wurde schwach.

Enrico sah mich flehend an. »Giulia und Paul waren in Not. Sie kannten keinen Ausweg.«

»Aber wieso darf ich dann nicht darüber reden?«

»Das Ganze wurde unter den Teppich gekehrt. Wir sprechen seit fünfzig Jahren nicht darüber. Es ist geschehen und nun bleibt alles so, wie es ist. Wir leben damit und sprechen nicht darüber.«

Ein Geheimnis, über das niemand sprach. So etwas kannte ich nur aus einer dieser Sendungen, die rund um die Uhr liefen. Mein Vater nannte sie leicht abfällig *Hausfrauenbildung*. Die Wirklichkeit war jedoch etwas anderes. Etwas ganz anderes.

Hier ging es nicht darum, den Zuschauer zu belustigen. Im echten Leben ging es um viel mehr: um Gewinnen oder Verlieren.

»Ich muss darüber nachdenken«, meinte ich und drehte mich um. In meinen Augen bildeten sich die ersten Tränen. Aber ich wollte nicht weinen. Verdammt, ich musste langsam meine Emotionen in den Griff bekommen. Das war ja nicht zum Aushalten.

Aber als ich mich langsam wieder umdrehte, glänzten auch Enricos Augen feucht. Ich hasste es, wenn Erwachsene weinten. Schon bei meinem Vater konnte ich damit nur sehr schlecht umgehen, bei einem Fremden erschien mir das noch einmal ganz anders.

Ich blieb einfach stehen, starrte ihn an und wischte mir die Nässe von der Wange. »Gib mir etwas Zeit, ja?« Ich musste schlucken. Schon wieder dieser Kloß …

Enrico nickte. »Überlege es dir gut, Luzie. Aber vergiss nicht, dass es um viel geht.«

Nein, das würde ich nicht vergessen. Ich war mir sicher, dass ich noch Jahren später die Erinnerungen an den heutigen Tag hegen würde.

»Wie spät ist es?«, fragte ich, weil ich einfach ein anderes Thema ansprechen wollte.

Da biss ich mir auf die Zunge. Hier drin war doch alles anders. Hier drin war noch immer die gleiche Uhrzeit wie vor fünfzig Jahren, als Paul den Bann gelegt hatte. Ich musste traurig schmunzeln. Das klang einfach zu weit entfernt von der Realität.

Enrico erkannte, dass ich es erst wenige Sekunden später verstanden hatte, und lächelte. Ich lächelte zurück.

»Ich werde mich schlafen legen. Heute war ein seltsamer Tag.« Seltsam? Ja! Seltsam war ein gutes Wort, um die Geschehnisse zu beschreiben.

Mir wurde jedoch klar, dass sich nicht alles mit Worten beschreiben ließ. Manche Dinge passierten einfach. Sie beinhalteten mehr als Buchstaben. In ihnen steckten Gefühle.

Und Gefühle waren oft unbeschreiblich. Unbeschreiblich schön. Unbeschreiblich schmerzhaft.

Und in diesem Fall auch unbeschreiblich seltsam.

9. Kapitel

In dieser Nacht träumte ich von einer Welle. Sie war unglaublich hoch, hatte eine gewaltige Kraft und zog alles mit sich, was sie erwischte. Mit ihr ging nicht nur Enrico unter, sondern auch Papa und ich fielen ihr schließlich zum Opfer. Anfangs waren wir einfach nur nebeneinander hergeschwommen, bis wir gemerkt hatten, dass diese Welle auf uns zukam. Seltsamerweise hatte ich kaum Angst verspürt. Es war für mich okay gewesen. Denn diese Welle riss nicht nur unsere Körper mit, sondern auch unsere Gefühle. Mir wurden die Entscheidungen abgenommen, ich war frei, frei von dieser Last. Das Wasser schenkte mir die Schwerelosigkeit, ich schwebte förmlich durch das Meer, konnte meine Füße vor Kälte nicht mehr spüren. Aber ich kniff trotzdem die Augen zusammen. Es war irgendein Reflex. Vielleicht, damit ich nicht mitansehen musste, wie mein eigenes Selbst in der Tiefe des Meeres zugrunde ging. Ich schmeckte Salzwasser, musste würgen. Dann wirbelte mich die Welle nach oben. Ich verspürte keine Angst, sondern Erlösung.

Völlig verwirrt wachte ich auf, fand mich auf meinem Bett wieder und strampelte die dünne Decke von meinen Beinen. Meine Haut fühlte sich klebrig an, meine Haare hingen mir ins Gesicht. Fix und fertig mit den Nerven setzte ich mich auf und atmete einmal tief ein und aus.

Nur ein Traum, sagte ich mir in Gedanken. Ich war immer noch in Venedig, der Stadt, die Enrico ›die Stadt der Liebe‹ genannt hatte. Für mich bedeutete sie aber nur noch Lügen, Geheimnisse und in gewisser Weise Magie. Dieses kleine Wort verband ich jedoch mit negativen Gefühlen und Verzweiflung.

Ich betrachtete meine nackten Beine und seufzte. Tatsächlich hatte ich gestern ein wenig Farbe bekommen. Ein schwacher Trost gegen das, was ich bis jetzt erlebt hatte.

Gedankenverloren fuhr ich mit den Zehen über das Bettlaken und drückte die Hände fest auf meine Oberschenkel. Mich selbst spüren, ja, das wollte ich manchmal. Einfach nur, um zu wissen, dass ich noch da war und mich nicht irgendeine Form des Übernatürlichen gepackt und dorthin gebracht hatte, wo alles anders war.

Auf meinen Schenkeln bildeten sich durch den Druck zwei weiße Flächen. Ich hob meine Hände und hielt inne. Unten klimperte jemand mit dem Geschirr. Wahrscheinlich Giulia, die wieder für mich eindeckte. Aber ich wollte weder Paul noch Giulia begegnen. Auch wenn das nahezu unmöglich war. Denn wie ich bereits wusste, verbrachten die beiden ihre gesamte Zeit hinter diesen Wänden.

Ich fragte mich, was mein Vater wohl gerade machte und beschloss, ihm eine Postkarte zu schreiben. Ja, das war nett. Viel schöner als ein Anruf. Allerdings wusste ich noch nicht, wie viel ich ihm erzählen würde. Ich hatte Angst, dass er mich zurückholte, ehe ich alles mit mir selbst geklärt hatte.

In meinem Zimmer war es sehr hell, die Sonne schien durch das Fenster. Als ich mich auf die Bettkante setzte, merkte ich, dass ich Muskelkater bekommen hatte. Wie peinlich. Kaum war ich einmal durch die Stadt gelaufen, machten meine Muskeln schon schlapp. Ich stöhnte, drückte mich mit den Händen von der Matratze ab und stand auf. Ich schnappte mir meinen Bademantel, klemmte ihn mir unter den Arm und schlurfte ins Badezimmer.

Auf dem Weg fiel mir ein, was Enrico gesagt hatte. Giulia und Paul brauchten keinen Schlaf. Unheimlich. Ich überlegte, wie es mir ergehen würde, wenn ich die ganze Zeit nur in diesem Zimmer bliebe ... Würde ich dann für immer 16 sein? Ich schüttelte mich. Das wollte ich mir gar nicht vorstellen. Das Leben fing doch jetzt erst an.

Im Badezimmer war es unheimlich heiß. Ich ging zum Fenster und wollte es öffnen, da stellte ich verwirrt fest, dass auch hier nicht die Möglichkeit bestand, das Fenster zumindest zu kippen. Es gab nirgendwo einen Ausgang nach draußen, von der Haustür abgesehen. Mein Herz klopfte furchtbar schnell, mir wurde übel. Ich brauchte frische Luft. Aber zuerst, und das war mir noch wichtiger als rauszugehen, brauchte ich ein Bad. Ich ließ das Wasser einlaufen, setzte mich solange auf den Wannenrand und beobachtete, wie aus den paar Tropfen Badezusatz eine dicke Schicht aus Schaum wurde.

Vorsichtig steckte ich meinen Zeigefinger in das Wasser. Es fühlte sich warm an. Schön.

Also legte ich meinen Bademantel zur Seite und ließ die Füße in die Wanne gleiten. Blitzschnell sank mein Körper unter Wasser, und ich schloss die Augen.

Das war alles so verrückt!

Bei der Vorstellung, gerade nicht zu altern, wurde mir komisch zumute. Ich würde hier drinnen also für immer 16 bleiben.

Ich schluckte. 16, was war das schon?

Klar, sweet sixteen, süße 16 ... Aber wer wollte schon sein ganzes Leben lang süß bleiben? Ich schüttelte mich. Dabei flogen ein paar Wassertropfen durch die Luft und landeten auf dem Spiegel. Sie liefen langsam an dessen Fläche hinunter und tropften schließlich auf die Fliesen.

Ich tauchte mit dem Kopf unter Wasser und dachte wieder darüber nach, wie Paul das mit der Zeit geschafft hatte? Das war doch unmöglich! Hokuspokus? Ein verhängnisvoller Trank, den er nachts im Mondschein gebraut hatte? Die Kraft der Liebe? Ach was. Ich hatte meine Mutter auch geliebt. Und sie war gestorben. Sie hatte die Zeit nicht retten können. Sie war von ihr vernichtet worden.

Das Wasser brannte plötzlich auf meiner Haut, als würde ich in einem Meer aus Säure schwimmen. Ich konnte mich nicht mehr bewegen. Gleichmäßig atmete ich ein und aus, versuchte, klare Gedanken zu fassen. Aber ich schaffte es nicht.

Ob Enrico zu Hause war? Ich wollte ihn sehen, ihm sagen, dass ich mich noch nicht entschieden hatte. Und dass ich Angst hatte. Große Angst.

Aber meine Lippen blieben dicht aufeinander liegen. Wie benebelt hörte ich das Wasser neben mir bei jeder kleinsten Bewegung langsam durch die Wanne gleiten.

Plötzlich war ich wieder bei Sinnen. Ich setzte mich auf und betrachtete mein Gesicht im Spiegel, den ich von meiner Position aus sehen konnte.

Oh je, dachte ich. Meine Augen starrten mir müde entgegen und meine Lippen waren trotz des Wassers trocken und irgendwie aufgerissen.

Langsam zog ich mich am Wannenrand nach oben und stand auf. Mir war die Lust an einem entspannten Bad vergangen. Ich brauchte dringend Luft.

Die dunkle Holztreppe knarrte unheimlich. Ich zuckte zusammen, als ich die erste Stufe betrat.

Trotzdem lief ich strammen Schrittes nach unten und blieb erst vor dem Esszimmer stehen. Drinnen hörte ich Stimmen. Leise Stimmen. Eigentlich wollte ich auf dem Absatz umkehren und nicht bei dem Gespräch stören, aber die Neugier packte mich und ließ mich wie gelähmt vor der geschlossenen Tür stehen.

»Nein, Giulia«, hörte ich Paul sagen.

Dann nahm ich ein leises Wimmern wahr. Weinte Giulia etwa?

Nein, kommandierte ich mich. *Du drehst jetzt sofort um. Das geht dich absolut nichts an.*

Aber eine andere Stimme in meinem Kopf war stärker. Sie sagte mir, dass ich ein Recht darauf hatte, alles zu verstehen, und dass ich warten sollte.

Also blieb ich an Ort und Stelle, drückte vorsichtig das Ohr gegen die Tür und hielt den Atem an.

»Bald. Bald führe ich dich zu den Tauben.«

Ich musste mich verhört haben.

»Ich liebe dich, Paul«, hörte ich sie leise flüstern.

Paul antwortete etwas Unverständliches. In meinem Hals kratzte es. Ich brauchte dringend etwas zu trinken.

Plötzlich bildete ich mir ein, förmlich fühlen zu können, wie das Schwindelgefühl in mir größer wurde. *Raus, raus, raus,* schepperte es in meinem Kopf. Paul wollte sie zu den Tauben führen? Den Tauben? Den Tauben, die auf dem Markusplatz herumliefen? Wollte er etwa ausbrechen? Oder wollte er seine Frau nur beruhigen?

»Ganz ruhig«, hörte ich diese dann sagen. Ihre Stimme klang normal und stark, als wäre das Wimmern Paul zuzuordnen und nicht Giulia. Hatte ich sein sicheres Auftreten unterschätzt und er war in Wirklichkeit seelisch stark angreifbar?

Mein Herz machte einen Sprung. Seelisch angreifbar, waren wir das nicht alle?

»Alles wird gut«, hörte ich Paul dann wieder.

Ich bückte mich, um einen Blick durch das Schlüsselloch zu erhaschen, da hörte ich drinnen Schritte. Blitzschnell fuhr ich herum, stolperte zurück zur Treppe und ließ mich auf die Knie fallen. Dann drehte ich mich um, wobei mich ein Schmerz durchfuhr. Auweia, das würde sicherlich einen blauen Fleck geben.

»Luzie.« Giulia stand vor mir. »Du bist wach. Hast du dich verletzt?« Sie sah verändert aus. Ebenfalls ziemlich blass für ihre Verhältnisse. Ihr dunkles Haar fiel ihr ins Gesicht und ihre Augen wirkten leer.

»Nein. Ich bin nur gestolpert. Ich ...«, setzte ich an. »Ich bin gerade wachgeworden.« Ich lächelte vage.

»Du hast bestimmt Hunger.«

Nein! Eigentlich hatte ich überhaupt keinen. In meinem Magen lag immer noch das Essen vom Vorabend, der ... die ... das ... Ja, was eigentlich? Mir fiel auf, dass ich am Abend ebenfalls nichts gegessen hatte. Wenn das so weiterging, würde ich abgemagert nach Hause fahren. Oh je. Ich biss mir auf die Zunge.

Auf einmal formte sich ein Gedanke in meinem Kopf. Enrico könnte gelogen haben. Es könnte es ganz anderes dahinterstecken, dann würde Paul das Haus verlassen können. Aber dazu passte das Schluchzen nicht, es hatte so unfassbar traurig geklungen ...

»Ich habe entsetzlichen Hunger.« Ich lächelte schüchtern, irgendetwas musste ich ja sagen.

»Na, dann komm.« Giulia fuhr sich übers Gesicht und ging mit mir zur Küche. »Paola wird sicherlich schon einkaufen gewesen sein. Was hältst du von Müsli?«

Ich nickte. Das war mir wesentlich lieber als eine von Giulias italienischen Speisen. Also setzte ich mich an den Tisch, steckte den Löffel in die Milch und kaute auf den Knusperflocken herum.

»Und Sie …?«, fragte ich Giulia. »Sind Sie schon lange wach?«

Ertappt fuhr sie herum. »Ich? Ja, ich brauche nicht viel Schlaf.«

Nickend beugte ich mich wieder zur Schale und seufzte. »Ich habe vor Kurzem nachts Stimmen gehört. Zuerst dachte ich, es seien Einbrecher.«

Giulia lachte. Aber die Art, wie sie dies tat, klang künstlich und gespielt. »Einbrecher? Ach, was will man bei uns denn holen?«

Verwirrt sah ich mich um. War das ihr Ernst? Ich stellte mir viel mehr die Frage, wie ein Einbrecher sich bei den vielen Kostbarkeiten hier entscheiden – und wie er wieder herausfinden sollte.

Ich musste automatisch schmunzeln. »Ich dachte es nur«, sagte ich. »Die Geräusche klangen nach Menschen.«

Giulia biss sich auf die Lippe. »Vielleicht Enrico. Er wird manchmal nachts wach und läuft durchs Haus. Er schläft sehr unruhig.«

»Ja, bestimmt nur Enrico«, murmelte ich.

Und Giulias Ausdruck konnte mich davon auch nicht überzeugen. »Was hast du heute vor?«

Ich zuckte mit den Schultern. »Könnten wir nicht mal zusammen rausgehen?« Scheinheilig lächelte ich sie an. Ich musste es einfach fragen. Nur so würde ich mehr aus Enricos Erklärung schließen können.

»Du meinst, in die Stadt?« Giulia schüttelte den Kopf. »Nein, Luzie. Bei diesen Temperaturen?«

»Natürlich. Das Wetter ist spitze. Wir könnten etwas trinken gehen.«

»Die Sonne scheint. Ich habe eine Allergie.«

Ich musste an mich halten, um nicht laut zu lachen. Das war die billigste Ausrede, die ich mir hätte vorstellen können.

»Sie gehen also nie vor die Tür?«

Giulia schüttelte den Kopf. »Nein, nein. Nur bei dieser Hitze nicht.«

Hm, überlegte ich. War das realistisch? Hatte Enrico mich wirklich angelogen?

Wie unangenehm … Und ich war auf seine Erzählung reingefallen. Wahrscheinlich machte er sich längst über mich lustig, weil ich so naiv und leichtgläubig war. Das war ja oberpeinlich. Sofort merkte ich, wie mir das Blut in den Kopf schoss. Ich war doch kein kleines Kind mehr, dem man Märchen erzählen konnte.

Krankheiten und magische Heilungen. So was gab es nur in Geschichten. Die Realität zeigte mit niemandem Erbarmen. Da nahm das Schicksal seinen eigenen Lauf.

Plötzlich überlief mich ein Schauer. Mir wurde schwindlig und übel zugleich. »Oh je«, murmelte ich und sah auf meine Schale hinunter. Ich schob sie von mir weg und stützte den Kopf auf die Handflächen.

»Das Wetter ist wirklich anstrengend.« Giulia seufzte. »Selbst hier drinnen riecht die Luft nach Trockenheit und Schwüle.«

Ich lachte spöttisch auf. »Und das ist nichts gegen draußen.«

Giulia seufzte erneut. Ihr Gesicht wirkte ganz blass und ihre Mundwinkel waren nach unten gefallen.

»Ist alles in Ordnung?«, fragte ich sie besorgt. Sie machte einen entsetzlich traurigen Eindruck, schien die Frage nicht einmal gehört zu haben. Wahrscheinlich nahm sie das Gespräch mit Paul sehr mit. »Und Paul?«, stellte ich eine neue Frage.

Fragend sah sie mich an.

»Was ist mit ihm? Hat er auch eine ... ähm ... Allergie?«

Giulia sagte nichts. Sie wandte sich einfach nur ab und räumte meine Schale in die Spüle. »Enrico freut sich bestimmt, wenn du mit ihm rausgehst.«

»Mal sehen«, überlegte ich laut und schob den Stuhl vom Tisch weg. »Ich glaube, ich ziehe mich noch mal um. Vielleicht finde ich etwas Luftigeres.« Mit diesen Worten verabschiedete ich mich.

Ich ging die Stufen nach oben und lief durch den Korridor. Das Licht war fahl, die Vorhänge am hinteren Fenster waren zugezogen, als fürchtete jemand, dass die Sonne, die draußen die Welt mit Leben erfüllte, hier drinnen ein Unheil anrichten könnte.

Sonnenallergie, dachte ich und lugte durch das Fenster. Das konnte doch nicht wirklich der Hintergrund dafür sein, dass Giulia sich ihr Leben lang einsperrte.

»Was sie nicht weiß, macht sie nicht heiß.« Dieser Spruch fiel mir plötzlich ein. Vielleicht hatte Giulia den Vorhang zugezogen, um nicht in Versuchung zu kommen, rauszugehen.

Wenn es hier doch nur einen Internetzugang gäbe, überlegte ich und lief grübelnd an den geschlossenen Türen vorbei.

Kein normaler Mensch würde sich im Sommer drinnen aufhalten. Allergie hin oder her. Da gab es doch bestimmt auch spezielle Cremes für.

Ich lief an der Bibliothek vorbei, als ich plötzlich innehielt. Irgendetwas Vertrautes hatte mein Interesse geweckt. Verwirrt drehte ich mich um. Dort stand sie: die Gusstaube. Die Taube, die ich heruntergeworfen hatte. Eine neue?

Unsinn. Ich schüttelte den Kopf. Wenn sie so einfach zu ersetzen gewesen wäre, hätte Paul nicht so wütend reagiert.

Vielleicht hatte er sie einfach geklebt, war meine zweite Vermutung. Vorsichtig näherte ich mich und fuhr mit der Fingerspitze über den Flügel der Figur. Feine Strukturen, festes Material, keine Klebereste, keine Macken. Das Ding war nicht repariert, aber neu war es auch nicht, dafür war es viel zu staubig.

Auf einmal hörte ich ein Geräusch. Ich erschrak, sprang ertappt zurück und fuhr herum. In der Bibliothek war jemand. Ich traute mich nicht, näher heranzutreten. Vielleicht war es Paul, der wieder malen wollte.

Plötzlich erklangen auch hinter mir Schritte.

Eilig huschte ich hinter einen Holzschrank, zog den Kopf ein und kniff die Augen zu.

Einen Moment später bereute ich schon, dass ich nicht einfach in mein Zimmer gegangen war und mich stattdessen als Detektiv versuchte. Das alles sollte mich eigentlich gar nicht interessieren! Diese Menschen schienen verrückt zu sein. Enrico erzählte eigenartige Geschichten, Giulia mied die Außenwelt und Paul versteckte seine Sorgen in der Kunst.

Ich lachte innerlich auf. Gerade ich sollte diese Menschen wohl am wenigsten verurteilen. Manchmal hatte ich selbst die verrücktesten Gedanken. Gedanken, die für andere unverständlich waren, aber die mich einfach erfüllten. Ich träumte davon, wie es wäre, jemand anderes zu sein, ein anderes Leben zu führen. Um den immer wiederkehrenden Gefühlen in mir zu entkommen. Und demselben Rhythmus, den gleichen Bewegungen, den gleichen Menschen, den gleichen Reaktionen auf den gleichen oberflächlichen Kram. Und das Ganze einfach jeden Tag.

Für manche Menschen war Identität nur ein Wort, bestehend aus neun Buchstaben und vier Silben. Für mich war es viel mehr. Ich war sechzehn Jahre alt und noch immer auf der Suche, stellte mir täglich die Frage, wer ich war und wer ich überhaupt sein wollte, sein sollte oder gar sein durfte.

Manchmal wollte ich selbst fliehen aus diesem Kreislauf. Dorthin, wo Neues auf mich wartete. Aber ich wusste nicht, wo das der Fall war, und es war verdammt schwer, diese Reise ins Ungewisse aufzunehmen.

Ich hörte, wie die Schritte näherkamen. Ein eiskalter Schauer lief mir über den Rücken. Ich war ja lebensmüde. Absolut lebensmüde. Anhand ihrer Beine erkannte ich Giulia. Sie tauchte plötzlich wie aus dem Nichts im Flur auf und lief direkt zur Bibliothek.

»Paul?«, hörte ich Giulias Stimme. »Ich bin es.«

Erneut waren dort Schritte. Diesmal wesentlich kräftiger.

»Giulia, komm herein!«

»Ach, ich wollte dich nicht lange stören.«

»Manchmal haben die Wände Ohren«, murmelte er, woraufhin ich einen vorsichtigen Blick um den Schrank herum wagte. Paul hatte einen Arm um seine Frau gelegt.

»Wie meinst du das?« Giulia sah ihn überrascht an. »Die Wände haben Ohren?«

»Vielleicht sollte ich dir helfen.« Pauls Stimme wirkte plötzlich sehr mysteriös. Ich streckte mich nach vorne, um mehr mitzubekommen.

»Mir?« Giulia schien nichts von alldem zu verstehen.

»Lass gut sein, *bella.*« Er drückte ihr einen Kuss aufs Haar.

Bevor er Giulia in die Bibliothek schob, sah er sich noch einmal um. Er runzelte die Stirn, zögerte und flüsterte etwas. Ich musste mich anstrengen, um ihn zu verstehen, doch ein paar Minuten später war ich mir sicher, dass er »Die Zeit ist vor nichts sicher« gesagt hatte. Seltsam.

Waghalsig stand ich auf, schlich zur Tür und presste mein Ohr gegen das dunkle Holz. Ich musste endlich mehr wissen.

»Sie ist wieder da«, hörte ich Giulia sagen. »Die Taube, meine ich.«

Ich konnte förmlich sehen, wie Paul nickte.

»Ich bin sehr froh«, behauptete Giulia.

»Es war nicht gerade leicht für mich. Aber ich habe diesmal besser aufgepasst.«

»Wie? Ich habe Angst um dich, Paul. Was, wenn du nicht mehr damit aufhörst? Du sagst mir nichts mehr. Ist etwas passiert? Hat Luzie etwas damit zu tun?«

»Sprich nicht so viel über sie!«

»Du meinst …«

»Das ist es nicht. Mit ist einfach nicht wohl bei dem Gedanken, dass sie hier ist.«

»Du magst sie, oder?« Das war wieder Giulia.

Mein Herz schlug schneller. Paul? Nein, er hasste mich. Ich hatte ihn beim Zeichnen gestört, die Taube heruntergeworfen …

»Ich sorge mich um sie … Sie sollte nicht hier sein.«

»Ich weiß.«

Paul seufzte. Ich hörte, wie er etwas in die Hand nahm.

»Wir passen auf sie auf. Versprochen.«

Das waren definitiv Abschlussworte. Giulia wollte gehen. Das Gespräch war beendet.

Ohne zu überlegen, stürmte ich so leise wie möglich den Flur entlang in mein Zimmer.

Im Zimmer angelangt, ließ ich mich gegen die Tür fallen und heulte. Ich fühlte mich einfach nur grauenhaft. Das war ein Albtraum, ein einziger Albtraum. Und so hockte ich da und starrte in das Zimmer hinein, das am Tage meiner Ankunft so paradiesisch auf mich gewirkt hatte und mir nun so fremd war.

Kurz überlegte ich erneut, einfach abzureisen, aber ich hatte Angst vor dem Moment, in dem ich wieder zu Hause sein würde. Zu Hause, mit dem Wissen, aufgegeben zu haben.

Manchmal hatte ich früher stundenlang draußen auf der Parkbank gesessen, die Passanten beobachtet, die an mir vorbeigerauscht waren, und einfach nur das Gefühl des Daseins genossen.

Es machte mich glücklich, einfach nur zu existieren, denn ich wusste ja, dass dies nicht selbstverständlich war.

Das Leben war nicht unendlich, es war abgezählt. Jeder einzelne Tag.

Niemand wusste das so gut wie ich, denn es waren zu viele Jahre des Schmerzes vergangen, seit meine Mutter gestorben war. Manchmal hatte ich schon damals daran gedacht, wie es sein würde, fortzugehen. Nach ihrem Tod hatte ich mir gewünscht, umzuziehen. Irgendwohin, wo alles ohne Erinnerungen an sie war. Aber ich hatte Angst davor. Angst vor allem Fremden, Angst vor dem Augenblick, in dem ich ohne eine bestimmte Rolle, ohne einen festen Platz in der Gesellschaft dastehen würde.

Ich brauchte etwas, woran ich festhalten konnte, etwas, was vertraut war. Ein Widerspruch?

Vielleicht saß ich genau deshalb dort auf der Holzbank, ließ die Beine über den Boden baumeln und schaute gen Himmel, zu dem Ort, wo ich irgendwann meine Mutter wiedersehen würde. Das war mein Traum.

Denn ich hatte etwas verloren, was einen enormen Wert für mich besaß.

Sofort erinnerte ich mich wieder an Paul. Er war es gewesen, der versucht hatte, mir den Unterschied zwischen Preis und Wert klarzumachen. Als hätte ich von nichts eine Ahnung ...

Aber so war das alles nicht.

Also bündelte ich meine Kraft und zog mich nach oben. Das war ungerecht, absolut ungerecht. Am liebsten hätte ich mich auf der Stelle in mein Bett geschmissen, die Augen fest zugepresst und mich zum Einschlafen gezwungen. Aber natürlich war das unmöglich. Also band ich die Haare hoch, streifte meine Klamotten ab und lief in Unterwäsche zum Kleiderschrank, aus dem ich ein türkisfarbenes Sommerkleid zog. Wohl fühlte ich mich jedoch ganz und gar nicht. Meine Haut war noch viel zu blass für diese leuchtende Farbe, sodass sie nicht gut zur Geltung kam. Ich erinnerte mich viel mehr an diese Thunfischdosen, die wir immer im Supermarkt gekauft hatten: damals, als ich meine kurze, aber anfangs hartnäckige Karriere als Anti-Fleisch-aber-Fisch-Esserin, kurz Pescanerin, hatte starten wollen. Genau diese Farbkombinationen hatte die Firma nämlich auch gewählt. Ich schüttelte mich, hatte plötzlich diesen ekligen Fischgeschmack im Mund, sodass ich einen Schluck aus der Wasserflasche nehmen musste, die Enrico mir dagelassen hatte.

Bei der Erinnerung an ihn musste ich an die Postkarte denken, die ich meinem Vater hatte schreiben wollen. Hatte ich mir nicht noch vor weniger als einer Stunde vorgenommen, dies zu tun? Und schon hatte ich es beinahe wieder vergessen. Also nahm ich einen Geldschein aus dem Portemonnaie, steckte ihn in meinen Ausschnitt – dorthin, wo er vor den vielen Dieben sicher war – und machte mich auf den Weg, um Enrico zu suchen.

10. Kapitel

Die Sonne schien noch kräftiger als am Tag zuvor. Ich konnte fast spüren, wie sie sich einen Weg durch meine Haare bahnte und ihre Strahlen auf meiner Kopfhaut brannten. Wie ferngesteuert fasste ich auf meinen Scheitel, als würde das irgendwie vor Falten, Krebs und den tausend anderen Dingen, vor denen die alten Leute immer warnten, schützen. Aber in diesem Augenblick halfen nicht einmal meine Hände gegen die beißende Hitze. Ich erinnerte mich nicht daran, wann es zu Hause das letzte Mal so heiß gewesen war. In meiner Nase klebte der Geruch von Sonnencreme, der zwar etwas Abscheuliches hatte, jedoch das richtige Sommerfeeling brachte. Trotzdem konnte ich mich nicht richtig über den unverhofften Urlaub freuen. Enrico und ich standen vor einer dieser Touristenbuden. Während er sich nach einer Zeitung umsah, durchstöberte ich den Postkartenständer. Dabei drehte ich ihn mehrfach um die eigene Achse.

»Die Karten ändern sich nicht, junge Dame«, sprach mich die italienische Verkäuferin an.

Ich zuckte erschrocken zusammen und starrte sie an.

»Hm?« Ich machte dabei ein so dummes Gesicht, als wäre ich nicht nur ein unterbelichteter Tourist, sondern auch noch taubstumm. »Ich war nur in Gedanken«, murmelte ich und hielt den Kartenständer an. Schüchtern zog ich eine beliebige Karte heraus, reichte sie der Verkäuferin und folgte ihr ins Innere des Ladens zur Kasse. »Dazu bräuchte ich noch eine Briefmarke.« Ich reichte ihr einen Geldschein und steckte die Karte vorsichtig in meine Umhängetasche. *»Grazie.«*

Dann verließ ich das Geschäft und sah mich wieder nach Enrico um. Er schien nicht fündig geworden zu sein, denn als ich wieder vor der Eingangstür stand, sprach er gerade mit einem der Männer, die ich bereits von den Festivalvorbereitungen kannte.

Oh je, dachte ich. *Das kann ja dauern ...*

Missmutig strich ich mir die Haare glatt und ging auf sie zu. »*Ciao*«, begrüßte ich den Mann höflich.

Er nickte mir zu und wandte sich dann wieder Enrico zu. »Wie gesagt, es ist alles ziemlich dringend. Wir brauchen dich schnellstmöglich«, sagte er. Er wirkte irgendwie gestresst.

Enrico ebenfalls, denn er fuhr sich mit der rechten Hand über das silbrige Haar und warf mir einen besorgten Blick zu. »Tut mir leid, mein Freund. Ich muss mich um unseren Gast kümmern«, sagte er in einem bedauernden Tonfall zu dem Mann.

Ich seufzte. So etwas konnte ich absolut nicht ab. Ich wollte doch nicht die Verantwortung dafür tragen, dass das Fest kein Erfolg wurde.

»Ach was«, warf ich deshalb ein. »Ich finde den Weg auch alleine zurück. Außerdem habe ich jetzt eh etwas zu tun.« Ich schwenkte die Umhängetasche und deutete mir der anderen Hand an, dass ich noch die Postkarte schreiben musste. »Du brauchst dir also keine Gedanken machen.«

Enrico wirkte etwas zwiegespalten. Ich wusste, dass er einerseits dringend seinem Freund helfen wollte, aber ihn die Verantwortung mir gegenüber davon abhielt.

Ich drehte mich um. »Wir reden später noch über alles.« Mehr brauchte ich nicht zu sagen. Er wusste, dass damit nicht irgendetwas gemeint war, sondern das gestrige Thema rund um Giulia und Paul.

Er nickte wieder, sah diesmal sehr blass aus und drehte sich um. Einige Sekunden später schnellte sein Kopf jedoch wieder in meine Richtung. »Und du findest den Weg auch sicher zurück? «

»Klar!«, beteuerte ich. Innerlich hoffte ich jedoch, wenigstens zur richtigen Abzweigung zu gelangen, ohne den Straßenplan, den ich noch immer in meiner Tasche hatte, benutzen zu müssen.

Ich hatte kaum etwas Abstand zu Enrico gewonnen, da steckte ich schon nach fünf verzweifelten Blicken zur rechten und linken

Seite meine Finger in die Tasche und zog den Plan heraus. Schnell hatte ich mich zurecht- und den kürzesten Weg zurück gefunden. Schlecht gelaunt trat ich den Heimweg an, kickte eine auf dem Boden liegende Büchse von der Straße und stöhnte.

»Von wegen Romantik«, murmelte ich und fuhr mir mit dem Arm über die Stirn.

Kaum hatte ich das Haus erreicht, erwartete mich auch schon Paul im Hausflur.

»Luzie, gut, dass du kommst. Wir brauchen dringend Einkäufe.«

Verdattert sah ich ihn an. Meinte er etwa, dass ich wieder zurück ...

»Paola hat eben Bescheid gegeben. Sie fühlt sich nicht sonderlich gut und ist somit nicht in der Lage, aus dem Haus zu gehen. Aber wo zum Teufel ist Enrico?«

Oh ja, Enrico. Er war meine Rettung. »Er ist auf dem Markt, organisiert das Fest, aber er kommt sicherlich am Nachmittag.«

Paul schüttelte den Kopf. »Giulia muss aber jetzt anfangen. Wir sind eigentlich schon fast zu spät dran.«

Zu spät? Ich sah ihn an. Steckte da nicht eine zeitliche Definition dahinter? *Wieso essen sie eigentlich?*, fiel mir plötzlich ein. Wahrscheinlich einfach nur aus Lust und Laune. Hunger konnte wohl kaum dahinter stecken.

»Zu spät für was?«, fragte ich nachdenklich.

»Der Teig muss ziehen. Draußen. In der Sonne«, sagte Paul und deutete aus dem Fenster.

Ich nickte. Außerhalb des Hauses also. Ich nickte. »Na klar. Ich werde noch mal loslaufen.«

Erleichtert lächelte Paul mich an. Diesmal wirkte er wesentlich offener. Na klar, er wollte ja auch etwas von mir. Ich verzog das Gesicht zu einem missmutigen Lächeln und griff nach dem Zettel, den er mir hinhielt.

»Spätestens im nächsten Jahrhundert bin ich wieder da. Halten Sie die Zeit am besten an, sonst schaffe ich hier in Venedig nichts, außer einzukaufen.« Ich wedelte mit dem Umschlag der Postkarte.

Paul runzelte die Stirn. Ich konnte förmlich sehen, wie in seinem Kopf etwas ratterte.

Zeit anhalten ... Hatte ich das gerade wirklich gesagt? Ich hatte wirklich ein meisterliches Talent dafür, in ungute Situationen zu geraten.

»Na ja. Ich gehe dann mal«, setzte ich noch hinterher und drehte mich um.

Angespannt biss ich die Zähne aufeinander und kniff die Augen zusammen. *Erst nachdenken, dann reden*, befahl ich mir und nahm mir vor, dieses Motto jetzt öfter zu befolgen.

Wenigstens brauchte ich diesmal nicht mehr dem Stadtplan zu folgen, denn dank meines Hin und Her hatte mein Orientierungssinn dazugelernt. Schlecht gelaunt schlenderte ich zum Markusplatz zurück. In der Nähe lag ein kleiner Supermarkt, in dem eine junge Italienerin Lebensmittel anbot. Ich packte die Sachen auf der Einkaufsliste in einen Korb und stellte ihn auf das Fließband, als ein weiterer Kunde den Laden betrat. Ich hörte allerdings nur die Tür aufgehen, da ich mit dem Rücken zum Eingang stand. Die Kassiererin scannte die Barcodes ein und begrüßte die Person mit einem lauten *»Ciao, Signora.«*

Entweder die Frau reagierte nicht oder sie nickte der Kassiererin nur zu, denn es erklang keine Antwort.

Also räumte ich die Waren in eine Tüte und wünschte der Kassiererin einen schönen Tag. Gerade verließ ich das Geschäft, da hörte ich hinter mir, wie jemand anfing zu sprechen. Die Stimme kam mir sehr vertraut vor. Es war Paola. Vorsichtig drehte ich mich um. Tatsächlich! Da stand sie. In der rechten Hand hielt sie eine Packung Schokoladenkekse, in der anderen eine Tüte mit Äpfeln.

»Alleine wird man manchmal verrückt«, hörte ich sie sagen.

Alleine? Verwirrt runzelte ich die Stirn.

»Du solltest mal wieder ausgehen.« Jetzt sprach die Kassiererin. »Auf Dauer alleine wohnen tut dir nicht gut.«

Paola lachte auf. »Ach, so alleine lebe ich gar nicht. Mal rede ich mit den Fliegen, mal mit den Mäusen auf dem Vorratsschrank.«

Die Kassiererin schüttelte sich. »Erzähl keinen Unsinn. Das Haus ist viel zu groß für eine Person. Aber du hörst ja nicht auf mich.«

Paola schüttelte den Kopf. Sie sah sehr entschlossen aus. Was auch kein Wunder war, immerhin wohnte sie nicht alleine. Aber dass sie mit einem Paar zusammenlebte, das längst hätte tot sein müssen, konnte sie ja schlecht sagen.

Kurz überlegte ich, stehenzubleiben und weiterzuhorchen, aber dann entschied sich auch Paola gegen das Weiterplauschen. Sie wandte sich ab, hob die Hand zum Gruß und machte sich auf den Weg nach draußen. Blitzschnell schob ich mich in einen Hauseingang und wartete. Von dort aus konnte ich beobachten, wie Paola den Weg zum Markusplatz ansteuerte. Das war mir nur recht. In den Menschenmassen würde sie schließlich nicht so schnell auf mich aufmerksam werden. Ich folgte ihr also unauffällig und hoffte, dass sie sich nicht umdrehen würde. Strammen Schrittes marschierte sie in Richtung Trubel, kämpfte sich durch die Menge und steuerte auf den Dogenpalast zu.

Ich war ihr dicht auf den Fersen, versuchte, sie nicht aus den Augen zu verlieren, und blieb schließlich ein paar Meter hinter ihr vor dem Eingang des Palastes stehen.

»Von wegen krank«, schnaubte ich. Statt das Bett zu hüten, so wie Paul es gesagt hatte, lief sie durch die Straßen der Stadt und weckte in mir schlechte Laune. Aber immerhin bot sie mir somit eine Gelegenheit, mehr über sie herauszufinden.

Statt sich mit einem Geheimagenten in einem langen Mantel zu treffen – wie es sich meine Fantasie ausmalte –, schaute sie sich auf dem Markusplatz um, schien immer wieder überlegen zu müssen. Dann lief sie zu einer langen Warteschlange, die sich vor dem Ticketschalter des Dogenpalastes gebildet hatte. Ich riss die Augen auf. Was wollte Paola als gebürtige Venezianerin mit einer Führung? Ich biss mir auf die Lippe. Dann wartete ich kurz ab, bis sich ein paar Leute hinter sie gestellt hatten und reihte mich unauffällig ein.

Tatsächlich entschied Paola sich für zwei Tickets für eine Führung. Ich dachte sofort an Giulia und Paul, verwarf den Gedanken aber sofort, weil das Ganze zu unwahrscheinlich war. Also zumindest, wenn Enricos Geschichte wahr war.

Mein Magen knurrte. Es war definitiv Zeit fürs Mittagessen. *Spaghetti mit Tomatensoße*, schoss es mir in den Kopf.

»Was ich jetzt dafür geben würde«, murmelte ich und zuckte mit den Schultern. Wie spät es wohl war? Ich sah auf mein Handgelenk. Leer. »Mist«, schimpfte ich. Ich hätte meine Uhr nicht abgeben sollen. Oder mein Handy.

Missmutig folgte ich Paola noch ein Stück. Als diese sich aber dafür entschied, im *Florian* noch ein Stück Kuchen zu essen, trottete ich schlecht gelaunt zurück zum Haus. So ein Pech! Wieso geriet ich auch immer wieder in solche Situationen? Andere Jugendliche hatten Tanten in Amerika, flogen in den Ferien schnell rüber und verbrachten die freien Tage am Strand oder auf der Shoppingmeile.

Und ich? Ich verfolgte eine alte Frau quer über den Marktplatz von Venedig, weil sie sich seltsam verhielt. Und ich wohnte in einem Haus, in dem die Zeit stehen geblieben war.

Ich schluckte. Ja, das klang tatsächlich etwas verrückt. Aber anderseits würde ich wenigstens etwas erleben. Was war schon *Victoria Secret* und der Beach von Orlando gegen eine Verfolgungsjagd der Zeit? Ich musste zugeben, dass das wesentlich aufregender wäre, als bei glühender Hitze durch die Straßen zu schleichen, um möglichst wenig Energie aufzuwenden.

Fakt war: Ich hatte einen Bärenhunger. Ich bereute sofort, dass ich mich nicht auch für ein Kuchenstück entschieden hatte, bis mir einfiel, dass das Geld von Paul, das ich noch in der Hosentasche hatte, wahrscheinlich sowieso nicht reichen würde. Ich seufzte erneut. Hoffentlich hatte Giulia etwas vorbereitet. Kurz darauf stand ich vor der Haustür und klingelte. Enrico öffnete mir und schaute mich verwirrt an.

»Luzie, was machst du denn hier?«

Jetzt lag es an mir, ihn verwirrt anzugucken. »Ich ... ähm ... ich wohne momentan hier?« Ich lachte verständnislos.

Enrico auch. »Ich dachte, du wärst schon längst wieder hier.«

Ich erzählte ihm von den Einkäufen, von meinem Weg zurück und schließlich auch von Paola.

»Ich muss zugeben, dass das wirklich seltsam ist.«

Ich nickte. »Seltsam ist gar kein Ausdruck. Was will Paola mit einer Führung durch den Palast?«

Enrico zuckte mit den Schultern. »Na ja. Vielleicht hat sie ja jemanden.«

Ich lachte laut los. »Paola?«

Wir beide warfen uns amüsierte Blicke zu.

»Was ist, wenn die Karten nicht für sie sind, sondern für Giulia und Paul?«

Enrico schüttelte den Kopf. »Unsinn! Ich habe dir doch gesagt, dass sie das Haus nicht verlassen können.«

Ich zuckte mit den Schultern. »Wer weiß …« Ich wollte ihm nicht sagen, dass ich seiner Geschichte nicht richtig glauben konnte.

»Na ja. Komm erst mal richtig rein. Giulia wartet sicherlich schon auf die Einkäufe.«

Ich folgte ihm in die Küche. Giulia war tatsächlich hocherfreut, mich zu sehen, nahm mir die Tüte aus der Hand und fing sofort an, die Speisen auszuräumen. Ich setzte mich an den Küchentisch und trank ein Glas Orangensaft. Dabei blickte ich gedankenversunken im Raum umher.

»Alles okay bei dir?«, fragte Giulia mich.

Ich nickte. »Ich habe nur ein bisschen Heimweh.«

Giulia sah mich mitleidig an. »Wenn du magst, kannst du ja noch mal anrufen.«

»Gerne!«

Tatsächlich hatte ich unheimliche Sehnsucht nach meinem Vater. Hoffentlich machte er sich keine Sorgen, weil ich mich so selten meldete. Ich bat Giulia um das Telefon und wählte seine Nummer. Zum Glück war er zu Hause. Als er sich meldete, erschrak ich. Seine Stimme klang ganz leise und schwach.

»Alles okay, Papa?«, fragte ich, und mein Herz fing an, aufgeregt zu pochen.

»Luzie! Schön, von dir zu hören.«

»Papa? Alles klar bei dir? Du klingst so seltsam.«

Mein Vater schnaufte. »Bin nur erkältet, Prinzessin.«

Erleichtert atmete ich aus. »Ich dachte schon, dir sei etwas passiert.«

»Hey, so eine Erkältung ist nicht lustig.« Wir lachten. »Wie geht es dir? Sind sie nett zu dir?«

»Alles gut, Papa. Ich vermisse dich nur.«

»Ich dich ja auch, Luzie. Komm bald heim, ja?«

»Auf jeden Fall«, versprach ich. »Ich wünschte, du könntest kommen und mit mir über den großen Kanal fahren.« Ich lächelte.

»Du, ich habe hier nicht wenig zu tun«, meinte er. »Die Umbauarbeiten laufen auf Hochtouren.«

Ich schüttelte lächelnd den Kopf. »Überfordere dich nicht. Ruh dich lieber etwas aus, damit du schnell gesund wirst.«

Er beruhigte mich, indem er mir sein Ehrenwort gab, sich bald ein wenig hinzulegen.

Dann legten wir auf. Ich blieb ein paar Minuten vor dem Telefon stehen, starrte auf den Hörer und stellte mir vor, wie mein Vater jetzt bei uns zu Hause herumlaufen würde.

Plötzlich lief mir ein Schauer über den Rücken. Ich musste es einfach tun: Ich musste Jonas anrufen. Sofort. Auswendig wählte ich seine Nummer und hielt die Luft an. Mir wurde heiß und ich fühlte meinen Herzschlag.

Endlich meldete sich jemand.

»Jonas?«, fragte ich aufgeregt.

»Luzie? Bist du das?«

Ich versuchte, ruhig zu bleiben. »Ja. Ich musste mich melden. Ich ... ich ... bin in Venedig.«

Stille am anderen Ende.

»Es tut mir leid, dass ich mich nicht gemeldet habe, aber ...«

Ich hörte sein Atmen.

»Bist du noch da?« Ich ballte die Hand zu einer Faust.

»Ja«, sagte Jonas. »Was machst du in Venedig?«

Ich schluckte. »Das ist viel zu kompliziert, um es am Telefon zu erklären, aber wir müssen uns bald in Ruhe unterhalten.«

Er seufzte. »Ich halte das nicht aus, Luzie. Dieses ständige Hin und Her. Ich weiß, dass du es nicht leicht hast, aber ...«

»Bitte, Jonas. Warte nur, bis ich wieder in Frankfurt bin.«

Wir schwiegen.

»Ich muss auflegen, Luzie«, sagte er dann.

Ohne mich zu verabschieden, hängte ich den Hörer auf und ließ mich zu Boden sinken.

Ich brauchte ein paar Minuten, bis ich wieder aufstehen konnte. Dann ging ein bisschen im Korridor auf und ab. Paola meldete sich krank, lief dann aber durch die Stadt. Enrico erzählte mir etwas von Zeitbannen und Giulia behauptete, eine Sonnenallergie zu haben. Ich stieß ein Knurren aus. Hielten sie mich hier alle für blöd? Ich war vielleicht nur ein Teenager, aber ich war schlauer als manch anderer. Verdammt, ich musste Giulia einfach zur Rede stellen. Anderseits war Enrico doch nun so etwas wie ein Freund für mich und er hatte mich gebeten, das Ganze für mich zu behalten. Und Freunden sollte man vertrauen können.

Ich überlegte. Jedoch bedeutete das auch für mich, dass Enrico die Wahrheit gesagt hatte. Mein Magen grummelte.

Ich ging hinunter in die Küche, um etwas zu essen.

Es gab gefüllte Nudeltaschen. Giulia und ich waren jedoch die Einzigen am Tisch. Ich bekam kaum etwas herunter, obwohl ich einen Bärenhunger hatte. Ich war einfach viel zu durcheinander, stocherte in meinem Essen herum und fischte die Fleischstücke heraus.

»Du wirst ja immer dünner, Luzie. Dein Vater wird denken, wir lassen dich hier hungern.«

Ich schüttelte den Kopf und nahm einen großen Bissen. »Das schmeckt gut.« Ich lächelte Giulia zu.

Das schien sie etwas zu beruhigen. Trotzdem sagte sie: »Vielleicht sollte ich mal etwas Deutsches kochen. Magst du die Speisen hier nicht?«

Ich riss die Augen auf. »Um Himmels willen, nein. Wahrscheinlich liegt das einfach am Wetter«, erwiderte ich und sah nach draußen. »Die Schwüle schnürt einem den Magen zu.«

Giulia nickte zustimmend und servierte den Nachtisch. Ich hatte ein ziemlich schlechtes Gewissen, weil sie extra für mich das ganze Essen zubereitete, und schlug kräftig zu. Dabei war mir eigentlich viel mehr nach Weinen zumute. Ich hatte immer noch nicht richtig mit Jonas reden können und ich fühlte mich schlecht.

»Wie geht es denn Paola?«, fragte ich, um mich abzulenken.

Giulia strahlte. »Paola liegt im Bett. Ihr Zustand scheint sich aber etwas verbessert zu haben.«

Ich schnaubte. Von wegen verbessert. Ihr ging es hervorragend. Aber das konnte ich jetzt schlecht sagen.

Giulia räumte die Teller in die Spüle und summte leise eine Melodie vor sich hin.

»Ich bin schon wieder weg«, verabschiedete ich mich von ihr, denn Enrico hatte mir gestern freundlicherweise versprochen, mir Zugang zur Bibliothek zu verschaffen. Mich lockte es schon die ganze Zeit hinein, weil ich mir unbedingt die vielen alten Bücher ansehen wollte, die in den dunklen Regalen verborgen waren.

Wir trafen uns direkt vor der Tür.

»Na?«, fragte Enrico. »Alles klar bei dir?«

Ich zuckte mit den Schultern. »Muss ja.«

Enrico runzelte die Stirn. »Das klingt nicht gut, Luzie. Hast du Kummer, hast du Sorgen, soll ich dir mein Lächeln borgen?« Er lachte.

Ich versuchte zu schmunzeln. »Den Spruch kenne ich.«

»Mein Angebot gilt trotzdem.« Er stieß mich freundschaftlich in die Seite.

»Ach, Enrico.« Ich seufzte. »Es gibt da einen Jungen ...«

Ich erzählte ihm von Jonas. Davon, was wir erlebt hatten, und dass ich ihn vermisste. Enrico war ein guter Zuhörer. Er stellte keine Fragen, gab keine unerfüllbaren Ratschläge, sondern nahm mich einfach nur in den Arm.

Es tat gut, sich einmal hängenzulassen, sodass ich mich schnell wieder beruhigte. Ich löste mich aus seinen Armen und atmete tief durch.

Mein Blick fiel wieder auf die Bibliothek, und mein Herz klopfte schneller und schneller. Ob Paul wusste, dass Enrico mich hineinließ?

Egal, dachte ich und ging durch die Tür, die Enrico mir aufgehalten hatte.

Diesmal empfand ich das Zimmer als wärmer, nicht von der Temperatur her, sondern von den Farben. Es war fast so, als sei in den letzten Tagen frisch gestrichen worden. Aber ich überlegte, dass es nur an Enrico liegen konnte, in dessen Anwesenheit ich mich wohler fühlte.

Er setzte sich in den Sessel, blickte auf den großen Globus, der direkt vor ihm stand, und seufzte. »Pauls Lieblingsort.«

»Weiß er, dass wir hier sind?«, fragte ich.

Enrico zuckte mit den Schultern. »Das ist ein offener Raum. Ich kann hier sein, wann immer ich will.«

»Und ich?«

Enrico lachte. »Du natürlich auch.«

Erleichtert atmete ich aus. Trotzdem war ich froh, nicht alleine hergekommen zu sein.

Langsam ging ich auf das Bücherregal zu, das nahe der Tür stand. Es beinhaltete viele Venedig-Bücher, aber auch historische Romane, Krimis und Geschichten in Prosa. Ich musste sofort an die Schule denken und daran, dass zu Hause noch eine Lektüre darauf wartete, gelesen zu werden.

Ich verscheuchte den Gedanken und stieg auf die Leiter, die mich zu den Regalböden nach oben tragen würde.

»Meinst du, Paul hat sie alle gelesen?«

Wieder lachte Enrico. »Gelesen? Verschlungen!«

»Alle?«, fragte ich ungläubig.

Enrico nickte. »Was soll man denn machen? Eingesperrt in den eigenen vier Wänden.«

Ich zuckte mit den Schultern und war nicht sicher, ob ich diese Geschichte glauben sollte.

»Und du hast keine Ahnung, wie das mit der Zeit möglich ist?«

Er schüttelte den Kopf. »Wie gesagt, darüber wird nicht gesprochen.«

Das war einfach gesagt. Ich wollte aber endlich mehr darüber erfahren. Wahllos zog ich ein Buch aus dem Regal und betrachtete den Buchrücken. Die Buchstaben waren so ausgeblichen, dass man kaum noch etwas lesen konnte. Langsam versuchte ich, den Titel zu entziffern.

»Na, hast du was gefunden?« Enrico war aufgestanden und hatte sich an einer Teekanne bedient.

»Ich schaue nur«, sagte ich und öffnete das Buch. Die Schrift war sehr klein, was für mich meist ein Tabukriterium beim Lesen war. Trotzdem überflog ich die ersten Zeilen. Nach ein paar Sätzen war ich so in das Geschehen vertieft, dass ich das Gefühl hatte, förmlich in dem Text zu versinken.

»Was erwartest du dir nur hiervon?«, fragte Enrico und runzelte die Stirn. Er verschränkte die Arme vor der Brust und lächelte. »Die Bücher sind alt, nicht mal mit aktuellen Daten. Wenn du Fakten erfahren willst, dann geh lieber in eine Buchhandlung.«

»Ich mag alte Bücher«, sagte ich nur und blätterte durch das Buch. »Sie riechen anders und sie fühlen sich auch anders an.«

»Du schnupperst an Büchern?«

»Klar!«

Enrico lachte belustigt auf.

»Du etwa nicht?«, setzte ich noch eins oben drauf.

Er lachte noch einmal. »Selten.«

Ich verdrehte die Augen.

»Na, sag schon, suchst du etwas Bestimmtes?« Enrico schien nicht aufgeben zu wollen.

»Was weißt du über Zeitspringer?«, fragte ich neugierig, aber natürlich wissend, dass Enrico ahnte, worauf ich hinauswollte.

»Zeitspringer? Luzie, ich bitte nicht. Werde doch nicht albern.«

Ich hob eine Augenbraue. »Ich soll nicht albern werden? Du hast mir doch von dem ganzen Zeug erzählt.«

Darauf konnte Enrico nichts erwidern. »Das Ganze war Glück«, versuchte er es.

Ich nickte ironisch. »Sicher.« Langsam stieg ich die Leiter hinunter. »Wenn das Glück war, dann bin ich die Kaiserin von China.«

Enrico verbeugte sich. »Eure Majestät«, rief er mit verstellter Stimme.

Ich verdrehte die Augen, musste aber widerwillig lachen. »So etwas wie Glück gibt es nicht.« Das sagte ich nicht nur so. Ich war einfach der festen Überzeugung davon. »Wenn es so etwas wie Glück gäbe, wäre meine Mutter nicht gestorben.«

Enrico runzelte die Stirn. »So allgemein kannst du das sagen?«

Ich zuckte mit den Schultern. »Mir fällt es auch schwer, an einen Gott zu glauben.« Davon hatte ich noch nie jemandem erzählt.

»Weil du dich bestraft fühlst?«, fragte Enrico.

Ich nickte verlegen. »Irgendwie schon, ja.«

Er schüttelte den Kopf. »Ach, Luzie. So kannst du das doch nicht sehen. Meinst du, dass das ganze Leid auf der Erde verpuffen müsste, damit du glauben könntest?«

»Vielleicht«, sagte ich und biss mir auf die Lippe.

»Manche Dinge sind nun mal so.«

»Deine Mutter ist ja auch am Leben«, sagte ich kühl. Ich fand es gemein, wie er die Tatsache, dass meine Mutter gestorben war, einfach so hinnahm.

»Ja. Das ist sie. Aber sie ist eingesperrt in ihrem eigenen Leben. Meinst du nicht, dass ihr Überleben für sie einen hohen Preis hat?«

»Vielleicht hätte meine Mutter ihn auch gezahlt.«

»Gezahlt, gezahlt. Es geht doch hier nicht um Geld.«

Ach, dachte ich. *Natürlich nicht.* Aber hatte er das Wort nicht gerade selbst benutzt?

Er hatte zu viele Gene von seinem Vater. Womöglich wollte er mir nun auch Reden bezüglich Preisen und Werten halten.

»Ich weiß schon Bescheid«, winkte ich ab.

Enrico sah mich verdattert an. »Worüber?«

Ich sagte nichts. Zu voreilig reagiert ... Typisch ich ...

Behutsam legte ich das Buch auf den Tisch und setzte mich gegenüber von Enrico hin. Nachdenklich lehnte ich mich zurück, überkreuzte die Beine und seufzte.

Kompliziert. Hier war alles kompliziert. Ich wusste gar nicht mehr, wie das Leben vorher gewesen war. War ich glücklich gewesen? Nein, eigentlich nicht. Immer voller Fragen, voller Hoffnung, stets auf der Suche nach mir selbst. Das war ich immer noch. Aber wenigstens wusste ich etwas über meine Großmutter. Ja, zumindest, dass sie tot war. Verunglückt. Und über meine Urgroßmutter? Dass sie durch einen Bann gestorben war. Nur weil sie mich und meinen Vater hatte besuchen wollen.

»Ich habe Angst«, murmelte ich und schloss die Augen.

»Wovor?«

Ich zögerte. »Davor, dass ich nie mehr glücklich werde.«

»Ach was.« Enrico winkte ab. »Glück liegt genau wie Schönheit im Auge des Betrachters.«

»Ach, jetzt komm du mir nicht auch noch mit solchen Lebensweisheiten.«

»Auch?«

»Meine Therapeutin.«

»Du bist in psychologischer Behandlung?«

Ich nickte. »Seit dem Tod meiner Mutter kriege ich kaum was auf die Kette.«

»Und was sagt sie so?«

Ich ließ die Schultern sinken. »Jeder ist seines Glückes Schmied und so was.«

»Stimmt doch«, setzte Enrico an.

Ich unterbrach ihn. »Klar, aber will man ja nicht immer hören, oder?«

Daraufhin musste er lächeln. »Hast recht. Mitleid oder so ist leichter. Aber du bist doch taff, Luzie. Du hast so was nicht nötig.« Er lehnte sich vor und knuffte mich in die Seite.

Ich japste nach Luft. »Tut halt manchmal gut.«

Er schüttelte den Kopf. »Mehr als für den Moment bringt das auch nichts.«

»Und was, wenn einem manchmal ein Moment reicht? «

»Ach, Luzie.« Enrico seufzte. So, als hätte er schon genug Lebenserfahrung. Okay, er war schon älter, aber hatte man überhaupt irgendwann genügend Lebenserfahrung?

»Was denn?« Ich zuckte mit den Schultern. »Mein Leben ist nun mal kein Bilderbuch.«

»Das nicht, aber man kann das Beste daraus machen.«

»Hey«, beschwerte ich mich. »Ich bin in Venedig. Da soll mal niemand sagen, dass ich nichts aus meinen Ferien mache.«

»Ich spreche nicht von den Ferien. Ich rede vom Leben.«

Ich schnaubte. Ich hasste es, wenn Erwachsene so taten, als wüssten sie alles besser. Ich wusste genug vom Leben. Zum Beispiel, dass es oft hart war, glücklich zu sein. Trotzdem kam ich mir blöd vor, so viel zu jammern. Sicherlich war in seinem Leben auch nicht immer alles einfach gewesen.

»Du meinst also, ich soll meine Einstellung ändern?«, erkundigte ich mich.

Er nickte. »Schon. Auf Dauer macht es dich glücklicher.«
»Enrico?«
Er blickte auf. »Ja?«
»Ich arbeite daran.«

11. Kapitel

»EINGESCHLAFEN?«, begrüßte uns Giulia, als wir viel zu spät zum Abendessen erschienen.

Enrico und ich hatten uns ewig unterhalten, sodass es schließlich nur mein Magenknurren gewesen war, das uns ans Essen erinnert hatte. Paola hockte missmutig auf ihrem Stuhl, starrte die Spaghetti an, die sich auf ihrem Teller schlängelten, und würdigte uns keines Blickes. *Was soll's*, dachte ich und setzte mich neben Enrico.

»Wir haben die Zeit vergessen«, murmelte ich, nahm die Gabel in die Hand und überlegte, was Paul wohl gerade dachte. Noch immer hatte ich nicht ganz verstanden, wie es mit der Zeit in diesem Haus ablief. Was genau bedeutete *zu spät*? Waren das alles Abläufe, die innerhalb eines Plans erstellt wurden? Augen auf, gähnen, strecken, aufstehen, duschen, anziehen, frühstücken, dies tun, das tun, zu Mittag essen, dies tun, das nicht, Kuchen essen, dies tun, das tun, Abendessen. Und dann der gleiche Spaß am nächsten Morgen wieder?

»Hm«, machte Paul und schenkte mir Wasser ein.

»Das Fest wird ein Volltreffer«, griff Enrico ein neues Thema auf. »Die Leute werden begeistert sein.«

»Wir haben gehört, dass es schon in zwei Wochen sein soll«, meinte Giulia und lächelte versöhnlich.

»Wir haben es eilig. Luzie möchte natürlich auch noch da sein.«

Paola grummelte etwas, warf mir einen abwertenden Blick zu und spitzte dann den Mund. »Na, dann beeilt euch besser.« Ich sagte nichts, biss mir auf die Lippe und starrte auf meinen Teller.

Enrico ignorierte Paolas Kommentar und sprach einfach weiter.

»Wenn wir ordentlich dranbleiben, wird das ein voller Erfolg. Aber es gibt noch viel zu tun.«

Paul nickte anerkennend. »Macht euch nicht verrückt. Ihr tut ja so, als würdet ihr den letzten Tag leben.«

Ich sah auf und musterte Paul. Nein, wir lebten nicht den letzten Tag. Wahrscheinlich nicht. Wir lebten mit der Zeit. Unser Leben lief nicht in einer Endlosschleife. Wir mussten aus den Jahren, die wir hatten, das Beste machen.

»Das kriegen sie schon hin«, meinte Giulia. »Enrico weiß sicherlich, was gut für ihn ist.«

Da spricht eine liebende Mutter, dachte ich und verschluckte mich beinah an einer Gabel Nudeln. Unbehagen machte sich in mir breit. Vielleicht würden sie sich bald verraten. Am liebsten hätte ich sie einfach zur Rede gestellt, aber in meinem Hinterkopf dröhnte immer noch Enricos Stimme: *»Luzie, du musst mir etwas versprechen. Du darfst nicht darüber reden.«*

»Wann bekomme ich eigentlich meine Armbanduhr wieder?«, fragte ich plötzlich. Die Frage hatte mir die ganze Zeit auf der Zunge gelegen, doch plötzlich stolperte sie geradewegs heraus.

»Deine Uhr?« Enrico sah auf.

Ich nickte langsam und musterte dabei Paola. Sie blickte noch immer auf ihren Teller, war damit beschäftigt, die Nudeln von links nach rechts zu sortieren.

»Paola hat sie mir abgenommen.« Ich ließ sie nicht aus den Augen. »Und mein Handy«, fügte ich mit einem genervten Unterton hinzu.

»Dein Handy?« Anscheinend war es Enricos Aufgabe, am Tisch Konversation zu betreiben.

Wieder nickte ich. »Wegen der Strahlen.«

Paola wurde knallrot, ließ die Gabel sinken und warf Paul einen wütenden Blick zu.

»Reichst du mir mal das Salz, Liebste?«, fragte dieser und lächelte Giulia liebevoll an.

Sie tupfte den Mund mit ihrer Serviette ab, beugte sich über den Tisch und gab Paul die Salzmühle. »Das Essen schmeckt toll«, murmelte sie.

Ich sah auf meinen Teller. »Ja. Ganz toll.« Ich zögerte, bevor ich erneut fragte: »Wann bekomme ich sie denn nun wieder?«

»Bald«, sagte Giulia, sah mich dabei jedoch nicht an.

»Und wann ist bald?«

Stille.

»Bald.« Plötzlich erhob Paul sich und funkelte mich wütend an.

Mein Herz fing an, schneller und schneller zu klopfen. Ich traute mich nicht, noch etwas zu sagen. Ich hatte plötzlich unglaubliche Angst vor Paul. Ich war hier wirklich fehl am Platz. Tränen stiegen mir in die Augen.

»Setz dich wieder, Paul«, flüsterte Giulia und strich ihm sanft über den Arm. Er gehorchte, hockte sich hin. Dabei nickte er Giulia zu und schloss kurzerhand die Augen.

Ich verstand seine Reaktion nicht. Erwachsene waren oft seltsam. Ja, das wusste ich. Männer erst recht. Nach zwölf Jahren als Tochter eines alleinerziehenden Mannes wusste ich das so gut wie niemand. Und trotzdem war hier irgendetwas anders.

»Alles in Ordnung?« Giulia war es, die sich zu mir beugte, mir langsam über die Hand streichelte und mir freundlich zulächelte.

»Ja«, sagte ich. Doch in meinem Hals hatte sich längst ein dicker Kloß gebildet. Nichts war in Ordnung. Ich war in einem Irrenhaus. Was hatte ich mir nur dabei gedacht, mir nichts, dir nichts nach Venedig zu reisen und bei wildfremden Menschen einzuziehen?

»Ich muss nur so oft an sie denken«, murmelte ich. Meine Stimme klang fremd in meinen Ohren. Ich zitterte und mir war auf einmal unheimlich kalt.

»An deine Großmutter?«, wollte Giulia wissen.

Ich nickte zurückhaltend. *Und an Emma*, fügte ich im Kopf hinzu. Sie war diejenige, der ich viel mehr Gedanken widmete.

»Helene war eine gute Frau«, sagte Giulia und lächelte.

Ich versuchte, es ihr nachzumachen, doch meine Stimmung war im Keller. Von wegen, man sollte immer die Wahrheit sagen. Nicht einmal die Erwachsenen hielten sich daran. *Tolle Vorbilder*, schnaubte ich innerlich und verzog das Gesicht.

»Emma«, murmelte ich, um dann lauter zu fragen: »Was ist eigentlich mit Emma?«

Enrico wurde unruhig, nahm einen großen Schluck Wasser und lehnte die Gabel an den Tellerrand. »Ich muss noch mal weg«, sagte er und stand auf.

»Wohin denn?« Paul sah ihn an, schüttelte den Kopf und bedeutete ihm, sich wieder zu setzen.

Aber Enrico weigerte sich. »Es ist dringend, Paul. Ich bin gleich wieder da. Ich hole nur schnell etwas aus meinem Zimmer.«

Ich wusste sofort, dass Enrico sich nur der Situation entziehen wollte. Er warf mir einen ärgerlichen Blick zu, weil ich mit dem Thema begonnen hatte, aber ich starrte stur zurück. Zwar hatte ich ein schlechtes Gewissen, dennoch musste ich mehr erfahren.

»Emma«, sagte ich erneut und sah in die Runde. »Kanntet ihr sie?«

Paul und Giulia sahen sich an und schüttelten dann im gleichen Takt den Kopf.

»Emma ist doch schon lange tot.« Pauls Miene verdunkelte sich kurz.

Ich musste an mich halten, um nicht laut loszuschreien. *Hört auf damit!*, schallte es in meinem Kopf.

»Hm«, machte ich und vereinte Löffel und Gabel auf meinem Teller zu zwanzig nach vier.

»Hast du keinen Hunger mehr?« Giulia war sofort darauf aufmerksam geworden.

»Nein«, antworte ich knapp und verzog dabei keine Miene. »Wer sind die Frauen in meinem Zimmer?«, fragte ich. »Die Frauen auf dem Bild.«

»Welches Bild?« Giulia verkrampfte sich.

»Na, das an der Wand. Die drei Frauen mit den Hochsteckfrisuren.«

»Ahnen«, grummelte Paul, musterte mich. »Luzie, magst du nicht lieber auf dein Zimmer gehen? Du siehst sehr müde aus.«

Ich schüttelte den Kopf. »Ich bin nicht müde.«

Paul sog Luft durch die Nase ein und lehnte sich zurück. »Na dann. Was gibt es als Nachtisch?«

Giulia sprang auf, eilte in die Küche und kam wenige Sekunden später mit einem Tablett wieder. »Lasst es euch schmecken.«

Es war Pannacotta mit Blaubeeren. Ich fischte zuerst das Obst aus der Vanillecreme und löffelte danach den Pudding. »Meinen hier eigentlich alle, dass ich die Wahrheit nicht verstehen würde?«

Ich konnte nicht glauben, dass ich das gerade ausgesprochen hatte.

Niemand sagte etwas. Nicht ohne Grund. Ich hatte wahrscheinlich gerade 60 Jahre Schweigen gebrochen. *Shit, Shit, Shit,* hämmerte es hinter meiner Stirn. Ich merkte, wie mir das Blut in den Kopf lief, wie mir warm wurde. Ich ließ den Löffel fallen, es schepperte laut. Eilig sprang ich auf, hätte beinahe den Stuhl umgeschmissen, und entfernte mich vom Tisch. *Bloß weg hier.* Nur wohin? Mein Zimmer war mir definitiv nicht weit genug weg. Aber nach draußen traute ich mich auch nicht. Nicht ohne mein Handy, bei der Dunkelheit. Mein Zögern kostete zu viel Zeit. Enrico stand auf einmal vor mir.

»Was ist denn hier los?«, fragte er verwirrt und sah von mir zum Tisch. Auf meinem Platz zierte ein Puddingfleck die Tischdecke. Oh je, hoffentlich war sie nicht teuer gewesen. Aber das war wahrscheinlich das geringste Problem, das Giulia hatte. Sie stand auf, lief auf mich zu und legte mir eine Hand auf die Schulter.

»Zu heiß«, sagte sie und lächelte mich an. »Luzie hat sich verbrannt.« Sie nickte mir zu. »Am Tee.«

»Tee?« Enrico starrte auf das Wasserglas, das auf meinem Tisch stand.

Wieder schwiegen alle.

»Umgeworfen«, kam Paola zur Hilfe. »Sie hat ihn umgeworfen. Also den Tee.«

Enrico nickte. Das schien ihm einleuchtend. Ich lächelte vage und schüttelte meine Hand, als würde mich noch immer äußerster Schmerz durchfahren.

»Ich hole dir einen Eisbeutel«, erklärte Giulia und eilte in die Küche.

Ich setzte mich wieder an meinen Platz, nippte an dem Glas Wasser und legte den Löffel ordentlich in meine Schüssel zurück.

Giulia kam mit einem gekühlten Beutel wieder, drückte ihn vorsichtig an meine Hand und lächelte.

»Danke«, krächzte ich und sah auf den Tisch.

Glücklicherweise taten alle so, als sei nichts geschehen. Ausnahmsweise war mir das mehr als recht.

Wir stapelten die Schälchen, halfen Giulia dabei, die Sachen in die Küche zu tragen.

Zum ersten Mal fiel mir auf, dass Giulia jeden Abend gekocht hatte. Ich fand das etwas seltsam. Schließlich war Paola doch eine Magd. Wenn sie nicht im Haus half, welche Rolle spielte sie hier? Ich nahm mir vor, Enrico bei nächster Gelegenheit danach zu fragen.

»Magst du noch eine Runde spielen?«, fragte Giulia und deutete auf das Schachbrett, das auf einem Schrank im Wohnzimmer stand.

Ich zuckte mit den Schultern. Eigentlich hatte ich mir vorgenommen, in mein Zimmer zu gehen und zu schlafen. Ich war tatsächlich hundemüde. Aber wahrscheinlich war ich Giulia nach meinem Auftritt eben etwas schuldig.

Ich setzte mich wieder an meinen Platz. »Einverstanden«, willigte ich ein. »Ich kenne aber leider die Regeln nicht mehr.« Mein letztes Spiel lag schon Jahre zurück.

»Die Spieler stellen ihre Figuren auf das Brett. Der Spieler mit den hellen Figuren macht den ersten Zug, dann ziehen die Spieler abwechselnd.« Paul stand plötzlich hinter mir, griff nach den Figuren und baute sie nebeneinander auf dem Tisch auf. »Ich werde sehen, dass alles seine Ordnung hat«, murmelte er und setzte sich neben mich.

Ich fühlte mich unsicher in seiner Gegenwart, fast schon, als würde er mich überwachen. Immer wieder warf er mir seltsame Blicke zu, kontrollierte, was ich tat. Aber ich hockte nur dort und wartete darauf, dass mir jemand den Spielverlauf klarmachen würde.

»Das Ziel eines jeden Spielers ist es, den König des anderen so anzugreifen, dass der Gegner keinen Zug mehr zur Verfügung hat.«

»Und der Spieler, der dieses Ziel erreicht, hat den gegnerischen König matt gesetzt und das Spiel gewonnen«, erinnerte ich mich.

Giulia nickte. »Du darfst nur nicht den eigenen König im Angriff stehen lassen, ihn einem Angriff aussetzen oder den König des Gegners schlagen. Kann keiner den anderen matt setzen, ist das Spiel unentschieden.«

Ich nickte, dann begannen wir zu spielen. Wie erwartet gewann Giulia die erste Partie. Paul blieb während des Spiels neben mir sitzen, sagte aber nicht viel. Als wir jedoch das zweite Spiel, das tatsächlich ich für mich entschied, beendeten und ich laut gähnte, schob Paul seinen Stuhl weg und stand auf.

»Ich lege mich dann auch gleich hin«, meinte er.

Von wegen, dachte ich mir, hielt jedoch den Mund. Giulia küsste ihn und nickte ihm zu.

»Gute Nacht.« Peinlich berührt stand auch ich auf, murmelte etwas und verließ das Wohnzimmer.

Doch irgendetwas ließ mich im Flur innehalten. Ich blieb stehen, machte schließlich einen Schritt zurück und wandte den Kopf in Richtung Tür. Manchmal waren es doch solche Momente, in denen der Hauptdarsteller einem Täter auf die Schliche kam. In meinem Kopf surrte tatsächlich der *Tatort*-Vorspann, sodass ich unweigerlich lächeln musste.

»Alles ist gut, hörst du?« Giulias Stimme.

»Sie gibt nicht nach. Du hast es doch selbst mitbekommen.«

Schweigen.

»Unsinn«, sagte Giulia schließlich. »Sie ist ein Teenager, Paul. Mädchen in dem Alter sind neugierig. Denk doch mal ein paar Jahre zurück.«

»Ein paar Jahre?«, fragte Paul und lachte auf. »Außerdem bin ich ein Mann.«

»Ein sehr lieber Mann«, kicherte Giulia wie ein verliebtes Schulmädchen. »Ein sehr besorgter Mann trifft es zurzeit jedoch besser.«

Ich schlich mich leise an, wagte einen Blick durch den Türspalt und spähte auf das Geschehen.

Giulia knuffte Paul in die Seite, strich ihm zärtlich über den Rücken und drückte ihrem Liebsten einen Kuss auf den Handrücken.

»Was machen wir, wenn sie nicht aufhört zu fragen? Das Mädchen ist nicht dumm.«

»Natürlich nicht, Paul. Sie ist mit dir blutsverwandt.«

»Du nimmst mich nicht ernst.« Pauls Stimme klang leicht verärgert.

»Ich meine ja nur, dass du dir nicht so viele Gedanken machen sollst. Luzie hat ihre Mutter früh verloren. Und jetzt auch ihre *Großmutter.*«

»Großmutter«, schnaubte ich und presste das Ohr vorsichtig an die Tür.

»Was sollen wir denn tun?«, wollte Paul wissen.

Giulia fuhr sich durchs Haar. »Zurücklehnen und warten.«

»Und worauf?«

»Du bist wirklich verrückt. Bald fährt Luzie wieder nach Hause. Sie erlebt hier ein kleines Abenteuer und erzählt dann in ihrer Klasse ein paar Geschichten. Lassen wir ihr doch die Freude.«

Bitte?! Hielten sie mich für eine Zehnjährige, die auf der Suche nach spannenden Rätseln war? Hieß ich *Tom Sawyer*, war ich einer der *Fünf Freunde*? Nein! Ich war Luzie. Luzie Wagner. 16 Jahre alt. Nicht 15. Nicht 13 und schon gar nicht zehn. Ich wollte die Wahrheit wissen.

Paul schien auch nicht gerade glücklich zu sein. Er stand auf, wandte sich von Giulia ab und lief im Wohnzimmer hin und her. Der Boden unter seinen Schuhen krachte jedes Mal aufs Neue, wenn er die Füße abstellte. Und jedes Mal aufs Neue erschrak ich. Plötzlich drehte er sich auf dem Absatz um und ging auf die Tür zu, hinter der ich mich versteckt hatte. Blitzschnell huschte ich hinter eine Kommode, zog den Kopf ein und hielt die Luft an. Mein Herz schlug verdächtig laut, mein Puls raste und meine Beine fingen an zu kribbeln. Ein eiskalter Schauer lief mir über den Rücken.

Doch dann ... ging Paul einfach an mir vorbei. Ich konnte es gar nicht glauben. Es schien, als sei er viel zu abgelenkt, um mich zu sehen. Oder schaute er durch mich hindurch? Ich schluckte. Mein Herz hämmerte noch immer mit meinen tobenden Gedanken um die Wette. Meine Finger zitterten und meine Füße fühlten sich an wie Wackelpudding, als ich mich langsam aber sicher vom Boden abdrückte und hinter Paul herlief.

Auch wenn ich wusste, dass das eigentlich lebensmüde war. Erst wäre ich beinah auf frischer Tat ertappt worden und nun manövrierte ich mich sofort wieder in die nächste Aktion.

Paul ging die Stufen hinunter. Mir war noch nie aufgefallen, dass es eine Treppe gab, die nach unten führte. Ich wartete, dass

Paul die letzte Stufe nahm und huschte ihm hinterher. Ein Keller ... Bedeutete das, dass um uns herum Wasser war? Also auf gleicher Höhe? Ich schauderte. Wir waren doch quasi auf einer Insel.

Ich versuchte, an etwas anderes zu denken. Zum Beispiel daran, dass ich Paul auf den Fersen bleiben musste, wenn ich ihm folgen wollte. Ich hörte seine festen Schritte vor mir, bemühte mich, möglichst leise zu bleiben.

Die Wände fühlten sich rau und staubig an. Es roch modrig und alt. In meinem Hals kratzte es und ich hatte das dringende Bedürfnis, zu husten. Ich atmete in den Ärmel meiner Strickjacke hinein, während ich Paul hinterherschlich. Der Boden war aus dickem Stein, ungerade und holperig. An den Wänden standen hin und wieder Regale mit Kisten und staubigen Ordnern, dazwischen hingen alte Kerzenhalter. Der Weg kam mir ellenlang vor, aber wahrscheinlich lag es einfach daran, dass ich sehr langsam laufen musste, um Abstand zu Paul zu behalten. Außerdem konnte ich ja nichts sehen.

Plötzlich merkte ich, dass Paul stehen geblieben war. Seine Schritte waren verstummt. Ich hockte mich hinter ein Regal und sah zurück. Wäre ich doch nur oben geblieben. Angst kroch in mir hoch.

Dann ging ein Licht an. Warmes Licht. Schwach und zittrig.

Im Schein der Lampe konnte ich Pauls Umrisse erkennen. Er stand vor einer Tür, blieb stehen und musterte sie. Er machte keine Anstalten, das Zimmer zu betreten. ›Werkstatt‹ stand dort in alten Lettern. Ich hatte nicht gewusst, dass Paul arbeitete. Erst jetzt wurde mir bewusst, dass ich mir darüber nie Gedanken gemacht hatte.

Und ich war ihm gefolgt. Zu seiner Werkstatt. Lächerlich. Gerade wollte ich mich zurückschleichen, da wurde ich misstrauisch. Wenn Paul arbeiten wollte, weshalb blieb er dann stehen und ging nicht einfach in die Werkstatt? Vielleicht war es ihm schon zu spät. Aber Enrico hatte doch gesagt, dass Giulia und Paul keinen Schlaf brauchten. Außerdem ... wäre er doch sonst nicht hier runter gekommen.

Unruhig legte ich die Hand auf meine Bauchdecke, versuchte, mich zu beruhigen.

Dann beobachtete ich, wie Paul durch den winzigen Türspalt spähte, sich auf die Lippe biss und schließlich umdrehte. Ich riss die Augen auf, versuchte, ein Niesen zu unterdrücken und presste meinen Oberkörper gegen die Wand, um möglichst unauffällig zu sein. Paul lief los, direkt in meine Richtung, und ich befürchtete das Schlimmste. Doch dann ging er einfach an mir vorbei. Mein Versteck war so schlecht, dass ich es nicht fassen konnte, dass er mich nicht wahrnahm.

Kaum war er im Treppenaufgang verschwunden, huschte ich zu der Tür. Auf wackeligen Beinen stand ich also vor der Werkstatt, versuchte, mein schneller und schneller pochendes Herz zu beruhigen und tief durchzuatmen.

Wenn das so weitergeht, sterbe ich in den nächsten Minuten an einem Herzinfarkt, dachte ich. *Einatmen, ausatmen, einatmen, ausatmen*, befahl ich mir.

Meine Finger, kalkweiß und kalt wie Eis, fassten schließlich um die Türklinke. In meinem Hals brannte etwas, im Kopf hörte ich ein lautes Dröhnen. Ich befand mich in einem unangenehmen Zwiespalt zwischen Vertrauen und Wahrheit. Paul würde sicher nicht erlauben, dass ich einfach in dieses Zimmer eintrat. Trotzdem wollte ich Gewissheit haben. Irgendetwas musste dieser Raum doch verbergen. So wie Paul ausgesehen hatte ...

Entschlossen drückte ich das Metallding herunter und presste die Augen fest zusammen, um sie eine Sekunde danach aufzureißen. Um etwas erkennen zu können, musste ich einen Lichtschalter betätigen.

Der Raum war klein. Ziemlich klein. Aber er war voll mit Uhren. In allen Größen. In allen Farben. Verschiedenste Modelle, verschiedenste Laufwerke.

Ich runzelte die Stirn. Paul war Uhrenmacher? Ich musste sofort an das große Haus, die Gästezimmer und die Möbel denken. Unsinn! Auf keinen Fall könnte er damit so viel Geld verdienen, um sich das leisten zu können. Vielleicht hatte er ja auch geerbt ... aber das ging mich doch gar nichts an! Neugierig betrachtete ich dennoch die Modelle, fuhr mit dem Finger über das Uhrwerk einer in der Ecke liegenden Wanduhr und hielt die Luft an.

Meine Finger waren nicht nur verstaubt, sie sahen aus, als hätten sie in einer dichten Staubwolke gebadet. Ich pustete mir den Finger frei und beobachtete, wie die Schicht in kleinste Teilchen zerfiel. *Hier ist sicherlich ewig nicht mehr geputzt worden*, dachte ich und musste unweigerlich an den Schreibtisch in meinem Gästezimmer denken.

»Wir haben lange keinen Besuch mehr gehabt«, hatte Giulia dazu gesagt. Lange keinen Besuch! Ich musste auflachen. *Ja, damit niemand hinter euer Geheimnis kommt*, fügte ich in Gedanken hinzu. Aber dafür war es zu spät. Jetzt war ich hier. Und ich würde suchen. Suchen und finden. Und nicht aufgeben, ehe mir jemand Antworten geben würde.

Ich sah mich erneut um. Auch der Boden war alt und dreckig. Das wunderte mich. Ansonsten war doch alles so gepflegt im Haus. So, als wäre es nicht jahrelang in täglicher Benutzung. Der Boden in der Küche war gewischt, das Sanitär rein und das Geschirr sauber gespült. Alles neu und ordentlich.

»Alles, was auch benutzt wurde«, murmelte ich.

Plötzlich schlug ich mir die Hand vor den Mund. Hier musste ewig niemand mehr gewesen sein. Oder zumindest nur äußerst selten.

Ich wollte weglaufen, die Treppe hoch, mich umdrehen, schreien, aufs Bett fallen lassen, heulen, duschen ... nur in einer etwas anderen Reihenfolge. Aber ... links von einer heruntergekommenen Standuhr lag sie: meine Armbanduhr! Die Glasscheibe war ebenfalls leicht verstaubt, und als ich mir das kleine Ding umschnallte, fühlte es sich eigenartig an. Wahrscheinlich weil mir erst da auffiel, wie sehr ich das Leder an meinem Handgelenk vermisst hatte. Es erinnerte mich einfach so an meine Mutter, der sie einst gehört hatte.

»Na?«, murmelte ich und schmunzelte. Jetzt war ich schon so einsam, dass ich Gespräche mit meiner Armbanduhr anfing.

Ich schüttelte den Kopf, sah mich weiter um. Um mich herum befand sich jede Art von Zeitmessern. Genauer beschrieben waren es mehrere Armbanduhren, eine Sanduhr, drei Taschenuhren und zwei Wanduhren. Links in der Ecke neben einer Standuhr fand ich eine Stoppuhr. Sie lag direkt vor einer Wasseruhr, mit deren Hilfe man Abnahmemengen bestimmen konnte. An der Wand hing ein Bild mit dem griechischen Fremdwort *Chronometer*. Die Buchstaben waren mit schwarzer Farbe aufgemalt, während der Hintergrund sich einfach nur weiß hielt, sodass die einzelnen Lettern sofort ins Auge fielen.

Ich wusste, dass *Chronometer* eine gehobene Bezeichnung für eine Uhr war. Ich schluckte. Wer um Gottes Willen hatte ein Zimmer nur für Uhren? Nicht für Eisenbahnen, nicht für Handwerksdinge, nicht für Kleidung oder Schuhe. Nein! Für Uhren! Das war doch krank! Vielleicht war Paul doch Uhrmacher, aber ich hatte nie eine Uhr an seinem Handgelenk gesehen. Plötzlich fiel mir auf, dass weder Paola noch Enrico oder Giulia mit einem solchen Schmuckstück ausgestattet waren. Zufall?

Ich kannte den Spruch *Dem Glücklichen schlägt keine Stunde*, was so viel bedeutete wie: Wer glücklich ist, vergisst die Zeit. Aber ich konnte mir schlecht vorstellen, dass die Schorns viel auf solche Lebensweisheiten gaben.

Ich schnallte das Lederband der Armbanduhr enger um mein Handgelenk und musterte das dünne Ziffernblatt. Die Uhr war anscheinend stehengeblieben. Ich biss mir auf die Lippe und musterte die anderen Uhren. Alle zeigten verschiedenste Uhrzeiten. Manche liefen, andere waren stehengeblieben. Unheimlich. Das Ticken der Standuhr hämmerte in meinem Kopf wie der Countdown einer Bombe. Ich wollte hier raus.

Schnell zog ich das Rädchen aus meiner Armbanduhr und fing an zu drehen. Wie in Zeitlupe bewegte sich der Zeiger gegen den Uhrzeigersinn schneller und schneller. Ich verlor auf einmal die Kontrolle. Meine Finger jagten über das Rädchen, als würde ein Wettlauf mit der Zeit beginnen, und ich merkte auf einmal, wie mir unglaublich schwindelig wurde. Alles um mich herum verschwamm, das Ticken der Standuhr dröhnte hinter meiner Stirn und meine Beine fühlten sich leicht an. *Ich fliege*, dachte ich und hob beide Arme. Doch ehe ich klar denken konnte, wurde mir schwarz vor Augen. Nur kleine Sterne funkelten vor der Iris. Etwas brannte an meinem Arm. Dort, wo die Armbanduhr die Haut berührte. Wie

Feuer durchfuhr ein Schmerz meinen Körper. Ich wollte schreien, doch kein Laut drang aus meiner Kehle. *Jetzt ist es vorbei*, schoss es mir in den Kopf.

Und dann ... dann war ich wieder da, fühlte einen Hauch von irgendwas über meine Nase wehen und öffnete die Augen. Ich saß auf dem kalten Boden in der Werkstatt und vor mir hing ein dünner Vorhang aus braunem Stoff, der mich vor dem Inneren des Raums abschirmte. Hilfe! Mein Körper verkrampfte sich. Was war passiert? Gerade wollte ich mich vom Boden abdrücken, da hörte ich eine Stimme.

Ich erstarrte. War Paul zurückgekehrt?

»Ein Glas Wein, der Herr?«

Es war tatsächlich Paul, aber er war nicht alleine. Ein Mann war bei ihm. Ich lauschte. Langsam beugte ich meinen Kopf nach vorne, um einen Blick auf die beiden zu erhaschen. Sie standen mir mit dem Rücken zugewandt, weshalb ich mich etwas beruhigte.

»Das würde mich sehr erfreuen.« Den anderen Mann kannte ich nicht. Er war etwas rundlicher als Paul, ziemlich klein und hatte eine Glatze. »Der feierliche Anlass dazu sei uns ja gegeben, mein Herr.« Der Fremde lachte vergnügt.

Paul nickte. »Wer hätte auch schon gedacht, dass aus unseren Plänen nun Wirklichkeit wird?«

»Ihr habt so recht, Gian.«

Gian? Verwirrt sah ich von dem Mann zu Paul.

»Na, dann lass uns anstoßen auf diese Gegebenheit.« Paul erhob sein Glas.

Der Fremde tat es ihm nach. »Wir trinken auf den *Torre dell' Orologio* von Euch, Rainieri. Ihr seid der beste Baumeister der Welt.«

»Es wäre zu wünschen, dass alles gut verläuft«, murmelte Paul und deutete auf eines der Papiere. Zu gerne hätte ich gewusst, worum es sich dabei handelte. Ich kniete mich auf den Boden, schob mit der Hand den Vorhang noch ein Stückchen mehr zur Seite und fokussierte den anderen Mann.

Woher kannte Paul ihn? Die beiden trugen weite, faltenreiche Röcke. Diese erinnerten mich an eine Schaube, über die wir mal im Geschichtsunterricht gesprochen hatten. Darunter verstand man ein Kleidungsstück aus dem Mittelalter, das genauso aussah und ebenfalls bis zu den Knien reichte. Die Röcke gestatteten durch ihre vorne offene Form den Blick auf eine Art Scheckenrock, den sie darunter trugen. Ihre Beine wurden bedeckt von knielangen Strümpfen, die wahrscheinlich aus dünnem Wollstoff oder aus Seide genäht worden waren. Über den Röcken trugen die Männer kurze Mäntel, die nur knapp über der Hüfte endeten.

Verwirrt sah ich an mir herunter. Ich hingegen sah aus wie immer. Hatte die Aufmachung etwas mit Karneval zu tun? *Unsinn*, unterbrach ich meine Gedanken. Wir hatten erst Sommer, da dachte doch noch niemand ans Frühjahr? Aber vielleicht handelte es sich um ein Kostüm für Enricos Fest. Womöglich wollte Paul vorbereitet sein, da blieb nur noch die Frage nach dieser seltsamen Sprache. Verständnislos verzog ich das Gesicht. Hier war eindeutig etwas faul.

»Gian, ich betrachte Euch voller Ehrfurcht. Dieses Meisterstück wird in die Geschichte Venedigs eingehen. Noch in hunderten von Jahren werden die Menschen von Euch sprechen.«

»Ach was, übertreibt nicht, mein Guter. Nicht alles dreht sich um unsere Zeit. Ich bin mir sicher, die Menschen werden auch in Zukunft ihre eigenen Entdeckungen machen. Viele mehr, als wir denken.« Paul lächelte.

»Da würde ich nicht mal einen Heller für verwetten.« Der Fremde lachte auch.

Heller? Was sollte Paul denn mit einer alten Münze anfangen?

»Behaltet Eure Münzen, mein Freund. Sonst endet Ihr nachher als Klinkenputzer.« Mit der rechten Hand schlug Paul dem Mann auf die Schulter. Dieser sah ihn an und schnaubte vergnügt.

»Wie wäre es nun mit einem Knösel?«

Paul schüttelte den Kopf. »Mein Weib gemacht es nicht. Ihr beliebt der Geruch des Tabaks nicht.«

Der Mann verzog das Gesicht. »Sagt bloß, Ihr benötigt ein Plazet.«

»Gewiss.« Paul zuckte mit den Schultern. Das schien seinen Gesprächspartner zu amüsieren.

»Meine Ehre scheint Euch zu belustigen«, stellte Paul fest.

»Nie würde ich es wagen. Ich bewundere Euch für diese Art. So müsst Ihr nicht auf die Freite gehen.«

»Ihr vergesst, mein Guter, dass uns ein paar Jahre trennen. Ihr seid gewiss noch jung.« Paul lachte.

Trennen? Der Paul, den ich kannte, konnte unmöglich älter sein. Andererseits hatte Paul durch seine Zeitmanipulation sicherlich an Erfahrung gewonnen. Ob er das meinte? Wusste der Fremde etwas von dem Geheimnis?

Ich verstand überhaupt nichts mehr.

Die Männer schwatzten vergnügt, tranken mehrere Gläser Wein und begutachteten Pläne, die auf dem Tisch lagen. Genaues konnte ich nicht erkennen, da mir ihre Rücken die Sicht versperrten.

»Es erfreut mich, zu sehen, wie alles seinen Lauf nimmt.«

»So ergeht es nicht nur Euch, mein Freund.« Paul deutete erneut auf diesen Plan. »Ich hoffe, alles wird bald vollendet. Noch bevor ...« Paul verstummte.

»Bevor was?«, hakte der Mann nach.

»Nichts, nichts. Ich dachte kurzerhand laut. Verzeiht!«

Diesmal nickte der Herr verständnisvoll. Aber mein Herz schrie nach einer Antwort. Wovor musste was genau vollendet werden?

»Wo vermögt Ihr nun zu leben, Gian?«

Wieder dieser Name. War das eine Art Spitzname? Viel mehr wollte ich jedoch wissen, was es mit dem *bevor* auf sich hatte, wie Paul das gemeint hatte.

In meinem Kopf herrschte ein unglaublicher Druck. Diese ganze Szene machte mich verrückt, was machte Paul hier, wo war er so plötzlich hergekommen und überhaupt, wie konnte sich dieser kleine Raum in so kurzer Zeit verändert haben? Ich musste für eine kurze Zeit das Bewusstsein verloren haben. Anders konnte ich mir den Wandel nicht erklären.

»Mein Weib und ich werden den Turm bewohnen und dessen Mohren hüten.«

»So seid Ihr ein wahrer *Temperatore!*« Der Mann nickte anerkennend.

»Wie wahr.«

Ein Temperatore? Ich nahm mir vor, das Wort nachzuschlagen. Wenn ich irgendwann die Gelegenheit dazu bekam. Plötzlich merkte ich, wie sich in meinem Hals ein Kratzen ausbreitete. Jeden Augenblick würde ich husten müssen.

»Bleibt Ihr zum Essen, mein Freund?« Paul sah auf die Uhr. »Ich habe noch Zeit.«

Zeit? Mir blieb fast das Herz stehen. Paul trug keine Uhr! Da war ich mir absolut sicher!

»Ich fürchte, das müssen wir verschieben. Ich danke für Euer Angebot. Meine Base aus Rom kommt zu Besuch.«

Paul nickte anerkennend. »Aus Rom. Das ist eine Reise. Ich denke, sie reist mit der Kutsche.«

Beinah hätte ich laut losgelacht. Hier war definitiv etwas faul.

»Mein Gesinde möge Euch nach draußen führen«, schloss Paul das Gespräch.

Der Mann nickte dankend, drehte sich um und lief so nah am Vorhang vorbei, dass ich Angst hatte, er könnte mein laut klopfendes Herz wahrnehmen.

Mein Puls raste. Im Haus gab es kein Personal. Paola und Enrico waren viel mehr Freunde für die Schorns. Zumindest taten sie so. Sie konnten ja nicht ahnen, dass ich längst wusste, dass Enrico, Giulia und Paul viel mehr verband.

Kaum hatte der Mann die Werkstatt verlassen, lief Paul unruhig im Raum auf und ab. In seiner Hand hielt er ein dünnes Pergament, auf dessen einer Seite etwas geschrieben war.

Plötzlich wandte er sich zum Vorhang. Um Himmels willen, jetzt würde er mich entdecken.

»Auf die Zeit ist kein Verlass! Merk dir das! Sie kann verrücktspielen.« Diese Worte waren eindeutig an mich gerichtet. Das hatte ich mir bestimmt nicht eingebildet, der Fremde hatte längst die Werkstatt verlassen. Wir waren alleine. Er musste mich gemeint haben. Mein Herz schlug mir bis zum Hals. Woher wusste Paul, dass ich hier war?

Mir wurde langsam schwindlig von der Anstrengung, ein Husten zu unterdrücken, sodass ich mich setzten musste. Aus diesem Winkel allerdings konnte ich Paul beinah noch besser beobachten.

Dieser schien jetzt etwas zu suchen. Mit den Fingern fuhr er die Steine ab, pustete gegen die staubige Mauer und klopfte schließlich gegen eine Stelle, genau in der Ecke. Drei Steine von oben entfernt, zwei von der linken Seite. Das Bild brannte sich in meinen Kopf, sodass ich nur die Augen schließen musste, um wie in Zeitlupe jede seiner Bewegungen aufschimmern zu sehen. Gruselig ...

In seiner Hand hielt er noch immer das Stück Pergament. Ordentlich gefaltet, als handelte es sich um ein wichtiges Dokument. Aber anstatt es an einem sicheren Ort aufzubewahren, zog Paul mit Anstrengung an einem der Steine. So lange, bis er die Wand verließ. Er stellte diesen auf den Boden und wischte sich den Schweiß von der Stirn. Dann rollte er das Pergament und steckte es einfach in das Loch, das der Stein in der Wand hinterlassen hatte.

Ich riss die Augen auf, wollte am liebsten aus meinem Versteck kommen und ihn fragen, ihn zur Rede stellen, weinen und hören, dass alles ein Missverständnis war. Kurz überlegte ich, was ich tun würde, wenn sich alles als harmlos herausstellte. Nach Hause fahren, Urlaub in Venedig genießen? Das wäre ein Traum ...

Moment, ein Traum? Vielleicht war es genau das, was sich hier abspielte. Träume waren doch oft verwirrend. Es musste ein Traum sein. Aber in Träumen hatte man doch keine Gefühle, keine so extremen Emotionsschwankungen ...

Nein! Das war kein Traum! Das war auch nicht die Pubertät. Das war das Leben, das mich knallhart auf die Probe stellte. Oder ich war einfach verrückt. Ich musste schlucken. Was war, wenn ich in eine Psychiatrie gehörte? Weggesperrt, abgegrenzt von der Welt. Und das, weil ich anders war. Anders als der Rest der Menschen.

Mir wurde übel. Entsetzlich übel. In mir drin arbeitete alles. Ich wollte hier weg.

Ich hielt die Luft an, versuchte, mit der Zunge über meinen Gaumen zu fahren, um das Husten zu verhindern. Aber es gelang mir nicht. Ich presste meinen Mund gegen meinen Ärmel und schloss die Augen, um mich zu konzentrieren. Ein Röcheln drang aus meiner Kehle. Ich riss die Augen auf, hoffte, dass Paul mich nicht gehört hatte. Ängstlich drückte ich mich gegen die Wand, wünschte mir, unsichtbar werden zu können. Nervös krallte ich mich mit der rechten Hand am linken Handgelenk fest. Dabei stieß ich gegen meine Armbanduhr. Hilfe, wie spät war es denn? Mir wurde klar, dass die Zeit immer noch falsch eingestellt war.

Mit zittrigen Händen drehte ich den Zeiger im Uhrzeigersinn nach vorne. Auf einmal war dort wieder dieses Gefühl. Der Zeiger schleuderte im Uhrzeigersinn schneller und schneller. Wieder verlor ich die Kontrolle und mein Fingerjagte über das Rädchen, als würde erneut dieser Wettlauf mit der Zeit beginnen. Ich merkte, wie schon wieder dieses Schwindelgefühl auftrat. Ich hatte Angst. Alles um mich herum wurde unklar. Alles geriet aus dem Gleichgewicht. Auch ich selbst. Schon wieder fühlte ich mich wie ein Vogel. Es kam mir vor, als könnte ich fliegen. Doch ehe mir bewusst werden konnte, wie abwegig dieser Gedanke war, wurde mir schwarz vor Augen.

12. Kapitel

Ich kam erst wieder zu mir, als ich draußen eine Stimme hörte. Zuerst konnte ich sie nicht verstehen, geschweige denn zuordnen. Deshalb stand ich langsam auf und ging zur Tür.

»Hallo?«, raunte draußen jemand. Ich sagte nichts, hatte viel zu viel Angst, um zu antworten. Aber dann erklang das Wort erneut, sodass ich mich umentschied.

»Hallo?«, wisperte ich, rechnete aber nicht mit einer Reaktion, da meine Antwort sehr leise ausfiel.

»Luzie?«

Ich schluckte. Wer auch immer da draußen war, er hatte mich erkannt. »Ja, ich bin es.« Lügen war zwecklos. Wenn ich herauskam, bemerkte man mich ohnehin.

»Was machst du da drinnen?«

»Nichts.« Ich schluckte unsicher. »Ich komme jetzt raus, okay?« Nach allem, was gerade passiert war, bekam ich richtige Panik hier drin.

Ehe ich eine Antwort erhalten hatte, legte ich meine Handfläche auf den kühlen Griff der Tür und drückte ihn hinunter.

Doch es war abgeschlossen. »Es geht nicht«, röchelte ich, als würde ich jeden Augenblick ersticken. »Hilfe!«

»Warte«, hörte ich von draußen wieder diese Stimme.

Ich bekam immer schlechter Luft. In einem so kleinen Raum eingesperrt zu sein, schnürte mir die Kehle zu. »Paul, sind Sie es?«

»Luzie! Kannst du mich gut verstehen?«

»Ja«, rief ich verzweifelt und klopfte vehement gegen die Tür. »Lassen Sie mich doch raus.«

»Einen Moment, Luzie«, kam es zurück.

Einen Moment? Mein Herz klopfte mir bis zum Hals.

»Was ist passiert? Warum bin ich eingeschlossen?« Mein Hals kratzte. Ich schluckte. Was war in mich gefahren? Ich erinnerte mich nur noch an das, was zwischen Paul und dem fremden Mann geschehen war.

»Hab keine Angst«, hörte ich Pauls Stimme. »Du hättest mir nicht folgen dürfen.«

Hatte er mich doch gesehen? Ich schluckte noch einmal, schlug wieder gegen die Tür und musste die ersten Tränen unterdrücken.

»Das war ein Fehler.« Ein Stöhnen. »Luzie, du musst schweigen.«

Ich hatte einen Kloß im Hals, konnte nicht denken, war unfähig zu sprechen.

»Was ... was meinen Sie?«, brachte ich hervor.

»Es geht um das, was du gesehen hast. Dort drinnen.«

»Die Uhren?«

»Alles! Alles! Es war ein Fehler.«

Mein Puls raste. »Lassen Sie mich raus. Bitte.«

Ich hörte ein Rascheln. Zuerst dachte ich, dass Paul die Tür öffnen wollte. Aber dann verstand ich, dass er sich nur bewegt hatte. Verdammt. Ich hörte ein lautes Stöhnen.

»Geht es Ihnen nicht gut?«, fragte ich unsicher. In meinem Kopf trommelte es.

»Ja«, kam es zurück.

»Ja wie *Es geht mir gut*, oder ja wie *Mir geht es nicht gut*?«

Mir zumindest ging es nicht gut. Aber das schien ihn nicht zu interessieren. Jedenfalls ließ er sich davon nichts anmerken.

»Jahrelang ist alles gut gelaufen. Jahrelang haben wir so gelebt, Luzie! Und nun bist du da und willst alles ändern.«

Aus meinem Mund kam kein Ton. Ich wollte etwas sagen, aber es klappte einfach nicht.

»Du wirst gleich rauskommen.« Ich hörte Pauls Atem. »Ich verspreche es dir«, fügte er hinzu. »Aber dafür musst du mir auch dein Wort geben.«

Auch Enrico hatte mir ein Versprechen abverlangt. Aber es fiel mir schwer, jenes zu halten. Ich hatte es satt, alles unter den Tisch fallen zu lassen.

»Ja.« Das Wort kroch mühsam aus meinem Mund.

»Leg deine Uhr zur Seite.« Woher wusste er ...

Ich blickte auf mein Handgelenk, von dem ein leises Ticken ausging. Vielleicht bildete ich mir das aber auch nur ein ... Ich sah mich um. Um mich herum tickte alles. Da war es unwahrscheinlich, dass ich gerade meine Uhr hörte. Ich gehorchte jedoch, schob das Armband über den Handrücken. Dabei streifte ich das Uhrwerk. Nur ganz leicht, aber genug, um den Zeiger nach vorne zu schieben.

»Oh, oh«, murmelte ich und wollte dies gerade rückgängig machen, als Paul fest gegen die Tür schlug.

»Was ist passiert?«

»Nichts«, presste ich hervor, gerade noch schnell genug, denn wieder wurde mir unglaublich schwindelig. Der Zeiger flog förmlich über das Uhrenblatt. Schnell. Verdammt schnell. Ich konnte nicht mehr klar sehen, kniff die Augen zusammen und biss die Zähne zusammen. Was passierte jetzt wieder?

Ich landete mit beiden Füßen auf dem Boden. Erschrocken sah ich mich um.

»Paul?«, flüsterte ich. Keine Antwort. Der Raum war vollkommen ausgeräumt. Keine Uhren mehr, kein nichts. Nur an meinem Handgelenk konnte ich meine Armbanduhr erfassen.

Am liebsten hätte ich laut geschrien. Verdammt, ich musste hier raus. Ich schirmte mit der Hand das blendende Licht ab, das von der Deckenlampe strahlte.

Die Tür ging auf.

Mein Herz klopfte mir bis zum Hals. Schnell sprang ich unter einen Tisch, der im Raum noch übrig geblieben war, und hielt die Luft an. Enrico? Was machte er hier drinnen?

Meine Armbanduhr kratzte am Handgelenk. Wütend griff ich nach dem Band und zog es über die Finger. Dabei fielen mir die falsch stehenden Zeiger ins Auge. Ehe ich die richtige Uhrzeit einstellen konnte, sprang der Zeiger automatisch zurück und raste über das Uhrwerk.

Als ich die Augen öffnete, höre ich wieder Paul sprechen.

»Hast du gehört? Was ist denn geschehen?«

In meinem Kopf schwirrte alles. Ich war wieder zurück.

»Alles in Ordnung!«, krächzte ich.

»Hast du die Uhr abgemacht?«

Eilig legte ich die Armbanduhr auf den Boden. »Hab ich.«

Stille. Dann ein leises Murmeln. »Wenn ich *jetzt* sage, öffnest du die Tür, kommst ohne eine Uhr heraus und schließt sie wieder. Verstanden?«

»Ja«, hauchte ich und lehnte meinen Körper gegen die Wand. Ich fühlte mich schwer. Schwer wie Blei. Jedes meiner Glieder schrie nach Entspannung. Ich wollte hier raus.

»Bei *jetzt* und keine Sekunde früher.«

Dann hörte ich den Schlüssel im Schloss. Mein Herz schlug höher. Am liebsten hätte ich die Tür aufgerissen, wäre nach oben gerannt oder gar aus dem Haus gestürmt. Aber ich konnte mich im letzten Augenblick zusammenreißen. Ich biss mir auf die Unterlippe, legte die eiskalte Hand auf die Türklinke und hielt inne.

»Jetzt«, hörte ich Pauls Stimme.

Ich atmete hektisch die stickige Luft ein, musste husten und mich unweigerlich wieder gegen die Wand lehnen. Meine Füße fühlten sich so schwer an. Ich konnte nicht mehr.

»Papa«, wisperte ich, musste sofort an ihn denken, an seine Stimme, seinen Geruch, seine warme Hand.

Tränen kullerten mir die Wangen herunter. Die Welt schien zu verschwimmen. Hieß es nicht immer, man sollte sich auf sich selbst konzentrieren? Und nun dachte ich wieder an meinen Vater. Ja, es tat mir leid. Es tat mir leid, dass er sich nun sicherlich große Sorgen um mich machte. Aber nun musste ich an mich denken. Darum war ich noch hier. Weil ich das seltsame Gefühl hatte, zu Hause zu sein. Ich brauchte diese Ruhe, diese Schwerelosigkeit wie die Luft zum Atmen. Endlich irgendwo ankommen, endlich ich selbst sein. Normalerweise lebte ich danach, wie andere von mir dachten. Blicke konnten mich zu Boden reißen. So wie Pauls.

Ich bekam Angst. Angst davor, dass er mich wieder so ansehen würde. Hasserfüllt. Zornig. Enttäuscht.

Warum musste ich mir auch unbedingt etwas beweisen? Ich wollte die Wahrheit erfahren, die Wahrheit über Großmutter, die Wahrheit über Emma, die Wahrheit über die Zeit. Was war mit

Paul, mit Paola, mit Giulia und auch mit Enrico? Selbst er stellte mich möglicherweise auf die Probe. Vielleicht wollte er nur wissen, wie weit ich gehen würde, um endlich Frieden mit mir selbst zu finden.

»Was wollen Sie?«, hörte ich mich schreien. Schrill. Laut. Verzweifelt. Fremd. »Was habe ich Ihnen getan?« Tapfer drückte ich mich von der Wand hab, fest entschlossen, Paul zur Rede zu stellen. Ich zog die Tür auf. Sein Blick bohrte sich in meinen. Ich schluckte. Mein Hals war wie zugeklebt.

»Ich habe Angst«, wisperte ich. Meine Stimme war leise, schwach und ängstlich. Das kurze Gefühl der Stärke hatte sich verflüchtigt.

Paul sagte nichts. Er sah mich einfach nur an. Irgendwann – ich hatte schon Angst, er würde ewig schweigen – legte er die Hand auf meine Schulter und schloss die Augen.

»Du musst mir vertrauen, Luzie. Ich habe das nie gewollt. Du wirst das alles noch verstehen. Nicht nur verstehen wollen, nein. Du wirst verstehen können. Verstehen müssen.«

»Was ist mit der Zeit geschehen?« Mein Herz schlug schneller. Schneller als zuvor. Meine Chance. Meine Gelegenheit.

»Setz dich, Luzie.«

Ich mochte es nicht, wie er immer meinen Namen sagte. Darin lag mehr als eine Ansprache, es schwang immer noch ein *Das-ist-alles-nicht-so-einfach-du-dummes-Kind* mit. Aber dieses Mal machte er es sich auch nicht leicht, ließ mich nicht einfach stehen. Stattdessen schob er mich vorsichtig aus dem Vorraum.

Wir setzten uns auf eine Treppenstufe im Kelleraufgang. Meine Hand zitterte und in meinem Kopf schwirrten tausend Gedanken.

»Es begann vor vielen Jahren.« Er atmete tief ein und aus. »Giulia erkrankte. Die Ärzte gaben ihr nicht mehr lange. Es sei hoffnungslos, sagten sie.«

Enrico hatte recht, hämmerte es in meinem Kopf. Ich hatte ihm Unrecht getan mit dem Gedanken, er habe mir die Unwahrheit gesagt.

»Du weißt, was der Tod ist, Luzie. Deine Mutter ist gestorben. Emma hat uns alles erzählt. Der Tod tut so verdammt weh, dass man alles tun würde, um einen geliebten Menschen festzuhalten.«

»Meine Mutter musste gehen«, sagte ich trocken. »Sie *ist* gestorben.«

»Ich weiß. Aber genau das wäre Giulia auch passiert.«

Ich sah auf. »Wäre! Wenn Sie nicht in die Zeit eingegriffen hätten.«

Paul fragte nicht danach, woher ich davon wusste. Zum Glück. So hatte ich Enrico nicht direkt verraten.

»Ich hatte keine Wahl.«

»Das Schlimme ist, dass ich das verstehen kann.« Ich seufzte. »Viel mehr möchte ich wissen, wie. Wie ist so etwas möglich?«

Paul sah in Richtung Werkstatt. »Du bist dort drin gewesen, du hast die Uhren gesehen. Viele Uhren. Es sind die einzigen, die du im ganzen Haus finden wirst.«

»Ich verstehe nicht. Was hat das denn damit zu tun?«

»Keine Uhr, keine Zeit. Das ist ganz einfach.«

Ich riss die Augen auf. »Deshalb die Armbanduhr. Deshalb das Handy.«

Paul nickte. »Wir müssen vorsichtig sein. Du darfst nicht darüber reden. Hörst du? Kein Wort zu niemandem! Nicht zu Enrico! Zu niemandem!«

Dass Paul nicht mal seinem eigenen Sohn vertraute, verwirrte mich. Jedoch fragte ich nicht danach. Ich hatte genug Verwirrungen mit mir auszumachen.

»Das heißt, dass die Zeit einfach stehenbleibt?«

Wieder nickte Paul. Die Lösung war einfacher, als ich gedacht hatte. Die Uhren waren also der Schlüssel zur Zeit. In meinem Kopf ratterte alles. So leicht wäre es gewesen, meine Mutter festzuhalten. Und wir hatten sie gehen lassen, einfach so. Fort. Weg. Für immer.

Wieder schossen die Tränen in meine Augen. »Bitte nicht«, wimmerte ich. »Das kann doch nicht alles gewesen sein.«

Paul regte sich nicht. Er legte mir seine Hand auf die Schulter, fuhr zärtlich über meinen Rücken und zog meinen Kopf an sich. »Es ist nicht so einfach, wie es klingt. Das Leben ist hart. Es ist nicht so wünschenswert, wie es für dich scheint.«

Ich schloss die Augen, hörte das Rauschen um mich herum und wollte einfach nur weg … An einen Ort, an dem die Gedanken aus meinem Kopf verschwinden würden und ich einfach nur eine physische Anwesenheit aufbringen würde, nichts Spirituelles. Keine Gefühle, keine Ängste.

»Und Sie sind unsterblich?« Die Worte drangen ohne mein Zutun aus meinem Mund.

»Hinter diesen Wänden, ja. Draußen nimmt die Zeit ihren Lauf.«

»Deshalb musste Emma sterben.«

Paul nickte erneut. »Sie hat es riskiert. Sie hat sich gegen das unendliche Treiben hier entschieden und für die Chance auf etwas anderes. Auf etwas, das mehr zu bieten hat.«

»Aber sie hat es nicht bekommen.«

»Sie war zu alt. Sie hätte es wissen müssen.«

Die Tränen ließen das Bild vor meinen Augen verschwimmen, sodass ich um mich herum nichts mehr wahrnahm. Nur noch ein paar blasse, trübe Farben. Braun. Das war der Boden. Creme. Die Wände. Weiß. Pauls Gesicht.

»Du brauchst keine Angst haben. Alles wird gut. Dafür ist gesorgt, Luzie.«

Ich konnte nichts sagen. Meine Stimme war mir vor lauter Verwirrung und Schmerz genommen worden. All die Jahre hatte ich versucht, mich damit abzufinden, dass meine Mutter hatte sterben müssen. Aber nun stellte ich fest, dass alle diese Gedanken auf einer Lüge beruhten. Der Tod war nicht stärker als alles. Ich hätte ihn aufhalten können.

»Wofür ist gesorgt?«, fragte ich Paul schließlich. »Wie meinen Sie das?«

»Das wirst du noch herausfinden. Ich kann dir das nicht sagen, aber ich verspreche dir, dass dein Verstand dich hinführen wird.«

Ich starrte ihn an. »Aber wohin denn?«

Paul sah sich um. Erst nach rechts, dann nach links. »Komm. Es ist Zeit zum Schlafengehen. Zumindest für dich.«

Nein, nein, nein! Die Stimmen in meinem Kopf befahlen mir, ihn so nicht davonkommen zu lassen. Aber ich war müde. Unglaublich müde. Meine Augen brannten, meine Körperteile sehnten sich nach Schlaf und auch in meinem Inneren verteilte sich die Kraftlosigkeit.

»Stimmt es, dass Sie nicht schlafen müssen?«, murmelte ich und stand auf.

Paul fuhr sich durchs Haar. »Das stimmt.«

Unglaublich, dachte ich und folgte Paul nach oben. Giulia war laut Paul ins Badezimmer gegangen. Sie ließ sich abends heißes Wasser ein. Das würde sie irgendwie beruhigen. Bei mir würde es wohl nichts helfen. Ich fühlte mich wie unter Strom. Elektrisiert. Unter Spannung. Aufgeladen. Aber dennoch schwach. Diese Kombination war ein merkwürdiges Gefühl.

Das Licht war im ganzen Haus ausgeschaltet. Nur eine einzige Glühbirne flimmerte im Flur, als ich nach oben lief. Der Lampenschirm fing das meiste Licht ab, sodass nur ein schwacher Schein auf den Boden fiel und es mich gruselte. Ich huschte rasch über den Teppich, darauf bedacht, nicht so laut zu sein. Pauls Worte schepperten im meinem Kopf. Die letzten Minuten, all das, was er erzählt hatte ... So konnte ich doch auf keinen Fall schlafen. Hinter meiner Stirn drückte etwas. Es fühlte sich an, als würden meine Gedanken mein Hirn zerquetschen. Als wäre kein Platz mehr für das ganze Wirrwarr.

Ich kniff die Augen zusammen und biss die Zähne aufeinander.

»Luzie?«

Ich drehte mich um und riss die Augen auf. Paul stand direkt hinter mir.

»Alles in Ordnung bei dir?«

Ich nickte, musste schlucken und presste dann eine Antwort heraus. »Klar.«

»Es wird ein Ende nehmen«, flüsterte Paul.

Ich musterte ihn. Was hieß schon *Ende* in diesem Haus? Die Zeit entschied über die Länge des Lebens. »Ein Ende ohne Zeit ist unmöglich.«

»Nichts ist unmöglich. Nichts.«

»Sie meinen also, dass irgendwann alles vorbei ist? So, als würde man das Leben schließen können wie ... wie ...« Ich suchte nach den richtigen Worten. Das war so seltsam. Wir standen gemeinsam im schwach erleuchteten Flur, um uns herum die alten Gemälde, auf deren Papier uns Gesichter entgegenstarrten, die wahrscheinlich schon längst tot waren.

»Wie eine Tür?« Paul lächelte.

»Genau«, presste ich hervor. »Oder noch besser ... wie ein Buch.«

Ja, das Leben war oft mit einem Buch zu vergleichen. Manchmal hatte ich selbst den Eindruck, mein eigenes Sein beruhe nur auf einer Geschichte. *Einer ziemlich schlechten Geschichte*, fügte ich in Gedanken hinzu. Der Autor schien sich nicht viel Mühe gemacht zu haben. Oder vielleicht doch? Schließlich war alles so kompliziert.

»Ein Buch.« Paul lachte auf. »Ein Buch klappt man zu und alles ist vorbei. Die Figuren verlieren ihren Glanz, sie geraten beim Leser in Vergessenheit. Menschen bleiben. Nicht physisch, sondern im Herzen, in Erinnerung. Sie hinterlassen Spuren, leben in uns weiter.«

Mama, schoss es mir in den Kopf.

Sie war immer noch da! Anders als früher. Aber irgendwie auch noch genauso. Ich schüttelte mich. Nun hatte ich unfreiwillig viel zu sehr vom Thema abgelenkt.

»Wie haben Sie das gemeint?«

»Was gemeint?«

»Das mit dem Ende.«

»Na, so wie ich es gesagt habe. Ein Buch ist etwas and...«

»Nein«, unterbrach ich ihn. »Das meine ich nicht. Sie sagten, dass irgendwann alles ein Ende nehmen würde.«

Paul zuckte mit den Schultern. »Ach, glaub mir. Irgendwann ist alles vorbei. Menschen sind nicht dazu gemacht, unsterblich zu sein. Irgendwann zerbrechen sie.«

»Wie eine Vase, wenn man sie fallen lässt?« Ich versuchte, auch zu lächeln.

Paul blieb diesmal jedoch ernst. »Nein. Das Herz zerbricht anders. Nicht heute. Nicht morgen. Nicht übermorgen. Das Herz zerbricht ganz langsam. Eines Morgens wirst du wach und fragst dich, was du heute machen wirst. Am Abend stellst du fest, dass du keine Ziele mehr hast, die du erreichen kannst.«

Ich biss mir auf die Lippe.

»Am nächsten Tag schaust du in den Spiegel und hast es satt, dich jeden verdammten Tag anzusehen. Alles gleich. Genauso wie immer.«

»Und dann?«

»Dann hört das Ganze nicht mehr auf, und du wirst unzufrieden.«

Enrico hatte mir doch noch erzählt, dass der Mensch sein Leben nicht aufgab. Irrte er sich? Oder hoffte er vielleicht insgeheim, dass Paul und Giulia der Ewigkeit ausgesetzt waren …

»Gute Nacht.« Jäh beendete Paul das Gespräch. Ich konnte es ihm nicht verübeln. Das Thema war wahnsinnig anstrengend.

»Gute Nacht«, murmelte ich und wandte meinen Blick zu den vielen Wandgemälden.

»Schlaf gut, mein Kind.«

»Sie au…« Ich brach ab und lächelte. »Ich wünsche Ihnen auch eine gute Nacht«, sagte ich stattdessen.

Paul lachte. »Du bist ein schlaues Mädchen, Luzie. Du musst nur deinen Verstand benutzen und du wirst noch weit kommen.«

Ich wurde rot. »Meinen Sie?«

»Nein«, erwiderte Paul und drehte sich um. Mein Herz klopfte schneller. »Ich weiß es«, hörte ich ihn noch sagen. Dann wurde er von der Dunkelheit des Korridors verschluckt, und ich war wieder alleine.

An diesem Abend lag ich noch eine ganze Weile wach. Ich spürte die Matratze unter meinem Rücken, meine Wirbelsäule, die sich in das Laken drückte und mir einen Stich versetzte.

Ich musste Pauls Worte verarbeiten. Das würde wohl die ganze Nacht kosten. Dabei war ich hundemüde. Paul hatte anders ausgesehen an diesem Abend. Belastet und … und angstvoll. Als habe er Furcht vor dem Leben.

Leben bedeutete, sich zu fürchten. Sich zu fürchten vor vielen Dingen. Jeden Tag wurde auch ich wach und fürchtete mich. Mal davor, was die Leute über mich dachten. Mal davor, was die Leute zu mir sagten. Mal davor, was mit mir passierte.

Ja, ich hatte täglich Angst. Die Frage war aber, ob es sich lohnte, zu leben.

Manchmal stellte selbst ich mir vor, auszubrechen. Wie einfach es wäre, nicht mehr da zu sein. Doch ich hatte Angst vor den Folgen.

Aber vielleicht wurde dann alles leichter. Keine Gedanken, keine Ängste, kein Stress.

Ich konnte oft nicht mehr in den Spiegel gucken. Vielleicht war das nie anders gewesen. Ich konnte mich nicht mehr erinnern. Ich quälte mich jeden Tag durch den Alltag. Die Leute schauten mich an. Sie fällten ein Urteil über mich. Manche fanden mich seltsam, manche vielleicht sogar nett. Aber sie kannten mich ja gar nicht. Sie kannten nur das Mädchen, das jeden Tag in einer körperlichen Hülle durch die Welt wanderte und hoffte, dass irgendjemand die Sensibilität hatte, ihm zu helfen.

Was war mit Paul? Wie fühlte er? Waren meine Gedanken pubertär oder einfach nur menschlich?

Ich drehte mich unruhig auf die Seite, presste den Hinterkopf ins Kissen, drückte die verkrampften Füße in den Bettaufsatz und strampelte sofort die Bettdecke weg.

Nichts würde mehr so sein, wie es war. Das musste auch Paul wissen. Ich hoffte so sehr, dass irgendwann alles gut werden würde. Irgendwann.

Aber ich hatte ja Zeit. Oder? Ich wusste es nicht. Vielleicht hatte ich sie. Vielleicht nicht.

Es war draußen sicherlich fast Mitternacht. Aber meine Müdigkeit war plötzlich wie weggeblasen. Vielleicht hatte ich mich heute zu wenig draußen aufgehalten, um zeitlich voranzuschreiten. Das war alles noch so neu und fremd für mich, dass ich mich erst einmal daran gewöhnen musste. Aber vielleicht wollte ich das gar nicht ... vielleicht wollte ich viel lieber etwas ändern.

Allerdings pochte in mir die Frage, warum. Was für mich der Antrieb war, die Unendlichkeit aus diesem Haus zu nehmen. Es ging mich ja nichts an.

Ich schaltete meine Nachttischlampe an und setzte mich auf. Die Umrisse im Zimmer nahmen Gestalt an, und ich rieb mir über die Augen. Sie waren ganz feucht geworden. Zu lange hatte ich in die Finsternis gestarrt.

Seltsam. Plötzlich hatte ich unglaubliches Heimweh. Ich musste an meinen Vater denken. Ich musste dringend telefonieren. Bald. Morgen.

Der Gedanke an mein Zuhause verlieh mir Kraft und ich sprang aus meinem Bett. Meine Haut klebte. Es war viel zu heiß hier drinnen. Am liebsten hätte ich das Fenster geöffnet, doch ich wusste ja bereits, dass das nicht ging.

Meine Füße fühlten sich auf dem Boden wie ein Fremdkörper an. Meine Beine zitterten ein wenig und meine Zehen waren steif vor Aufregung. Ich fuhr mir mit der Hand durchs Haar und schloss die Augen. Mir war plötzlich so schwindlig geworden und ich taumelte.

Als ich sie wieder öffnete, stand ich vor diesem Bild. Die drei Frauen mit den Hochsteckfrisuren, den hellen Blusen und den dunklen Röcken. Lachend. Fröhlich.

Ich erkannte Giulia. Wieso war mir die ganze Zeit nicht aufgefallen, dass die junge Frau Giulia war? Zu der Zeit war sie sicherlich noch gesund gewesen. Und glücklich. Und frei. Mit Freundinnen. Ich schluckte. Wahnsinn, wie eine Krankheit das Leben eines jungen Menschen so verändern konnte.

Und nicht nur Giulias Leben hatte eine Wendung genommen. Alle ihre Liebsten hatten eine Menge aufgeben müssen.

Aber es war der Preis, den man zahlte, für Menschen, die man liebte. Ich überlegte, wie ich damals bei Mama gehandelt hätte, wenn man mir die Wahl geschenkt hätte. Wäre ich nicht auch bei ihr geblieben, wie Paul? Enrico hatte sich dagegen entschieden. Er musste damals ungefähr so alt gewesen sein wie ich.

Ich schüttelte mich, setzte mich aufs Bett und sah nach draußen in die Nacht. Der Vorhang schützte die Dunkelheit vor meinem Angesicht, und zum ersten Mal war ich froh, dass mir der Blick nach draußen erspart wurde. Sicherlich hätte mich die Finsternis, in der nicht nur Schwärze steckte, sondern auch die große und unbekannte Weite, noch ängstlicher gemacht.

Ich beschloss, diese Nacht mit Licht zu schlafen.

13. Kapitel

NACH den seltsamen Ereignissen im Keller und dem Gespräch mit Paul ließ ich das Thema Zeit für ein paar Tage ruhen. Ich half Enrico bei den Vorbereitungen des Festes und versuchte, Paul aus dem Weg zu gehen, da ich mit der Situation nicht richtig umzugehen wusste. Giulia schien von unserer Unterredung nichts zu wissen, denn sie behauptete ständig, Probleme mit der Sonnenallergie oder Migräne zu haben. Paola verhielt sich wie immer. Abgeneigt, eigenwillig und verschlossen. Aber mittlerweile war mir das regelrecht egal. Dafür verstand ich mich mit Enrico immer besser. Wir gingen Eis essen, in die Pizzeria und machten noch einmal eine kleine Gondelfahrt zu den Rialto-Märkten. Allerdings wirkte Enrico jedes Mal etwas gestresst. Wegen der vielen Aufgaben bezüglich des Sommerfests nahm ich ihm das jedoch nicht übel.

Mir selbst kreidete ich an, dass ich das verabredete Telefonat mit meinem Vater vergaß und im Anschluss nur seinen Anrufbeantworter erreichte. Aus diesem Grund prangte über meinem Bett nun auch dieser Zettel: *Papa heute Abend anrufen!*

Dadurch war mir die Postkarte auch eingefallen, die ich ihm hatte schreiben wollen. Nun saß ich auf den Treppenstufen vor dem Haus und schrieb. Die Luft war schwer und machte mich unglaublich müde. Aber ich war mir sicher, dass mein Vater sich über einen kleinen Gruß sehr freuen würde.

Als ich fertig war, fuhr ich mit der Zunge über die Marke und drückte sie in die rechte Ecke. Nun brauchte ich nur noch einen Briefkasten. Lustlos stand ich auf und trottete die Straße hinunter in Richtung Markusplatz.

Die Gassen waren voll mit Menschen. Touristen, die teilweise in Gruppen, teils nur mit der Familie die Stadt erkundeten. Sie fotografierten jede Ecke, schleckten Eis und plapperten in den verschiedensten Sprachen. Ich musterte die Gruppe einer Stadtführung. Die Leute waren im verschiedensten Alter. Mir fiel auf, dass ich sie irgendwie abschätzig betrachtete. So, als wären sie alle fremd. Nicht nur mir gegenüber, sondern auch der Stadt. Mir wurde klar, dass es bei mir nicht anders war. Auch ich war ein Fremdling, ein Eindringling. Dabei fühlte ich mich mittlerweile so, als wäre ich schon ewig hier.

Als ich mich dem Markusplatz näherte, hörte ich Musik. Wahrscheinlich testeten Enrico und die anderen gerade den Ton.

Ich wusste nicht, ob es daran lag, aber ich fühlte ein Gefühl der Fremde in mir aufsteigen. Bis zu diesem Moment hatte ich mich wie eine Einheimische gefühlt, doch plötzlich spiegelten die Urlauber mein Leben außerhalb der Stadt wider. Ich war eine von ihnen.

Die Sonne strahlte auf meinen Kopf, schien meine Gedanken zu erhitzen. Meine Schritte beschleunigten sich. Ich spürte, wie ich meine Hand hob, alles vergaß und beinahe über den Platz schwebte. Ich rempelte aus Versehen jemanden an und stand plötzlich wieder in der Realität, schüttelte mich und musste unweigerlich lachen. Die Hitze hatte mir wohl hart zugesetzt.

In der linken Hand die Postkarte haltend, mit der rechten den Schweiß von der Stirn wischend, spurtete ich den Weg entlang. Ich hatte auf einmal Durst und brauchte dringend etwas zu trinken. Die Temperatur draußen war so drückend, dass mich schon seltsame Fantasien verfolgten.

Hinter dem *Caffè Florian*, in dem ich mit Enrico schon öfter Kuchen gegessen und mich unterhalten hatte, fand ich glücklicherweise einen Postkasten, an dem ich meine Karte loswerden konnte. Ich überprüfte die Leerungszeiten und hoffte, dass mein Gruß so bald wie möglich zu Hause eintreffen würde. Im *Florian* bestellte ich mir eine Apfelschorle, die ich in großen Zügen leer trank.

Nachdem ich alles erledigt hatte, beeilte ich mich auf dem Rückweg. Giulia hatte mir versprochen, Pizza zu backen, und ich freute mich riesig. Schließlich war ich mehr oder weniger im Urlaub, wie ich festgestellt hatte. Ja, ich sollte das Ganze endlich als Entspannung sehen. Mein Leben lang hatte ich darauf gewartet, glücklich zu sein. Und Glück war eine Sache, die man annehmen musste. Ohne diese Akzeptanz gab es kein Hüpfen im Herz, kein Schwebegefühl, keine Endorphinausschüttung. Man musste es zulassen. Und ich wollte es.

Fröhlich hüpfend lief ich die Straße entlang, ignorierte die verwirrten Blicke der Passanten und genoss das schöne Wetter. Dabei versuchte ich, all die Gedanken, die trotz meines Vorhabens von wegen Urlaubmachen da waren, auszuschalten. Ich musste mir eingestehen, dass das nicht so einfach war. Doch ich gab nicht auf.

»Das, was dich runterziehen möchte, ist bereits weit unter dir.« Eine Karte mit diesem Spruch hatte mein Vater mir gekauft, als wir damals noch zu dritt auf die griechische Insel Santorin gefahren waren. Die Läden waren mit Touristen überfüllt gewesen, die nachgemachte Markensachen von Chanel, Gucci und Hermès kaufen wollten. Mama hatte damals tausend Bilder gemacht. Ich mit einem dicken Teddybären vor einem Stapel Schuhkartons, ich mit Papa, direkt hinter uns das Meer. Und schließlich auch eins mit mir alleine in einer engen Straße mit vielen kleinen Cafés.

Ich konnte mich noch ziemlich gut erinnern. Zumindest meinte ich das. In Wirklichkeit wusste ich gar nicht mehr, wie weit meine Erinnerung reichte und inwiefern die Bilder in meinem Kopf nur die Fotoausschnitte waren. Aber manchmal machte mich selbst dieses Gefühl, sie noch genau vor mir haben zu können, glücklich. Dann hatte ich den Eindruck, sie sei nicht ganz so weit von mir entfernt. So als sei das Leben nur wie ein einfaches Bild, nur ein schneller Schnappschuss, hinter dem viel, viel mehr stecken konnte.

Ich fand mich vor der Haustür wieder, wollte gerade klingeln, als mir Paola entgegenkam. In mir trat ein ungutes Gefühl auf. Wie jedes Mal, wenn ich auf die alte Frau traf.

»Hallo«, sagte ich vorsichtig und schluckte. Erst aus der Nähe bemerkte ich, dass sie bis auf die Haut durchnässt war. »Alles in Ordnung?«

»Komm rein!«, begrüßte Paola mich. Sie hatte die nassen Haare auf den Schultern hängen und trug ein türkisfarbenes Oberteil, das sich durch die Nässe dunkelblau gefärbt hatte. Das Wasser tropfte auf den Boden.

In meinem Kopf tickte es. Paola roch nach miefigem Fisch. Fast so, als wäre sie einem Fischkutter ins Netz gegangen.

Ich trat durch die Tür, zog mir die Schuhe aus und ging an der grimmigen Paola vorbei in die Küche. Giulia stand bereits dort, hatte sich eine Schürze umgebunden und verschanzte sich hinter einer großen Wolke aus Mehl.

Ich musste husten. »Alles klar?«, fragte ich und hielt mir die Hand vor den Mund.

»Mir ist das Paket mit dem Mehl runtergefallen.« Giulia wedelte mit einer Hand den weißen Staub weg. »Das passiert schon mal. Pizza gibt es trotzdem.«

Bei der Vorstellung, in eine dampfende Margherita zu beißen, lief mir das Wasser im Mund zusammen. Wegen der Sauerei beschloss ich allerdings, im Zimmer zu warten und Enricos Geschenk, eine CD mit aktueller Musik, anzuhören. Schließlich gab es hier sonst nur Alben von den Beatles, Rolling Stones, Byrds, von Led Zeppelin, Deep Purple und eins von Pink Floyd.

Ich legte meine CD in den Rekorder, den ich von zu Hause mitgebracht hatte, und drehte die Musik auf. Sie löste in mir etwas aus, das ich nicht fassen, nicht beschreiben, nicht einschätzen konnte.

Musik verhielt sich eigenartigerweise wie etwas Übernatürliches. Sie konnte einen umhauen, einen verändern, einen steuern.

Je mehr sich die Stimmen einen Weg in mein Ohr bahnten, je kräftiger die einzelnen Worte gegen mich knallten, desto mehr löste die schallende Musik Glück in mir aus. Ich ließ mich in dieses Gefühl fallen, und die zweifelnden, unsicheren Stimmen in meinem Kopf kamen endlich zum Schweigen.

Giulia rief mich eine gefühlte Ewigkeit später zum Abendessen. Das Haus hatte sich mit dichten Geruchswolken gefüllt, sodass ich es kaum noch abwarten konnte. Hungrig verließ ich das Zimmer, eilte durch den Flur, die Treppe hinunter und in die Küche.

»Na, da hat aber jemand Hunger. Setz dich, *ciccina.*«

Das ließ ich mir nicht zweimal sagen.

Ein paar Sekunden später betraten auch die anderen das Esszimmer und wir begannen mit der Mahlzeit. Die Pizza schmeckte himmlisch. Von diesem Moment an hielt ich Giulia für eine Göttin. Eine Kochgöttin.

»Das ist die beste Pizza, die ich je gegessen habe.«

Sie schien sich über das Kompliment zu freuen, denn sie lächelte mir zu. Als ich den letzten Bissen runtergeschluckt hatte, rebellierte mein Magen, als wollte er mich um eine Schonfrist bitten. Trotzdem war ich traurig, dass das Essen vorbei war.

Gut gefüllt lehnte ich mich zurück und seufzte. Die anderen schauten mich an. Paul lächelte vorsichtig. Sie hatten schon längst aufgegessen und nur auf mich gewartet.

»Sag mal, Enrico. Steht es jetzt eigentlich fest, dass das Fest auf dem Markusplatz ist?«, meldete sich plötzlich Paola zu Wort. Sie hatte sich mittlerweile wieder frisch gemacht und die Haare zusammengesteckt.

Enrico nickte, schien erfreut über Paolas Interesse. »Wir haben schon alles aufgebaut. Hast du vor, auch zu kommen?«

Sie zuckte mit den Schultern. »Ich?«

Enrico nickte heftig. »Das wird sicherlich ein schöner Abend.«

Bei dem Wort ›Abend‹ begann es in meinem Kopf zu läuten. »Ich muss meinen Vater anrufen«, sagte ich und sprang auf.

»Paul? Dürfte ich noch einmal Ihr Telefon benutzen?«, fragte ich und blieb im Türrahmen der Küche stehen. Vielleicht würde Paul bei dieser Bemerkung schon an sein Versprechen erinnert werden.

»Natürlich. Mach nur!«, rief Giulia und deutete in den Flur.

Paul schien nicht zu verstehen. Oh Mann! Ich wollte dringend mal wieder in Ruhe telefonieren. Ohne mich von allen Seiten belauscht zu fühlen. Aber dafür brauchte ich mein Handy. Insgeheim hoffte ich natürlich auch, dass ich endlich mal einen Gruß auf Facebook hinterlassen könnte.

Von der Seite warf ich Paul auffordernde Blicke zu. Er schien einfach durch mich hindurch zu schauen.

»Alles in Ordnung?« Dafür fing Enrico meine Mimik auf.

»Ähm … ja«, stotterte ich. »Ich suche nur etwas.« Ich suche nur etwas? Wie blöd war das denn! Da konnte ich ja gleich um mein Handy bitten. »Paul, wollten Sie mir nicht zeigen, wie …« Mist! Ich war einfach zu unvorbereitet.

Trotzdem schienen meine Worte eine Wirkung zu haben. Endlich reagierte er. »Na komm! Du kannst auch draußen telefonieren.«

Verwirrt folgte ich ihm. »Was soll das bedeuten?«, fragte ich ihn auf der Treppe in den Keller. »Weiß Giulia Bescheid?«

Paul schüttelte den Kopf. »Lass nur! Ich werde mir was einfallen lassen.«

Wenige Minuten später überreichte er mir mein Handy. Ich griff danach. Es fühlte sich sicher an, das Gerät zwischen den Fingern zu spüren. »Gott, ich habe dich so vermisst«, murmelte ich und presste es gegen meine Brust. Währenddessen lief ich die Stufen wieder hinauf und spurtete zur Haustür.

»Bis später«, rief ich und drückte, ohne eine Reaktion abzuwarten, die Klinke hinunter.

Warme Luft strömte mir entgegen, und obwohl es schon so spät war, verbrannte meine Haut beinah, als ich den ersten Schritt auf den Asphalt wagte. »Puh«, stöhnte ich und setzte mich auf die Treppenstufen vor der Haustür. Sofort drückte ich auf den Anschaltknopf, und das Licht leuchtete auf.

Ich freute mich unheimlich darauf, die Stimme meines Vaters zu hören. Endlich wieder etwas Normales und Vertrautes. Ungeduldig tippte ich auf dem Display herum, bis sich der Hintergrund aufbaute.

14:22 Uhr blinkte es mir entgegen. Verwirrt blickte ich auf die Anzeige. Bis dato war ich davon ausgegangen, dass die Zeit automatisch weiterlief. Hoffentlich war das Ding nicht kaputt! Die Tatsache, dass mein Handy erst beim letzten Weihnachtsfest unter dem Baum gelegen hatte, machte mich unruhig. Papa würde mich umbringen.

»Frauen und Technik«, hörte ich ihn schon sagen und biss die Zähne zusammen.

Ich tippte auf *Einstellungen* und sofort öffnete sich das Menü. Aufmerksam durchsuchte ich die Vorschläge nach *Allgemein* und fuhr dann mit dem Finger auf *Datum und Uhrzeit*.

Wieder öffnete sich eine neue Seite. Ich überlegte, wie spät es wohl gerade war. Auf jeden Fall nach sieben. Ich stand auf. Hier in der Nähe musste ich doch auf den Uhrturm blicken können. Ich stellte mich auf die Zehenspitzen und ließ meinen Blick über die Spitzen der Dächer bis hin zum Himmel schweifen. Keine Chance!

Unentschlossen stellte ich die Uhrzeit auf kurz nach sieben. Zumindest wollte ich das tun. Vor Aufregung drückte ich viel zu lange auf das Display, sodass die Stunden viel zu weit schossen.

Gerade als ich das wieder rückgängig machen wollte, spürte ich einen heftigen Windzug. Ich fiel zu Boden, konnte mich gerade noch mit den Händen abfangen.

Mein Rücken schmerzte. Ich hatte mir wohl oder übel eine heftige Schürfwunde hinzugezogen. Bevor ich aber weiter darüber nachdenken konnte, kam ein weiterer Windzug auf. Ich schloss die Augen, presste mich gegen den Boden und krallte mich an einem Fallrohr fest. Eine enorme Erschütterung ließ mich nach Luft schnappen. In meinem Kopf surrte alles, als habe mir jemand stundenlang das gleiche Lied vorgespielt.

Als ich die Augen öffnete, war ich verwirrt. *Hilfe,* dachte ich und rieb mir über die Augen. Das konnte doch nicht die Wirklichkeit sein. Panisch sprang ich auf. Wieso konnte ich nicht mehr sehen? Erst einige Sekunden später fühlte ich etwas Grelles auf mein Gesicht zufahren. Es war eine Taschenlampe.

Ich hielt mir die Hand vor meine Augen, um mich vor dem Schein zu schützen.

»Hallo?«, wisperte ich und stieß gegen einen Müllsack, hinter dem ich mich verstecken konnte.

»Da ist jemand«, hörte ich eine Stimme. Ich hielt die Luft an. Das war eindeutig Enrico.

»Enrico?«, fragte ich. Diesmal etwas lauter.

Aber anstatt zu mir zu sehen, wandte dieser sich um. In der Haustür stand noch jemand. »Hast du was gesagt?«, fragte er. Die Gestalt im Türrahmen schüttelte den Kopf.

»Wieso ist es draußen so dunkel?«, flüsterte ich, traute mich nicht, wieder lauter zu sprechen.

»Hör auf damit!«, kam es von Enrico zurück. Er stand immer noch mit dem Rücken zu mir gewandt und schien sich mit der dunklen Gestalt zu unterhalten.

»Verdammt, ich sage doch gar nichts. Die Situation ist nicht zum Scherzen.«

Mir gefror das Blut in den Adern. Das war nicht irgendeine Gestalt. Das war ich! Ich stand dort im Türrahmen, in komplett anderen Klamotten, einem engen Kleid und mit hochgesteckter Frisur.

Jetzt erst bemerkte ich die Masken in unseren Händen.

»Jemand belauscht uns.« Enrico hielt sich die Hand vor den Mund.

Mittlerweile traute ich mich nicht mal mehr, überhaupt etwas zu sagen. Was war, wenn ich in Wirklichkeit tot war? Ich sah mich doppelt. Beziehungsweise ... Ich sah mich aus einer anderen Perspektive. Wer davon war jetzt eigentlich ich?

»Vielleicht ist sie zurückgekommen«, hörte ich wieder meine Stimme. Ich klang ganz verzweifelt und ängstlich. Mein Herz schlug so schnell, dass es in meinen Ohren rauschte. Vielleicht sollte ich zu mir gehen und mich zur Rede stellen. Das konnte doch nur ein Scherz sein!

Ich schüttelte mich, um wieder der Unterhaltung zu folgen.

»Niemals. Sie zieht das durch«, sagte Enrico gerade.

Der Dialog zwischen Enrico und mir führte sich fort.

»Woher willst du das wissen? Bist du etwa auf ihrer Seite?«

»Sei nicht so doof, Luzie.«

Tatsache. Es gab keinen Zweifel mehr. Enrico hatte meinen Namen gesagt.

»Stimmt doch. Woher willst du sonst wissen, was sie vorhat?«

»Das ist doch offensichtlich.«

»Offensichtlich, ja? Es ist vorbei.«

»Nichts ist vorbei. Es kann noch alles passieren.«

»Aber sie ist tot!« Wieder ich.

Unweigerlich musste die Figur im Rahmen, die andere Luzie, stöhnen.

»Und du willst jetzt hingehen und ihr das einfach so sagen?«

»Wir müssen.«

»Einen Versuch ist es wirklich wert.«

»Eben.«

»Na los. Dann komm jetzt!«

Und schon rannten die beiden an meinem verdutzen Selbst vorbei. Ohne mich zu bemerken. Und ich, ich stand einfach nur dort und schaute doof in der Gegend herum und fragte mich, was ich da gerade gesehen hatte. Ich hörte einen Motor. Irgendwo in der Ferne. Aber ich blieb stehen und wartete auf ... ja, worauf?

Also beschloss ich, Enrico und der anderen Luzie zu folgen. Ich bewegte mich wie auf Watte. Gehen fühlte sich seltsam an. Ich hatte jeglichen Zugang zum Boden verloren. Meine Füße kribbelten und eine Art Leichtigkeit durchfuhr mich. Wenn mir mehr Zeit geblieben wäre, hätte ich sicherlich große Angst gehabt. Aber es ging alles viel zu schnell.

In der Hoffnung, die fremde Person, nein, die fremde Luzie, noch nicht verloren zu haben, stand ich plötzlich vor dem großen Kanal. Aber die beiden waren weg. Es war menschenleer, nahezu geräuschlos. Ich ließ meinen Blick über das Wasser schweifen. Dort tuckerte ein großes schwarzes Boot. Es war keine normale Gondel, sondern eine ungewöhnliche Erscheinung. Hinten war ein kastenartiger Aufsatz mit Fenstern. Davor waren jedoch zugezogene Vorhänge. Ich bekam kaum noch Luft vor Aufregung.

Papa, fiel es mir in meiner aufsteigenden Panik ein. Ich hatte ihn doch anrufen wollen. Gedankenversunken wühlte ich in meiner Hosentasche nach dem Handy.

Die Uhrzeit war immer noch falsch eingestellt. Diesmal aber auf eine zukünftige Zeit. Ich runzelte die Stirn. Ein Verdacht machte sich in mir breit. Aber ich traute mich nicht, weiter darüber nachzudenken. Der Gedanke war einfach zu verrückt.

Das Einstellungsmenü öffnete sich, und ich wollte die Zeit auf die eigentlichen Zahlen zurückzusetzen. Kaum hatte ich auf den Stundenpfeil nach unten gedrückt, drehte sich wieder alles in meinem Kopf. Mir wurde unglaublich schlecht, sodass ich würgen musste. Ich wollte nicht mehr. Ich schluckte.

Und dann stand ich wieder auf meinen Füßen, war wieder

dort, wo ich verschwunden war. Übelkeit bahnte sich ihren Weg. Mein Magen rebellierte, wirbelte alles auf, als müsste ich erbrechen. Die Pizza, die ich eben noch mit so viel Appetit verschlungen hatte, gärte in meinen Hals. Blut stieg mir in die Wangen und ich fuhr mit dem Ärmel über meinen Mund. Der Schwindel machte mir zu schaffen. Schwach stützte ich mich an der Hauswand ab. Es war noch immer heiß und die Luft stand still.

»Luzie, alles in Ordnung?« Enrico stürmte aus der Tür.

»Ja.« Mehr als dieses Wort bekam ich jedoch nicht heraus.

»Du siehst grauenhaft aus!«

Ich schaute auf den Boden. »Nein. Alles in Ordnung.« Enrico würde mich für verrückt halten. Eindeutig. Nein, vielleicht hätte er sogar recht!

Ich schluckte. »Papa«, krächzte ich. »Er wartet sicherlich.«

»Du hast ihn noch nicht angerufen?«

Ich schüttelte den Kopf.

»Mit wem hast du denn geredet?«

Verdattert sah ich ihn an. »Du hast mich belauscht?«

»Du hast geschrien, Luzie.«

Ich hob die Augenbrauen. »Unsinn. Ich war nur kurz in Gedanken.« Vielleicht sollte ich es ihm doch erzählen. Vielleicht war ich eingeschlafen ...

Unüberlegt fing ich an zu lachen, hörte das Geräusch, das aus meiner Kehle kam, ganz weit weg. Als befände ich mich unter Wasser und jemand stände an der Oberfläche.

»Geschrien, ach so. Das meinst du.« Ich winkte ab.

Enrico lächelte, wirkte jedoch beunruhigt. »Bist du ganz sicher, dass alles in Ordnung ist?«

Vage nickte ich. »Ganz sicher! Da war nur eine Katze. Ich habe nach ihr gerufen.«

Enrico nickte. »Okay. Dann beeil dich. Es ist schon so dunkel und manchmal treiben sich hier seltsame Gestalten herum.«

Ich versprach, schnell zu machen, und entfernte mich von Enrico. Hastig suchte ich Papa unter meinen Kontakten und wählte.

»Endlich!«, schallte es mir entgegen. Ich zuckte zusammen.

»Na, das ist ja mal eine nette Begrüßung.« Eigentlich wollte ich nicht so beleidigt klingen, aber nach allem, was gerade passiert war, hatte ich keine Nerven für Vorwürfe.

»Ich warte schon den ganzen Tag auf deinen Anruf.«

Ich lachte auf. »Du sollst umbauen und nicht warten.«

Mein Herz klopfte ganz schnell, als ich seine Stimme hörte. Es fühlte sich einfach zu gut an, endlich wieder Kontakt zu ihm zu haben. Doch dann hörte ich da diese andere Stimme.

»Ach. Das wird alles. Wir haben heute die Küche gestrichen. Das war eine Aufregung.«

Papa erzählte irgendetwas von hellblauer Farbe, die sie vertauscht hatten. Ich konnte mich gar nicht so richtig auf seine Worte konzentrieren. Meine Gedanken waren bei dieser Stimme. Dieser Frauenstimme. Hatte er Besuch? Besuch von einer Frau? Ja, da lachte jemand. Ich bekam eine Gänsehaut.

»Und jetzt?«, horchte ich nach, damit Papa keinen Verdacht schöpfte. Meine Stimme aber fühlte sich ganz trocken und rau an. Die Vorstellung, eine türkisblaue Wand gegenüber dem Esstisch zu haben, fand ich etwas unschön. Aber noch schlimmer war diese Stimme …

»Natürlich haben wir das sofort geändert. Der Maler hat sich tausendmal entschuldigt.«

»Na dann«, sagte ich freundlich und hörte ihm noch eine Weile zu.

»Und bei dir? Du bist ja so still!«

»Alles okay«, behauptete ich. Weil er daraufhin nichts sagte, fügte ich noch ein »Mir geht es super«, hinzu.

»Ich vermisse dich so. Hier ist es so leer ohne dich. Fast, als hätte man das Leben aus unserem Haus geholt.«

Ich zuckte mit den Schultern. »Dann mach doch mal eine Party.«

»Eine Party? Luzie, bin ich 16?«

»Hey«, beschwerte ich mich.

»Na, was soll's. Ich beschäftige mich schon.«

»Schaffst du«, bestärkte ich ihn. In Wirklichkeit hatte ich andere Sorgen.

»Komm bald wieder, ja?«

Ich räusperte mich. Ja, ich wollte wirklich zurück. Wenn ich mich beruhigt hatte. Vorher musste ich aber noch mal mit Enrico sprechen.

»Bald«, versprach ich. »Wie geht es dir sonst so?«

»Alles okay. Abgesehen von der Tatsache, dass uns einige tausend Kilometer trennen.«

»Ach, Papa. Jetzt übertreibst du aber. Jetzt kannst du ja mit mir reden.«

Ein Atmen am anderen Ende der Leitung. Und wieder eine Stimme. Diesmal sogar ein Lachen. Selbst mein Vater klang belustigt. So als sei er nicht ganz konzentriert auf unser Gespräch.

»Wie ist denn diese Familie eigentlich so? Du erzählst ja gar nichts!«, hörte ich ihn fragen.

Ich holte tief Luft. Wie die Schorns waren? Das ließ sich unmöglich beschreiben. Paola, die mir mehr böse Blicke zuwarf, als ich abfangen konnte. Paul, der mir sein Geheimnis anvertraut hatte. Giulia, die sterbenskrank war und eine so wunderbare Köchin. Und Enrico, der sich mehr und mehr als mein Freund erwiesen hatte, obwohl er schon älter war. Trotzdem benahm er sich oft wie ein kleiner trotziger Junge.

Ich lächelte. »Du, Papa, ich denke, dafür reicht mein Guthaben nicht mehr.«

Wir beide wussten nur zu gut, dass ich das nicht ernst gemeint haben konnte. Schließlich wurde das Geld unlimitiert von seinem Konto abgebucht.

»So schlimm?«

Wir lachten. »Eher so kompliziert.«

»Passt doch dann zu dir.«

Ich grinste. Er hatte recht. Wenn mein Leben ein Wort am besten beschrieb, war das *kompliziert.*

»Bist du alleine?«, flüsterte ich schließlich in mein Handy.

Schweigen am anderen Ende. Ich wiederholte meine Frage. Diesmal mit Nachdruck.

»Ich hab dich lieb, Prinzessin«, sagte er, anstatt einer Antwort.

Ich legte auf. Wütend. Enttäuscht. Verwirrt. Da stand ich alleine vor der Haustür, starrte in den Horizont, an dem langsam die

Sonne unterging, und schloss die Augen. Die Luft erfüllte mich mit wohlwollender Wärme. Mittlerweile war die Temperatur recht angenehm. Am liebsten wäre ich noch eine Weile draußen geblieben, hätte über das Telefonat nachgedacht, aber ich hatte Enrico schließlich versprochen, nicht allzu lange in der Dunkelheit zu bleiben.

Also hielt ich mein Wort, indem ich mit ausgeschaltetem Handy hinter der dicken Haustür verschwand und beschloss, mich schlafen zu legen.

In der oberen Etage angekommen, musste ich erst einmal schnauben. Unten hörte ich die anderen lachen. Enricos Stimme schallte am lautesten an mein Ohr.

Ich wollte in mein Zimmer gehen, doch da weckte etwas meine Neugierde. Paul hatte die Zimmertür zum Schlafzimmer offen stehen lassen. Ich blickte mich um. Nein, die anderen waren ganz sicher unten. Ich hatte freie Bahn. Mein Herz klopfte bis zum Hals. *Luzie, das kannst du nicht machen*, mahnte mich mein Verstand. Trotzdem entschied ich mich dafür.

Mit schwitzigen Fingern tastete ich mich an der Wand entlang. Das war meine Gelegenheit. Ich würde nur einmal kurz einen Blick hineinwerfen und dann sofort wieder rausgehen. Ganz sicher!

Während ich versuchte, mein Gewissen zu beruhigen, betrat ich das Zimmer. Die Wände waren in einem edlen Rotton seidenmatt gestrichen und wirkten kontrastreich zu der weißen Holzverkleidung, die sich bis zur Hälfte der Wand emporzog. In der Mitte des Raumes stand ein dunkelbraunes Bett mit geschwungenen Füßen und auf dem Boden lag ein goldroter Teppich, der im Schein des Deckenleuchters wunderschön und teuer zugleich aussah.

»Wow«, entfuhr es mir.

Der Anblick des Raumes schüchterte mich so ein, dass ich ihn beinah wieder verlassen wollte. Aber ich blieb wie angewurzelt stehen und ließ meinen Blick schweifen. Auf dem Schreibtisch, der gegenüber des Kleiderschranks stand, lagen genau wie in Emmas Raum tausend Briefe und Rechnungen. Ich kam mir ziemlich schlecht vor, schon wieder in die Privatsphäre der Familie einzudringen, aber andererseits ging mich das Ganze eine Menge an.

Es gab sicherlich noch eine große Anzahl an Dingen, die Paul zu verheimlichen versuchte.

Ich durchwühlte also einen ganzen Stapel Papiere, wollte gerade aufgeben, als mir zwei Tickets ins Auge fielen. Sie steckten in einem Briefumschlag und sahen noch recht neu aus. Hastig zog ich die Eintrittskarten aus dem Papier heraus. *Palastführung*, las ich. Daneben eine Quittung mit kurzen Informationen.

»Freuen Sie sich mit uns auf eine atemberaubende Führung durch die Säle unseres Palastes. Staunen Sie über die antiken Eindrücke der Spiegel, Lampen und Bilder. In unserer Galerie können Sie gerne Postkarten für einen kleinen Preis erwerben. Wir bitten Sie also, auf das Fotografieren zu verzichten ...«

Ich brach ab. Direkt darunter standen mit Kugelschreiber auch zwei Namen: *Signora* Giulia Schorn und *Signore* Paul Schorn. Ich riss die Augen auf. Das Ticket war brandaktuell. Die Führung sollte in genau zehn Tagen stattfinden. Zehn Tagen! Mittlerweile wusste ich, dass weder Giulia noch Paul das Haus verlassen konnten. Da musste etwas faul sein. Am liebsten hätte ich als Beweis ein Foto gemacht, aber mein Handy musste ausgeschaltet bleiben.

Ich hatte genug Informationen gesammelt und brauchte kein Risiko mehr eingehen, ertappt zu werden. Also packte ich die Tickets schnell unter den Haufen Blätter und machte, dass ich wegkam. Schließlich wusste ich jetzt erst einmal genug.

14. Kapitel

DER nächste Tag war ein Sonntag. Eigentlich war es an diesem Tag immer relativ still in Venedig. Ich war jetzt schon mehr als zwei Wochen hier und musste mehr und mehr an Zuhause denken. An Papa, die Frau und unser letztes Gespräch …

Als ich aufstand, war es, als hätte ich gar nicht geschlafen. Meine Augenlider lagen schwer aufeinander, sodass ich Angst hatte, sie zu öffnen. Also gähnte ich nur laut und räkelte mich im Stehen. Erst dann öffnete ich meine Augen. Meine Beine zitterten, als ich zum Vorhang trat und ihn beiseite schob.

»Guten Morgen«, murmelte ich zu mir selbst und wagte einen Blick. Das Licht schien mir ins Gesicht und ich musste blinzeln. Wie war ich gestern ins Bett gekommen? Es war, als hätte ich einen Blackout. So wie bei zu hohem Alkoholkonsum. Nur, dass ich noch nie Alkohol getrunken hatte … Aber so stellte ich mir das zumindest vor.

Langsam kamen meine Erinnerungen wieder. Mit jedem Schritt, den ich wagte, kehrte ein Bild des gestrigen Abends zurück in mein Gedächtnis. Ich war bei Paul und Giulia im Schlafzimmer gewesen und hatte die Tickets gefunden. Mein Herz klopfte mir bis zum Hals. Dabei kam mir wieder in den Sinn, dass ich unerlaubt in das Zimmer eingedrungen war. Verdammt! Den Teil hätte ich lieber aus meiner Erinnerung vertrieben.

Ich versuchte zu lächeln und ging zum Kleiderschrank.

Aus der Schublade zog ich ein Top und einen kurzen Rock. Den hatte ich im Sommerschlussverkauf letztes Jahr im Einkaufszentrum ergattert und die kompletten letzten Sonnentage getragen.

Zwar hatte ich mich danach schnell an ihm sattgesehen, aber nun tat es gut, an diese Zeit zurückzudenken. Vor meinem geistigen Auge sah ich mich durch das Freibad spazieren, rechts ein Schokoladeneis und links meine Badetasche schwenkend. Glücklich – mehr oder weniger. Zumindest hatte ich hin und wieder verdrängen können, dass mein Leben schwierige Seiten hatte.

Ich drückte den Knopf des Rockes zu und begutachtete mich im Wandspiegel. Lange schlanke Beine. Ein bisschen zu wenig Oberweite, aber dennoch eigentlich ganz hübsch. Und vor allem war ich wieder ich. Der Schlaf hatte mir anscheinend doch gutgetan. Endlich war ich mir nicht mehr so fremd. Meine Wangen waren zartrosa, meine Lippen weich und auf meiner Nase erblühten einige Sommersprossen. Mit der rechten Hand fuhr ich mir durch das Haar, lächelte mich vage an ... Ja, ich gefiel mir.

Als hätte ich die letzten Stunden am Abend vollkommen vergessen, stand ich vor dem Spiegel, und mir wurde bewusst, dass ich mir für so etwas lange keine Zeit mehr genommen hatte. Ich hatte mich die letzten Wochen nur noch damit beschäftigt, traurig zu sein und komplett vernachlässigt, dass ich auf mich selbst aufpassen musste. Ich schluckte.

»Alles wird gut, Luzie«, sagte ich zu mir selbst. »Ich verspreche es dir.«

Wahrscheinlich hätte ich mich absolut jeder in diesem Augenblick für verrückt gehalten, aber ich fühlte mich endlich wieder verstanden. Und zwar von niemand anderem als von mir selbst. Und das war das Wichtigste. Ich hatte über Nacht mein Selbstvertrauen zurückgewonnen. Und ich nahm mir vor, gut darauf aufzupassen.

Mit guten Vorsätzen lief ich die Treppe hinunter, versuchte zu vergessen, was am Abend geschehen war, und begrüßte Giulia überfreundlich in der Küche. »Einen wunderschönen guten Morgen.«

»Na, da ist aber jemand gut gelaunt. Gibt es einen Anlass?«

»Es ist Sonntag, wir haben Sommerferien und ich bin in Venedig«, rief ich erfreut.

»Wenn das kein Grund der Freude ist«, sagte eine Stimme ironisch. Kurz darauf betrat Paola das Zimmer, was mir ganz und gar nicht recht war.

»Guten Morgen, Paola.« Giulia lächelte.

»Guten Morgen.« Sie wandte sich ab. »Ich muss gleich weg und nehme mir ein Laugengebäck mit.«

Giulia nickte. Noch immer fand ich es äußerst ungewöhnlich, wie die Beziehung zwischen den beiden aussah. Anstatt Paola wie ein Dienstmädchen zu behandeln, hatte ich manchmal das Gefühl, dass Giulia der Frau mehr Respekt erwies als andersherum.

Giulia öffnete die Brottrommel, um Gebäck herauszuholen, und stellte fest, dass diese leer war. »So ein Mist«, schimpfte sie. »Warst du nicht gestern erst einkaufen?« Sie sah zu Paola.

Diese schüttelte den Kopf. »Enrico wollte doch gehen.«

»Ach.« Giulia winkte ab. »Du weißt doch, wie er ist. Ein kleiner Junge, wenn es um so was geht.«

»Tja.« Paola hob beide Augenbrauen. »Dann kaufe ich mir etwas unterwegs. Aber zurückkommen, um euch etwas zu bringen … Das schaffe ich nun auch nicht mehr.«

»Schon gut.« Giulia biss sich auf die Lippe. »Ich könnte Pfannkuchen machen. So eine Art Crêpe. Wir machen es wie die Franzosen. Allerdings … habe ich auch keine Eier mehr.« Giulia hatte den Kühlschrank aufgemacht.

»Dann hole ich eben frische Brötchen und Sie decken den Tisch«, erklärte ich. Damit war sie einverstanden. Also zog ich los.

Heute war es fast noch heißer als am vergangenen Tag. Mittlerweile hatte ich den Eindruck, als trüge die Sonne einen Wettkampf gegen sich selbst aus. Mir wurde ganz schwindlig von der Hitze und ich beeilte mich, in den Schatten zu kommen. Als ich die Tür der Bäckerei aufziehen wollte, war sie abgeschlossen. Hatte sie etwa noch nicht geöffnet? Ich sah mich um. Mist! Dieses Leben ohne eine Uhr war wirklich kompliziert. Aber es konnte doch unmöglich noch so früh sein …

»Hm«, machte ich und versuchte es noch einmal. Vielleicht war ich einfach zu schwach gewesen. Diesmal etwas fester presste ich mich gegen die Tür. Genau in diesem Augenblick hörte ich eine Stimme und schreckte hoch.

»He, du!« Es war ein Mann.

Ich drehte mich um und sah ihn verwirrt an. »Ja?«, fragte ich verunsichert.

»Was machst du da?«

»Ich muss dort rein«, sagte ich. »Wissen Sie vielleicht, wie spät es ist?«

Der Mann schüttelte den Kopf. »Du scheinst aber auch ein bisschen durch den Wind zu sein. Hast du denn gar nichts mitbekommen?«

»Wovon denn?«

»Na, von den geklauten Uhren.«

»Geklauten Uhren?«

Der Mann nickte. »Gestern Abend wurden sämtliche Uhren geklaut. Es ist furchtbar. Die Leute wissen nicht mal mehr, wann sie zur Arbeit müssen.«

Ich erstarrte. Natürlich wurde mir sofort klar, was das bedeutete. »Sie meinen, jemand geht rum und ...« Ich brach ab.

Der Mann nickte erneut. »Was für ein komischer Kauz. Was will man denn mit einer Wanduhr? Für einen Fremden hat sie überhaupt keinen Wert, aber meiner Frau hat sie viel bedeutet.«

»Bei Ihnen wurde eingebrochen?« Ich schluckte. Das war ja der Hammer!

Diesmal schüttelte der Mann den Kopf. »Wir sind umgezogen. Jemand muss das gute Stück aus der Kiste genommen haben, als sie vor der Haustür stand. Na ja. Menschen gibt es.«

Das konnte ich bestätigen. »Danke. Sie haben mir sehr geholfen!«

Verdattert sah der Mann mir nach. Aber ich war verschwunden, ehe er Fragen stellen konnte. In meiner Tasche klimperte das Geld, das mich daran erinnerte, bloß nicht ohne Brötchen wiederzukommen. Was würden Paul und Giulia tun, wenn sie wussten, dass ich von ihren Plänen ahnte? Vielleicht sollte ich etwa einfach abreisen. Puff. Weg. Zu Hause. Und dann? Zu Hause bei ihnen anrufen nach dem Motto: »Hey, danke, dass ich bei Ihnen sein durfte. Ich bin spontan abgereist.«

Das kam nicht infrage. Nicht nur, weil ich meine ganzen Sachen nicht zurücklassen konnte, sondern auch, weil ich außer dem Kleingeld für die Brötchen nichts zum Bezahlen hatte. Damit würde ich nicht mal zum Bäcker fliegen können, geschweige denn zurück nach Frankfurt. Ich musste irgendwie an Brötchen kommen.

Schnell lief ich in Richtung Markusplatz. Vielleicht boten die Cafés ja etwas an, wenn schon der nahegelegene Bäcker geschlossen hatte.

Als ich auf dem Markusplatz ankam, leuchtete mir überall das Schwarz des Schildes ›Geschlossen‹ entgegen. Ich fluchte. Wieso hatten die Läden alle zu? Bloß wegen der Uhren? Konnte man ohne Uhr etwa kein Café oder eine Bäckerei öffnen?

Ich sah mich auf dem Platz um. Zwei Mädchen – jünger als ich, sie sahen sich ziemlich ähnlich – liefen mit einer Tüte Brot in Richtung Dom. »Halt! Ähm ... *Ciao*«, stotterte ich und versuchte zu lächeln. »Könnt ihr mir sagen, was mit den Läden hier los ist?« Man konnte es ja noch mal versuchen.

»Die Polizei hat alles dichtgemacht. Irgendeiner hat wohl gestern Nacht die ganzen Uhren geraubt. Komischer Dieb, wenn du mich fragst«, erklärte die Größere der beiden.

»Und wieso schließen die dann die kompletten Geschäfte?«

»Wahrscheinlich wollen die nicht noch mehr Schaden anrichten. Nicht, dass dieser Spinner sich noch die übrigen Uhren krallt.«

Das leuchtete mir ein. »Und woher habt ihr das Brot?«

»Von Oma«, meinte die Kleinere. »Der Bäcker hat zu. Deshalb hat Mama uns zu ihr geschickt. Sie hat gestern Abend eine ganze Ladung zu Hause gebacken.«

»Habt ihr vielleicht Lust, euch etwas zu verdienen?«, fragte ich unsicher und öffnete meine Hand mit dem Geld.

Die beiden verstanden sofort. Sie sahen sich an und nickten dann. »Du kannst das Brot haben, wenn du willst. Wir essen eh lieber Cornflakes.«

Ich lächelte. »Wirklich?«

Die beiden nickten heftig. »Wenn wir kein Brot haben, erlaubt Mami es bestimmt.« Wir lachten.

»Danke, ihr zwei. Dann richtet eurer Oma einen lieben Dank aus.« Ich drückte den beiden die Münzen in die Hand, nahm das Brot entgegen und drehte mich um.

Peinlich berührt über mein Betteln verließ ich den Markusplatz.

In der linken Hand die Tüte haltend, lief ich also zurück zu dem Haus der Schorns. Sicherlich warteten diese schon mit dem Frühstück.

Als ich dort ankam, klebte ich am ganzen Körper. Die Sonne hatte kräftig zugelegt, sodass ich froh war, endlich das Haus zu betreten. Dort war es angenehm kühl. Es roch nach Pfefferminze und Honig, als ich die Küche betrat.

»Da bist du ja«, begrüßte Giulia mich.

»Sorry«, presste ich hervor und legte die Tüte mit dem Brot auf den Tisch. »Der Laden war zu.«

Sie sah mich verwirrt an. »Der Bäcker hat doch nie zu.«

Ich nickte. »Eingebrochen.«

Mehr wollte ich nicht sagen. Giulia sollte sich in Sicherheit wiegen. Dass ich bereits ahnte, was Paul und sie vorhatten, verriet ich natürlich nicht. Trotzdem war ich unglaublich wütend. Noch vor ein paar Tagen hatte Paul mir Verzweiflung vorgegaukelt und jetzt spielte er dieses Spiel. Wie konnte er nur? Es war doch offensichtlich, dass die beiden vorhatten, die Zeit zu klauen. In meinem Kopf dröhnte Pauls Stimme. Er hatte mir klargemacht, was Uhren für ihn und Giulia bedeuteten. Sie regulierten die Zeit und konnten ihn somit töten. Erst das Ticket, das bei Einlösung ihr Todesurteil sein würde, und dann diese seltsamen Einbrüche.

Mir wurde übel. Ich musste dringend mit Enrico sprechen.

Giulia erklärte, er sei oben, wollte sich die Haare waschen. Ungeduldig tigerte ich durch das Wohnzimmer. Mein Gehirn arbeitete fieberhaft. Ich konnte doch nicht zusehen, wie die beiden alles kaputt machten. Was würde als Nächstes kommen? Keine Zeit mehr in Venedig, danach vielleicht keine mehr auf der ganzen Welt?

Papa, dachte ich. Bis jetzt hatte ich immer gehofft, dass die Zeit alle Wunden heilen konnte. Alle. Nun war der Tod meiner Mutter zwar schon viel zu lange her, aber dennoch war ich jeden Morgen wachgeworden und hatte gehofft, er sei über sie hinweg. Aber wenn die Zeit nicht mehr da sein war, was würde dann aus den Schmerzen werden? Oder gab es diese schon längst nicht mehr? Wieder dachte ich an die Frauenstimme. Hatte er längst eine Andere? Ich biss die Zähne zusammen.

»Verdammt, Enrico«, fluchte ich und sah zur Treppe hoch. Er musste sich beeilen.

»Hast du keinen Hunger?« Giulia gesellte sich zu mir.

»Ich habe unterwegs gegessen«, murmelte ich.

»Das Brot war doch noch unberührt.«

Ich zuckte mit den Schultern, dachte an die beiden Mädchen, die mir das Brot gegeben hatten. »Cornflakes«, krächzte ich.

»Unterwegs?«

Ich wurde rot. Mein Gott, ich hätte einfach sagen sollen, dass ich keinen Hunger hatte. Mir war nicht zum Essen zumute.

»To go.« Zum Glück fragte Giulia nicht mehr nach und so hatte ich wieder meine Ruhe.

Mit hochrotem Kopf hockte ich vor den Treppenstufen und wartete darauf, dass Enrico endlich herunterkommen würde. Da fiel mir auf, was Paul gesagt hatte. *»Kein Wort zu niemandem. Auch nicht zu Enrico.«* Genau in diesem Augenblick hörte ich Schritte. Mein Herz klopfte. Plötzlich war ich unsicher, ob ich ihm vertrauen konnte – und wem ich schon zu viel vertraut hatte. Als Enrico nach unten kam, entschied ich mich dazu, doch mit ihm zu sprechen.

»Ich muss mit dir reden.« Ich räusperte mich.

»Alles in Ordnung?«

»Geht so«, gab ich zu. »Ich war gerade Brot kaufen.«

»Gibt Schlimmeres.«

Ich verdrehte die Augen. Mir war nicht zum Scherzen zumute. »Es geht nicht um das Brot.«

»Zum Glück. Ich dachte schon, du steigst jetzt auf Gemüse um und willst Model werden.«

»Unsinn. Es geht um das, was ich gesehen habe.«

»Na, ich nehme an, ziemlich viel Mehl, einen dicken Verkäufer, der sich hinter seiner Theke verschanzt, und ein paar Süßgebäcke. Hm, oder ...«

»Eben nicht«, fiel ich ihm ins Wort. »Der Bäcker hatte geschlossen.«

Ich wartete auf seine Reaktion. Aber er sagte nur: »Und?«

»Dort wurde eingebrochen, hörst du?«

Er machte einen Schritt zurück. »Oh je. Der arme Bäcker. Aber was ist daran so besonders? Ich meine, es ist furchtbar, aber so was kommt vor.«

»Das ist es auch nicht.«

»Na, komm auf den Punkt.«

Ich war genervt. Enrico verstand es wirklich nicht, ernst zu bleiben. Vielleicht hatte Giulia recht und in ihm steckte wirklich ein kleines Kind. »Die Uhren sind weg. Alle Uhren.«

Jetzt wirkte er noch verwirrter. »Die Uhren? Alle?«

»Fast alle. Die Geschäfte rund um den Markusplatz haben Einbruch gemeldet. Jemand muss sie gestern Abend beklaut haben.«

Enrico schüttelte den Kopf. »Das ist doch Unfug. Was will ein Dieb denn mit einem Haufen Uhren? Gut, einige sind vielleicht von Wert, aber dafür gibt es auch viele einfache Plastikteile.«

»Das ist es ja.«

»Plastik? Luzie, sprich endlich Klartext.«

Und dann erzählte ich ihm die ganze Geschichte. Davon, was Paul mir erzählt hatte. Davon, was ich bei meiner Zeitreise gesehen hatte. Ja, ich war mir mittlerweile sicher, dass ich in der Zeit gesprungen war.

»Was, wenn sie auf den Markusplatz wollen? Wenn sie die Zeit deshalb vernichten wollen? Es ist doch seltsam, dass ausgerechnet dort alle Läden ...«

»Und du meinst wirklich, dass meine Eltern ... Nein, das würden sie niemals tun«, unterbrach er mich.

Es klang seltsam, das Wort *Eltern* aus Enricos Mund zu hören, wo er doch sicherlich doppelt so alt war wie sie. Aber ich wusste ja, dass er recht hatte. Sie waren nun mal seine Eltern. Seine Mutter. Sein Vater. Aus demselben Fleisch und Blut. »Aber es muss so sein. Du hast doch selbst gesagt, dass jemand anderes nichts mit den Uhren anfangen kann.«

Enrico schüttelte erneut den Kopf. »Die beiden sind glücklich. Sie haben sich.«

»Und was ist, wenn du das bis jetzt einfach nur angenommen hast?«

Er wirkte empört. »Hör auf mit dem Blödsinn. Bis jetzt habe ich deine Neugier akzeptiert, Luzie. Aber jetzt ist Schluss. Du kannst nicht einfach jeden mit deinem Verdacht konfrontieren. Die beiden lieben sich, würden alles für einander tun. Aber sie würden das niemals auf Kosten anderer machen.«

Ich starrte ihn an. Wieso vertraute er mir, nicht nach allem, was ich ihm erzählt hatte?

»Deine Fantasie geht wirklich mit dir durch.« Er klang ärgerlich.

»So?« Meine Stimme wurde ganz schwach. »Ich rede also wirres Zeug? Ich habe dir die ganze Zeit geglaubt.« Das stimmte nicht ganz, aber ich sagte es trotzdem. Zwar hatte ich an Enricos Aussagen gezweifelt, aber ihn trotzdem nie so verletzt. Und ich war verletzt. »Als du mir von Zeitverschwörungen erzählt hast, habe ich das nicht infrage gestellt. Ich habe dir vertraut.«

Er schüttelte schon wieder den Kopf. So schnell, dass mir schwindelig wurde. »Denk lieber mal nach, bevor du so etwas behauptest.« Und dann ging er an mir vorbei.

Ich blieb verdutzt stehen und sah ihm nach. *So ein Blödmann*, dachte ich und zog ab. Er würde ja noch sehen, wer hier recht hatte. Mein Verdacht war auf jeden Fall berechtigt und ich würde nicht aufgeben, ehe ich die Wahrheit kannte.

15. Kapitel

MITTEN in der Nacht wurde ich wach. Ich hatte am Abend noch vier Tassen Tee getrunken, in der Hoffnung, sie würden zu meiner Beruhigung beitragen. Stattdessen musste ich nun dringend auf die Toilette. Ich setzte mich auf und starrte im Zimmer umher. Die Dunkelheit erfüllte den Raum mit einer gruseligen Atmosphäre. Draußen leuchtete der Mond und warf einen leichten Lichtkegel ins Gästezimmer. Ich stand auf und ging zum Fenster.

Mir kam wieder der vergangene Tag in den Sinn. Enrico hatte ich den ganzen Mittag nicht angetroffen und am Abend waren wir uns schweigsam aus dem Weg gegangen. Das war mir nur recht. Ich war wahnsinnig enttäuscht von ihm.

Anstatt auf die Toilette zu gehen, was mein Körper sich wirklich dringend ersehnte, setzte ich mich vor das Fenster und presste die Nase gegen die Scheibe. Obwohl das Glas nicht kalt war, fröstelte ich. Heimweh stieg in mir hoch, ich fing an zu zittern. Neben mir standen noch die Teetassen, die ich am Abend nicht mehr weggeräumt hatte. Meine Blase platzte inzwischen fast.

An die Wand gedrückt lief ich zum Badezimmer. Ich versuchte, langsam und leise zu atmen, mich zu entspannen. Was Paul und Giulia wohl gerade taten? Ich durfte auf keinen Fall vergessen, dass die beiden auch nachts aktiv waren. Also musste ich mich ruhig verhalten. Ich hielt meine Hand vor den Mund, atmete gleichmäßig gegen die Handfläche und zog den Bauch ein. So, als würde mich das irgendwie unsichtbar machen.

Los, Luzie, kommandierte ich mich selbst in Gedanken. Ich musste nun klar denken. Es waren noch drei Schritte bis zur Badezimmertür.

Drei Schritte, dann war ich erst mal eingeschlossen. Drei Schritte, die ich ganz erlaubt machen durfte. Drei Schritte …

Geschafft! Blitzschnell, aber vor allem leise, war ich zur Tür gelangt und hatte die Klinke hinuntergedrückt. Ich blieb einige Minuten auf der Toilette sitzen und fuhr mit den Füßen über die Fliesen. Ich wollte Papa anrufen, endlich normal mit ihm reden. Aber ich war alleine. Einsam und fremd in dieser Stadt. Und der Gedanke daran verstärkte die Trauer in mir. Sogleich machte sich das Gefühl in mir breit, alles falsch gemacht zu haben. Dabei wollte ich doch nur einmal erfolgreich sein. Ich hatte es mir so befriedigend vorgestellt, nach Venedig zu reisen. Ich hatte Papa beweisen wollen, dass ich etwas zustande bekam. Für ihn. Für mich. Für uns beide.

Tränen fanden ihren Weg in meine Augen und tropften mir das Kinn hinunter auf den Boden. Ich stand auf, ging langsam zurück ins Zimmer und setzte mich wieder vor das Fenster. Die Finsternis schien all die Gefühle auszudrücken, die in mir vorherrschten. Der Himmel, schwarz wie der Eingang zu meiner Seele, und die Sterne, leuchtend wie mein schlagendes Herz, das noch immer Hoffnung verspürte, alles verändern zu können.

Eines Nachts würde ich irgendwo am Fenster sitzen und glücklich sein. Das schwor ich mir in diesem Augenblick.

Doch sofort wurde mir klar, dass dies vielleicht nie passieren würde. Paul wollte die Zeit anhalten, dann war Schluss mit alldem. Wer wusste schon, wo überall Stillstand herrschen würde. Vielleicht nur auf der Straße? Unwahrscheinlich. Vielleicht auch in ganz Venedig.

Ohne Zeit gab es keine Zukunft. Ohne Zukunft keine Träume. Aber ich hatte Träume, Vorstellungen vom Leben. All meine Illusionen würden zerplatzen wie ein prall gefüllter Luftballon. Der Knall drang an mein Ohr. Ich erschrak, obwohl mir klar war, dass das Geräusch nur in meinem Kopf war.

Ich wollte erwachsen werden. Ich hatte Ziele. Es gab Dinge, an die ich glaubte, in die ich jahrelang all meine Energie gesteckt hatte. Ich war zur Schule gegangen, hatte Bücher gelesen, war nett zu anderen Menschen gewesen. Wann wurde abgerechnet? Wenn nicht jetzt, wann dann? Bald konnte es zu spät sein, denn es würde kein ›bald‹ mehr geben. Das musste ich verhindern.

Mein Herz schlug schneller, mein Puls raste. Noch war nichts zu spät. Noch konnte ich eine Heldin sein.

Ich steigerte mich so in die Gedanken hinein, dass ich viel zu aufgebracht war, um mich wieder ins Bett zu legen. Stattdessen tigerte ich durch das Zimmer, schaute mir die kahlen Wände an und versuchte, mich zu beruhigen. Dennoch war mir klar, dass das erst funktionieren würde, wenn ich etwas getan hatte: Ich musste die Uhren aus dem Keller holen. Auch wenn das hieß, dass Paul und Giulia sterben mussten.

Um mich herum drehte sich alles. Es schien, als befände ich mich in einer Glaskugel, die immer und immer wieder geschüttelt wurde, aber ich konnte nicht hinaus. Alles dröhnte, meine Finger zitterten.

Als ich mir damit durchs Gesicht strich, erschrak ich. Meine Haut fühlte sich eiskalt an. *Raus hier*, hörte ich eine Stimme zu mir sprechen. *Du musst Venedig retten! Du musst dein Leben in die Hand nehmen.*

Plötzlich hörte ich Pauls Stimme. Ich schreckte hoch. Er musste in der Nähe sein!

Doch da verstand ich, dass es nicht Pauls Stimme war, sondern die einer Aufnahme. Wahrscheinlich aus seinem Plattenspieler oder so. Jemand erzählte etwas. Unglaublich ausdrucks- und stimmungsvoll.

Ich huschte in den Flur. Je weiter ich mich in Richtung Bibliothek bewegte, desto deutlicher konnte ich es wahrnehmen. Gott, das war ja obergruselig. Sollte ich auf mich aufmerksam machen? Keine gute Idee! Ich musste die Zeit retten. Die Menschen brauchten mich. Ich schien die Einzige zu sein, die alles wusste und damit die Chance hatte, sich gegen Pauls Vorhaben zu stellen.

Diesmal machte ich sieben Schritte. Verdammt große Schritte. Ich war an der Bibliothek vorbei, hatte die Schallplatte zurückgelassen und stand vor der Treppe. *Eins*, zählte ich. *Zwei, drei, vier …*

Jede Stufe, die ich hinter mir ließ, fühlte sich an wie ein Marathon. Jedes Mal durchfuhr mich dieser Stich. Mitten in mein Herz. Doch ehe ich mich komplett wahnsinnig gemacht hatte, war ich vor dem Kellerabgang angelangt. Ich starrte hinunter in die Dunkelheit, die alles um sich herum verschluckte. Angst kroch mir unter die Haut. Ich musste einfach nach unten.

Erst in diesem Augenblick wurde mir bewusst, was das alles hieß. Giulia und Paul würden sterben. An diesem Abend. Ich würde sie umbringen. Dann war ich eine Mörderin.

Ich konnte das nicht tun.

Niemals!

Das war falsch. Man durfte anderen nicht schaden, um selbst ein besseres Leben führen zu können. Aber handelte ich wirklich eigennützig? Steckte dahinter nicht auch die Sorge um Papa? Ich würde ihn verraten. Ihn im Stich lassen. Er hatte eine Zukunft verdient, es verdient, glücklich zu werden. Glücklich mit mir.

Und dieser Frau? Ich schluckte.

Nur mal schauen, beruhigte ich mich. *Einmal schauen und dann entscheiden.* Wenn ich unten war, würde ich vielleicht wieder klarer denken können.

Ich stolperte die erste Stufe hinunter, hatte das Gefühl, metertief zu fallen. *Alles wird gut*, sprach ich mir zu. Alles musste einfach gut werden. Es musste. *Bitte*, flehte ich, wagte den zweiten Schritt. Diesmal fühlte es sich nicht mehr so tief an. Nur noch wie ein Sprung vom Block, nicht vom Sprungturm. Dann wie einer vom Beckenrand. Und irgendwann, ja, ein paar Stufen später, das eiskalte Wasser. Ich tauchte ein. Gedanklich. In diesen dunklen Gang, die verstaubten Wände …

Ich musste wieder hochkommen, nach Luft schnappen. Ich schnellte mit dem Kopf nach oben. Aber ich war ja nicht im Wasser. Ich stand mit beiden Füßen auf dem Boden. Sicher und fest. Im Keller. Überall um mich herum Dunkelheit. Die Hitze von oben war nicht zu spüren. Ein eiskalter Schauer fuhr mir über den Rücken. Es trennten mich nur noch wenige Schritte von der alten Werkstatt. Ich musste verschwinden.

Hau ab, keifte meine innere Stimme. *Du hast hier nichts zu suchen.*

Aber ich ging trotzdem weiter. Und weiter. Ich wollte mir von meiner Angst nicht alles nehmen lassen. Nicht die Chance auf ein besseres Leben.

Diesmal erfüllten mich andere Gefühle, als ich die Tür aufschob.

Eine Mischung aus Verzweiflung und Hoffnung auf Erlösung. Es war dunkel in der Werkstatt. Plötzlich musste ich unvermeidlich an meinen ersten Zeitsprung denken. Ich war unsicher, ob ich es noch einmal versuchen sollte, ob ich etwas damit anfangen könnte. Mir wurde bewusst, dass ich zu meiner Mutter gehen und bei ihr sein könnte. Und dann ohne Uhren. Wir wären unsterblich. Gemeinsam. Genauso musste Paul sich fühlen. Genauso! Er hätte so viel verloren. Giulia, seine Frau, seine Liebste. Die Blicke, die die beiden einander zuwarfen, sprachen für sich. Jedes Wort bestand aus liebevollen Gefühlen. Die beiden lebten füreinander.

Plötzlich ging das Licht an. Es war, als hätte es jemand anderes angeschaltet, aber die Hand auf dem Schalter gehörte tatsächlich mir. Als ich in die Werkstatt sah, schloss mir der Schreck durch die Adern. Der Raum war leer. Absolut leer. Nichts. Die Uhren waren weg. Jemand musste sie außer Haus geschafft haben. Aber wie? Durch das Haus? Und es war nichts passiert.

Ich schloss die Tür hinter mir, ließ mich an der Wand nach unten sinken. Das war mein Ende. Die Uhren waren weg. Es war zu spät. Fieberhaft überlegte ich, wer sie wohl hinausgeschafft hatte. Vielleicht Paul ... Aber er hätte sich den Uhren doch nicht nähern können. Das konnte alles nicht stimmen. Trotzdem musste ich ihn im Auge behalten. Irgendwo da draußen war jemand, der Pauls Anweisungen gehorchte. Ich war mir absolut sicher, dass jener alle Stricke in der Hand hielt. Er wollte Giulias und sein Leben um jeden Preis retten.

Der Boden unter mir war kalt. Schmerzhaft, aber angenehm. Ich war zu geschafft, um mich zu bewegen. Also schloss ich die Augen und ließ mich komplett auf dem Boden nieder. Kurz dachte ich daran, was wäre, wenn ich einfach hier einschlafen würde. Doch dann würde ich am nächsten Morgen vielleicht hier gefunden werden oder mich heimlich wieder hinausschleichen müssen. Mitten am Tag. Obwohl die Vorstellung mehr als abschreckend war, bewegte ich mich nicht. Es ging einfach nicht. Ich zitterte am ganzen Körper. Dabei war es Hochsommer.

Mein Schlafanzug klebte an meinem Rücken, ich streckte vorsichtig die Zehen aus. Die Wand berühren. Kraft tanken. Mich abstützen.

Gähnende Leere. Ich war alleine. Ich war der Protagonist in einem Horrorroman. Vielleicht wollte ich das. Vielleicht war das jetzt der Moment, den Irina Talenhof, meine Therapeutin, mir vorausgesagt hatte:

»Es werden noch Momente kommen, in denen du dich hilflos fühlst.«

Ja, ich fühlte mich hilflos. Sie hatte recht gehabt. Mit der Rettung vor meinem eigengewollten Tod hatte das Elend noch nicht sein Ende genommen, und zum ersten Mal verstand ich so richtig, warum man einen Menschen, der aus eigenem Entschluss bereit war zu sterben, nicht einfach erlöste, indem man ihn gehen ließ.

Ich dachte wieder an Irina Talenhof zurück.

»Und wenn du an diesem tiefen Punkt bist, Luzie, dann wirst du umso stolzer sein können, wenn du wieder einen Hochpunkt erreicht hast.«

»Einen Hochpunkt«, flüsterte ich, presste meine Stirn gegen den muffigen Boden. Der Geruch von abgestandenem Wasser kroch in meine Nase. Mein Leben war noch lange nicht vorbei. Man hatte mich gerettet, um mir zu helfen, und ich durfte nicht so schnell aufgeben. Das war nicht fair. Ich schuldete den Menschen, die mich von diesem verdammten Hochhaus geholt hatten, Zufriedenheit.

In der Schule hatten wir in Philosophie mal darüber gesprochen, dass das Leben angeblich an einem vorbeiziehe, wenn man kurz vor dem Sterben stand. Irgendwie wünschte ich mir auf einmal, wegzugehen, bei Mama zu sein und abzuleben. Aber das waren nur die finsteren Stimmen in meinem Kopf. Es gab auch noch mich. Die alte Luzie, die niemals aufgegeben hätte, zu kämpfen. Ums Leben. Ums Überleben. Und genau darum ging es mir doch hier. Ich wollte wieder ich werden und dazu musste ich der Vergangenheit auf den Grund gehen. Mein Herz klopfte schneller, ich hatte das Gefühl, als würde mir der Brustkorb zersprengen.

Mein Kampfgeist erwachte. »Aufstehen, Luzie«, kommandierte ich mich selbst. Ich wollte mich nicht hängen lassen. Hängen lassen bedeutete, schwach zu sein.

In diesem Augenblick überkam mich eine Woge der Kraft, ich zog mich hoch und schüttelte mich. Ich war wieder da, meine Gedanken waren klar und strukturiert.

Die Uhren waren weg. Paul musste sie weggeschafft haben.

»Was soll's?« Ich ballte die Fäuste und starrte geradeaus zur Tür. Es waren nur Uhren. Nur Uhren. Verdammt viele Uhren, aber nur Uhren. Noch war nichts zu spät. Ich konnte noch alles verhindern, oder? Zuerst einmal musste ich jedoch hier raus.

Plötzlich hatte ich Angst, wieder eingesperrt zu sein. Das letzte Mal war Paul dort draußen gewesen und hatte mich nicht herausgelassen. Nun war aber alles anders. Er hatte die Uhren versteckt. Sie waren nicht mehr hier. Er war nicht in Gefahr. Es gab keinen Grund, mich wegzusperren.

Meine Finger umfassten die Türklinke und drückten sie hinunter. Der Zustand der Tür war unverändert. Geöffnet. Ich atmete erleichtert aus. Trotzdem musste ich mich beeilen. Wenn Paul ernst machte und die Uhren verschwinden ließ, war es vielleicht zu spät. Ich würde nicht mehr die Gelegenheit haben, neue Uhren anfertigen zu lassen. Die Zeit würde stillstehen. Eine Zukunft gäbe es nicht mehr.

Im Flur war es dunkel. Unbemerkt gelang es mir, die Stufen zurück nach oben zu steigen. Trotzdem dauerte es eine Weile, bis ich mich beruhigt hatte. Mein Bett fühlte sich weicher an als zuvor. Das Laken unter meinem Rücken zu spüren, schenkte mir ein Gefühl von Freiheit. Andererseits wusste ich auch, dass noch nichts geschafft war.

Wir waren alle in Gefahr. Nicht nur Venedig. Menschen gaben sich nicht mit dem Mindesten zufrieden. Venedig würde nur der Anfang sein.

Ich schlug mit der Hand auf den Nachttisch. Staub wirbelte auf, und ich hustete. Was Paul wohl gerade tat? Pläne schmieden? Ich fragte mich, was Giulia darüber wusste. Und Enrico. Vielleicht hatte er die ganze Zeit geahnt, was Paul vorhatte …

Ein Schauer lief mir über den Rücken. Einschlafen war unmöglich. Ich musste etwas unternehmen. Jetzt. Ich schluckte, stieß mich mit den Händen vom Bettkasten ab und saß wieder aufrecht.

Meine Hände waren verschwitzt, als ich mich an der Wand entlangtastete. Da sah ich wieder dieses Bild von den drei Frauen. Giulia und die zwei anderen. Schrecklich, sie so zu sehen. Unverändert, aber dennoch fremd. Was würde aus mir werden, wenn die Zeit mein Altern stoppen würde? Ich würde in fünfzig echten Jahren noch immer wie ein Teenager aussehen. Unerfahren und jung. So wie ein Mädchen, das erst viel später geboren war ... Nein, selbst das wäre unmöglich. Kinderkriegen brauchte Zeit. Zeit, die es nicht mehr gab. Das war ein Kreislauf. Trotzdem würden die Menschen nicht aussterben. Sie waren dann unsterblich.

Mondlicht schien durch das Fenster über meinem Bett. Draußen war es so dunkel, dass die Nacht bedrohlich wirkte. Aber sie brachte mir auch Hoffnung. Denn diese Nacht schenkte mir noch ein paar Stunden. Ein paar Stunden, in denen ich, Luzie Wagner, Venedig retten konnte.

16. Kapitel

Die Nacht lag schwer auf meinen Schultern. Ich hatte immer wieder den Eindruck, zu zerbrechen, deshalb musste ich mich permanent zusammenreißen. In meinem Pyjama stand ich vor dem Fenster und starrte nach draußen. Lichter funkelten auf dem Wasser, das ich von hier aus sehen konnte. Unheimlich, aber schön zugleich.

Da die Fenster sich ja nicht öffnen ließen, öffnete ich zumindest die Zimmertür einen Spalt, damit vom Flur ein wenig Luft in mein Zimmer kam.

Als ich zurück zum Fenster ging, fuhr ich auf einmal herum. Die Tür ging auf. Wie von Geisterhand. Ich riss die Augen auf, ließ mich auf das Bett fallen und wollte aufschreien. Jedoch drang aus meinem Mund kein Ton. Alles in mir vibrierte und ich fürchtete, mein Herz würde stehenbleiben. Aber dem war nicht so. Es schlug schneller denn je, trotz allem in einem gleichmäßigen Takt.

Ich starrte zur Tür. Aber dort war wirklich niemand. Langsam erwachte ich aus meiner Starre und entspannte mich.

Es musste ein Luftzug gewesen sein. Irgendwoher musste Wind gekommen sein. *Wind*, dachte ich und wiederholte das Wort mehrfach im Kopf. Wo Wind war, war auch eine Öffnung nach draußen.

Ich war so blöd. Paul konnte das Haus doch gar nicht verlassen. Er saß hier fest, war eingesperrt, gefangen in dieser Zeit. Selbst wenn er wollte, könnte er niemals die Uhren aus dem Keller holen und verschwinden lassen. Das war unmöglich.

Wieder bewegte sich die Tür. Diesmal spürte ich frische Luft in mein Zimmer eindringen. Jemand musste das Haus verlassen haben. Aber davon konnte doch meine Zimmertür nicht aufgegangen sein, die Haustür befand sich im Erdgeschoss. In der oberen Etage musste sich jemand aus dem Staub machen. Vielleicht durch ein Fenster? Wenn die Zimmertür geschlossen war, vielleicht konnte man sie dann doch öffnen. Die Kellertür schützte das Haus vor der Zeit. Wieso sollte das dann nicht auch hier oben gelten? Vielleicht war es Enrico, der noch etwas für das Festival erledigen musste. Ich traute mich nicht, ihm nachzugehen. Er war viel zu wütend auf mich, als dass ich es mir erlauben konnte, ihm mitten in der Nacht zu folgen. Vielleicht war es auch Paola ... Viel wichtiger als die Frage, *wer* das Haus verließ, war es allerdings, *wie* es möglich war, zu verschwinden.

Ich tastete den Rahmen ab, der das Glas von der Wand trennte. Sicher war jedoch, dass ich ihr hinterher musste. Koste es, was es wollte. Wenn Paul und Giulia unten auf waren, konnte Paola unbemerkt nirgendwo hin.

Pech für sie, Glück für Venedig. Blieb nur noch die Frage, was Paola von einem zeitlosen Venedig hatte. Paul bekäme für sich und Giulia die Freiheit, aber Paola war ohnehin frei!

Leise schlich ich in den Flur, sah von links nach rechts. Wie in einem Rausch schwebte ich zu der Tür, hinter der auf einmal Geräusche hervordrangen. Es war Paolas Zimmer.

Sollte ich nach unten gehen und Paul und Giulia holen? Aber was war, wenn sie in den Plan eingeweiht waren?

Meine Lippen bebten, alles fühlte sich an wie ein Albtraum. Ich musste etwas unternehmen. Verunsichert öffnete ich die Tür, in der Hoffnung, dass Paul und Giulia unten in Sicherheit waren. Das Zimmer war menschenleer. Zuvor war mir gar nicht so richtig bewusst gewesen, dass Paola hier in dem Haus lebte. Eine Angestellte im eigenen Heim kannte man doch nur aus diesen amerikanischen Filmen. Aber wahrscheinlich brauchten die Schorns jemanden, der regelmäßig für sie da war.

Ein Windzug riss mich aus meiner Starre. Ich hatte Recht behalten. Das Fenster war offen, die schwüle Sommerluft strömte hinein und die Vorhänge wiegten sich im Wind. Ich zitterte, obwohl sich der Atem des Windes angenehm warm anfühlte.

»Paola«, wisperte ich und näherte mich dem Fenster. Sie konnte noch nicht lange weg sein. Ich musste sie aufhalten. *Schnell hinterher*, dachte ich und beugte mich über den Fensterrahmen.

Draußen war es still. Der Mond spiegelte sich in dem glänzenden Wasser und die Sterne erhellten mit ihrem wilden Funkeln den Nachthimmel. *Idyllisch und unheimlich zugleich*, stellte ich fest. Vorsichtig rutschte ich auf das Fensterbrett und blickte nach unten. Paola war nicht mehr zu sehen. Wahrscheinlich hatte ich zu zögerlich reagiert.

»Nicht aufgeben«, kommandierte ich mich und biss mir auf die Lippe. Der Rand des Fensters fühlte sich kalt und hart an. Beinahe hätte ich mir den Arm daran gestoßen. »Oh Gott«, entfuhr es mir, als ich die Entfernung zum Boden sah. Das waren einige Meter, die mich vom asphaltierten Untergrund trennten.

Aber Paola konnte ja nicht anders nach unten gelangt sein. Ob sie die vielen Uhren, oder zumindest einige bei sich trug? Wie hatte sie sie aus dem Keller entfernt, ohne dass die Zeit im Haus weitergelaufen war? Fragen über Fragen breiteten sich in meinem Kopf aus. Sie musste tatsächlich jede Tür hinter sich geschlossen oder darauf gewartet haben, dass Giulia und Paul in einem Zimmer Beschäftigung gefunden hatten.

Jeweils nur eine Tür, die die beiden vor dem Sterben geschützt hat?, schwirrte es durch meine Gedanken.

Ich schüttelte mich, spürte einen heftigen Ruck und verlor plötzlich die Kontrolle über meinen Griff am Fensterrahmen. Meine Finger lösten sich und ich fiel. Nur ein kurzes Stück, aber lange genug, um mich zu fürchten. Ich dachte schon, alles sei vorbei, als ich unter meinem Hintern etwas Warmes spürte. Nein, ich war nicht aus dem Fenster gefallen, sondern hintenüber. Ich rieb mir die Knöchel und sah mich um. Gott, ich saß schon wieder auf dem Boden. Aber nicht draußen auf der Straße, sondern immer noch in Paolas Zimmer.

Ich wollte mich aufsetzen, als ich einen Geistesblitz hatte. Als ich mich aufrappelte und wieder aus dem Fenster guckte, wurde mir klar, dass Paola niemals durch das Fenster hinausgekommen sein konnte. Es war viel zu weit über dem Boden.

Ich wandte mich ab. Wenn ich es geschafft hatte, in den Keller zu gelangen, war es vielleicht auch für sie möglich, hinauszuschleichen ... Und für mich?

Ohne weiter zu überlegen, drehte ich mich um und lief aus dem Zimmer. Der zweite Windstoß musste entstanden sein, als sie noch etwas oben geholt hatte. Aber warum stand dann das Fenster offen? Sicher hatte sie versucht, dadurch nach draußen zu gelangen und hatte dann doch die Tür genommen. Fest stand, dass Paola noch nicht sehr weit sein konnte, wenn sie eben noch oben gewesen war.

Ich schreckte zusammen. Das hieß, dass ich alles noch in der Hand hatte. Im Flur kam mir ein Anflug von Angst entgegen. Draußen war es dunkel, ich war alleine. Aber was sollte mir schon passieren? Ich kämpfte mich die Treppe nach unten, wurde mit jedem Schritt unsicherer.

Unten war es mucksmäuschenstill. Paul und Giulia mussten anderweitig beschäftigt sein. Umso besser für mich.

Dass Paola seltsam war, hatte ich geahnt, aber dass sie hinter den Diebstählen steckte, überraschte mich noch immer. Leise zählte ich die Sekunden im Kopf, die ich bereits seit dem Verlassen der Treppe hatte verstreichen lassen. Ich wagte es nicht, die Haustür zu öffnen. Was, wenn ich zu laut war? Zitternd hob ich den Arm, legte die Fingerspitzen auf den Edelstahlgriff und holte tief Luft. Wenn Paul und Giulia geahnt hätten, was sie sich mit mir ins Haus geschleppt hatten ...

Mir wurde bewusst, dass ich die ganze Zeit nichtsahnend zu Hause gesessen hatte, während all die Dinge hier ihren Lauf genommen hatten. »Danke, Großmutter«, wollte ich sagen. Dabei war es ja eigentlich Emma gewesen, die mich mit ihrem Besuch auf die Familie aufmerksam gemacht hatte.

Ruhe war in die Stadt eingekehrt. Als hätte jemand den Schalter des Trubels umgelegt. Dabei war der Anblick der schlafenden Stadt atemberaubend. Nur das ungute Gefühl in mir machte alles kaputt.

Meine Beine fühlten sich an wie Wackelpudding, als ich die Straße hinablief und fieberhaft überlegte, wo Paola hingegangen sein könnte.

Ich blieb stehen und sah mich um. Rechts leer, links leer. Nur eine Straßenlaterne, die schwaches Licht auf den Boden warf. Ich sah an mir herunter. Ich war immer noch in meinem Pyjama, aber das war jetzt egal. Mich würde hoffentlich niemand sehen. Außerdem war es dunkel. Und ... Und ich musste die Stadt retten.

Ich kam mir vor wie in einem schlechten Film, stand verzweifelt und hilflos auf der Straße und wusste nicht, welchen Weg ich einschlagen musste. Also nahm ich mir vor, rechts lang zu laufen. So weit konnte Paola noch nicht sein. Ich musste es versuchen.

Ein paar Sekunden später hörte ich Schritte, ein lautes Stöhnen und ein schweres Atmen von irgendwo hinter mir. Beunruhigt blieb ich stehen, drehte mich um und lauschte. Da sah ich sie. Paola. Sie hatte anscheinend das Haus doch noch nicht verlassen gehabt. Es war nicht zu spät. Über dem Rücken trug sie einen schweren Sack. Sie sah angestrengt aus.

Angespannt presste ich mich gegen eine Hauswand und zog den Bauch ein. Bloß kein Aufsehen erregen! Die Situation war brenzlig. Paola war nur wenige Meter von mir entfernt und es war verräterisch ruhig.

Mucksmäuschenstill hockte ich hinter der Hauswand und beobachtete Paola. Diese hatte sich mittlerweile zwei Säcke über die Schultern gelegt und sich einige Schritte vom Haus entfernt. Jedoch in die entgegengesetzte Richtung. Das war mir nur recht. So konnte ich ihr nämlich unauffällig folgen. Blitzschnell huschte ich ihr hinterher, immer achtsam, keinen Mucks von mir zu geben. Jeder zu laute Atemzug konnte mich verraten und ich wollte mir gar nicht vorstellen, was sie tun würde, wenn sie mich entdeckte.

Schon vom ersten Tag an hatte ich unglaublich viel Respekt vor Paola gehabt. Noch immer hatte sich das Gefühl nicht gelegt und ich betrachtete sie mit einer gewissen Nervosität. Das Wissen über ihre Pläne machte das alles nicht besser.

Schnurstracks steuerte sie auf den *Canal Grande* zu. Ich blieb einige Meter hinter ihr stehen und versteckte mich hinter einer Telefonzelle. Von dort aus konnte ich sehen, dass Paola die anliegenden Gondeln betrachte. Wollte sie etwa wegfahren? Mein Herz klopfte wieder schneller. Nein, sie durfte nicht einsteigen. Dann war meine Verfolgung beendet.

Ich wusste nicht, wie man eine Gondel steuerte und genauso

wenig traute ich mich, einfach einzusteigen. Davon abgesehen, dass Paola sofort auf mich aufmerksam werden würde.

Mit zitternden Fingern fuhr ich mir durch mein Haar und biss dann die Zähne zusammen. Am Kanal war es windstill. Sonst war es hier immer am luftigsten, aber nun bekam ich kaum noch Sauerstoff. Ich versuchte, tief ein- und auszuatmen, spürte in meiner Lunge ein Pochen, das mich in Unruhe versetzte.

Glücklicherweise lief Paola an den Gondeln vorbei, stellte den Sack ab und musterte erneut das Wasser. Klar und glänzend. Sicherlich ziemlich kühl. Schwimmengehen würde sie jetzt wohl kaum.

»Paola!«, hätte ich am liebsten gerufen. »Was haben Sie vor? Machen Sie keinen Unsinn!« Jedoch wusste ich, wie zwecklos so ein Geschrei wäre. Paola würde sich nicht aufhalten lassen.

Auf einmal fragte ich mich, was ich mir von dieser Verfolgung versprochen hatte. Die Wahrheit, oder doch noch mehr? Mittlerweile war ich mir sicher, dass sich in den Säcken Uhren befanden. Sie wollte die Dinger loswerden. Schnell und unbemerkt. Und ich würde dabei zusehen.

Ein Kloß entstand in meinem Hals. *Wäre ich doch nur im Bett geblieben*, dachte ich und bereute es sogleich, Paola gefolgt zu sein. Das war doch zwecklos.

Ich überlegte. Paola lief unterdessen den Kanal ab, blieb irgendwann stehen und sah sich um. Die beiden Säcke standen noch immer ein Stück von ihr entfernt. Sie bückte sich, hielt die Hand in Richtung Wasser und schüttelte dann den Kopf. Bepackt entfernte sie sich von der Stelle und lief zu einer Brücke, die den Kanal überspannte.

Ich verhielt mich immer noch still und ruhig. Ich wusste, was von meinem Verhalten abhing. Nur mein Herz wollte nicht so richtig mitmachen. Es hüpfte durch meinen Oberkörper wie ein verrückter Jugendlicher in der Diskothek und gab mir keine Ruhe. Ich versuchte, mich zusammenzureißen. Sollte ich sie ansprechen?

Bei der Vorstellung musste ich mich schütteln. Das Wasser im Kanal war tief. Verdammt tief. Tief genug, um einen leblosen Körper verschwinden zu lassen. Wie viel Mordpotenzial in der alten Frau steckte, konnte ich nicht einschätzen. Oh Gott, ich musste die Polizei rufen. Aber ich hatte keine Beweise. Es war nicht gegen das Gesetz, mitten in der Nacht mit einem alten Sack durch die Straßen von Venedig zu ziehen. Dennoch wusste ich, dass dort irgendetwas faul war.

Immer wieder warf Paola verstohlene Blicke zur Seite. Die Säcke lagen schwer auf ihren Schultern. Sie ächzte laut. Ich hörte mich schreien. Nur im Kopf. In Wirklichkeit drang kein Laut aus meiner Kehle. Paola ließ beide Säcke auf den Boden sinken und machte einen Schritt auf das Wasser zu. Natürlich! Sie wollte sie versenken. Die Säcke. Mit ihrem Inhalt. Wie in Zeitlupe schossen die Erinnerungen durch meinen Kopf. Der Bäcker, der geschlossen hatte. Der Mann, der mir von den Rauben erzählt hatte und die ganzen verschwundenen Uhren. Nun stand es also fest.

Paola wollte die Uhren aus dem Keller versenken. Mein Puls fing an zu rasen. Erst die vielen Uhren aus der Stadt und dann auch noch die übriggebliebenen aus der Werkstatt. Wahrscheinlich hatte sie sie zuvor für sicher gehalten. Bis ... War sie durch mich auf die verbleibenden Zeitanzeiger aufmerksam geworden? Ein Stich durchfuhr mich.

Der erste Sack schwebte aus ihren Händen und versank im Wasser. Ganz langsam, als sei dies schrittweise in Fotos festgehalten. Aber ich konnte nichts tun.

Wie festgewachsen stand ich dort und starrte Paola an, während mir Tränen in die Augen stiegen. Paola wischte sich die Hände am Oberschenkel ab und bückte sich, um den zweiten Sack zu heben. Ich unterdrückte einen Aufschrei. »Tun Sie es nicht!«, wollte ich rufen, aber ich wagte es nicht. *Feigling*, dachte ich und kniff mir in den Unterarm. Ich wollte den Schmerz fühlen. Es brannte. Doch das war mir egal. Es tat gut. Ich presste die Augen zusammen, wartete ab, bis das Feuer auf meinem Arm zu erlöschen schien, und riss sie dann wieder auf. Nur um dabei zuzusehen, wie Paola auch den anderen Sack in die Tiefe des Wassers fallen ließ. Atemlos schluckte ich, wie gelähmt sank ich gegen den Pfahl. Paola stand einfach nur dort, kratzte sich mit ihren Händen am Kopf wie bei einer kniffligen Matheaufgabe, und kehrte dem Kanal dann den Rücken zu.

Ich aber blieb zurück. Wie in einer ewigen Starre gefangen. Der Kanal trug das Wasser weiter, zog es durch sein Bett, um es dann irgendwann ins Meer fließen zu lassen. *Ins Meer*, wiederholte ich. Die ganzen Uhren würden in den Tiefen des Ozeans verloren gehen. Wie ein Schatz. Wie Atlantis, die sagenhafte Stadt, die einst mitsamt ihrer Pracht in der Unendlichkeit des Wassers untergegangen sein sollte. In meinem Kopf existierte dieses Bild einer schimmernden Märchenstadt. Türkisblaue Häuser, lange schmale Straßen und ein riesiger Palast aus glasigem Stein. Und irgendwann würden die Säcke mit den Uhren in einem unverschämten Tempo auf die Pracht zurasen. In tausend kleine, glitzernde Scherben würden die Gebäude durch den Aufprall zerbrechen, schoss es mir in den Kopf. Obwohl das Ganze eigentlich gar nichts mit Paola zu tun hatte. Fast nichts. Denn die Säcke hatte es im Gegensatz zu der untergegangenen Stadt auf jeden Fall gegeben. Die hatte ich nämlich gesehen.

Der Schatten von Paolas Gestalt entfernte sich. Es war so still, dass ich mein Herz klopfen hören konnte. Schnell und ruckartig.

Der dunkle Umriss wurde in der Ferne immer kleiner und kleiner, bis er hinter einer Mauer aus aneinanderstehenden Häusern verschwunden war. Genau wie die Uhren, nur dass die sich wahrscheinlich gerade einen Weg durch tausend kleine Steine und Pflanzen bahnen mussten. Ich musste husten. Die Dunkelheit verschluckte den Klang meines Röchelns. So als würde ich gar nicht mehr existieren. Aber ich war da. Ein Widerspruch. Eine Ambivalenz. Irgendwo hatten wir das in der Schule mal gelernt.

Ich ärgerte mich darüber, dass mir in solchen Momenten immer unnötige Gedanken kamen. Ich wollte sie verdrängen, mich zwingen, über etwas Sinnvolles nachzudenken, aber das war mir nicht möglich. Verdammt!

Vorsichtig wagte ich einen Schritt nach vorne. Von hier aus konnte ich das Wasser hören. Ein langsames Fließen. Kein stillliegendes Gewässer. Vier Kilometer lang, hatte Enrico mal gesagt. Das hieß, dass die Uhren mittlerweile schon überall sein konnten. Bei einer Breite von bis zu siebzig Metern musste der *Canal* eine Fläche von ... Ich fasste mir an den Kopf. Was spielte das schon für eine Rolle? Fest stand, dass die Uhren weg waren. Oder in einem Ast verheddert.

Oder von einer Gondel aufgehalten. Ich schluckte, näherte mich dem Wasser. Ein Rauschen drang an mein Ohr. Es hörte sich für mich wie ein ohrenbetäubender Hilfeschrei an. Das so unschuldig aussehende Treiben des Wassers konnte unser Ende sein. *Oder aber unser aller Anfang*, fügte ich im Kopf hinzu. Schließlich bedeutete ein zeitloses Leben ebenso die bloße Unendlichkeit.

Ich beugte mich über das Wasser. Hier schien der Kanal besonders tief. Wahrscheinlich würden die Säcke sogar versinken, irgendwo ganz weit unten liegen. Vier, fünf Meter waren es sicherlich bis zum Grund. Das war tief genug, um sie nicht mehr so schnell wiederzusehen. Das Schwimmen war schließlich strengstens untersagt. Da gefror mir das Blut in den Adern. Genau deshalb hatte Paola nicht irgendeinen Ort ausgesucht. Sie war nicht wahllos auf diese Stelle zugegangen, sondern hatte genauestens geplant. Schon beim ersten Mal vor ein paar Tagen. Und sie würde es wieder tun. Sicher!

Mist, ich musste Hilfe holen. Abrupt fuhr ich herum, stieß mit dem Fußknöchel gegen eine Steinkante und fluchte. Was zum Teufel …

Ehe ich klar denken konnte, verlor ich das Gleichgewicht, ja, den Boden unter den Füßen. Ich fiel. Diesmal tiefer als bei meinem Sturz vom Fensterbrett. Diesmal war ich draußen. Diesmal fing mich kein knarrender Holzboden ab. Diesmal hörte ich gleich nach meinem Aufprall ein lautes Platschen. Ich war im Kanal gelandet.

Um mich herum dröhnte alles. Meine Nase füllte sich mit Wasser und ich hatte das dringende Bedürfnis, zu niesen. In mein Ohr sickerte Flüssigkeit und meine Augen brannten von dem Schmutz des Kanalwassers. Wie ein Hecht schoss ich zur Oberfläche und japste nach Luft. Scheiße! Tränen überfluteten mein Gesicht, aber das machte mir nichts mehr aus. Schließlich war ich ohnehin komplett durchnässt. Mein Pyjama drohte mich durch sein Gewicht zu versenken und die Kälte kroch unter meine Haut. Ich musste hier raus!

Meine Füße, schwer wie Metall, bewegten sich nicht von der Stelle. Nur mein gesamter Körper rauschte langsam den Kanal entlang. Seltsamerweise hatte ich kaum Angst. Ich fühlte mich auf einmal von dem ganzen Schmutz befreit und selbst das kalte Wasser tat bei der Hitze gut. Ich erinnerte mich daran, dass Badengehen streng verboten war … Ob mein unfreiwilliger Besuch dazuzählte? Ich wollte es nicht riskieren, kraulte zum Ufer und versuchte, mich dort festzuhalten. Doch die leichte Strömung riss mich immer wieder mit.

Erst in diesem Augenblick kam die Verzweiflung in mir auf. Zeitverzögert stellte ich fest, dass ich in einem ungesicherten Gewässer auf das weite Meer hinausgezogen werden würde. Ziemlich schnell ging mir die Kraft aus. Ich ruderte heftig mit den Armen, versuchte, Luft zu holen und schleuderte dabei meine Hände so wild durch das Wasser, dass es mir ins Gesicht spritzte. Erschöpft sank ich immer wieder tiefer, bis meine Nasenspitze in kürzesten Abständen ins Nasse traf.

Meine Verzweiflung schwang in Panik um. Ich wollte nicht sterben. Nicht jetzt und hier. Nicht, bevor ich Jonas meine Gefühle gestanden hatte. Bevor wir uns nicht ausgesprochen hatten. Es war ein Fehler gewesen, daran zu glauben, dass das Leben unendlich sei. Das Leben mit Giulia und Paul hatte mir klargemacht, dass alles viel zu schnell vorbei sein konnte.

Ich versuchte, mich gegen das Schwappen des Wassers über meinem Kopf zu wehren, indem ich mein Gesicht immer wieder in Richtung des Himmels wandte. Mein Nacken verkrampfte sich, alles um mich herum löste sich in tausend Seifenblasen auf und ich versuchte, mich zu entspannen. Jemanden zu retten, der fast ertrank, konnte das eigene Leben kosten. Das hatten wir im Schwimmunterricht gelernt. Mich versuchte zwar niemand zu retten, aber trotzdem musste ich ruhig werden. Für Jonas. Für mich. Langsam entkrampfte ich mich, spürte, wie mein Herz noch immer in meinem Oberkörper sauste. Allerdings konnte ich gleichzeitig auch die Kraft spüren, die sich in meinen Armen sammelte. Ich bündelte sie und krallte mich mit den Händen an das steinige Ufer. Ellenbogen anwinkeln, Kraft in dem Oberarm zusammennehmen, Muskeln anspannen. Geschafft. Beinah. Denn noch war ich nicht auf dem Trockenen.

Denk an Papa, befahl ich mir. Im Kopf sah ich einen inneren Film. Starke Momente, die mein Leben geprägt hatten. Glückliche

Momente. Momente, in denen ich gelacht hatte. Trotz all des Schmerzes und all der Sehnsucht nach meiner Mutter. Sie stärkten mich. Genau wie meine Mutter. Sie war bei mir. In diesem Augenblick spürte ich sie so stark wie noch nie. Es war, als hätte sie ihre schützende Hand gegen mich gedrückt und mich an Land geschoben.

Ich schnaufte. Wasser drang aus meiner Kehle. Hustend krümmte ich mich. Dann krabbelte ich ein Stück zur Seite. Aus der Gefahrenzone. Plötzlich schien der Kanal etwas Bedrohliches an sich zu haben. *Die Uhren*, schoss es mir wieder durch den Kopf. Ich war ihnen so nah gewesen wie ... wie in der Werkstatt, als ich meinen ersten Zeitsprung erlebt hatte. Gefühlt waren seitdem Jahre vergangen.

Trotzdem konnte ich mich noch genau erinnern. Es war eine seltsame Distanz, die zwischen diesen Minuten und den jetzigen lag. Ich hustete erneut. Immer wieder spuckte ich Wasser aus, das sich in meiner Kehle gesammelt hatte. Der miefige Geschmack in meinem Mund wollte einfach nicht weggehen. Sofort musste ich würgen. Was schon alles in dem Kanal gelegen hatte ... Oh je, das wollte ich gar nicht wissen.

Meine Kleidung war dreckig und pitschnass. Ich schauderte. So konnte ich unmöglich zurücklaufen. Das Wasser triefte aus meinen Sachen und rann mir den Nacken hinunter. Eine Gänsehaut überlief mich. Vorsichtig setzte ich mich auf und streckte meinen Rücken durch. Ein Stechen durchzuckte meine Seite. Irgendwo musste ich mich gestoßen haben. Wie in einem Horrorfilm krabbelte ich auf allen Vieren die ersten Meter vorwärts. Meine aufgeschürften Hände brannten.

Das alles war nicht wirklich real. *Ich war in der Zeit gesprungen.* Der Gedanke ging mir nicht mehr aus dem Kopf. So etwas gab es nicht in unserer Welt. Schon wieder kroch die Angst durch meinen Körper. Was, wenn ich doch verrückt war? Therapien. Klapse. Medikamente. Mist! So hatte ich mir das Leben nicht vorgestellt.

Sogleich musste ich an Papa denken. Gemeinsam hatten wir vor Jahren überlegt, ob eine Klinik nicht vielleicht hilfreich für mich wäre. Eigentlich war es Papas Idee gewesen. Wegen alldem, was uns passiert war.

»Und du?«, hatte ich gefragt. »Was passiert mit dir, wenn ich irgendwo zwischen Verrückten vor mich hinvegetiere?«

Mein Vater hatte traurig aufgelacht und mir einen Kuss aufs Haar gedrückt. »Ich möchte, dass es dir wieder gut geht, Luzie.«

Ja, er wollte, dass ich wieder glücklich wurde. Ohne meine Mutter. Ohne einen Sprung vom Hochhaus. Mittendrin im Leben. Sah so das Leben aus? Gehörte es dazu, in der Zeit zu springen? War das vielleicht dieses *mittendrin*? Sicherlich nicht.

Ich schniefte, ließ mich auf die Seite fallen und kämpfte mich gleich darauf wieder in die Höhe. Alles schmerzte.

Das Wasser war so kalt auf meiner Haut, dass ich das Gefühl hatte, zu glühen. Doch dann dachte ich wieder an Paola. Ich musste mir ihr reden, wissen, was genau sie getan hatte. Vor ein paar Tagen. Mit den ganzen Uhren. Waren sie wirklich alle im Kanal versunken? Aber die Antwort lag längst nicht mehr in der Gegenwart. Sie war gefangen in der Vergangenheit.

Ich schluchzte. Wieder traten mir Tränen in die Augen. Ich musste dringend meinen Vater sprechen. Aber es war mitten in der Nacht. Ein verzweifelter Schrei entfuhr mir. Ich konnte nicht mehr, ließ mich auf die Knie sinken und starrte gen Himmel.

»Warum?« Während die Tränen wie ein Sturm aus meinen Augen kullerten, machte die Wut Überschläge in mir. »Wieso tust du mir das an?«

Ich war nicht außergewöhnlich gläubig. Weder eine Atheistin noch irgendwie christlich oder so erzogen. Aber ich glaubte dennoch an Gott. Auf meine Art. Manchmal inniger und manchmal voller Verzweiflung und Hilflosigkeit. Wie ein Gott zulassen konnte, dass die Menschen diesem Unglück auf der Welt ausgesetzt waren, war mir oft einfach schleierhaft. Dennoch war tief in mir drin einfach diese Hoffnung auf jemanden, der immer die Hand über einen halten konnte. Selbst wenn eine Situation aussichtslos schien, konnte der Glaube einem Kraft geben. Und deshalb hatte ich manchmal diese Momente, in denen ich all meine Energie in das Vertrauen auf Gott setzte. Einfach, weil ich sonst nichts mehr hatte. Weil mir nichts anderes geblieben war.

»Hilf mir«, flehte ich, drückte meinen Oberkörper auf die Straße und ließ den Kopf ebenfalls darauf sinken. »Ich bitte dich.«

Ein Stern leuchtete auf. Mein Herz fing wie wild an zu klopfen. Alles in mir vibrierte. Dann schob sich eine dunkle Wolke über den Himmel. Etwas tropfte auf meine Kopfhaut. Es fing an zu regnen. *Nein*, dachte ich. Das konnte doch nicht alles gewesen sein. Regen?

Ich stieß mich vom Boden ab. Seit Wochen war kein Tropfen vom Himmel gekommen und nun, in einer klaren Sommernacht, fing es an zu regnen. Manchmal meinte das Schicksal es vielleicht doch nicht nur schlecht, denn wenigstens fiel mein durchnässter Pyjama so nicht auf. Ich biss die Zähne zusammen. Seltsam war vielleicht nur die Tatsache, dass ich in Schlafsachen durch Venedig spazierte. Abgesehen von Paola, die nachts riesige Säcke im Kanal versenkte. Aber diese war immerhin straßentauglich angezogen.

Paola, wiederholte ich gedanklich. Ob sie in dieser Nacht tatsächlich zum zweiten Mal eingegriffen hatte? Wenn ich doch nur hätte beobachten können ...

Plötzlich donnerte es. Ich musste mich beeilen, um nicht in das Gewitter zu kommen. Die Hände schützend über den Körper haltend, eilte ich in Richtung ... Ja, was war dieses Haus für mich? Langsam war es irgendwie schon etwas wie mein zweites Zuhause geworden. Dennoch war ich fremd in dieser Stadt.

Bei jedem Geräusch aus der nächtlichen Dunkelheit fuhr ich zusammen. Seltsam war es schon, dass man im Dunkel mehr Furcht verspürte. Dabei war es doch das Licht, das alles und jeden verräterisch offenbarte. Aber wahrscheinlich war es genau das. Das Licht kannte keine Geheimnisse, die Dunkelheit hütete sie. Als sei die Nacht eine menschliche Gestalt, spürte ich sie hinter mir laufen. Sie bedrückte mich, zog mich hinunter in eine Finsternis der Gefühle. *Wie ein Geheimnis*, kam es mir in den Sinn.

Auch ich hatte Geheimnisse. Große und kleine. Zum Beispiel wusste bis heute niemand von meiner Spinnenphobie. Und genauso wenig würde ich mich trauen, jemandem zu sagen, dass ich oft ans Sterben dachte. Niemandem. Außer vielleicht Irina Talenhof. Was sie mir gerade raten würde? Paola nachzugehen und mein Gewissen zu beruhigen? Oder würde sie mir die Anweisung geben, mich sofort ins Bett zu legen?

Ein Geheimnis, dröhnte es in meinem Kopf. Paola hatte ein Geheimnis. Nur sie wusste, was es mit dem Diebstahl der Uhren auf sich hatte. Nur sie. Und vielleicht jemand, der sie beobachtet hatte. Wenn dem so war. Selbst das konnte ich nicht wissen, denn ich war beim ersten Mal nicht dabei gewesen. Noch nicht. Ich schluckte. Vielleicht war das der Punkt.

Das Ganze war in der Vergangenheit geschehen. Das hieß aber noch lange nicht, dass ich nicht dabei sein konnte. Meine Schritte beschleunigten sich. Wie automatisch jagten meine Füße über den asphaltierten Boden. Vorbei an den Häusern, den Geschäften und den abgedunkelten Fenstern. Ich musste zurück zum Haus. Dorthin, wo mein Handy lag. Denn dies war der Schlüssel zur Vergangenheit.

Schnaufend blieb ich stehen, sah mich um und schlug den Weg nach rechts ein. Meine Kondition war wirklich verbesserungsfähig. Noch immer prasselte der Regen auf meine Schultern, aber das Donnern hatte glücklicherweise aufgehört.

Vor dem Haus blieb ich erneut stehen und blickte zum Fenster meines Zimmers hoch. Es war geschlossen, dahinter herrschte Dunkelheit. Auf einmal hörte ich Schritte. Ziemlich laute Schritte. Jemand schnaufte. Ich zuckte zusammen, wollte zur Seite springen, aber es war zu spät. Dieser jemand kam die Straße entlang. Die Umrisse waren undeutlich zu erkennen. Eine Frau, mittelgroß, etwas kräftiger. Paola. Sie hatte mich noch nicht entdeckt. Oder aber sie tat so, als habe sie mich nicht erkannt. Verdammt! Es war zu spät. Wer zum Teufel sollte sonst mitten in der Nacht vor diesem Haus stehen? Außer mir, Luzie. Derjenigen, die sowieso nichts Besseres zu tun hatte, als Abenteuern hinterherzujagen.

»Was machst denn du hier?«, fauchte die Alte grimmig.

Ich erstarrte, tat dann jedoch ganz überrascht. »Zum Glück sind Sie hier. Ich hatte einen Albtraum und wollte rasch an die frische Luft. Doch dann ist mir die Tür zugefallen.« Ich hielt die Luft an. War das glaubwürdig? Viel wichtiger als das war, dass sie mich damit durchkommen lassen würde. Der Pyjama klebte an meiner Haut. Noch immer war ich vollkommen durchnässt.

»Scheinst aber schon etwas länger hier zu warten.«

Ich nickte und drückte das Oberteil meines Schlafanzuges aus. Das Wasser tropfte auf den Boden und verteilte sich in gleichmäßigen Zügen zu fadenartigen Linien. »Ja.« Bestätigend fing ich an zu schlottern. »Sie sind meine Rettung.«

Paola zog eine Augenbraue hoch. Mehr konnte ich in dem schwachen Schein der Laterne nicht erkennen. Am liebsten hätte ich natürlich die Gegenfrage gestellt: »Und Sie, was machen Sie hier?« Aber ich traute mich nicht. Außerdem brauchte ich diese Antwort nicht mehr. Was ich haben musste, war mein Handy. Schnell!

Paola schloss die Tür auf. Ich folgte ihr hinein und stellte die triefenden Schuhe neben die Haustür.

»Danke sehr.« *Bloß nicht unfreundlich sein*, dachte ich und zwang mich zu einem Lächeln.

Paola nickte überraschend gleichgültig. Vielleicht hatte sie einfach zu viel anderes im Kopf.

Wir betraten gemeinsam den Hausflur. Glücklicherweise trennten sich unsere Wege und ich lief hoch in mein Zimmer. Dort machte ich mich auf die Suche nach meinem Handy. Krampfhaft versuchte ich, mich zu erinnern, wo ich es hingelegt hatte. Da brauchte ich es endlich einmal, und dann war es verschwunden. Wie vom Erdboden verschluckt. Aufgeregt durchforstete ich die Schubladen, schaute unters Bett und sogar unter dem Stapel Jeanshosen. Plötzlich stieß ich gegen etwas Festes. Meinen Koffer. Ich atmete erleichtert auf. Da lag es ja. In einem Seitenfach meines Gepäckstückes. Ausgeschaltet. Das hatte ich Paul ja so versprochen.

Ich legte das Gerät auf meinen Nachttisch. Noch immer war ich mir nicht sicher, was genau in der Vergangenheit auf mich zukommen würde, und ob man mich sehen konnte. Hören auf jeden Fall. Schließlich war mein zukünftiges Ich gemeinsam mit Enrico auf mich aufmerksam geworden. *Mein zukünftiges Ich*, wiederholte ich und spürte, wie ich Gänsehaut bekam. Was wohl zu diesem

Zeitpunkt passiert war? Passieren würde ... Schließlich lag das alles noch vor mir.

Ich überlegte. Vielleicht war es doch geschickter, in das schwarze Sommerkleid zu schlüpfen, als weiterhin den hellblauen, patschnassen Schlafanzug zu tragen.

Ich entschied mich dafür, streifte die Kleidung ab und warf mir das Kleid über. Obwohl ich wusste, dass ich noch genügend Zeit für meinen Sprung in die Vergangenheit hatte, brach ich in Stress aus. Ich war wahnsinnig aufregt. Schließlich würde ich diesmal zum ersten Mal freiwillig springen. Ich seufzte. Ob das Ganze hier jemals aufhören würde?

Plötzlich hatte ich ein ungeheuerliches Kribbeln im Bauch. Seltsamerweise bekam ich plötzlich auch Hunger. Ich hielt mir die Hand auf die Bauchdecke und runzelte die Stirn. Was sollte das jetzt?

Wahllos durchsuchte ich meine Tasche nach etwas Essbarem. Aber außer einem in zwei Taschentücher gewickelten Kaugummi und einer leeren Tüte Pfefferminzbonbons fand ich nichts.

Verärgert ließ ich sie sinken und stand auf. Hunger hin oder her. Darauf konnte ich jetzt keine Rücksicht nehmen. Ich musste in die Vergangenheit, sichergehen, dass es tatsächlich Paola gewesen war, die auch schon vor ein paar Tagen die Uhren hatte verschwinden lassen. Ich musste mich nur endlich aufmachen. Auf zu einem abgelegenen Ort.

Ich überlegte. Reichte es wirklich, einfach nur die Zimmertür zu schließen, um Paul und Giulia nicht zu gefährden? Das hatte Paul doch so gesagt, aber woher wollte er es wissen? Ich zögerte, hielt mein Handy in der rechten Hand wie ein brennendes Stück Holz und steckte es dann in meine Kleidtasche. Nein, ich konnte es nicht riskieren, es hier einzuschalten. Auch wenn ich das alles nicht für richtig hielt, wusste ich zu gut, wie sehr der Tod schmerzen konnte.

Binnen weniger Sekunden hatte ich die Tür aufgedrückt und war den Korridor an die Wand gedrückt entlanggelaufen. Aus Paolas Zimmer drang kein Mucks. Noch immer fragte ich mich, was Giulia und Paul die ganze Nacht machten, während Venedig schlief. Mussten sie sich überhaupt waschen? Ich überlegte. Das alles war mir zu wirr. Wie war das mit den Bewegungen? Wieso kamen sie überhaupt voran, wenn sie immer in der Zeit zurückgeworfen wurden?

Ich verstand noch immer nicht alle Zusammenhänge, aber das musste ich akzeptieren. Viel wichtiger war, dass es aufhören musste. Zumindest für mich. Und es durfte nie, nie, niemals für die restlichen Menschen überhaupt erst beginnen.

Ein Schauer lief mir über den Rücken. Jetzt hatte ich mich doch tatsächlich vor meinen eigenen Gedanken erschreckt.

Plötzlich hörte ich draußen erneut ein Donnern. Anscheinend hatte es wieder angefangen zu gewittern. Eigentlich mochte ich dieses Wetter. Es hatte etwas Gemütliches. Kakao trinken, Geschichten erzählen oder in einem guten Buch lesen. Ich musste lächeln. *Irgendwann beginnt diese Zeit wieder*, versprach ich mir. Es musste einfach so sein.

Langsam beugte ich mich vor, hetzte zu den ersten Treppenstufen. Vorsichtig setzte ich den Fuß auf die Holzstufe. Stille. Zum Glück kein Knarren! Ich atmete auf und kämpfte mich die Stufen nach unten. Meine Finger durchgehend an das Handy in meiner Tasche gepresst, blieb ich schließlich auf der Mitte der Treppe stehen. Von hier aus konnte ich aus dem Fenster sehen. Der Regen prasselte auf den Boden, als wollte er Venedig mit seinem Gewicht versenken. Ich musste unverzüglich an die Uhren denken. Mir graute es. Ich fing an zu frieren.

Noch immer spürte ich das eiskalte Wasser auf meiner Haut, die Strömung, die mich hinwegziehen wollte. Plötzlich fiel mir ein, dass ich gar nicht hätte sterben können. Zumindest so lange nicht, bis ich die Situation erlebt hatte, die ich in der Zukunft gesehen hatte.

Das beruhigte mich. Ich atmete gleichmäßiger. Vorerst war ich also in Sicherheit. Dies zu wissen, tat mehr als gut. Jedoch hörte das Rauschen des Wassers in meinem Kopf nicht auf. Dazu saß der Schock zu tief.

Auf einmal fiel es mir wie Schuppen von den Augen. Nicht nur ich war in den Kanal gestürzt, bei dem Versuch, die Wassertiefe zu schätzen. Ihr war es genauso ergangen.

Nach dieser Erkenntnis machte ich mich wieder auf den Weg

in mein Zimmer. Ein Zeitsprung war unnötig. Jetzt kannte ich die Wahrheit.

17. Kapitel

Am nächsten Morgen saß ich auf dem Badewannenrand und schrubbte die letzten Reste des schmierigen Wassers von meinen Beinen. Endlich fühlte ich mich wieder wie ein Mensch. Obwohl unter meinen Augen immer noch die dunklen Ringe lagen, die die Nacht mit ihren schweren Stunden in Erinnerung hielten.

Ich atmete tief durch und legte den Waschlappen ins Becken. Noch immer fiel es mir schwer zu glauben, dass Paola dies alles wirklich geplant und durchgezogen hatte. In meinem Kopf wüteten die Gedanken, ob ich Giulia und Paul von meinen Beobachtungen erzählen sollte. Doch meine Angst war zu groß. Ich konnte immer noch nicht sicher sein, ob die beiden ebenfalls etwas damit zu tun hatten. Und solange musste ich Stillschweigen bewahren.

Während ich grübelnd im Badezimmer hockte, hörte ich unten in der Küche Geschirr klirren. Giulia machte bestimmt das Frühstück. Aber so wie ich aussah, traute ich mich nicht hinunter. Mit Sicherheit würde ich dann auf Paola treffen! Gänsehaut überfuhr mich. Ob Enrico sich inzwischen beruhigt hatte?

Ich entschied mich doch dafür, nach unten zu gehen. Vorher würde ich mir noch eine Ladung Make-up ins Gesicht klatschen. Meine aufgeschürften Hände brannten entsetzlich und ich überlegte, wie ich die Wunden unkenntlich machen konnte. Jedoch fiel mir nichts ein. Ich würde wohl oder übel vorsichtig sein müssen.

Eilig sprang ich vom Wannenrand und betrachtete mich im Spiegel. Ein Anblick des Grauens. Die Haare hingen zottelig über meinen Schultern und meine Augen lagen tief in ihren Höhlen. Irgendwie sah ich krank aus. Ein bisschen Schminke verhalf mir zu einem gesünderen Aussehen. Trotzdem hatte ich Bedenken, nach unten zu gehen. Ich wollte ins Bett, schlafen und vergessen, was gestern passiert war. Das alles sollte nur ein Albtraum sein.

Ich schüttelte mich. Meine Kapazitäten waren erschöpft. Ich betrachtete meine Oberschenkel. Tausend kleinste Kratzer zierten diese und erinnerten mich an meine Unternehmung in der Nacht. *Hoffentlich wird mich niemand darauf ansprechen*, dachte ich und öffnete die Badezimmertür. Nervös lief ich den Korridor entlang in Richtung Treppe. Der Weg kam mir ewig lang vor, aber das lag wahrscheinlich daran, dass ich jeden einzelnen Strich der Holzstruktur gedanklich nachzog.

Als ich in der Küche stand, begrüßte Giulia mich überschwänglich. Sie musterte mich, runzelte kurz die Stirn, wandte sich aber dann wieder dem Frühstückstisch zu. »Hunger?«

Ich zuckte mit den Schultern. Ehrlich gesagt war ich mir selbst nicht so sicher, ob das Ziehen in meiner Magengegend Hunger oder einfach nur Unruhe war. »Wo sind die anderen?« Natürlich dachte ich gleich an Paola und sah mich unsicher um. Hoffentlich würde sie nicht so schnell aufkreuzen.

»Enrico ist auf dem Markusplatz.«

Mir dämmerte etwas. War heute Abend nicht das Festival geplant? Ich fragte Giulia.

Sie nickte. »Es ging alles schneller als gedacht.« Da musste ich ihr zustimmen. »Ich bin gespannt, wie dir der Abend gefallen wird.«

Darauf erwiderte ich nichts. Es stand noch immer in den Sternen, ob ich mich überhaupt trauen würde, auf dem Festival aufzutauchen. So wie ich mich mit Enrico gestritten hatte, war ich wahrscheinlich die Letzte, die er nach all seinen Anstrengungen dort sehen wollte.

Ich nickte nur und fuhr mir anerkennend mit der Zunge über die Lippe, als ich die Speisen auf dem Tisch identifiziert hatte. »Sieht gut aus.«

Giulia lächelte. »Freut mich, wenn es dir gefällt. Ich dachte mir, wir machen es uns heute besonders schön.«

Ich hakte nicht mehr nach, sondern setzte mich nur an meinen Platz. Es roch verführerisch nach frischem Brot, und ich fragte mich, ob der Bäcker wohl mittlerweile wieder geöffnet hatte. Jedoch traute ich mich nicht zu fragen.

Giulia setzte sich neben mich. »Fang ruhig an, Liebes. Paul kommt erst später. Er hat noch einiges zu erledigen.«

»Und Paola?«, rutschte es mir heraus.

Giulia sah mich überrascht an. Wahrscheinlich war sie genauso verwirrt über meine Worte wie ich selbst. »Paola?«, wiederholte sie den Namen, als habe sie ihn noch nie zuvor gehört.

Ich nickte bestimmt. »Will sie denn nicht mit uns frühstücken?«

»Sie hat die Nacht nicht gut schlafen können. Wahrscheinlich wegen des Gewitters.«

»Ja«, sagte ich. »Wahrscheinlich deswegen.«

Innerlich tobte ich fast vor Empörung. Von wegen Gewitter. Sie war genau wie ich die halbe Nacht auf Tour gewesen. Hin- und hergerissen biss ich in eine Scheibe Brot. Giulia sagte während des Essens kaum etwas. Ab und an machte ich nutzlose Bemerkungen zum Wetter oder dem Festival heute Abend. Sie reagierte allerdings ziemlich nüchtern, sodass ich irgendwann auch nur noch die Krümel von meinem Teller sammelte und sie mir schweigend in den Mund steckte.

Neugierig war ich schon, was das Festival betraf. Das musste ich zugeben. Die Bilder aus Pauls Buch zeigten fantastische Aufnahmen vom Karneval und eigentlich graute es mir davor, den Abend zu verpassen. Andererseits hatte ich es mir mit Enrico auch mächtig versaut. Ob ich mich entschuldigen sollte? Für etwas, was richtig gewesen war? Nein! Das konnte ich nicht. Ich musste ihn stattdessen überzeugen, dass ich recht hatte. Nur, dass die Täterin in Wahrheit Paola war. Na, vielleicht hatte ich doch voreilig entschieden. Schließlich wusste ich immer noch nicht, was Paul und Giulia mit dem Ganzen zu tun hatten. Die Eintrittskarten in den Dom, Pauls seltsames Verhalten ... Eigentlich sprachen die Dinge für sich.

Während ich den letzten Schluck meines Orangensafts die Kehle hinunterlaufen ließ, trafen mich plötzlich Erinnerungen wie ein Schlag auf die Schulter. Paola hatte die Karten geholt. Ich hatte sie doch am Dom beobachtet. Mein Herz fing an, wie wild zu klopfen, mein Hals schnürte sich zu und der Orangensaft schwappte in meinem Bauch hin und her.

»Alles in Ordnung?« Giulia musterte mich aufmerksam.

Ich nickte. »Wie lange arbeitet Paola schon für Sie?«

Schweigen. Giulia schluckte sichtbar. »Seit ein paar Jahren.«

Wie lange … Eine gewagte Frage und eine schwierige zugleich. Zumindest für jemanden, der nicht nur das Zeitgefühl verloren hatte, sondern auch die Zeit selbst.

»Ein paar Jahre? Hm … Und wie gut kennen Sie sich?«

Giulia schien empört. »Sag mal, Luzie. Soll das ein Verhör werden?«

Ich schüttelte ertappt den Kopf. »Quatsch. Ich bin nur neugierig. Sie wirkt so … vertraut hier.« Eigentlich hatte ich besitzergreifend sagen wollen, aber ich war mir nicht sicher, ob das nicht dreist klingen würde.

»Man lernt sich ja auch kennen im Laufe der Zeit.«

Ich nickte. »Ich habe sie letztens am Dom gesehen. Sie hat Eintrittskarten gekauft.«

Statt zu reagieren, nahm Giulia ihre Kaffeetasse in die Hand und legte die Lippen an das kühle Porzellan. »Wenn du eine Führung haben willst, dann kannst du ja mal vorbeigehen.«

Nein, dachte ich. Darauf wollte ich definitiv nicht hinaus.

»Aber es ist schon spät. Ich muss jetzt mal den Haushalt machen.«

Dazu haben Sie noch viele Jahre Zeit!, wollte ich rufen, aber ich schob den Stuhl nach hinten und stand wortlos auf. Sollte sie sich doch etwas zurecht lügen. Ich würde der Sache weiterhin auf den Grund gehen. Und dazu brauchte ich Enrico.

Im Badezimmer ließ ich den Schaum der Zahnpasta einmal über meine Beißer jagen, ehe ich meine Tasche mit dem ausgeschalteten Handy und meiner Digitalkamera um die Schulter hängte und die Treppe nach unten lief. Von wegen spät. Es war überhaupt nicht spät. Zumindest hier drinnen nicht.

Auf dem Display meines Handys spiegelte sich mein grimmiges Gesicht, in dessen Augen zweifelsfrei die Müdigkeit geschrieben stand. Der wenige Schlaf kam mir definitiv nicht zugute. Lag das vielleicht an dem Zeitstillstand? Nein, schlafen musste ich trotzdem können. Schließlich hing das nicht von der Uhrzeit ab, sondern von meinem Organismus.

Ich überlegte gerade, wo sich Enrico herumtreiben würde, da schlug die Tür hinter mir zu. Ich stand in der Hitze. Mein Handy sagte mir, es sei 11:43 Uhr, und zeigte zwei neue Nachrichten. Eine auf WhatsApp von einer Schulfreundin, die mich nach der Bestellnummer eines Mathebuchs fragte, und die andere eine E-Mail, in der man mir verkündete, ich habe sieben Millionen Dollar geerbt. Ich löschte diese Nachricht gleich.

Gerade wollte ich das Handy in die Tasche schieben, da bemerkte ich, dass es immer noch 11:43 war, obwohl ich schon ein Stück gelaufen war. Das war unmöglich. Vielleicht war das Ding schon wieder stehengeblieben. Ich stöhnte auf und öffnete das Einstellungsmenü. Genervt überprüfte ich dessen Funktion. Mittlerweile näherten sich mir Menschen. Sie alle trugen Taschen mit Einkäufen oder Errungenschaften aus den Designerläden. Ich musterte sie neugierig und verwirrt zugleich. Irgendetwas war anders. Ich fühlte mich plötzlich schwer und träge. Alles schien unglaublich … unglaublich langsam. Normalerweise war es doch die Hektik, die sich durch Venedig zog. Gerade fühlte ich jedoch gar nichts dergleichen. Nur eine große Ruhe und Gelassenheit. Kein Tatendrang, kein Ehrgeiz und Streben nach mehr. Ich spürte in mir Entspannung und Besinnung.

»Entschuldigung«, hörte ich mich fragen. »Können Sie mir vielleicht sagen, wie spät es ist?«

Der Mann, der direkt vor mir stand, blieb stehen und warf einen Blick auf sein Handgelenk. »Exakt 11:44 Uhr.« Er lächelte.

Ich erstarrte. Selbst das fühlte sich anders an. So als könnte ich genau fühlen, wie sich mein Zustand änderte. Das alles passierte nicht in Sekundenschnelle, es waren keine blitzschnellen Reflexe des Körpers. Da war viel mehr. Viel mehr Zeit. Und gleichzeitig dieser Schwebezustand. Mittlerweile war auf jeden Fall weitaus mehr Zeit vergangen, als meine digitale Anzeige sagte. Ich fing an zu zittern.

»Ist dir kalt?« Verdutzt sah der Mann mich an und guckte dann zum Himmel, von dem die Sonne strahlte. Als ich nicht reagierte, runzelte er die Stirn. »Alles in Ordnung?«

»Ja«, piepste ich und stolperte an ihm vorbei. Offensichtlich war wirklich nur eine einzige Minute vergangen. Wie hypnotisiert nahm ich die Dinge wahr, die um mich herum geschahen. Alles fühlte sich an wie in einem Rausch. War es bereits zu spät? Waren die ganzen Uhren weg? Und niemand schien etwas davon mitbekommen zu haben. Wie immer gingen die Menschen ihrem Alltag nach.

Stopp! Wenn die Zeit nun aus Venedig verschwunden war, wieso war dann auch diese eine, diese einzige Minute vergangen? In meinem Kopf fing alles an zu rattern, bis mir klar wurde, dass die Zeit nicht komplett fort war, sondern nur der größte Teil. Ein paar Uhren waren noch hier! Unheimlich! Aber so blieb mir wenigstens noch eine kleine Chance, Übleres zu verhindern. Dazu musste ich allerdings auf Paola achtgeben. Enrico war vergessen.

Panisch rannte ich in der glühenden Hitze die Straße zurück. Mein Schatten auf dem Asphalt wurde immer schneller, als versuchte er, mich selbst zu überholen. Meine Stirn fühlte sich feucht an, meine Finger klebten, als ich keuchend vor der Tür stehen blieb. Schnaufend holte ich Luft und legte meine Hand auf den Löwenkopf. Der laute Schlag erschreckte mich. Ich war einfach so aufgeregt, fühlte mich aufgeschmissen. Wieder einmal hatte ich mir alles so leicht vorgestellt. Wie sollte ich Paola aufhalten? Ich musste mit Giulia sprechen. Vor ihr hatte ich wenigstens keine Angst.

Von innen hörte ich eine Stimme. Pauls Stimme. »Luzie, bist du das?«

Meinen Atem beruhigend, presste ich ein undeutliches *Ja* heraus.

»Im Briefkasten klebt oben ein Schlüssel.«

Gewagt, dachte ich und nahm zögernd den silbernen Schlüssel in die Hand. Zitternd steckte ich ihn ins Schloss, drehte ihn vorsichtig um und schob die Tür auf. Paul stand hinter der Durchgangstür, genauso wie beim letzten Mal, als er mir die Tür geöffnet hatte. Ich starrte ihn an, als hätte ich ein Gespenst gesehen.

»Alles in Ordnung?« Diese Worte hörte ich nun schon zum wiederholten Mal an diesem Tag.

Ich nickte unsicher. »Ich suche nur …« Sofort brach ich ab, lief an dem verständnislosen Paul vorbei in die Küche und sah mich nach Giulia um. Verdammt, ich musste mit ihr reden. Dringend! Die Gedanken in meinem Kopf überschlugen sich.

»Wen suchst du?« Paul stand auf einmal hinter mir, die Hand noch auf der Klinke der Tür, die er hinter sich geschlossen hatte.

»Giulia«, presste ich hervor und hoffte, dass ich nicht aufgedrehter klang, als ich mich ohnehin schon fühlte.

»Ich denke, sie befindet sich im Wohnzimmer. Macht eine kleine Pause. Ihr Herz.« Wie er die Worte sagte, versetzten sie mir einen Stich.

»Giulia war herzkrank?« Unkontrolliert rutschte mit diese Frage heraus.

Paul schüttelte den Kopf. »Sie *war* nicht herzkrank. Sie ist es noch immer.«

Ich erinnerte mich daran, was Enrico gesagt hatte. Dass das Stehenbleiben der Zeit keine Krankheiten heilen konnte, sondern nur deren Verlauf stoppen. »Das heißt, sie ist eigentlich noch immer todkrank?«

Diesmal nickte Paul. Das Blut schoss mir in den Kopf.

»Ich habe Angst.« Eigentlich hatte ich das nicht sagen wollen, aber in diesem Augenblick überfielen mich die Emotionen mit einer so heftigen Wucht, dass ich nicht anders konnte. Erst dachte ich, Paul würde sich einfach umdrehen. Aber dann machte er einen Schritt auf mich zu und umarmte mich. Ich blieb regungslos stehen, ließ das alles einfach nur geschehen. Meine Augen wurden feucht, ich konnte nicht mehr.

Nach ein paar Sekunden löste er sich von mir. »Du musst keine Angst haben.«

Ja, dachte ich. Er hatte keine Ahnung. Keine Ahnung davon, was Paola vorhatte. Ich schluckte. »Ich muss Ihnen etwas sagen …«

In diesem Augenblick hörte ich Schritte im Flur. Mein Herz schlug schneller. Paola … Ich musste hier weg.

Paul sah mich wartend an. Ich atmete tief ein und aus. Sollte ich ihm sagen, was ich wusste? Ich schluckte, merkte, wie mein Herz schneller und schneller schlug und mir schwindlig wurde. *Nein*, schoss es mir durch den Kopf. Jetzt war nicht der richtige Zeitpunkt. Ich musste verschwinden, Paola im Auge behalten.

»Danke.« Mehr brachte ich nicht hervor.

Paul lächelte. »Du bist ein gutes Mädchen. Du musst dich nur deines Verstandes bedienen.«

»Wie meinen Sie das?« Ich musste weg. Zu Paola. Sehen, was sie machen wollte.

»Das wirst du noch merken, Luzie. Versprich mir, dass du vorsichtig bist.«

Ich wollte etwas entgegnen, aber Paul legte seinen Zeigefinger auf die Lippen.

Die Schritte entfernten sich. Ich musste auf der Stelle los, ihr folgen. Er durfte mich nicht aufhalten.

»Ich verspreche es.« Mein Herz schlug schon wieder schneller. »Ich muss jetzt weg«, krächzte ich und wollte mich umdrehen, als Paul mich am Arm packte.

»Bitte, Luzie. Hör genau hin, schau genau hin. Sei aufmerksam.«

Ich hörte seine Stimme wie von ganz weit weg. Als sei er gar nicht mehr richtig da. Ich musste mich beeilen, dringend mit Paola reden. Das ganze Hin und Her machte mich wahnsinnig.

Meine Beine zitterten, als ich mich in Richtung Treppe bewegte. Bemerkte denn da draußen niemand, dass mit der Zeit etwas nicht stimmte? War ich denn die Einzige, die verstand, was hier wirklich vorging? Musste inzwischen nicht irgendwer auf das Verlangsamen der Zeit aufmerksam geworden sein?

Warum war das nur alles so kompliziert?

Paola schien den ganzen Tag wie vom Erdboden verschluckt, was mich unglaublich nervös machte. Anscheinend war sie während meines Gesprächs mit Paul doch nicht nur im Haus herumgelaufen, sondern hatte es verlassen. Ich hockte währenddessen nur auf dem Bett und starrte an die Decke, die wegen des Sonnenlichts mit tanzenden Schatten bedeckt war. Während ich wartete, machte sich immer mehr das Gefühl in mir breit, dass es schon zu spät war. Da Paola sich nicht mehr gezeigt hatte, hatte sie genug Zeit gehabt, die restlichen Uhren zu stehlen.

Noch immer war ich mir nicht sicher, ob es nicht vielleicht doch besser gewesen wäre, am Abend in die Vergangenheit zu springen. Andererseits war mir nicht wohl dabei. Paul hatte es jedoch auch getan. Das war mir klar geworden. Ich hatte zwar keine Ahnung, in welcher Zeit und zu welchem Anlass ich mich in der Werkstatt befunden hatte, aber ich wusste, dass er die Gusstaube wiedergeholt hatte. Aus der Vergangenheit. Wie genau das möglich war, war mir nicht bewusst. Jedoch war dies die einzige Erklärung dafür, was ich gesehen hatte.

Die Taube war unversehrt gewesen, nachdem sie zuvor in tausend Einzelteile zerbrochen war. Es musste etwas mit dem Zeitspringen zu tun haben. Und wer wusste mehr darüber als Paul selber? Das hieße auch, dass ich ihn bei meinem Zeitsprung in der Werkstatt nicht in seiner Lebenszeit hatte antreffen müssen, sondern vielleicht noch viel früher.

Ich drehte mich auf den Bauch und ließ den Kopf auf das Kissen fallen. Mittlerweile war es draußen schon recht düster, und ich musste an Enrico denken, der wohl gerade einen rauschenden Abend erlebte. Aber ich konnte nicht auf das Festival gehen. Nicht nur wegen Enrico, sondern auch wegen Paola.

Stimmen waren im Hausflur zu vernehmen. Ich konnte nichts Genaues verstehen, trotzdem ahnte ich, dass es Paola war, die nach Hause gekommen war. Abrupt setzte ich mich auf die Bettkante und schlich zu der angelehnten Zimmertür.

»Du bist nicht auf dem Fest?«, hörte ich Giulia sagen. Ihre Stimme war verdammt leise, sodass ich kaum etwas verstehen konnte. Mir wurde klar, dass ich nach unten musste, um mitzubekommen, über was die beiden redeten.

Mucksmäuschenstill entfernte ich mich vom Türrahmen. Ein Murmeln. Ein Rascheln. Ich stand fast an der Treppe nach unten, da hörte ich sie näherkommen. Hastig versteckte ich mich im Türrahmen der Bibliothek, doch die beiden gingen an den Stufen vorbei. Es waren tatsächlich Giulia und Paola. Beunruhigt folgte ich ihnen. Als sie im Wohnzimmer verschwunden waren, stellte ich mich nah an die Tür und biss mir auf die Lippe. Zitternd presste ich mein Ohr gegen den Holzrahmen.

»Das kann nicht dein Ernst sein.« Das war eindeutig Giulia. Ihre Stimme war leise und schwach.

Ich schauderte. Beichtete Paola ihre Tat?

»Das geht so nicht.« Schon wieder Giulia.

»Das ist ungerecht.«

»Nein. Das ist richtig so. All die Jahre haben wir nicht darüber gesprochen.«

»All die Jahre? Seit Vaters Tod …«

»Lass gut sein mit den alten Geschichten.«

Jetzt sprach wieder Paola. »Und jetzt ist Zeit, alles zu erklären.«

»Ich bitte dich. Tu es nicht.« Giulia klang verzweifelt.

»Ich bitte dich auch.«

»Was willst du denn?« In Giulias Frage steckte Verzweiflung.

»Dass die anderen endlich die Wahrheit erfahren.«

»Die Wahrheit worüber? Dass ich einen Fehler gemacht habe?« Ihre Stimme bebte.

»So. Ein Fehler. Du hast also einen Fehler gemacht?« Wut kochte in Paola hoch. Was ging hier vor? Am liebsten hätte ich das Zimmer gestürmt, aber das ging ja schlecht.

»So meine ich das nicht. Du weißt genau, wie sehr ich Paul liebe.«

Ein Schnauben. »Und meinen Vater? Den hast du nur benutzt?«

Giulia lachte. Aber es war kein herzliches Lachen, sondern ein trauriger Hilfeschrei. »Ich ihn? Paola, er hat mich benutzt. Ich hasse mich heute noch für das, was ich getan habe.«

»Schäm dich, so über einen Toten zu sprechen.«

Mein Herz flatterte. Einen Toten? Was war mit Paolas Vater geschehen?

»Aber wahrscheinlich ist dir sein Tod nur recht. Schließlich musstest du nicht mehr mit der Schuld leben, bis ich kam.«

»Bitte.« Verzweiflung. Pure Verzweiflung drang aus Giulias Mund.

»Ich wünsche, ich könnte es rückgängig machen«, sagte Paola. »Ich wünschte, ich wäre niemals hierhergekommen. Du hast mich nie gewollt.«

»Das ist doch purer Unsinn. Ich liebe dich. Aber du bist ein Risiko für mich. Deshalb müssen wir das alles geheimhalten.«

Ich schauderte. Liebe? Geheimhalten?

»Ein Risiko.« Paolas Stimme zitterte. »Ich bin deine Tochter.«

Mein Herz rutschte mir in die Hose.

»Sag es ihnen, oder ich tue es.« Dann war das Gespräch vorbei. Zumindest waren ihre Worte so eindringlich, dass ich dachte, dass einer von beiden wutentbrannt den Raum verlassen würde. Aber sie blieben, verhielten sich sogar unerwartet ruhig.

»Es war eine Nacht. Eine einzige Nacht. Ich kann dafür nicht alles aufs Spiel setzen.«

Paola fing an zu weinen. Ich bildete mir ein, die Tränen auf den Boden tropfen zu hören.

»Ich kann nicht mehr die einfache Angestellte sein. Ich halte das nicht mehr aus.«

Stille. Ich hielt die Luft an. Eine uneheliche Tochter, stammend aus einer Nacht mit einem anderen, Paolas Drohung ...

»Es bringt ihn um. Es bringt ihn um!« Giulia schrie die Wörter förmlich durch das Zimmer. Ich befürchtete fast, Paul würde kommen und alles mithören. Die ganze Zeit über drehte ich mich immer wieder um, nur um zu sehen, dass dem nicht so war.

»Nein, Giulia.« Die Worte zischten aus Paolas Mund. »Es bringt mich um.«

Gänsehaut überlief mich. Ich hatte genug gehört. Giulia war Paolas Mutter, Paul aber nicht ihr Vater. Das war definitiv mehr, als ich erwartet hatte.

Gerade wollte ich mich abwenden, um zu sehen, dass ich wegkam, da hörte ich von innen eilige Schritte auf die Tür zukommen. Ich erschrak, fuhr herum und wäre beinahe gestolpert, wenn ich mich nicht im letzten Augenblick an der Wand abgefangen hätte. Die Tür flog auf.

Ich blieb mucksmäuschenstill dahinter stehen. Paola kam heraus, sie hatte mich nicht bemerkt. Ich durfte mich nicht bewegen, wagte kaum zu atmen und schloss die Augen, als sei ich dann der Unsichtbarkeit ausgesetzt. Wenn sie sich jetzt umsehen würde, war ich ertappt. Aber sie tat es nicht. Stattdessen verschwand sie die

Treppe hinauf. Reglos blieb ich stehen und konnte nicht glauben, was gerade passiert war.

* * *

⇤ 1948 ⇥

Seit einer gefühlten Ewigkeit lag sie auf dem Bett und starrte nur aus dem Fenster. Draußen schneite es. Es waren so feine Schneeflocken, dass man hätte denken können, sie wären sortiert. Nach dick, nach dünn. Nach groß, nach klein. So wie man in der Gesellschaft heute typischerweise Menschen sortierte. Die Natur schien das alles irgendwann ebenfalls mitzumachen.

Die Frau auf dem Bett lag einfach nur dort. Sie konnte sich nicht mehr bewegen. Alles in ihr fühlte sich wie festgefroren an. Ihre Hände waren kalt, ihr Kopf wie leergefegt. Irgendwo da draußen waren ihre Gedanken, verfangen in der Schuld. Sie wusste nicht, was sie fühlen sollte, spürte nur, dass jeder Atemzug sie enorme Kraft kostete. Als würde sie ersticken, schnappte sie nach Luft, drehte sich auf den Bauch und ließ den Kopf in das Kissen fallen. Sie fühlte sich dreckig, überall. Jede Stelle ihres Körpers zitterte, als hätten seine Finger und seine zärtlichen Berührungen ihr Schmerzen zugefügt. Sie wünschte sich, die Zeit zurückzudrehen, den Fehler nicht noch einmal zu machen, oder das Ganze vergessen zu können. Aber das war ihr nicht möglich. Sie musste akzeptieren, dass es geschehen war.

Langsam öffnete sie die Augen, ließ den Blick über ihren nackten Körper schweifen und schauderte. An ihrem Hals war immer noch dieses Liebesmal. Sie hätte es am liebsten von ihrer Haut gekratzt, aber es war nun ein Teil von ihr. Es würde sich nicht einfach abwaschen lassen. Sie würde wohl einige Tage damit auskommen müssen. Was, wenn *er* das sehen würde? Der Gedanke an ihn schmerzte ihn ihrer Brust. Sie liebte ihn über alles auf der Welt. Warum hatte sie ihm das angetan? Warum nur?

Der andere hatte sie verführt, war schließlich mit den Lippen über ihren Nacken gefahren. Noch immer konnte sie seinen Atem spüren. Dafür musste sie nur die Vorstellung daran zurückrufen. Sie wünschte sich plötzlich nichts sehnlicher, als vergessen zu können. Die Stunden aus ihrer Erinnerung entschwinden zu lassen und sich frei zu fühlen. Sie wusste, dass sie die Zukunft mit dem, was sie getan hatte, verbinden musste. Jeden Morgen würde sie aufwachen und daran denken müssen, jeder Blick, den ihr Liebster ihr zuwerfen würde, würde ihr schlechtes Gewissen einfangen, jedes schöne Wort in ihrem Ohr zischen, jede Berührung brennen und jeden Abend würde sie mit diesem unwohlen Gefühl einschlafen. Und schuld daran war einzig und alleine sie.

Sie bildete sich ein, ihn noch an der Bettdecke riechen zu können, und beschloss, sie sofort zu waschen. Dann, wenn sie sich wieder richtig bewegen konnte. Was, wenn dies nie mehr der Fall sein würde? Konnte man so einfach gelähmt sein? Urplötzlich?

Sie zuckte zusammen, bekam eine Gänsehaut. Ihr war verdammt kalt. Der eisige Wind, der durch das geöffnete Fenster wehte, um den Geruch nach ihm entschwinden zu lassen, schmerzte auf ihrer Haut. *Das habe ich verdient*, hämmerte es in ihrem Kopf. Sie wusste, dass sie damit recht hatte. Sie hatte die Schmerzen tatsächlich verdient. Wenn *er* nur wüsste, was sie ihm angetan, wie sehr sie ihn verletzt hatte, dann würde er sie verlassen. Aber sie brauchte ihn. Sie wollte ohne ihn nicht leben.

Was war, durchfuhr es sie, wenn dann alles besser wäre? Wenn nur der Tod sie von ihrer Schuld befreien würde? Wieder drückte sie ihren Kopf in das Kissen, hielt einige Sekunden inne, wollte keine Luft mehr holen, doch irgendein Feind – oder war es vielleicht eine Freundin? – ließ ihren Kopf wieder nach oben schnellen. Es hatte sich nicht einmal gut angefühlt. Ihr Liebster war immer zärtlich gewesen, hatte das getan, was ihr gefiel. Aber er, er hatte hinterher nur noch seinen Spaß gewollt. Noch immer pulsierte in ihrem Knie der Schmerz. Er war unsanft gewesen, hatte ihren Gefühlen kaum Beachtung geschenkt. Sie wusste nicht, was sie tun sollte. Sie wusste nur noch eins: Sie hatte verdammt große Angst.

18. Kapitel

Ich wusste nicht, was ich nun tun sollte. Es war alles falsch. Zumindest erschien es mir so. Ich sollte nicht hier sein, durfte es nicht. Unruhe stieg in mir auf. Ich biss die Zähne zusammen. Drei, zwei, eins! Ich machte einen Schritt auf die Tür zu. Zwei. Drei. Vier. Nun stand ich im Rahmen.

»Luzie, Kind, was machst du hier?«

Ich schluckte. Jetzt war es zu spät. Ich merkte, wie mir das Blut in den Kopf stieg.

»Ich … ich …« Ich konnte nicht mehr reden. Mein Herz schien zu zittern, mein Hals sich zuzuschnüren und mein Atem ging unregelmäßig und schnell, als würde ich jeden Augenblick ersticken. Stattdessen wurde mir eiskalt und schwindelig. »Ich habe Angst.« Das hatte ich schon mal gesagt. »Angst vor …« Gott, was sollte ich nur sagen?

»Vor?« Giulia setzte sich auf. Sie hatte die ganze Zeit schwach auf dem Sofa gehockt.

Hilfe, es fliegt, es fliegt. Mein Herz. Es fliegt davon.

Meine rechte Hand auf das Herz legend, trat ich ein. »Der Zeit.«

Giulia riss die Augen auf. »Was meinst du? Die Zeit … Die Zeit, Luzie, ist hier drin das geringste Problem.«

Wollte sie mir jetzt alles erzählen? Meine Wangen glühten vor Aufregung. Aber ich kannte die Geschichte, hatte keine Zeit, um noch einmal aufmerksam zuzuhören.

»Ich weiß es. Ich weiß alles.«

Giulia wurde blass, sah mich fragend an und räusperte sich dann. »Paul?«

Ich nickte. »Aber die Zeit steht nicht nur hier drinnen still, Giulia. Draußen ... Auch draußen ist sie in Gefahr.«

Sie schien nicht ganz zu verstehen. Oder verstehen zu wollen. »Alles ist gut, okay?« Sie stand auf, strich mir über den rechten Oberarm und wollte das Zimmer verlassen.

»Wer ist Paola, wer ihr Vater? Wieso will sie, dass alle die Wahrheit wissen?«

Giulia blieb stehen. Wie vom Blitz getroffen. Bumm! *Mein Herz ist stehengeblieben*, schoss es mir durch den Kopf. Aber ich stand noch. Schwindlig, mir war schwindlig geworden. Mehr nicht.

»Wie meinst du das?« Ihr Kopf schnellte in meine Richtung.

Ich konnte nicht antworten, war dafür viel zu aufgeregt, schockiert und ...

»Alles«, presste ich hervor.

Giulia schien nicht zu verstehen. Zumindest tat sie so. »Wovon sprichst du?«

»Davon, dass Paola Ihre Tochter ist.« Ich versuchte, ruhig zu bleiben, stand dort wie eine Zinnfigur, die jemand vergessen hatte, vom letzten Weihnachtsfest wegzuräumen.

»Setz dich!« Giulia kam auf mich zu, drückte ihre Handfläche auf meine Schulter.

»Ich habe alles gehört.« *Gott*, dachte ich. Wenn ich recht hatte, war ich ab sofort in Gefahr. Ich wäre eine Lücke in Giulias sicherem Plan. Sie musste sich vor mir fürchten. *Und ich mich vor ihr*, fügte ich in Gedanken hinzu.

Suchend sah ich mich nach einem schweren Gegenstand um. Der Briefbeschwerer auf dem Tisch? Der Kerzenständer neben dem Gefäß mit den Karamellbonbons? Wenige Sekunden später wurde mir erst klar, was ich gerade geplant hatte. Ich schüttelte mich, verscheuchte die Gedanken aus meinem Kopf. Giulia würde mir nichts tun. Sie war eine gute Frau, eine sorgsame Mutter ... Ich hoffte es zumindest. Zu verlieren hatte ich nun jedenfalls nichts mehr. Es war raus.

»Luzie ...«, setzte sie an. Ihre Stimme klang belegt und schwer. So, als kostete jeder Buchstabe, der über ihre blassroten Lippen kroch, sie unheimlich viel Kraft. »Du musst mir zuhören, bitte.«

Ich nickte schwach. Zu mehr war ich nicht in der Lage.

»Ich habe Paul nie betrügen wollen, weißt du? Ich war so jung.« Es war komisch, die Worte aus Giulias Mund zu hören. Natürlich wusste ich, dass seit dem Seitensprung schon viele, viele Jahre vergangen waren. Trotzdem sah ich vor mir immer noch diese junge Frau sitzen. Ihre Augen wurden feucht und auch auf meinem Arm stellten sich alle Haare auf.

»Das ist keine Rechtfertigung.« Ich wusste selbst nicht, warum ich so hart zu ihr war, aber ich wollte sie mit diesem einfachen Gerede nicht davonkommen lassen. Auch wenn sie Paul über alles liebte, auch wenn das Ganze schon viele Jahrzehnte zurücklag und auch wenn die Verzweiflung ihr noch immer in die Augen geschrieben stand.

»Ich weiß. Und ich lebe seit Jahren mit dieser Schuld, Luzie.«

Mein Name brannte in meinem Kopf. Ja, wahrscheinlich hatte sie sich nie vergeben. Aber wie auch? Sie hatte eine Tochter. Eine Tochter von einem anderen. »Und Paola?«

Giulia wischte sich mit der Hand über die Wangen und räusperte sich. »Paola ist bei ihrem Vater aufgewachsen. Alessandro hat die gesamte Verantwortung übernommen.«

»Und niemand hat gemerkt, dass Sie schwanger waren?«

Sie schüttelte den Kopf. »Natürlich. Paul wusste davon. Nur wusste er nichts von Alessandro.«

»Das heißt, er ist davon ausgegangen, dass er Paolas Vater wird?«

Giulia nickte. »Es war ein paar Jahre vor Enricos Geburt. Er hat sich so sehr ein Kind gewünscht.«

Das konnte ich alles nicht ganz verstehen. »Und wieso haben Sie Paola nicht selbst aufgezogen?«

»Das hatte ich doch vor. Bis mir bewusst wurde, dass das Mädchen mich immer an meine Schuld erinnern würde. Ich konnte sie nicht bekommen. Zumindest dachte ich das. Alessandro hat das aber nicht akzeptiert. Nachdem ich ihm in meiner Verzweiflung gestanden hatte, dass er Vater wurde, bot er an, sie aufzuziehen.«

»Und Paola sollte ihre Mutter niemals kennenlernen?« Wut brodelte in mir. Wie konnte Giulia dies nur zugelassen haben? Ich wusste, wie hart es war, ohne Mutter zu leben. Dass eine

Schwangere ihr Kind direkt nach der Geburt aus der Hand gab, war für mich nicht nachzuvollziehen.

»Ich ließ es für Paul wie eine Totgeburt aussehen. Und erst als Alessandro vor Jahren starb, hinterließ er Paola ein Schreiben, in dem er ihr alles erklärte.«

»Und dann zog sie hierher?« Ich rutschte aufgeregt auf dem Sofa hin und her. Es schien, als würde meine Hose bei der Berührung mit der Sitzfläche verbrennen – als säße ich wortwörtlich auf heißen Kohlen.

»Sie bewarb sich als Haushilfe. Enrico suchte jemanden, der uns hier drinnen ein wenig zur Hand ging. Da kam sie gerade richtig. Sie wollte kaum etwas haben, nahm das Zimmer, das wir ihr zur Verfügung stellten, und erledigte pflichtbewusst ihre Aufgaben.«

Ich nickte verstehend.

»Sie erzählte etwas von sich, von ihrem toten Vater und der Mutter, die sie nie kennengelernt hatte. Das Ganze erinnerte mich so sehr an meine Tochter, die ich selbst im Stich gelassen hatte. Ich wusste nicht mal, welchen Namen Alessandro ihr gegeben hatte.«

»Und wie stellte sich das alles dann heraus?«

»Ich saß nachts wie immer im Wohnzimmer, schaute aus dem Fenster und weinte. Die Erinnerungen an damals kamen hoch. Da hörte Paola mich und setzte sich neben mich. Und wie sollte es auch anders sein, erzählte ich ihr von damals und gestand ihr, wie sehr sie und ihr Schicksal mich an meine eigene Vergangenheit erinnerten.«

Mittlerweile waren auch mir ein paar Tränen die Wangen heruntergelaufen, während Giulia leise schluchzte.

»Wir saßen hier genau wie du und ich gerade, als ich verstand, wer sie wirklich war.«

»Das muss schwer gewesen sein. Für Sie und auch für Paola.«

»Da hast du recht. Ich dachte, mein Leben sei vorbei. Jedoch zeigte Paola sich verständnisvoll. Sie mochte Paul. Sie mochte das Leben bei uns, wie es war. Erst mit der Zeit kam die Unzufriedenheit in ihrer Rolle als Angestellte und Familienfreundin.«

»Was man auch verstehen kann«, murmelte ich und betrachtete ein Foto, das auf einer Kommode direkt gegenüber von mir stand und mir noch nie aufgefallen war. Es zeigte Paul und Giulia, dicht beieinander, strahlend. Die Aufnahme war noch recht neu, von guter Auflösung. Wahrscheinlich war sie erst vor ein paar Jahren gemacht worden.

»Ich kann trotzdem nicht die Wahrheit sagen. Ich kann Paul nicht verlieren.«

»Das werden Sie nicht. Paul liebt Sie. Und er hat die Wahrheit verdient.«

»Nach all den Jahren will man so was doch nicht mehr wissen. Er hat so viel für mich getan. Es ist Zeit für ihn, frei zu sein. Er ist wegen mir eingesperrt in diesem Loch, kann nicht raus, Tag ein, Tag aus.«

Zum ersten Mal sah ich auch diese Seite des Ganzen. Giulia hatte durch den Zeitstillstand etwas gewonnen, Paul jedoch eine ganze Menge verloren.

»Wenn er das nicht gewollt hätte, dann wäre er nicht hier«, sagte ich und meinte es auch so.

»Schon, aber es ist eine große Last, die man mit sich trägt. Wenn ich ihm jetzt alles gestehe ... Das hat er nicht verdient.«

»Doch«, entgegnete ich. »Er sollte die Wahrheit kennen.«

»Nein, Luzie. Die Wahrheit ist nämlich, dass ich den Menschen, den ich am meisten liebe, schwer verletzt habe. Und das werde ich mir nie verzeihen.«

Ich bildete mir ein, mein Herz schneller schlagen zu hören. Das alles war so grausam. Ich rutschte immer tiefer in dieses Loch aus vergangenem Grauen und würde so schnell nicht mehr hinauskommen können.

Gerade wollte ich etwas sagen, da hörte ich ein Knarren hinter der Tür. Ich fuhr herum, hielt die Luft an, drückte meine Hand gegen das Sofa und krallte mich am Stoff fest.

»Aber ich werde es dir verzeihen.« Es war Paul. Er stand im Türrahmen, starrte Giulia an und sagte dann gar nichts mehr.

»Paul!« Giulia sprang auf. »Was machst du hier?«

Er zuckte mit den Schultern, die schlaff herunterhingen. Seine Augen glänzten, als würde er jeden Augenblick anfangen zu weinen, und seine Mundwinkel machten den Eindruck, als würden sie jeden

Moment aus seinem Gesicht fallen. »Ich habe es immer gewusst.« Seine Stimme klang trocken, monoton, ohne irgendwelche Gefühle. »Ich habe gespürt, dass das Baby nicht tot ist, habe es in deinen Augen gesehen.«

Giulia sagte nichts. Sie weinte nur. Auch mir war zum Heulen zumute.

»Als Paola uns von ihrer Mutter erzählt hat, habe ich es gewusst. Sie hat nicht nur deine Augen. Sie hat auch deine Art, Dinge zu erzählen.«

»Paul«, setzte Giulia an. »Ich habe das nie gewollt. Alessandro war für mich nur irgendjemand, du bist die Welt für mich.«

Ich wollte aufstehen, die beiden alleine lassen, aber meine Beine spielten nicht mit. Sie fühlten sich so schlaff an, dass ich nicht genug Kraft aufbringen konnte, um mich zu bewegen. Ich saß einfach nur dort, lauschte ihren Worten und schloss die Augen. Ich wollte alles an mir vorbeiziehen lassen, nicht mehr atmen müssen. Das alles war zu anstrengend. Denken. Handeln. Reden. Müssen. Sollen. Wollen. Können. Dürfen ... Irgendwann würde ich platzen.

»Ich liebe dich, Giulia.«

Etwas tropfte auf meine Finger. Ich nahm es kaum noch wahr. Es waren Tränen. Dicke, runde Tropfen, die aus meinen Augen kullerten.

»Ich liebe dich auch, Paul. Und ich möchte keinen Tag mehr ohne dich leben.«

»Genau wie ich. Egal, wo, egal, wann. Nur mit dir.«

Ganz langsam öffnete ich die Augen. Die beiden saßen direkt neben mir, aber schienen mich kaum noch wahrzunehmen. Sie waren viel zu beschäftigt miteinander.

»Ich habe nie gewollt, dass du hier eingesperrt bist, Paul.«

»Und ich möchte, dass du glücklich bist. Es tut mir so leid, dass wir nur hier sicher sind. Aber wenn es das Einzige ist, das ich für dich tun kann, dann verweile ich mit Freuden in diesem Haus.«

In diesem Augenblick wünschte ich mir nur eines: Irgendwann wollte ich einen Jungen kennenlernen, der mir das Gefühl gab, auch nur halb so wertvoll für ihn zu sein wie Giulia für Paul. Ob Jonas dieser Junge für mich sein konnte? Ich hoffte es so sehr.

»Für mich war es hier drin nie annähernd so schlimm wie für dich.« Giulia lächelte traurig.

»Nein, Liebste. Ich wäre mit dir lieber in einem einsamen Kellerloch gefangen, als in der großen weiten Welt alleine zu sein. Meine einzige Sorge würde in Gefangenschaft immer noch dir gelten.«

»Was will ich denn mit Freiheit, Paul? Was genau ist denn Freiheit? Freiheit ist für mich nicht, wenn ich hingehen kann, wohin ich mag. Freiheit ist es, bei den Menschen zu sein, bei denen ich mich frei fühlen kann.« Und dann küssten sie sich. Lange. Zärtlich und liebevoll.

Zum ersten Mal sah ich in einem solchen Kuss nichts Kitschiges oder Klischeehaftes. Ich sah Liebe. Verdammt echte Liebe. So große Liebe, dass sie wehtun konnte. So große Liebe, dass sie verletzen und dass sie gefährlich sein konnte.

»Es war ein großer Fehler.« Giulia sah auf, blickte ihm tief in die Augen und lächelte traurig.

»Nein«, entgegnete Paul. »Ein großer Fehler war nur, dass ich gedacht habe, dich nur dort draußen glücklich zu sehen.«

»Wir waren viel zu sehr mit den Wünschen des anderen beschäftigt, um auf uns selbst zu hören.« Giulia griff nach Pauls Hand, legte sie in ihre und drückte dann einen samtenen Kuss auf seine Haut. »Ich liebe dich, Paul.«

»Und ich liebe dich.«

Mittlerweile kam ich mir noch seltsamer vor, neben den beiden zu sitzen und mich nicht zu bewegen. Aber irgendetwas in mir hielt mich auf. Es war, als ginge eine magnetische Kraft vom Sofa aus, die mich daran fesselte. Ich gab nach, blieb sitzen und versuchte, gleichmäßig zu atmen.

»Ich hätte dich niemals verlassen, Giulia. Das hätte ich nicht geschafft.« Auch Pauls Augen wurden feucht. Die erste Träne löste sich von seinen Wimpern und kullerte die Wange hinunter. Seine Haut glänzte an der Stelle, als bestünde sie aus einem seidigen Stoff. »Ich danke dir für alles, was du für mich getan hast. Ich möchte nicht mehr ohne dich sein.«

Bitte, dachte ich. *Bitte, lieber Gott, mach, dass ich eines Tages auch einmal richtig verliebt bin!*

Liebe konnte wehtun, da hatte ich recht gehabt mit meiner Definition. Liebe konnte verletzen, das auch. Und Liebe konnte auch verdammt gefährlich sein. Selbst das stimmte. Jedoch konnte Liebe einem auch alles geben, was man zum Leben brauchte: Glück. Man musste glücklich sein, um richtig leben zu können. Das wusste ich so wie niemand anderes. Ohne glücklich und zufrieden mit sich und dem Leben zu sein, wurde man immer wieder in ein Loch geworfen, aus dem man nicht mehr herauskam. Es war, als hinge dort eine Strickleiter, an der man Schritt für Schritt nach oben gelangte, aber immer wieder abrutschte, bis sie irgendwann zerriss. Dann war alles vorbei. Dann lag man in diesem Loch und wartete auf das Verrecken. Nicht auf das Sterben, denn das konnte auch friedlich sein, eine Erlösung. Für einen traurigen Menschen war es nur das Wegrennen vor dem Leben. Und das endete immer im Verrecken. Deshalb wünschte ich mir, eines Tages von Liebe sprechen zu können. Nicht von *auf jemanden stehen*, nicht von *verknallt* oder *verliebt sein*, sondern von großer Liebe.

Ich musste lächeln. Meine Mundwinkel zogen sich automatisch nach oben, weil die beiden einfach so frei aussahen. In Giulias Augen hatte die ganze Zeit über eine Art Last gestanden. Sie war immer leise und unauffällig durchs Haus gelaufen, und Paul ... Vor ihm hatte ich immer ein bisschen zu viel Respekt gehabt. Aber in diesem Augenblick war ich einfach nur überwältigt, was Zuneigung ausmachen konnte. Trotzdem kam mir langsam wieder Paola in den Sinn. Es war mir unangenehm, einfach so dazwischen zu gehen, deshalb räusperte ich mich nur leise, um die Aufmerksamkeit ein bisschen auf mich zu lenken.

»Luzie, alles in Ordnung bei dir?«, wandte sich Paul an mich.

»Ja«, sagte ich, als würde noch etwas folgen. »Es geht um Paola.« Ich machte eine Pause.

»Sie ist eine gute Frau geworden«, verteidigte Giulia sie sofort.

»Das bezweifele ich auch nicht. Wirklich nicht. Es ist nur so ...« Ich holte tief Luft. »Dass sie die Zeit ...« Ich suchte nach den richtigen Worten. »Die Zeit spielt draußen verrückt. Sie hat die Uhren geklaut und ... und ...«

»Die Uhren? Wovon sprichst du?« Giulia sah verwirrt von mir zu Paul. Da erst verstand sie. »Es ging die ganze Zeit nur um Uhren?«

Das löste bei mir Verwirrung aus. »Sie wussten nicht …?«

Sie schüttelte den Kopf. »Nein. Das habe ich nicht gewusst.«

Ich erzählte von den Eintrittskarten in den Dom, davon, dass ich Paola auf dem Markusplatz gesehen, und davon, wie sie mitten in der Nacht die Säcke ertränkt hatte. Von meiner und Pauls Zeitreise jedoch erzählte ich nichts. Ich hatte Angst, wieder Unruhe in das Liebesleben der beiden zu bringen und nahm mir vor, Paul später alleine zur Rede zu stellen.

»Das ist alles so einfach und dennoch so weit weg.« Giulia schüttelte den Kopf, als könnte sie es nicht glauben. So, als sei sie nicht diejenige, die all die Jahre in einem Zeitstillstand gelebt hatte.

»Jedenfalls mache ich mir große Sorgen«, versuchte ich noch mal auf Paola zurückzukommen.

»Du glaubst also, dass sie alle Straßen Venedigs, die um den Markusplatz liegen, zeitlos machen will?« Paul runzelte die Stirn. »Warum das Ganze?«

Ich sagte erst einmal nichts. Das war die ganze Zeit meine Lücke gewesen. Welches Motiv hatte Paola für ihre Tat gehabt? Nun wusste ich es: Sie tat es für ihre Familie.

»Sie beginnt mit dem Markusplatz«, erklärte ich schließlich. »Heute Abend ist das Fest. Durch die Uhrendiebstähle in der Stadt werden die Leute sicher keine Armbanduhren mitführen. Außerdem sind sie nicht schön zum Kostüm. Es ist also die ideale Gelegenheit für Paola. Sie tut es für Sie. Für ihre Mutter.« Ich sah zu Giulia. »Das ist doch klar. Sie tut es für Giulia.«

»Himmel, Paul. Sie will uns befreien«, erkannte Giulia. Ich nickte.

»Das ist unmöglich.« Paul riss die Augen auf. »Die Zeit ist sicher.«

»Genauso sicher wie damals, als Sie all die Uhren, die im Haus gewesen sind, weggesperrt haben?« Meine Ironie war nicht zu überhören.

»Das ist etwas vollkommen anderes.«

Ich schüttelte den Kopf. »Nein. Ist es nicht. Sie hat die Uhren in den Kanal geworfen. Ich habe es mit meinen eigenen Augen gesehen.« Hoffentlich fragte niemand danach, was ich mitten in der Nacht am *Canal Grande* zu suchen gehabt hatte. Aber wahrscheinlich hatten die beiden gerade andere Sorgen.

»Die Uhren liegen in der alten Werkstatt. Sie sind sicher untergebracht.« Paul biss sich auf die Lippe. Er sah wenig überzeugt von seinen Worten aus. Das Ganze wirkte mehr wie ... wie ein Schauspiel. So als sei das alles hier gerade seine Rolle. Hatte er Bescheid gewusst oder es vielleicht sogar gesehen? Ich legte den Gedanken beiseite. Darum ging es nun nicht. Wir mussten Paola aufhalten. »Wir müssen sie stoppen, bevor es zu spät ist.«

»Sie müsste oben in ihrem Zimmer sein.« Giulia zuckte mit den Schultern. Ihr schien es schwer zu fallen, mir zu glauben. Das konnte ich ihr aber nicht übel nehmen. Schließlich war Paola ihre Tochter.

Paul schüttelte den Kopf. »Nein. Sie ist zum Fest gegangen.«

»Wir müssen sie aufhalten. Sie darf das nicht tun.« Giulias Stimme bebte.

»Aber wie? Sie sitzen hier fest und ich ... Ich bin alleine. Es ist zwecklos. Wir brauchen einen besseren Plan.« Wo zum Teufel sollte ich Paola überhaupt finden? Dass sie tatsächlich zum Markusplatz gegangen war, um das Festival zu genießen, konnte ich mir beim besten Willen nicht vorstellen. »Enrico ...«, murmelte ich. »Vielleicht kann er helfen.«

Paul sagte nichts. Giulia dagegen sprang auf. »Fest steht, dass wir etwas tun müssen. Wir sind hier drinnen gefangen und draußen nimmt die Katastrophe ihren Lauf.«

»Ich könnte trotzdem noch versuchen, sie aufzuhalten. Vielleicht wenn ich ihr sage, dass Sie das nicht wollen.« Schwacher Versuch! Das musste ich zugeben. Niemals würde Paola mir glauben.

»Und das genügt ihr?«, sprach Giulia meine Zweifel laut aus. »Nein, Luzie. Paola gibt nicht auf, ehe sie verstanden hat, wie zwecklos alles ist.«

»Verstehen, nicht verstehen, verstehen. Das macht alles keinen Sinn.«

Giulia wurde immer panischer, unterbrach Paul und wedelte aufgebracht mit den Armen. Ich hatte sie noch nie so kraftvoll erlebt.

»Es geht hier nicht um wollen oder mögen. Es geht um meine Tochter.«

Mir wurde klar, dass eine Mutter immer eine Mutter bleiben würde. Egal, wie nah sie dieses Sein an ihre Grenzen bringen würde. Der Gedanke daran stellte mich irgendwie zufrieden, und ich fragte mich, wie sie, meine Mutter, gewesen sein musste. Wie hatte es sich angefühlt, als Baby in ihren Armen zu liegen? Wie hatte sie gerochen, nachdem sie sich die Haare mit ihrem Lieblingsshampoo gewaschen hatte? Und wie hatte ihre Stimme geklungen, als sie mir damals aus dem schweren Märchenbuch mit den tollen Zeichnungen vorgelesen hatte?

»Was schlagen Sie vor?« Ich strich mir die Haare nach hinten und berührte dabei mit den Fingerspitzen mein Ohr. Es fühlte sich eiskalt an. So als sei es längst eingefroren.

»Ich weiß es nicht. Ich weiß es wirklich nicht«, sagte Giulia und ein jeder hätte die Verzweiflung aus ihrer Stimme entnehmen können.

Es kehrte Stille ein. Es kam mir so vor, als würde sie eine halbe Ewigkeit andauern.

»Ich weiß es.« Die Worte kamen von Paul. »Wir setzen dem ganzen Zauber ein Ende.«

* * *

⇤ 1948 ⇥

Seine Augen waren es gewesen, die ihr das Gefühl gegeben hatten, attraktiv zu sein. Bei Paul fühlte sie sich geborgen, sicher und wohl. Aber dennoch sehnte sie sich manchmal danach, ihre Rolle als Frau einzunehmen.

Manchmal sollte man sich auch streiten, dem anderen die Meinung sagen. Mit Paul war es anders. Paul teilte ihre Ansichten zu Gott und der Welt. Paul war ihr Seelenverwandter. Bei Alessandro fühlte sie sich begehrt, attraktiv und frei. Er hatte sie befriedigt.

Im ersten Augenblick. Aber danach war es die eiskalte Schuld gewesen, die sie eingeholt hatte.

Und nun konnte sie nicht mehr anders entscheiden. Es war vorbei. Sie hatte mit ihm geschlafen. Nur diese einzige Nacht. Aber die Bilder in ihrem Kopf waren noch da. Wie er langsam, aber sicher mit seinen Fingern über ihre Brüste gefahren war, wie sie himmelhoch jauchzend auf dem Bett gelegen und Gott angefleht hatte, dieses Gefühl ewig verweilen zu lassen. Er hatte ihren Hals liebkost, ihre Lippen nahezu verschlungen.

Sie schauderte. Und nun hatte sie diese Erinnerung an diese Nacht. In ihrem Bauch spürte sie etwas.

Sie legte die Hand auf die Bauchdecke und schloss die Augen.

Es kribbelte. In ihr würde die nächsten Monate ein kleines Etwas wachsen, das sie lieben würde. Das sie lieben musste, weil sie dessen Mutter wurde. Die Worte taten ihr immer noch weh, obwohl sie jetzt schon einige Tage wusste, welche Konsequenzen diese eine Nacht mit sich zog. Und sie schwor sich: Egal, was aus dem Kind werden würde ... Niemand durfte je von ihm erfahren.

Denn sonst würde Giulia nicht nur ihren besten Freund verlieren, sondern auch den einzigen Menschen, dem sie je so viel bedeutet hatte.

19. Kapitel

»ZAUBER?«

»Ende?«

Giulia und ich stellten unsere Fragen gleichzeitig.

»Ende?«, wiederholte ich erschrocken. »Sie wollen die Zeit ins Haus zurückholen?« Hatte ich das gerade richtig verstanden? Das war Selbstmord!

Paul zuckte mit den Schultern. »Oder einfach hinausgehen.«

»Einfach?« Ich riss die Augen auf.

»So wie Emma es getan hat.«

»Emma ist gestorben«, warf ich ein.

»Sie hätte längst tot sein sollen.« Paul sah zu Giulia.

»Und wir auch.« Aus ihrer Stimme sprach Verständnis. Verständnis? Sie konnte diese Idee doch nicht wirklich befürworten.

»Nein, nein, nein!«, rief ich dazwischen und machte dabei eine bestimmende Gestik mit den Armen. »Das kommt nicht infrage. Es muss eine bessere Idee geben.« Ich stemmte den Ellbogen auf den Oberschenkel. »Der Tod ist keine Lösung.«

»Nein, normalerweise nicht. Aber was ist hier schon normal?« Giulia setzte sich neben mich und legte ihre Hand auf meinen Rücken. »Ich habe seit Jahren nicht mehr geschlafen, Luzie.«

Ich verstand nicht so recht, was sie mir damit sagen wollte.

»Wir sind müde.« Paul fuhr sich durchs Haar. »Die Natur hat den Tod vorgesehen. Schon weitaus früher. Nun ist es so weit. Auch unsere letzte Stunde hat geschlagen.«

»Und Enrico?« Ich sprang auf. Das konnte doch nicht ihr Ernst sein. Eben hatten sie noch so glücklich ausgesehen.

»Enrico wird das verstehen. Er hat sich all die Jahre um uns gekümmert, anstatt eine eigene Familie zu gründen. Wir waren immer eine Art Last für ihn.«

»Unsinn.« Ich wollte davon nichts wissen. »Das ist doch alles vollkommener Unsinn.« Insgeheim wusste ich jedoch, dass es auf irgendeine Art stimmte. Eltern starben vor ihren Kindern. Das war so bestimmt. Jeder führte irgendwann sein eigenes Leben. Enrico allerdings nicht.

»Aber ich will nicht ...« Ich brach in Tränen aus. »Ich habe meine Mutter sterben sehen und konnte nichts dagegen tun. Ich werde nicht zulassen, dass so etwas noch einmal passiert.« Irgendwo musste mein Handy sein. Ausgeschaltet natürlich. Aber das spielte keine Rolle. »Niemand rührt sich von der Stelle.«

Ich stürmte an ihnen vorbei nach oben in mein Zimmer. *Handy, Handy, Handy*, trällerte es in meinem Kopf. Wo war dieses verflixte Teil? Nach ein paar hektischen Fehlgriffen hatte ich es gefunden. Mit dem Telefon in der Hand sauste ich die Treppe wieder nach unten. An der geschlossenen Wohnzimmertür vorbei. Hinaus. Draußen musste ich erst einmal Luft holen.

»Geh an, du doofes Ding«, fluchte ich laut. Der Bildschirm erhellte sich. Ich musste sofort Enrico anrufen. Sofort. Er war der Einzige, der Giulia und Paul vielleicht noch abhalten konnte. Ich musste einfach ... Wo war diese Nummer? Enrico hatte mir doch dieses Steinzeitmodell gezeigt, das – natürlich ebenfalls ausgeschaltet – auf seinem Nachttisch gelegen hatte. Ja, die Nummer hatte er mir gegeben. Für den Notfall. Jetzt war ein Notfall. Definitiv! Ich wählte. Eins ... zwei ... Ich zählte im Kopf das Piepen. Drei ... vier ... Verdammt! Wieso ging denn niemand dran? Fünf ... sechs ... Gleich würde sich die Mailbox melden. Wenn Enrico so was überhaupt hatte. Und dann? *»Hey, Enrico. Du musst dringend vorbeikommen, sonst sterben deine Eltern.«* Nein! Das war definitiv nicht der richtige Wortlaut, um Enrico um Hilfe zu bitten.

Jemand nahm ab. »Du musst auf den Hörer drücken«, hörte ich eine mir unbekannte Stimme.

»Habe ich doch, aber da ist niemand.« Das war Enrico.

»Doch. Du musst sprechen.«

»Jetzt?« Ein Rascheln. *»Ciao?«*

Ich erschlug ihn fast mit meinen Worten. »Enrico? Hörst du mich? Du musst sofort kommen.«

»Wer ist denn da?« Er klang etwas angestrengt.

»Ich bin es, Luzie! Es ist wichtig. Ein Notfall sozusagen. Es geht um deine Eltern. Sie sind in Lebensgefahr ...«

Im Hintergrund hörte ich ein lautes Lachen. Nicht von Enrico. Natürlich nicht. Aber die Menschen um ihn herum schienen Spaß zu haben. Für sie war alles in Ordnung. Noch. Denn noch ahnten sie nicht, was auf sie zukommen würde. Obwohl ich selbst nicht wusste, was dieses *was* überhaupt war. So eine richtige Vorstellung von der Unendlichkeit hatte ich immer noch nicht. Wie würde dann alles aussehen, wie würde es sich anfühlen? Ich wusste es nicht. Und das war auch besser so ...

Dann war das Gespräch weg. Jemand hatte aufgelegt. Enrico? Ich hoffte einfach, dass er genug mitbekommen hatte, und steckte das Handy ausgeschaltet in meine Hosentasche.

»Bitte«, flehte ich inständig. »Lass Enrico kommen!« Drei Stufen auf einmal nehmend stürzte ich die Treppenstufen vor dem Haus hinauf und schob die angelehnte Tür auf. Ich stürmte hinein, ließ die Tür wieder ins Schloss fallen und raste ins Wohnzimmer.

»Was hast du gemacht?«, wollte Giulia wissen.

Ich holte noch einmal tief Luft. Mein Herz schlug schneller und schneller. »Er kommt. Enrico kommt«, sagte ich und hoffte so, dass ich recht hatte.

Giulia sprang auf. »Wie bitte?« Sie griff nach Pauls Hand. »Tu doch was.«

Paul blieb einfach nur verdattert im Raum stehen und sah wie benebelt aus dem Fenster.

»Wir klären das«, versprach ich. »Alles wird gut.«

Wahrscheinlich diente die Beruhigung eher mir als Giulia, denn mein Herz schien sich gar nicht mehr einzukriegen. Mir wurde furchtbar heiß und schwindlig. Wie sollte ich die Zeit nur aushalten, bis Enrico aufkreuzen würde? Wenn er überhaupt kam ... Mir wurde noch heißer.

»Scheiße«, entfuhr es mir. »Das ist alles nur scheiße.«

Paul machte einen Schritt auf mich zu und nahm meine Hand. »Wir haben uns viel zu lange gedrückt. Es ist gut, wie es gekommen ist. Du wirst das alles bald verstehen. Glaub mir. Wir wollen es so.« Er sah von mir zu Giulia. Mein Kopf schnellte in ihre Richtung.

»Aber man sollte für sein Glück kämpfen.« Meine Stimme versagte. Es kam nur noch ein jämmerliches Krächzen aus meinem Hals. »Der Mensch an sich will leben. Er hat Angst vor dem Tod. Er fürchtet ihn, er meidet ihn. Er will da sein, bleiben, nicht vergänglich sein.«

Tausend Gedanken wirbelten durch meinen Kopf. Plötzlich waren dort so viele Dinge, dass alles anfing zu rattern und ich mich abstützen musste. Die ganzen Gefühle, die ganzen Erinnerungen und Gedanken waren wie aus einer Höhle herausgekommen und nun so präsent, dass ich nicht aufhören konnte zu weinen.

»Geht nicht!«, sagte ich und vergaß vollkommen, dass ich die beiden bis dato immer gesiezt hatte. »Ich brauche euch. Ich habe nie eine richtige Familie gehabt. Jetzt, wo wir uns kennenlernen, könnt ihr nicht einfach gehen.« Sie waren mir plötzlich so nah, so wichtig, dass ich diese Distanz nicht mehr aushalten konnte.

Paul war Emmas Bruder, sozusagen mein Urgroßonkel. Wir waren blutsverwandt. Ich hatte die beiden in mein Herz geschlossen.

»Du bist etwas Besonderes, mein Kind. Pass auf dich auf, hörst du?« Paul drückte meine Hand.

Waren das Abschiedssätze? *Nein!,* wollte ich schreien. *Nein, ihr dürft nicht gehen! Nein, das ist gemein.* Gemein? Dieses Wort war unpassend. Total unpassend. Gemein war ein unangekündigter Mathetest, gemein war es, den Fünftklässlern das Pausenbrot zu klauen, und gemein war es, wenn Eltern ihren Kindern Hausarrest gaben. Aber das hier war anders. Es war nicht gemein. Es war … Ich suchte nach den richtigen Worten. Es war … vernichtend!

»Bitte.« Ich schnappte nach Luft, als stünde ich kurz vor dem Ertrinken. »Wir finden eine Lösung.« *Vielleicht ist es auch längst zu spät,* dachte ich und schüttelte mich.

»Die haben wir doch schon.« Pauls Stimme war ganz ruhig und gelassen.

Ich fühlte mich nicht mehr in der Lage, zu sprechen. Wann kam endlich Enrico? In genau diesem Augenblick wurde von außen die Tür aufgeschlossen. Ich drehte mich um, stürmte in den Flur und überfiel Enrico mit meiner Verzweiflung.

»Paola war es! Sie hat die Uhren im Kanal versenkt. Und nun will sie das mit allen Uhren machen.«

Er sah mich verwirrt an und runzelte die Stirn. »Was zum Teufel ist hier los? Du sagtest etwas von Lebensgefahr!« Er folgte mir ins Wohnzimmer. »Giulia. Paul.« Verdattert blieb er vor seinen Eltern stehen. »Ihr lebt«, sagte er, als habe er schon mit etwas anderem gerechnet.

»Enrico.« Giulia umarmte ihn. »Du musst nun vernünftig sein, ja?«

Paul näherte sich den beiden. »Es ist an der Zeit, mein Sohn.«

Das Bild war merkwürdig. Das musste ich zugeben. Ein älterer Mann und ein junges Paar als dessen Eltern. Ich musste schlucken.

»Wie meinst du das, Mutter?« Zum ersten Mal nannte er sie nicht beim Vornamen. »Vater?« Dann sah er auch zu Paul.

»Wir werden gehen, Enrico. Das Haus verlassen und endlich gemeinsam unsere Ruhe finden.«

Enrico entgegnete nichts. Er drückte seine Eltern nur noch fester an sich. »Ich habe befürchtet, dass ihr das eines Tages sagen würdet.« Auch ihm kullerten die Tränen herunter.

Nein!, wollte ich dazwischenrufen. *Das hast du nicht gedacht!* Enrico war es doch gewesen, der mir von dem unsterblichen Willen nach Leben erzählt hatte. Andererseits hatte er auch gesagt: »Der Tod schließt den Kreislauf des Lebens. Er gehört dazu. Wir brauchen uns nicht davor zu fürchten. Der Tod bedeutet nicht das Ende. Er bedeutet den Anfang von etwas Neuem.« Damals hatte ich Enricos Worte als besonders poetisch empfunden. Nun waren sie einfach nur richtig.

»Ich will trotzdem nicht, dass ihr geht.« Enrico drückte seinen Kopf an Giulias Schulter. »Was soll ich denn ohne euch machen?«

»Pass auf Paola auf. Sieh zu, dass sie nichts Unüberlegtes macht.«

»Wovon sprecht ihr?«

»Sie ist deine Schwester, mein Schatz.« Zärtlich strich Giulia über seine Wange. »Es tut mir so leid. Alles.«

Enrico schien nicht zu wissen, was er darauf erwidern sollte. Paul griff nach Giulias Hand. Sie schloss die Augen, lächelte traurig, aber dennoch entschieden.

»Das ist alles richtig so«, sagte sie.

Ich würde sie nicht mehr davon abhalten, hatte ich entschieden. Und auch in Enricos Blick steckte keine Wut, keine Hoffnung auf eine letzte Meinungsänderung. In seinem Blick steckte Liebe.

»Danke«, flüsterte er, sah den beiden nach, genau wie ich. Sie gingen ganz langsam und bewusst in Richtung Tür. Hand in Hand, lächelnd und gemeinsam. Zusammen umfassten sie den Türgriff.

Ich hörte Giulia noch leise sprechen. »Ich habe mich seit Jahren gefragt, wie er sich anfühlt.«

Paul sah sie fragend an.

»Der Griff.« Sie lachte. Nicht ängstlich oder qualvoll, sondern voller Glück. Dann drehte sie sich noch einmal zu uns um. »Sie ist immer meine Tochter gewesen. Sagt ihr das, ja?«

Ich nickte. Mehr automatisch als bestimmt.

»Ich hoffe, wir spüren noch kurz den Wind draußen«, sagte Paul. Dann öffneten sie gemeinsam die Tür.

Ich musste die Augen schließen. Sie brannten so, als würde die Luft draußen vor Hitze glühen.

»Lebt wohl, ihr zwei«, tönte es in den Hauseingang.

Da machte ich die Augen auf. Ich wollte sehen, wie die beiden gingen. Ich wollte dem Tod in die Augen sehen. Wissen, wie es geschah. Wissen, wie er den Menschen mit seiner Kraft durchlöcherte.

»Komm!« Die Worte kamen eindeutig aus meinem Mund. Enrico nickte, und zusammen liefen wir nach draußen.

Der Wind wehte mir ins Gesicht. Es war unglaublich laut und neblig.

»Kannst du was sehen?«, krächzte ich.

»Luzie.« Das war Pauls Stimme. »Luzie. Du musst dich deines Verstandes bedienen. Benutzt das, was ich dir gegeben habe. Du musst die Uhr finden, die ich errichtet habe. Sie ist ...« Ein lautes Rauschen. Ein Dröhnen. Ich hielt mir die Ohren zu. Dann nahm ich ein Krachen war, als ob etwas – oder jemand – auf dem Boden aufschlug. Sie waren tot.

»Wir müssen hier weg.« Enrico tauchte neben mir auf, griff nach meinem Arm und zog mich zur Seite. »Komm!«

Ich wollte fragen, wohin er überhaupt wollte, aber ich konnte nicht mehr sprechen. Der Wind hatte meinen Hals ausgetrocknet, sodass ich husten musste.

»Paul?« Mehr als ein Röcheln kam nicht heraus.

»Er ist weg, Luzie. Sie sind tot.«

Ich schrie. Keine Ahnung, woher die Stimme kam. Sie war auf einmal wieder da. Enrico hielt mich fest, wollte mich beruhigen, aber ich war zu verzweifelt.

»Lass mich los!«, blaffte ich ihn an und riss mich los. »Paul!« Aufgeregt kämpfte ich mich durch den Wind und den Nebel. Langsam flaute beides ab. Meine Knie schürften auf, als ich mich auf den Boden fallen ließ. »Verdammt, Paul. Können Sie mich hören?« Ich tastete mit den Fingern über seine eiskalte Stirn. »Jemand muss mir helfen!«

Enrico kniete sich neben mich. »Alles wird gut! Das ist in Ordnung so, glaub mir. Sie haben es sich gewünscht.«

»Niemand wünscht sich, zu sterben«, blaffte ich ihn an.

Erinnerungen strömten durch meinen Kopf. Die Szene, wie ich auf dem Hochhausdach gestanden hatte. Voller Verzweiflung und Hass auf das Leben. Selbst ich hatte mir gewünscht, gerettet zu werden. Der Selbstmordversuch war ein Hilferuf gewesen. Ja, das hatte ich mir all die Jahre nie eingestehen können. Erst jetzt wurde mir das klar.

»Niemand«, setzte ich mit Nachdruck hinterher. Tränen tropften auf Pauls Gesicht. »Wieso?«, schrie ich und legte die Hand an seinen Hals. »Wieso?«

»Luzie, du musst endlich aufstehen«, redete Enrico auf mich ein. Seine Augen waren gerötet, seine Haare vom Wind zerzaust. »Sie hätten gewollt, dass wir das tun, glaub mir.«

»Wir müssen einen Arzt holen. Sofort.« Ich kämpfte mich auf die Beine. Enrico folgte mir ins Innere des Hauses zurück.

»Wir müssen zu Paola.« Er hatte recht.

»Aber wir können die beiden auch nicht dort liegen lassen.« Ich griff nach dem Telefon auf der Anrichte und wählte den Notruf. Wie benebelt nahm ich meine und die Stimme am anderen Ende der Leitung wahr. Die Frau versprach, sofort jemanden vorbeizuschicken. Enrico und ich blieben im Flur stehen. Eigentlich war sämtliche Kraft aus meinen Gliedern gewichen, aber wir wussten beide, dass wir uns das nicht leisten konnten. Es ging um Paola. Hier drin stand die Zeit noch immer still. Zumindest, sobald wir die Tür zumachen würden. Draußen könnte es auch bald so weit sein. Es waren mehrere Stunden vergangen, seitdem Paola verschwunden war. Stunden, in denen fürchterliche Dinge geschehen sein konnten.

20. Kapitel

»Wir brauchen diese Uhr. Sie ist unsere Rettung.« Ich stolperte hastig die Treppe nach unten.

»Und was willst du hier unten machen?« Enrico hatte offenbar keinen blassen Schimmer, was ich vorhatte.

»In der Zeit liegt die Lösung. Wir müssen in der Zeit springen.«

Er sah mich verwirrt an. »Wovon sprichst du?«

»Paul ist oft in der Zeit gesprungen. Und ich auch.«

»Wie … wie ist das möglich?« Enrico riss die Augen auf.

Ich bekam eine Gänsehaut. »Das zeige ich dir jetzt.«

»Und wie, ohne Uhr?«

Ich holte mein Handy aus der Tasche. »Das geht heute doch alles über Funk.«

»Eben«, erwiderte Enrico. »Wenn das Signal ausfällt, wird die Zeit nicht regelmäßig abgeglichen und aktualisiert. Wird also die Verbindung getrennt, dann funktionieren alle funkbetriebenen Uhren nicht mehr. Daran wird Paola bestimmt gedacht haben.«

»Scheiße«, fluchte ich und schlug mit der Faust gegen die Wand, sodass ein dumpfes Geräusch erklang. »Das hätte mir auffallen müssen.«

»Wir müssen diese letzte Uhr suchen.« Enrico kratzte sich am Kopf und stöhnte. »Und das ziemlich schnell.«

Ich nickte. »Aber wo sollen wir sie denn finden? Paul hat gesagt, er habe sie errichtet. Er muss sie an einem sicheren Ort aufgebaut haben.«

»Die Frage ist, wie kann er es geschafft haben, die Uhr zu verstecken, ohne zu sterben?« Enrico runzelte die Stirn. »Das ist unmöglich.«

»Es sei denn ...«, überlegte ich. »Er hat sie dann versteckt, als die Zeit ihm noch nichts anhaben konnte.«

»Du meinst, bevor die Zeit draußen über sein Lebensalter hinausging?«

Ich zuckte mit den Schultern. »Oder aber ...« Ich holte tief Luft und machte einen Schritt auf die Werkstatt zu. »Die Lösung liegt nicht hier, sondern in der Vergangenheit.«

Enrico schüttelte sich. »Mal ganz davon abgesehen, dass ein Mensch nicht einfach so in der Zeit springen kann, haben wir keine Uhr, um ...«

»Ich weiß«, unterbrach ich ihn und öffnete die Tür.

Es war, als hätte ich die alte Werkstatt nie verlassen. In knappen Sätzen erzählte ich Enrico davon, was ich bei meinem ersten Zeitsprung gesehen hatte.

»Du meinst, irgendwo steckt eine Nachricht für dich?«

»Er muss gewusst haben, dass ich komme. Er hat zu mir gesprochen«, sagte ich und fing an, die Wände abzutasten.

»Das ist unmöglich. Er wusste nicht, wie das Ganze seinen Lauf nimmt.«

»Doch. Er muss uns gesehen haben. Hier. In der Zukunft.«

Ich schluckte bei dem Gedanken daran, dass ich mich auch selbst bereits in der Zukunft gesehen hatte. Es war ein komisches Gefühl, sich daran zu erinnern, darum verdrängte ich es.

Aufgeregt betasteten wir die Wände. »Hier irgendwo muss eine Öffnung, ein Schlitz, irgendetwas sein, wo man etwas verstecken kann.«

Der Stein fühlte sich kalt an und irgendwie feucht. Richtig unangenehm.

»Das bringt doch nichts. Du musst dich geirrt haben«, sagte Enrico zum tausendsten Mal. »Es muss eine andere Möglichkeit geben, um an Hilfe zu kommen.«

Ich schüttelte den Kopf. »Uns bleibt keine Zeit mehr. Wenn Paola weitergemacht hat, vergehen die Momente zwar verlangsamt draußen, aber dennoch zu schnell, um uns Zeit für Fehler zu geben.« Ich deutete auf die Mauer. »Du musst weitermachen. Bitte!«

Er gehorchte, fuhr mit der Handinnenseite über einen Stein und sah dann auf. »Hier ist etwas, Luzie.«

»Du hast es gefunden.« Gemeinsam zogen wir einen lockeren Stein aus der Mauer, sodass wir an eine engbeschriebene Papyrusrolle gelangten. Mit klopfendem Herzen fing ich an, laut vorzulesen.

Als Erinnerung an mein gegenwärtiges Ich

Groß und prächtig,
für mich mächtig.
Zeit und Raum zurück,
das bringt mir Glück.
Die Zeit zurückgedreht ist voller Nutz,
dann voller Schein versteckt in Ostens Schutz.
Gen Himmel die Löwen schützen das Werk,
an mein gegenwärt'ges Ich, das Folgende, ich mir merk:
Statt Schafe hütend, die Mohr'n lassen klingen,
dort wo in uns'rer Zeit die Tauben singen.
Die Uhr schließt Vergangenheit, Gegenwart und Zukunft zusammen,
lässt mich heut nicht allzu bangen.
Wenn ich diese Zeilen les: Ich suche als Rettung die letzte Uhr,
der Held wird sein der Entschlüssler nur.
Die Worte gerichtet an die Zukunft für immer,
damit die Zeilen bringen Hoffnungsschimmer.
Die Worte geschrieben in der vergangenen Zeit,
nur so endet das zeitlose Leid.

Paul Schorn I. II. MCDXCVII

Das Erste, was ich sagte, war: »1497.«

Auch Enrico, der hinter mir stand, lugte überrascht über meine

Schulter. »Das heißt, Paul ist ins 15. Jahrhundert gereist, um dort eine Uhr zu verstecken?«

»Viel wichtiger ist erst mal, was mit diesem Gedicht gemeint ist.«

Langsam las ich noch einmal die ersten Verse. »Ich verstehe nicht, worauf er hinauswollte. Wieso hat er uns nicht einfach geschrieben, wo die Uhr ist?«

Enrico überlegte. »Vielleicht, weil er befürchtet hat, dass jemand anderes die Nachricht findet. Er muss darauf vertraut haben, dass wir es schaffen, seine Worte zu entschlüsseln.«

»Nein.« Ich schüttelte den Kopf. »Die Nachricht war nicht an uns. Die Nachricht war an ihn selbst. Sieh da!« Ich deutete auf die Überschrift der Zeilen. *»In Erinnerung an mein gegenwärtiges Ich.«*

»Er muss als Vorsorge gehandelt haben. Für den Fall, dass er eines Tages eine Uhr brauchen würde, die nicht so einfach zu entfernen ist.«

Ich nickte. »Vielleicht, weil sie versteckt ist …«

»Oder aber, weil sie so offensichtlich ist, dass sie sich nicht einfach stehlen lässt.«

»Was meinst du?« Ich reichte ihm das Papier. »Wenn Paul dieses Schreiben nicht für mich versteckt hat, dann muss es noch etwas anderes geben, was er mir zeigen wollte.« Paul hatte eindeutig zu mir gesprochen. Ich wandte mich um. Paul musste die Uhr im 15. Jahrhundert versteckt haben und schließlich in der Zukunft gesehen haben, dass wir nicht weiterkamen. Gott, war das alles kompliziert. Aber die genauen Zusammenhänge waren mir erst einmal egal. Fakt war, dass Paul in der Werkstatt, nachdem der Fremde verschwunden war, zu mir gesprochen hatte. Wir mussten seine Botschaft finden. Hastig tastete ich die Wände erneut ab. »Hier muss irgendwo noch etwas sein.« Meine Hände zitterten.

»Die Tauben singen«, rief Enrico plötzlich aus.

Ich erschrak bei der Lautstärke seiner Stimme und stieß mir das Knie an der Wand. Dabei löste sich ein Brocken, der zerbröselnd auf dem Boden landete. Ich hustete. Staub wirbelte auf. Enrico und ich sprangen ein Stück nach hinten und sahen uns dann verwirrt an.

»Da liegt sie. Unsere Nachricht von Paul.« Das Papier war mit dem Stein zu Boden geglitten. Mit weichen Knien näherte ich mich der Wand, bückte mich nach dem Zettel und fing an, laut vorzulesen:

Liebe Luzie, lieber Enrico,

wenn ihr jenes Gedicht entschlüsselt habt, fragt ihr euch sicherlich, woher ich im 15. Jahrhundert an das Wissen der heutigen Zeit gelangt bin. Es tut mir leid, dass ich euch nicht mehr Hilfe bieten kann, aber das Rätsel ist ein Schutz der Zeit. Denn die Wände haben Ohren und die Zeit ist in Gefahr. Ich kann euch verraten, dass ich denselben Schlüssel zur Zeit gefunden habe, wie du, Luzie. Nun benutzet eure Intelligenz und vertrauet nicht nur auf euren Verstand, sondern auf eure Fantasie und euer Herz.

Paul Schorn, 2015

»Jetzt sind wir genauso schlau wir vorher.« Ich ließ das Blatt sinken.

»Er hat das Gedicht damals für sich selbst geschrieben. Nun wusste er aber, dass es uns mehr helfen würde.«

Ich nickte. »Was war jetzt mit den singenden Tauben, von denen du eben gesprochen hast?«

Enricos Ausdruck hellte sich auf. »Die waren ein Rätsel, das hat Paul selber gesagt. Wir müssen einfach Schritt für Schritt vorgehen. Logisch denken. Dann dürfte das machbar sein. Wart's ab!«

»Lies noch mal vor«, bat ich und schloss die Augen, um mich auf Enricos Stimme zu konzentrieren.

Er wiederholte den ersten Vers.

»Groß und prächtig, für mich mächtig.«

»Lies weiter.«

»Zeit und Raum zurück, das bringt mir Glück.«

»Der Zeitsprung. Es stimmt. Die Uhr ist in der Vergangenheit versteckt.«

»Hoffen wir nur, dass sie auch noch in der Gegenwart existiert.«

Ich nickte. »Davon muss auszugehen sein. Sonst hätte sie auch Paul nicht weitergeholfen.«

Enrico sah wieder auf das Papier und las weiter vor. *»Die Zeit zurückgedreht ist voller Nutz, dann voller Schein versteckt in Ostens Schutz. Gen Himmel die Löwen schützen das Werk, an mein gegenwärt'ges Ich, das Folgende, ich mir merk: Statt Schafe hütend, die Mohr'n lassen klingen, dort wo in uns'rer Zeit die Tauben singen.«*

»Statt Schafe hütend ... Das können wir vergessen.« Ich ließ die Schultern hängen. »Ehe wir das alles verstanden haben, ist es zu spät.«

Enrico schüttelte den Kopf. »Vielleicht aber auch nicht. Wer hütet die Schafe?«

»Welche Schafe?«, fragte ich verwirrt.

»Ein Hirte, richtig?«, sagte er angespannt. »Wo findet man in Venedig Hirten?«

»Ich habe keine Ahnung. Wo denn?« Was sollte das? Er sollte mich nicht auf die Folter spannen, sondern reden.

»Das passt auch zu den Mohren. Die Bronze-Hirten auf dem Markusplatz werden wegen ihrer mittlerweile eingedunkelten Bronzierung Mohren genannt.«

»Deshalb auch die Tauben!«, rief ich aufgeregt. »Er meint die Tauben auf dem Markusplatz.«

»Die Uhr schließt Vergangenheit, Gegenwart und Zukunft zusammen, lässt mich heut nicht allzu bangen. Wenn ich diese Zeilen les: Ich suche als Rettung die letzte Uhr, der Held wird sein der Entschlüssler nur. Die Worte gerichtet an die Zukunft für immer, damit die Zeilen bringen Hoffnungsschimmer. Die Worte geschrieben in der vergangenen Zeit, nur so endet das zeitlose Leid«, beendete Enrico das Gedicht.

Es herrschte einen Moment Stille, als wollte Enrico die Zeilen auf mich wirken lassen. Doch als ich schwieg, sprach er weiter.

»Wir müssen zum Uhrturm. Das passt alles zusammen. Osten, Mohren, Hirten, Zeiten. Luzie, wir müssen los.«

Mein Herz fing wieder an zu flattern. Wir hatten es geschafft. Wir hatten das Rätsel gelöst. »Komm.« Ich griff nach Enricos Arm.

Hintereinander liefen wir die Treppe nach oben. »Zur Tür!«, schrie ich.

Mit einem Mal verlangsamten sich Enricos Schritte hinter mir. »Stopp!«, rief er und hechelte nach Luft. »Du musst dir etwas anderes anziehen.«

»Bitte was?« Ich wirbelte herum. »Wir haben jetzt keine Zeit für so was.«

Enrico schüttelte den Kopf. »Wenn du nicht auffallen willst, kannst du auf keinen Fall so auf das Festival gehen.«

Ich schlug mir mit der Hand gegen die Stirn. »Das Festival. Das habe ich total vergessen.« Dann sah ich an mir herunter. »Ich habe aber nichts Passendes.«

Enrico überlegte, dann hatte er eine Idee. »Giulia hätte es so gewollt.« So schnell er konnte, lief er nach oben und bedeutete mir, ihm zu folgen. Verwirrt lief ich ihm hinterher. Er wollte doch nicht tatsächlich etwas aus Giulias Kleiderschrank nehmen!

»Aber ...«, setzte ich an.

»Nichts aber – wir haben keine andere Möglichkeit.« Wir traten in das Schlafzimmer. Enrico steuerte einen großen Eichenschrank an. »Vintage steht nicht jedem, aber ... Wann hast du schon die Gelegenheit, ein Kleid aus den Fünfzigern zu tragen?« In der Hand hielt er etwas Schwarzes. »Hier hast du ein Kleid und eine Maske. Zieh dir die Sachen über und beeil dich!«

Ich gehorchte, schlüpfte in das kleine Schwarze und streifte die Maske über mein Gesicht. »Besser?«, fragte ich und musterte meine Garderobe. Enrico nickte. Wir liefen nach unten zur Haustür. Hastig riss ich sie auf.

Plötzlich hörte ich draußen ein Rascheln. »Mach mal Licht«, forderte Enrico mich auf. Im Flur stand eine Taschenlampe. Ich griff nach ihr, schaltete sie an und leuchtete auf die Straße, die nur spärlich von der Laterne beleuchtet wurde.

»Hallo?«

Da war eine Stimme gewesen.

»Da ist jemand«, flüsterte Enrico.

»Enrico?«

Wieder diese Stimme. Diesmal etwas lauter.

Er wandte sich zu mir. »Hast du was gesagt?«, fragte er. Ich schüttelte den Kopf. Wieder hörte ich eine Stimme.

»Hör auf damit!«, kam es von Enrico.

»Verdammt, ich sage doch gar nichts. Die Situation ist nicht zum Scherzen.«

Mir gefror das Blut in den Adern. Die Situation kam mir verdammt bekannt vor. Die Bilder, die Momente. Das alles hatte ich schon einmal erlebt. Und das Ganze war kein Déjà-vu. Ich traf gerade auf mein Vergangenheits-Ich. Die Stimme, die ich dort hörte, stammte von mir. Und zwar während meines Zeitsprungs. Ich war in der Vergangenheit in die Zukunft gereist. Und zwar genau hierher. Irgendwo da draußen neben einem Mülleimer saß ich. Nichtsahnend und ohne einen Plan, was sich hier gerade abspielte.

»Jemand belauscht uns.« Enrico hielt sich die Hand vor den Mund.

»Vielleicht ist sie zurückgekommen«, sagte ich schnell. Mir blieb keine Zeit, Enrico zu erklären, dass wir in Wirklichkeit mit meinem zweiten Ich sprachen. »Paola. Vielleicht ist sie hier.« Ich hörte mich ganz verzweifelt und ängstlich an. Natürlich wusste ich, dass diese Vermutung nicht stimmte, aber sie klang einleuchtender als die Wahrheit.

Mein Herz schlug schneller. Wie konnte es eigentlich sein, dass ich damals nicht mitbekommen hatte, dass Enrico und ich hier über Paola sprachen? Sollte ich vielleicht zu mir gehen und es mir sagen? Nein! Wir hatten keine Zeit für so was. Außerdem war ich mir gar nicht sicher, ob das überhaupt möglich war, wo sich das alles bereits ereignet hatte.

»Niemals. Sie zieht das durch«, widersprach mir Enrico.

»Woher willst du das wissen? Bist du etwa auf ihrer Seite?«

»Sei nicht so doof, Luzie.«

»Stimmt doch. Woher willst du sonst wissen, was sie vorhat?«

»Das ist doch offensichtlich.«

»Offensichtlich, ja? Es ist vorbei.«

»Nichts ist vorbei. Es kann noch alles passieren.«

»Aber sie ist tot.«

»Na und? Das weiß Paola doch nicht.«

Ich stöhnte. »Und du willst jetzt hingehen und ihr das einfach so sagen?«

»Wir müssen.«

»Einen Versuch ist es wirklich wert.«

»Eben.«

»Na los. Dann komm jetzt!«

21. Kapitel

MENSCHEN, so weit ich sehen konnte. Überall Touristen, die in langen Gewändern und bunten Masken über den Markusplatz liefen. Ihnen machte die Hitze offenbar nichts aus.

Enrico und ich drängelten uns durch die Massen. Niemand schien etwas davon mitbekommen zu haben, dass alles wie in Zeitlupe verlief. Der Uhrturm musste die letzte vorhandene Uhr am Markusplatz beherbergen. Anders konnte es nicht sein. Mein Herz klopfte mir bis zum Hals. Wie sollten wir Paola nur beibringen, was geschehen war? Würde sie uns glauben?

»Es ist viel zu voll«, rief ich in Enricos Richtung. »Wir werden sie niemals finden.«

»Am Uhrturm. Sie wird sicherlich schon versucht haben ...« Mehr konnte ich nicht verstehen. Die Musik im Hintergrund war zu laut.

Ein miefiger Geruch nach Schweiß und Wärme kroch in meine Nase. Ich presste den Stoff des Kleides gegen mein Gesicht und versuchte voranzukommen. Es war ziemlich schwer, sich an den Leuten vorbeizukämpfen, da einige betrunken waren und jeden anpöbelten. Ich schubste einen jungen Italiener zur Seite, weil er mir zu nahe gekommen war.

Enrico und ich behielten Augenkontakt. In seinem Gesicht stand Hilflosigkeit, was mich verunsicherte. »Es ist nicht mehr weit«, rief er mir zu. Er sah aus, als wollte er noch mehr sagen, aber der Lärm verschluckte seine Stimme.

Mein Hals brannte und ich kam mir vor wie in einem Albtraum, aus dem man einfach nicht erwachte. Tausendmal war ich schon mitten in der Nacht wach geworden. Von Schweiß durchtränkt, nach Luft schnappend und völlig aus dem Gleichgewicht gebracht. Es waren oft die gleichen Träume gewesen oder zumindest welche derselben Art. Ich stand irgendwo und konnte mich nicht mehr bewegen oder sprechen. Qualvoll und erdrückend, das beschrieb die Atmosphäre wohl am besten. Die Situation gerade war so ähnlich. Ich war in einer Menschenmasse und kam nicht von der Stelle. Mein Herz pochte fest gegen meinen Brustkorb. Der Schmerz durchbohrte mich, sodass ich stehen bleiben musste und mich krümmte.

»Alles in Ordnung bei dir?« Enrico hatte sich von hinten an mich herangedrängelt und legte eine Hand auf meine Schulter.

»Die Klene hat zu viel getr... Hicks.« Ein Betrunkener, der neben mir getanzt hatte, wandte sich zu uns um. »Verträgt nicht jeder so gut ...« Er lachte. Dabei schwappte seine Bierflasche über. Der Geruch von Alkohol stieg mir in die Nase und ich schüttelte mich.

»Alles okay«, sagte ich in Enricos Richtung und nickte, um meinen Worten mehr Glaubwürdigkeit zu schenken.

»Du siehst erschöpft aus. Warte hier, Luzie. Ich schaffe das alleine.«

Ich schüttelte energisch den Kopf. »Das kommt überhaupt nicht infrage.«

Irgendwer trat mir auf die Füße, aber das spürte ich kaum noch. Ich war zu beschäftigt damit, nach vorne zu gucken. Das war nämlich gar nicht so einfach. Die Menschen vor mir schienen jeden vergangenen Moment um einen neuen Zentimeter zu wachsen, sodass der ohnehin mindestens zwei Meter hochgewachsene Mann vor mir wie der Mount Everest wirkte.

»Ich muss hier durch!«, schrie ich und bahnte mir einen Weg nach vorne. »Komm!« Ich griff nach Enricos Hand und zog ihn hinter mir her. Der Schweiß lief mir den Nacken hinunter, tropfte hinein in Giulias Kleid. Aber das war mir egal. Ich musste weiter. Irgendwann, es kam mir vor, als hätten wir den Gang nach Canossa hinter uns, standen wir vor einer großen Bühne.

»Du musst hoch gehen und etwas sagen«, erklärte ich Enrico.

Er sah verständnislos aus. »Und was? Die Leute wollen Stimmung. Sie erwarten keine Reden.«

Ich schüttelte den Kopf. »Sie sollen die Masken fallen lassen. Wenn Paola die Einzige mit Maske ist, wird sie uns schneller auffallen.«

Enrico riss die Augen auf. »Es wird niemand auf uns hören. Das ist doch Unsinn.«

Ich biss mir auf die Lippe. Nein, mit den Masken würden wir Paola niemals finden. »Wie spät ist es?«, fragte ich und sah mich um. »Wir müssen wissen, wie spät es ist!«

Enrico zuckte mit den Schultern. »Die Uhren sind weg. Der Uhrturm ist der einzige ...«

Ich drehte mich um. Dort oben, gleich unter den bronzefarbenen Mohren, sah ich sie. Natürlich hätte ich sie vorher schon mehrfach auf dem Markusplatz sehen müssen, aber ich hatte sie nie so wirklich wahrgenommen. Zumindest nicht als das, was sie war: unsere letzte Hoffnung. Pauls Rettung für die Venezianer. Pauls Rettung für mich.

»Fünf vor ... Es ist fünf vor zwölf.«

»Die Leute freuen sich. Niemand wird jetzt die Masken fallen lassen.«

Ich musste nachdenken. Die Menschen wollten etwas Besonderes. Wir brauchten etwas, was sie überzeugte.

»Ein Märchen. Wir brauchen ein Märchen.«

Enrico runzelte verdattert die Stirn.

»Ich brauche ein Mikrofon.«

Und auch wenn er sich meines Plans nicht im Klaren war, vertraute Enrico mir. Er lief die Stufen zur Bühne hoch, winkte mich zu sich und nahm dann einem kostümierten Venezianer, der die Bands ankündigte, das Mikro aus der Hand und reichte es mir.

Ich schluckte, nahm es entgegen und führte es an meinen Mund. Mein Puls raste, der Schweiß auf meiner Stirn juckte fürchterlich.

Tu es, hörte ich mein Innerstes schreien. *Tu es endlich!*

Und ich tat es.

»Meine Damen und Herren. Kommen wir nun, wenige Minuten vor Mitternacht, zu einem Überraschungstanz. Jeder Herr fordert eine Dame zum Tanz auf. Für ein Lied. Beim Schlag um Mitternacht lassen alle die Masken fallen.«

Mein Italienisch war schlecht. Das fiel mir zum ersten Mal auf. Die ganzen Tage hier war ich gut zurechtgekommen, aber plötzlich kam ich mir wie ein Außerirdischer vor. Aber lag das wirklich nur an der Sprache? Ich wischte mir die Nässe aus dem Gesicht. Die Maske kratzte auf meiner Haut. Ich wollte sie abnehmen, aber das war gegen die Regeln.

Fünf Minuten, hämmerte es in meinem Kopf. *Fünf Minuten, die … Verdammt!* Erst jetzt wurde mir klar, wie lange es dauern würde, bis diese fünf Minuten vorbeigegangen waren.

»Enrico.« Panik war aus meiner Stimme zu entnehmen. Sofort schilderte ich ihm das Problem.

»Um Himmels Willen.« Er schlug die Hände über den Kopf und riss die Augen auf. »Das können wir vergessen. Wieso passiert nur uns so etwas? Wir müssen die Leute aufklären.«

Aufklären? Nein! Paola würde ins Gefängnis kommen. Das hätte Giulia niemals gewollt. Das durften wir auf keinen Fall zulassen.

»Das geht nicht, Enrico«, rief ich aufgebracht. »Das sind wir deiner Mutter schuldig.«

Er nickte traurig. »Ja. Das bin ich.« Dass er mich aus dem Ganzen heraushielt, fiel mir sofort auf, aber ich wusste nicht, warum. Auch ich hatte Giulia gekannt und gemocht. Sie hatte in den letzten Wochen eine Menge für mich getan.

»Sie ist für die Menschen hier gestorben«, murmelte ich und sah mich um. Die grölende Menge schockierte mich. »Für dieses Pack hier.«

»Nein.« Enrico lachte kurz auf. Aber es war kein freudiges Lachen. »Sie sind für sich gestorben.« Er sah zum Himmel. Der Mond leuchtete mit den vielen Lichtern um die Wette. »Was schlägst du vor?«

Ich sah erneut zum Uhrturm. Immer noch fünf vor zwölf. Wieso zum Teufel bemerkte denn niemand, was hier los war? Die Menschen hatten sich mittlerweile in Zweierpaaren zusammengefunden und fingen zum größten Teil an zu tanzen. Sonderlich romantisch sah das Ganze aber nicht aus. Mehr wie ein Haufen sich tummelnder Tiere, die sich von rechts nach links bewegten. Wie die Sichtweise alles ändern konnte. Alles könnte so schön sein. Voller Liebe und Zufriedenheit.

In meinem Kopf drehte sich alles. Ich dachte an Jonas und daran, wie wir gemeinsam tanzen würden.

Schnell blickte ich zurück zu Enrico. »Wir müssen direkt zum Uhrturm. Eine andere Möglichkeit bleibt uns nicht.«

Er schüttelte den Kopf. »Das geht doch gar nicht. Die Treppe nach oben ist dicht. Wir haben den Leuten von der Stadt genauste Anweisung gegeben. Du hast ja keine Ahnung, wo sich die Betrunkenen sonst treffen ...«

»Egal«, sagte ich eindringlich. »Wir müssen da durch.«

Dazu konnte Enrico nicht viel sagen. »Einen Versuch ist es vielleicht wert.«

Zum Uhrturm waren es nur noch einige Meter. Ich drängte mich zwischen einzelnen Leuten hindurch, ohne Rücksicht darauf, dass Enrico hinter mir zu schnauben anfing. Ich würde es auch alleine schaffen ... schaffen müssen.

Die Treppe nach oben zum Turm war tatsächlich mit einem Sicherheitsband abgesperrt. Das hinderte mich aber nicht daran, weiterzumachen. Mit Leibeskräften riss ich das festgebundene Band zur Seite und sprang darüber. Ein Mann in dunkelblauer Uniform kam auf mich zu. »Hey!«, rief er überrascht. »Da ist abgesperrt.«

»Es geht um Leben und Zeit!«, rief ich und stürmte die Stufen nach oben.

»Um Leben und Zeit?«, hörte ich ihn verdattert murmeln. »Aber ...«

Mehr konnte er nicht mehr sagen, denn ich war schon längst an ihm vorbei, verwundert darüber, dass er mich hatte passieren lassen. *Um Leben und Zeit*, schepperte es in meinem Kopf. Sonst war die Zeit ... Ich überlegte. Ja, sonst wäre die Zeit ohne Zeit.

Ich musste mich schütteln. Es waren nur noch ein paar Stufen. Ein Stechen bohrte sich in meine Seite. Wo war Enrico? »Du schaffst das«, befahl ich mir und schloss die Augen. Ich kämpfte mich die letzten Stufen nach oben. Vier, drei, zwei, eins ... Geschafft! Ich stand oben. Und das Uhrwerk?

Ich sah mich um. Just in diesem Augenblick hörte ich ein lautes Stöhnen. Hier oben war jemand. Paola? Ich zitterte am ganzen Körper. War das jetzt der Moment, in dem ich beweisen musste, was ich draufhatte? Mich jemandem beweisen ... Das hatte ich noch nie gekonnt. Der Boden unter mir fing an zu schwinden, als würde ich jeden Augenblick fallen. Aber natürlich wusste ich, dass ich mir das alles nur einbildete.

Ich hielt die Luft an, schlich näher zum Uhrwerk. Da sah ich sie. Paola. Sie stand direkt davor, hatte mir den Rücken zugewandt und ... sie weinte.

»Paola. Ich bin es, Luzie.« Ob die Worte sie wirklich beruhigen würden? »Enrico ist unten.« Ich schluckte. Da waren plötzlich Schritte hinter mir.

»Nein«, sagte Enricos Stimme hinter mir. »Ich bin hier.«

»Geht weg!« Paola klang hysterisch und schnappte nach Luft, als würden wir ihr den letzten Sauerstoff wegnehmen.

»Wir tun dir nichts.« Enrico lief auf seine Schwester zu und legte die Hand auf ihren Rücken. »Alles wird wieder gut.«

Da fuhr Paola herum. »Nichts wird gut. Dir haben sie jahrelang Wünsche erfüllt, all das gegeben, wofür ich hart arbeiten musste.«

Ein Kloß bildete sich in meinem Hals.

»Ich habe davon nichts gewusst, Paola«, setzte Enrico an.

»Es geht nicht um dich, es geht um sie. Ich habe mir einmal gewünscht, von ihnen so angesehen zu werden wie du.«

Enrico schüttelte den Kopf. »Das kann nicht sein. Sie haben dich so gemocht.«

Ich biss mir auf die Zunge. Enrico sprach in der Vergangenheit! Alles an mir fühlte sich taub an vor Angst. Paola hatte das Schicksal Venedigs in der Hand.

Da waren die ganzen Verbindungen. Direkt vor ihr. Wenn sie nur eine falsche Bewegung machte, war alles vorbei. Dann war es zu spät für neue Uhren, dann gab es keine Zukunft mehr. Die Gegenwart würde zeitlos sein und der Markusplatz für immer ein Ort wie das Haus, in dem Giulia und Paul lebten.

»Sie sollen einmal stolz sein. Ein einziges Mal.« Paola fuhr sich durch das silbrige Haar. »Mich hat nie jemand gewollt, Enrico. Nie!

Nach dem Tod meines Vaters war ich nur noch eine Hausmagd. Ich habe Giulia förmlich angefleht, den anderen die Wahrheit zu sagen. Aber ich scheine es nicht wert zu sein.«

Ich konnte nicht weiter zusehen, wie die Situation außer Kontrolle geriet. »Das stimmt nicht. Sie haben vieles für Sie gegeben, Paola. Vieles. Mehr, als Sie denken.«

Sie warf mir einen spöttischen Blick zu. »Woher willst du das wissen? Du tauchst hier auf und bringst alles durcheinander. Venedig ist ohne Zeit besser dran. Dann hat dieses Verstecken endlich ein Ende.« Sie machte einen Schritt nach vorne und deutete auf den Kasten. In ihrer Hand klirrte etwas. »Das ist die Sicherung zu dem Uhrwerk. Wenn ich den Schalter runterdrücke, ist alles so, wie es sein muss«

Panik stieg in mir auf. Wir mussten ihr endlich die Wahrheit erzählen!

»Und dann?« Ich versuchte, gleichmäßig zu atmen und die Angst aus meiner Stimme herauszuhalten.

»Dann sind sie frei. So wie es schon längst hätte sein müssen.«

Ich schüttelte den Kopf. »Nein! Freiheit ist etwas anderes. Sie ... haben sich selbst erlöst.« Meine Stimme zitterte. »Erst dadurch waren sie wirklich frei.«

Die Bilder holten mich wieder ein. Paul, am Boden liegend und versuchend, mir noch letzte Hinweise zu geben. Giulias letzte Berührung. Wie ein Film, der aus einzelnen Ausschnitten gebastelt war, liefen die Momente ab, die ich in der Stadt des Wassers, der Stadt der Liebe und der Stadt der unendlichen Zeit erlebt hatte.

Venedig war vielfältig, das wurde mir immer mehr bewusst. Um es zu erleben, musste man wirklich dort gewesen sein. So ähnlich hatte es Giovanni, der freundliche Italiener ausgedrückt, der mich mit seinem Wassertaxi hergebracht hatte.

Ein dumpfer Knall holte mich zurück in die Wirklichkeit. Dann sah ich nur noch einen völlig aufgelösten Enrico, der sich auf die Knie sinken ließ. In seinem Arm lag Paola. Sie war zusammengebrochen.

22. Kapitel

Aufstehen. Weglaufen. Nie mehr wiederkommen. Ich hatte die Augen geschlossen, wollte vergessen, wo ich war, und wollte nicht zurück in die Gegenwart. Ja, die gab es noch. Und es würde vermutlich auch noch eine Zukunft geben. Zumindest war dies zu hoffen.

»Na ja«, hatte Enrico am Abend zu mir gesagt. »Jetzt dürfen die Mayas nur nicht ankündigen, dass die Welt untergeht.«

Ich glaubte, das sollte ein Witz gewesen sein. Aber irgendwie war keinem von uns so richtig zum Lachen zumute gewesen.

Ich lag auf meinem Bett. Immer noch in Venedig. Ich konnte mich kaum daran erinnern, wie ich hierhergekommen war. Ich fühlte mich, als wäre ich aus einem Traum erwacht ... Als wäre das alles nicht passiert. Oder war dem so? Ich riss die Augen auf, sah mich um. Aber da lag es. Mein Handy. Das Display leuchtete genau in diesem Augenblick auf.

Was ist denn jetzt mit der Bestellnummer für das Mathebuch?, stand dort geschrieben, und ich lächelte. Der Alltag hatte mich zurück. Und auch wenn das ständige Summen mir oft auf den Geist ging, hatte ich es vermisst. Ich hatte mich unglaublich alleine gefühlt.

Bin im Urlaub, schrieb ich zurück. Im Urlaub? Ich musste schmunzeln. Ein richtiger Urlaub war das hier nicht gewesen.

Jedenfalls lag ich dort und musste zum ersten Mal seit Langem wieder an etwas Schönes denken. An mein Zuhause, an Sonne, an das Leben, das noch eine ganze Menge für mich zu bieten haben würde. Natürlich auch an Papa, den ich schon wieder etwas vernachlässigt hatte. Und an Jonas. Ich traute mich nicht mehr, bei ihm anzurufen.

Stattdessen wählte ich Papas Nummer.

Er war sofort dran. »Luzie? Liebes, wie geht es dir?«

Mein Herz klopfte ganz schnell. Diesmal aber vor Freude auf ein Wiedersehen. »Gut. Und euch?« Ich sprach absichtlich im Plural. Und zwar, weil ich beschlossen hatte, dass es ungerecht war, wie ich mich verhalten hatte.

Er zögerte einen Moment. Dann beschloss er wohl, nicht auf mein vages *euch* einzugehen: »Wie immer. Ich vermisse dich unendlich«, sagte er.

Ich atmete tief durch. »Ich komme bald«, sagte ich und spürte das Kribbeln an meinen Mundwinkeln. »Papa?«

»Ja, Luzie?«

»Hat Jonas sich gemeldet?« Ich schluckte. Mein Herz klopfte schneller und schneller.

Mein Vater lachte auf. »Jonas. Soso. Daher weht der Wind also.«

Ich biss mir auf die Zunge. Mist, verplappert.

»Meine kleine Luzie ist also verliebt.«

Ich wurde rot. Zum Glück konnte er das durchs Telefon nicht sehen.

»Hör auf und sag endlich: Hat er angerufen?«

Ich bekam kaum noch Luft. Er musste. Er musste einfach. Wenn ihm etwas an mir lag, hatte er sich von meinen Worten nicht abhalten lassen und zumindest meinen Vater nach mir gefragt.

»Nein«, antwortete dieser. »Tut mir leid, Schatz.«

Ich verspürte einen Stich im Herz. »Nein?«, wiederholte ich verzweifelt. Ich fühlte mich plötzlich schwer und unwohl. Ich musste das Thema wechseln. »Ich habe dir viel zu erzählen«, flüsterte ich in den Hörer, weil ich Angst hatte, dass uns jemand hören konnte. Ich wollte nicht, dass Enrico oder Paola wussten, dass ich vorhatte, meinem Vater alles zu berichten. Geheimnisse gehörten nicht zwischen uns. Ab sofort nie wieder. Und plötzlich sprudelte alles aus mir heraus. Als ich fertig war, hörte ich nur ein Atmen im Hörer.

»Na«, sagte Papa dann, der mir aufmerksam zugehört hatte. »Das klingt ja nach spannenden Ferien ...«

Ob er mir glaubte? Keine Ahnung. Aber das war mir in diesem Augenblick nicht mehr so wichtig. Ich spürte einfach, dass ich ihn unglaublich vermisste, und dass ich bald nach Hause zurückgehen würde. Ganz bald. Dann, wenn mein Urlaub zu Ende war. Aber dafür musste er erst noch anfangen.

Nachdem wir uns voneinander verabschiedet hatten, ließ ich das Handy sinken und starrte auf das Display. Keine neue Nachricht. Nichts. Ich tippte auf Jonas' Kontakt und betrachtete das Bild. Es war an dem Tag entstanden, als wir zum See gefahren waren. Am liebsten hätte ich mich geohrfeigt. Ich hatte alles versaut. Alles.

Ich sprang auf, warf noch einen letzten Blick auf das Bild und löschte dann Jonas' Nummer. Vielleicht würde es mir so endlich gelingen, nicht mehr so viel an ihn zu denken.

»Luzie?« Es war Enricos Stimme. Er hatte Frühstück gemacht. Eigentlich hatte ich gar keinen Hunger. Bauchschmerzen plagten mich. Trotzdem ging ich ins Esszimmer hinunter.

»Alles in Ordnung bei dir?«, fragte Enrico und warf mir einen mitleidigen Blick zu.

Ich zuckte mit den Schultern. »Ich glaube, ich habe alles kaputt gemacht.« Eine Träne kullerte meine Wange hinunter.

Enrico nahm mich in den Arm. »Ach, Luzie. Du bist das wunderbarste Mädchen, das ich je kennengelernt habe. Und das wird dein Jonas auch merken.«

Ich wischte mir die Tränen aus dem Gesicht und sah Enrico an. »Bist du sicher?«

Enrico nickte. »Ganz sicher.« Dann nickte er in Richtung Esstisch. »Ich habe Pfannkuchen gemacht. Vielleicht sind sie nicht so gut wie Giulias, aber ich denke, sie sind nicht schlecht.« Er lächelte. Ich versuchte, es ihm nachzutun, und setzte mich an den Tisch.

Enrico erzählte, dass Paola lieber auf dem Zimmer essen wollte, und ich konnte mich wider Erwarten zwingen, einen halben Pfannkuchen zu essen.

»Ich werde Venedig trotz allem vermissen«, sagte ich und seufzte. »Die Straßen, den Markusplatz und natürlich dich.«

Ein Lächeln huschte über Enricos Gesicht. Dann sah er auf seinen Teller.

»Steh auf, Luzie.« Er nahm mich am Arm und führte mich vom Esszimmer in den Flur. Schließlich lief er zur Haustür und drückte die Klinke hinunter. Es war ein seltsames Gefühl, keine Rücksicht mehr auf irgendwelche geschlossenen Türen und Fenster nehmen zu müssen.

»Komm!« Enrico winkte mich hinter sich her. »Ich habe eine Überraschung für dich.«

Draußen war es immer noch unglaublich heiß. Die Tränenflüssigkeit, die auf meiner Wange geklebt hatte, spannte auf meiner Haut.

»Du kannst jederzeit wiederkommen«, erwiderte er auf meinen Kommentar von vorhin. Dann deutete Enrico die Straße entlang. »Du kannst auch jemanden mitbringen. Ich hätte sogar eine Idee, wen.« Enrico lächelte amüsiert. »Jemand hat bei uns angerufen, der dich sehr vermisst hat. Sieh nur ...«

Mein Herz machte einen Sprung. Ich wusste nicht, was ich sagen sollte.

Es fühlte sich an, als ob ich durch Watte laufen würde, als ich einen Schritt vor den anderen setzte. Nein, er konnte es nicht sein. Es war ein Trugbild, meine Nerven spielten mir einen Streich ... Ich spürte, wie mein Herz aussetzte und die Erde aufhörte, sich zu drehen. Kein Traum ...

Er kam auf mich zu, sein Lächeln war unglaublich. Wie eine Schlafwandlerin bewegte ich mich vorwärts, das Blut rauschte in meinen Ohren.

»Jonas!« Wir waren nur noch einen Schritt voneinander entfernt.

»Ich habe Zeit«, sagte er. »So viel du willst. Wenn du bereit ...«

Ich legte meine Hand um seinen Hals. Dann näherten sich unsere Gesichter, und wir küssten uns.

Die Zeit stand still.

Epilog

Ich spüre, wie ein heftiger Wind um meine Ohren zieht. Wieder überwältigt mich das Gefühl der Schwerelosigkeit, und ich schließe die Augen. Ich habe Jonas' Hand genommen und halte sie fest. »Du darfst nicht loslassen«, flüstere ich.

Jonas schüttelt den Kopf. »Ich lasse dich nie mehr los.«

Mein Herz macht einen Sprung. Dann packt mich eine Kraft. Sie ist stärker als alles um mich herum. Ich kann keine Luft mehr holen, nicht denken, nicht fühlen. Etwas kracht und scheppert unter mir. Ich bin auf einem Tisch gelandet. Ein brennender Schmerz durchfährt mich.

Mir über den Kopf fahrend, setze ich mich auf und sehe mich um. Der Tisch ist gedeckt. Nun liegen die Porzellanscherben überall im Raum verteilt, und auf meiner Hose prangt ein Fleck mit Kaffee. Ich drehe mich suchend nach Jonas um. Er hat doch losgelassen, stelle ich fest. Oder aber ich? Ich muss lächeln, als ich ihn sehe ... wie er verwirrt die Scherben von seiner Jeans nimmt und sich am Kopf reibt. Bei meinem letzten Zeitsprung habe ich auch schon ein so schlechtes Timing gewählt. Mama war gerade in einem wichtigen Gespräch, als ich sie überrumpelt habe.

Mittlerweile hat sie sich damit vertraut gemacht, dass ihre Tochter sie in der Vergangenheit besuchen kommt. Nicht oft, weil ich fürchte, den Alltag dann ohne sie nicht mehr packen zu können, aber dennoch regelmäßig. Heute ist jedoch etwas anders. Jonas ist bei mir. Ich habe Mama versprochen, ihn ihr vorzustellen.

Da steht sie vor mir. Meine Mutter. Die Hände über den Kopf geschlagen und mit einem kalkweißen Gesicht.

»Oh Gott. Das tut mir so leid«, presse ich hervor und mache ein schuldbewusstes Gesicht.

»Das war noch alles eingedeckt.« Sie schüttelt den Kopf. Dann sieht sie Jonas.

Ich seufze. »Tut mir leid, aber ich habe extra gewartet, bis Tante Hilde verschwunden ist. Papa sagte uns, bevor wir die Uhren umdrehten, dass sie immer sonntagmorgens zum Frühstück kam.«

Mama braucht ein paar Sekunden, um sich zu beruhigen. Noch immer ist sie vollkommen aufgeregt. Aber auch für mich fühlt es sich seltsam an. Ich greife wieder nach Jonas' Hand.

»Mama? Ich möchte dir meinen Freund vorstellen.« Das Lächeln kitzelt auf meiner Wange. In meinem Bauch kribbeln tausend Schmetterlinge.

Die beiden geben sich die Hand. Meine Mutter nickt. »Wenn ich euch hier sehe, kann ich nicht glauben, dass ich von alldem nichts mehr mitbekommen soll. Dass ich tot sein werde.«

Ich antworte darauf nicht. Wie erklärt man einer jungen Frau, dass sie in naher Zukunft sterben wird? Das Thema hatten wir zwar schon, aber natürlich fühlt es sich immer noch seltsam für meine Mutter an.

Allerdings scheint sie meine Anwesenheit zu beruhigen. So ist sie nicht für immer fort. Zumindest für mich nicht.

Meine Mutter zuckt mit den Schultern. »Ach, Luzie. Ich kann das immer noch nicht glauben. Für mich bist du doch gerade erst zwei Jahre alt. Du liegst oben in deinem Bettchen und schläfst.«

Ich schlucke. Die Vorstellung ist so verrückt, dass ich den Kopf schütteln muss.

»Magst du mal sehen?«, fragt sie und nickt in Richtung Treppe.

Ich schaue zu Jonas. Er schüttelt warnend den Kopf. »Ich würde es nicht tun«, sagt er. »Wir wissen nicht, welche Folgen so etwas für die Zukunft haben kann. Stell dir vor, die kleine Luzie kriegt einen Herzinfarkt in ihrem Himmelbettchen oder verschluckt sich an ihrem Schnuller.«

Wir lachen. Laut und herzhaft.

Meine Mutter zuckt mit den Schultern. »Manchmal macht das Schicksal einem einen Strich durch die Rechnung. Aber wir müssen ja nicht alles verstehen.«

Ich beschließe, dass sie recht hat, und nehme mir vor, das Leben von nun an nicht mehr so verkrampft zu nehmen. Denn es hat viele schöne Seiten, die nur darauf warten, angenommen zu werden. Und wenn man sie sieht, dann versteht man, dass es sich immer lohnt, dafür zu kämpfen.

Danksagung

Als Allererstes möchte ich mir selbst danken. Nicht, weil ich besonders selbstverliebt oder arrogant bin, nein, sondern weil ich mit jedem Buch, das ich schreibe und beende, merke, dass es okay ist, auch einmal danke zu sich selbst zu sagen. Schließlich ist man selbst die eine Person, die jeden Prozess des eigenen Schreibens, des Fluchens, des Weinens, und des Lachens mitbekommt. Man ist diese eine Person, die mit sich selbst klarkommen muss, was auch immer passiert. Aber es gibt noch mehr Menschen, denen ich danken möchte. Zuerst einmal gilt mein Dank meinem Verleger Tobias Eisermann, der mir die Chance gegeben hat, ein Teil des Verlags zu sein, der an mich geglaubt hat, in dem Augenblick als ich sein »Ja« bekommen habe.

Natürlich möchte ich mich aber auch bei meiner Lektorin Sabrina und bei meinen Korrekturleserinnen Klaudia und Marie bedanken, die jede Unklarheit aus dem Weg schaffen konnten, ohne sich von mir in die Hölle treiben zu lassen. Außerdem danke ich Rica für das zauberhafte Cover. Tina, ich möchte dir auch Danke sagen. Dafür, dass ich dich immer mit meinen verrückten Marketingideen nerven durfte, ohne dass du selbst wahnsinnig geworden bist. Du hast es mich zumindest nie spüren lassen. Wem ich noch Danke sage? Auf jeden Fall dir, Michèle. Für deine mega witzigen Anmerkungen und obwohl du dich gewagt hast, während des Testlesens sogar zu heiraten, habe ich dich so liebgewonnen. Sarah, auch dir gilt mein Dank. Du hast mir sehr weitergeholfen mit deiner gründlichen Arbeit. Dpr, dir möchte ich einfach für deine Nervenbelastbarkeit danken. Ohne dich wäre meine Mutter schon zig Millionen Mal mit mir durchgedreht. Und ich glaube, jeder andere auch. Danke

Mama, Danke Papa. Dafür, dass ihr meine Eltern seid. Dass ihr Wege mit mir geht, die nicht nur einfach sind und dass ihr mich unterstützt, wo ihr könnt. Danke Oma, dafür dass du meine erste Leserin gewesen bist. Danke Opa für die Reiseführer. Sie haben mir so geholfen. Und auch wenn du nicht mehr da bist heute, hoffe ich, dass das Ergebnis dir gefallen hätte.

Aber dann gibt es auch noch Menschen, die einen auffangen. Wenn man flucht, weint oder lacht. Wenn man sie einfach braucht. Julia und Amal! Ihr seid die Besten an meiner Seite. Eigentlich bräuchte es nicht viele Worte, aber ich möchte euch meinen größten Dank von allen ausdrücken. Ihr seid die, an die ich mich immer wenden kann. Ihr seid die, die mich verstehen, mich so nehmen, wie ich bin und mich auch in schlechten Zeiten treu begleiten.

Carmen Gerstenberger

Corvin

Soul Keeper

Zwischen Himmel und Erde gibt es nichts weiter als die funkelnden Gestirne, die die Nacht erhellen? – Falsch. Vor aller Augen verborgen bestehen Zwischenwelten jenseits unserer Vorstellungskraft.

Nach dem Tod wandert jeder erloschene Lebensfunke in die Seelendimensionen. Seit Äonen ist Corvin ihr Wächter.

Als er sich eines Tages unerklärlicherweise zu einem dieser Funken hingezogen fühlt, begeht er einen großen Fehler: Er schickt die Seele der gerade verstorbenen Ava ins Leben zurück.

Doch die uralte Wesenheit, die Corvin und seine Welt erschaffen hat, will zurück, was ihr gehört. Um ihren Häschern zu entkommen und Ava zu retten, flüchtet Corvin mit ihr durch verschiedene Dimensionen. Jede dieser Welten birgt ihre eigenen Gefahren – und doch kommen der abtrünnige Wächter und die irdische Frau sich langsam immer näher.

Derweil entbrennt auf der Erde der Blutkrieg der Wächternachfahren, die ebenso wie die uralte Macht nur ein Ziel haben: den Tod von Corvin und Ava.

ISBN: 978-3-946172-53-6 (Taschenbuch)
ISBN: 978-3-946172-29-1 (E-Book)

Julia Bohndorf

Verflixte Flüche

Voll Verschlafen

Hat so ein umgewandelter Todesfluch eigentlich ein Verfallsdatum?

Ja, hat er! Und wenn das schöne Dornröschen 500 Jahre später im beschaulichen Hanau unserer Zeit erwacht, ist wohl einiges schiefgelaufen. Umgeben von Dingen, die sich Glas, Motorroller, Dusche und Handy nennen, wird die Königstochter vom attraktiven Niko aus einer misslichen Lage gerettet. Der junge Mann mit einem Dackelrüden namens Bärbel beginnt, einen Rückweg für Rosa – wie er sie schon bald nennt – zu suchen, und entdeckt bald seine Gefühle für die Prinzessin. Hilfe erhalten sie von einer der dreizehn weisen Frauen und ihrem schokosüchtigen Eichhörnchen Jens.

Der Schlüssel für eine Rückkehr steckt in Dornröschens Märchen selbst, muss sie doch einen Prinzen heiraten, um zurückzugelangen. Glaubt sie ...

ISBN: 978-3-946172-60-4 (Taschenbuch)
ISBN: 978-3-946172-25-3 (E-Book)